Tonia Krüger
Love Songs in London
Here comes my Sun

TONIA KRÜGER

LOVE SONGS
IN LONDON

HERE COMES *my Sun*

Roman

dtv

Von Tonia Krüger ist bei dtv außerdem lieferbar:
Love Songs in London – All I (don't) want for Christmas

Das Zitat auf Seite 285 stammt aus folgender Ausgabe:
»Diary, Reminiscences, and correspondence of Henry Crabb Robinson«,
selected and edited by Thomas Sadler, Volume II,
Fields, Osgood, & Co, Boston, 1869.

Das Zitat auf Seite 321 stammt aus folgender Ausgabe:
J. R. R. Tolkien, »Der Herr der Ringe. Band 1: Die Gefährten«,
aus dem Englischen von Wolfgang Krege.
© The Tolkien Estate 1954, 1955, 1966. Klett-Cotta, Stuttgart,
1969, 1972, 1. Auflage der neuen Übersetzung 2012.

Die Zitate von Shakespeare stammen aus folgendem Werk:
William Shakespeare, »Sämtliche Werke in einem Band«,
übersetzt von August Wilhelm von Schlegel und Ludwig Tieck,
Otus Verlag, St. Gallen, 2006.

MIX
Papier | Fördert gute Waldnutzung
FSC® C083411
www.fsc.org

Originalausgabe

Dieses Werk wurde vermittelt durch die Literarische Agentur
Thomas Schlück GmbH, 30161 Hannover.

Lektorat: Katja Hildebrandt
Umschlaggestaltung: ZERO Werbeagentur GmbH
Umschlagmotive: shutterstock.com
Gesetzt aus der Sabon
Satz: Fotosatz Amann, Memmingen
Druck und Bindung: CPI books GmbH, Leck
Printed in Germany · ISBN 978-3-423-74086-9

Kapitel 1

Tief atme ich die zum ersten Mal in diesem Jahr milde Frühlingsluft ein. Hier am Victoria Embankment besteht das Aroma der Stadt aus einer Mischung von leicht brackigem Flusswasser, Abgasen und dem süßen Duft der Pfingstrosen, die bereits blühen. Die Sonne scheint vom verschleierten Himmel und bringt die ausschlagenden Bäume zum Leuchten. Sie zaubern das ersehnte Grün an die Ufer der Themse. Es gibt nur einen Haken: Ich habe keine Zeit, diesen Frühlingstag zu genießen.

Eilig schließe ich mein Fahrrad auf dem engen Parkplatz des Redaktionsgebäudes von ›Past & Present‹ an und ziehe die an einem Nylonband um meinen Hals befestigte ID-Card unter meiner Jacke hervor. Obwohl ich mitten in meinem Praxistrimester stecke und schon seit acht Wochen täglich in der Redaktion ein und aus gehe, kontrolliert Bert, der Portier, den Ausweis jedes Mal, als hielte er ihn für eine trickreiche Fälschung. Normalerweise warte ich seine Begutachtung mit einem Lächeln ab. Heute aber wedele ich hektisch mit der Karte vor seiner Nase herum und laufe zu den Aufzügen, sobald er mir mit einem Nicken zu verstehen gibt, dass ich weitergehen darf. Durch meinen Frauenarzttermin bin ich spät dran und ausgerechnet jetzt kommt der verdammte Fahrstuhl nicht.

Ungeduldig überlege ich, die Treppe zu nehmen, höre aber endlich das metallische Surren der sich nähernden Kabine im Schacht. Kaum öffnen sich die Türen, quetsche ich mich hinein und überprüfe während der Fahrt nach oben mein Aussehen im Spiegel. Der Fahrradhelm hat meine fast schwarzen, eigentlich üppigen Haare platt gedrückt Über Kopf schüttele ich sie aus und flechte sie mit fliegenden Fingen in meinen üblichen Zopf über die Schulter. Kritisch checke ich erneut mein Erscheinungsbild. Meine Augen haben nicht den katzengrünen Ton wie die von meinem Bruder Julian. Sie imitieren eher die Farbe von eigenwilligem Moos. Im Kontrast zu meinen schwarzen Haaren fallen sie trotzdem auf und ich mag das. Ein kleiner Akzent schadet mir jedenfalls nicht, denn ansonsten trage ich nur Jeans und ein vorne locker in den Gürtel gestecktes weißes T-Shirt wie eine Art Uniform. Um mich in Szene zu setzen, fehlen mir irgendwie Zeit und Lust. Zumal ich stets Mums Stimme im Kopf habe: *Jamie, ein kluger Geist glänzt vor zurückhaltender Kulisse.*

Seit ich denken kann, sitzt mir meine Mum mit wegweisenden Kommentaren im Nacken. Dass ich mich entgegen ihrer Ratschläge für ein aussichtsloses Geschichtsstudium entschieden habe, ist als Bruch in die Historie unserer Beziehung eingegangen. Dadurch, dass sie mich all die Jahre angefeuert, meine Lehrpläne und Freizeitaktivitäten gestaltet und meine Schularbeiten überwacht hat, war für sie klar, dass sie Einfluss auf meine Studienwahl nehmen würde. Vielleicht hätte sie Geschichte akzeptieren können, wenn ich wenigstens eine Unikarriere anstreben würde, die mich in einigen Jahren in die akademische Oberliga befördern könnte. Dass ich stattdessen als Journalistin arbeiten will, hält Mum für reine Dummheit. In diesem Feld ist in ihren Augen nichts für mich zu holen – weder Ruhm noch Status und noch weniger eine gute Bezahlung. Dass ich es mit nur zweiundzwanzig Jahren in die Redaktion von ›Past & Present‹ geschafft habe, interessiert sie nicht. Sie hat keine Ahnung, wie viel mir das bedeutet, denn seit einigen Jahren ist unser Verhältnis deutlich abgekühlt. Bisher habe ich es nicht mal gewagt, ihr zu beichten, dass meine Beziehung zu Phil in die Brüche gegangen ist.

Als sich die Fahrstuhltüren öffnen, bin ich zumindest mit meinem Äußeren zufrieden und halte auf das Großraumbüro zu, in dem ich Ryan Dexter finden soll. Es ist Dienstagnachmittag und die Schreibtische zwischen den von Rankpflanzen überwucherten halbhohen Raumteilern sind gut besetzt. Die hohen Decken, die langen Fensterfronten und der Sichtbackstein sorgen dafür, dass der Raum nicht überfüllt wirkt. Allerdings habe ich keine Ahnung, wie ich hier jemanden finden soll, dem ich nie zuvor begegnet bin. Zwar habe ich Ryan gegoogelt und weiß, dass er eine athletische Figur, dunkle Haare, klare Gesichtszüge und einen düsteren Blick hat, aber von den über Schreibtische gebeugten Rücken kämen einige infrage, die er sein könnten.

Zum Glück entdecke ich Finley von den *London HiStories* an seinem Platz. Er ist Ende dreißig, hat abstehende blonde Haare und ein spitzes Kinn. Ihn konnte ich schnell von mir überzeugen. Als Praktikantin besteht meine Hauptaufgabe darin, die *Senior Editors* durch Recherchen zu unterstützen, und Finley hat mir von Beginn an gutes Feedback gegeben. Echte Zuneigung hat mir aber wohl meine Begeisterung für seine Rubrik eingetragen. Finley lächelt, als ich vor seinem Tisch aufkreuze. Bestimmt hofft er, ich hätte ein paar spannende historische Details für ihn ausgegraben. Sein Lächeln wird merklich dünner, als ich ihn stattdessen frage: »Kannst du mir sagen, wo ich Ryan Dexter finde?«

»Ryan? Was willst du denn von dem?«

»Ich habe ein paar Recherchen für ihn gemacht.«

Finley runzelt die Stirn. »Er ist nicht mal *Editor* bei uns.«

»Mitch hat mich damit beauftragt. Ryan habe ich noch gar nicht persönlich getroffen.«

»Nimm dich lieber in Acht.« Finley beugt sich wieder über

seine Tastatur. »Wenn ihr verabredet seid, sitzt er wahrscheinlich an einem der freien Plätze dahinten. Er hat hier keinen eigenen Tisch.« Er deutet quer durch das Großraumbüro, wo in der Nähe der Fensterfront mehrere Schreibtische im Quadrat stehen. Anders als die meisten Arbeitsbereiche sind sie nicht mit Computern, Telefonen und privatem Krimskrams bestückt.

»Danke.« Da ich entgegen meiner absoluten Prinzipien zu spät bin, will ich schon losstürmen, drehe mich aber noch einmal um. »Wovor soll ich mich in Acht nehmen?«

Finley wirft einen prüfenden Blick in die Runde, der wohl sicherstellen soll, dass wir nicht belauscht werden. Dann lehnt er sich über den Tisch in meine Richtung. »Soweit ich weiß, kennt Ryan vierzig Prozent der weiblichen Belegschaft von ihrer privaten Seite, wenn du verstehst, was ich meine. Der Typ ist ein Herzensbrecher und Beziehungskiller und arrogant noch dazu.«

Ich hebe die Augenbrauen. Den Look zum Herzensbrecher hat Ryan den Bildern im Internet nach zu urteilen auf jeden Fall. Er hat diese selbstgefällige Körperhaltung wie viele junge Männer, die gut ankommen. Diese Typen sind raumgreifend, halten sich immer aufrecht und ihre Arme in so vorteilhaftem Winkel, dass sie breiter wirken, als sie sind. Ich weiß, wovon ich rede. Mein Bruder ist auch einer von der Sorte, und deshalb haben Herzensbrecher keine Chance bei mir. Finleys Blick erwidere ich mit schief gelegtem Kopf.

»Vierzig Prozent? Führt ihr hier so genaue Statistiken?«

Finley hebt die Schultern. »Wenn fast jede zweite Frau, mit der ich spreche, einen emotionalen Blick bekommt, wenn Ryans Name fällt, reicht mir das als Statistik.«

»Emotional?«

Er winkt ab. »Das ist ein weites Spektrum. Ryan Dexters Verschleiß ist legendär.«

Ehrlich gesagt klingt das für mich nach Bürotratsch und vielleicht ein bisschen Neid, aber weil ich es eilig habe, nicke ich Finley nur kurz zu. »Ich passe auf mich auf.«

Dann haste ich durch die Reihen zu den frei verfügbaren Schreibtischen und spüre meine Nervosität steigen. Nicht, weil mein Gesprächspartner Herzensbrecherqualitäten haben soll. Mein Herz liegt schon in Trümmern. Er kann nichts mehr kaputt machen. Aber Google hat mir verraten, dass Ryan eine Art journalistisches Wunderkind ist. Er hat etliche große Artikel im ›Guardian‹ veröffentlicht, schreibt eine regelmäßige Onlinekolumne und arbeitet als Reporter für den Gesellschaftsteil von ›Past & Present‹. Wie hat er es bitte schon so weit gebracht mit gerade mal Mitte zwanzig? Objektiv betrachtet mag es eine Chance sein, für jemanden wie Ryan zu recherchieren. Emotional fühle ich mich ziemlich eingeschüchtert. Ich kann mir denken, was meine Mum sagen würde: *Warum hast du eigentlich noch nichts im ›Guardian‹ veröffentlicht?* Obwohl ich ahne, warum Mum so denkt und ich ihre ständigen Kommentare in meinem Kopf einfach stummschalten sollte, gelingt mir das nicht. Ohne sie und den Druck, den sie mir immer gemacht hat – das ist leider die Wahrheit –, hätte ich es niemals von Weymouth an die *University of London* geschafft oder das Stipendium bekommen. Immerhin bin ich mittlerweile fast zehn Minuten zu spät und durchbreche meinen Perfektionismus allein dadurch.

Zwischen den Arbeitsplätzen am Fenster sehe ich mich kurz um. Bis auf zwei sind alle belegt. Ryan sitzt an einem leeren Tisch. Nur ein Tablet liegt vor ihm, in dem er irgendetwas liest. Dabei tippt er mit der Spitze eines Touchpens einen schnellen Rhythmus auf die Arbeitsplatte. Seine dunklen Haare sind an den Seiten etwas kürzer geschnitten und er hat sie über der Stirn lässig zurückgekämmt. Mir fallen seine langen dunklen Wimpern auf, die seinem Profil einen fast weichen Ausdruck verleihen. Im Kontrast dazu fügt ihm sein Dreitagebart etwas Verwegenes hinzu. Sein weißes Hemd, die dunkle Hose und das Messenger-Bag über der Stuhllehne wirken businessmäßig. Trotzdem hat er durch die aufgekrempelten Ärmel und seine weißen Sneakers etwas Legeres an sich. Auf rätselhafte Weise schaffe ich es, während der wenigen Schritte bis zu seinem Platz weitere Details an ihm wahrzunehmen: die Kurve seines Kinns, das eine markante Linie bis zu seinem Ohr bildet, wie sich sein kleiner Finger abspreizt, während er mit dem Touchpen auf den Tisch klopft, wie sein Mundwinkel zuckt, weil er vielleicht ein amüsantes Detail liest.

Ryan blickt auf, als ich an seinen Tisch trete. Auf den Fotos sahen seine Augen schwarz aus. Jetzt realisiere ich, dass sie blau sind – wie ein dunkler Ozean. Etwas jagt mir wie Stromschnellen durch die Adern. Es ist, als habe mir das dunkle Funkeln seiner Augen wie eine Welle den Boden unter den Füßen weggerissen, und ich greife nach dem nächsten Detail, das mir in den Sinn kommt, wie nach einem Rettungsring.

»Hi, ich bin Jamie.«

»Hi, Jamie.« Er steht auf, gibt mir die Hand. Sein Griff ist fest und warm. Das Gefühl des Drucks bleibt, auch als er mich schon wieder losgelassen hat.

»Ich bin die Praktikantin.«

»Ach so, dann hätte ich ja nicht extra aufstehen müssen. Ich dachte, du seist die neue Chefin.«

»Dann würde ich mich nicht so schlecht fühlen, weil ich zu spät bin.« Mit einem entschuldigenden Lächeln versuche ich zu überspielen, dass mich die Grübchen in seinen Wangen faszinieren wie Lichtreflexe auf dem Wasser. Er wirkt vollkommen anders als auf den Bildern im Internet, auf denen er sehr ernst, irgendwie unnahbar rüberkam.

»Bist du zu spät?« Ryan nimmt wieder Platz und deutet auf einen Stuhl ihm gegenüber, den er bereits organisiert hat.

»Ja, leider. Ich wurde aufgehalten.«

»Wovon?«

»Bitte?« Gerade habe ich mich zu Ryan an den Tisch gesetzt und wollte die Unterlagen aus meinem Rucksack ziehen, aber seine Frage bringt mich aus dem Konzept.

»Hätte ich das nicht fragen sollen?« Unbekümmert grinst er mich an. »Neugier ist eine Berufskrankheit und bei solchen Allgemeinaussagen muss ich einfach nachbohren.«

Er bringt mich zum Lachen. Dass ich zu spät bin, weil ich stundenlang in einem überfüllten Wartezimmer und dann auf einem gynäkologischen Stuhl saß, während meine Frauenärztin mit ihren Wattestäbchen hantierte, werde ich ihm auf keinen Fall erklären.

»Jetzt wünschte ich schon wieder, ich wäre die Chefin. Dann hättest du bestimmt nicht nachgebohrt.«

Ryan hebt die Augenbrauen. »Da du aber nur die Praktikantin bist, entkommst du der Frage nicht so leicht.«

»Bleiben nur zwei Möglichkeiten: Ich könnte dich anlügen – womit ich es nicht so habe – oder versuchen, das Thema zu wechseln. Was ist dir lieber?«

»Verstehe.« Ich bin fasziniert vom Farbspiel seiner Iris. Er entscheidet sich für den Themenwechsel. »Kommst du vom NCTJ?« Damit bezieht er sich auf den *National Council for the Training of Journalists*.

Ich schüttele den Kopf, während ich mein Notebook und meine Notizen auf den Tisch lege. »Ich studiere Geschichte.«

Wieder heben sich Ryans Augenbrauen. Sie sind dunkel und gerade, verleihen seinem klar geschnittenen Gesicht Kontur. »Dann macht Mitch dir sicher das Leben schwer. Er hasst Studierende ohne praktische journalistische Erfahrung.«

»Denkst du, Mitch hat mich deswegen zu dir geschickt?« Ich weiß gar nicht, woher mein spöttischer Tonfall kommt. Ryan lacht auf und ein warmes Gefühl breitet sich in meinem Bauch aus. Seine Stimme klingt weder hell noch ganz dunkel, ein bisschen wie das Licht kurz vor Sonnenaufgang. Himmel, warum fühle ich mich eigentlich so grenzenlos poetisch?

»Das will ich nicht ausschließen. Mitchs Meinungen über mich sind divers. Wie hast du ihn dazu gebracht, dir eine Chance zu geben?«

Verlegen hebe ich die Schultern. »Ich bin ihm lange genug auf die Nerven gegangen.« Über den Rand meines Notebooks werfe ich Ryan einen Blick zu. Schwerer Fehler! Die Welle hebt mich sofort wieder von den Füßen.

»Hättest du ihn genervt, würdest du dich wahrscheinlich nie wieder in diese Redaktion wagen. Du musst irgendetwas vorzuweisen haben.« Ryan mustert mich, als wäre ich ein Rätselspiel, das er vorhat, in einem Zug zu lösen.

»Ich habe nicht gar keine journalistische Erfahrung, wenn du das meinst. Ich war Herausgeberin der Schülerzeitung, bin Chefredakteurin der Unizeitung und schreibe für die Lokalnachrichten. Das hier wollte ich unbedingt machen.«

»Recherchen?« Zweifelnd mustert Ryan mich.

Ich muss grinsen. »Ob du es glaubst oder nicht, als Historikerin habe ich richtig viel Übung darin.«

»Anfangs hat Mitch mich angesehen, als sei ich ausschließlich hier, um ihm den Spaß an der Arbeit zu vermiesen«, sagt Ryan. »Alles, was ich eingereicht habe, hat er mir um die Ohren gehauen, bis ich nicht mehr wusste, wie ich meinen Namen buchstabiere. Dabei hatte ich schon eine solide journalistische Ausbildung und habe regelmäßig für den ›Guardian‹ geschrieben. Er muss eine Schwäche für dich haben oder du verfügst über beeindruckende Leidensfähigkeit.«

»Das ist einfach.« Ich öffne in meinem Rechner die Präsentation, die ich für Ryan vorbereitet habe. »Weißt du, was mich am meisten an Geschichte fasziniert? Die Fähigkeit der Menschen, die unvorstellbarsten Katastrophen zu überleben und einen Weg zu finden weiterzumachen.«

Etwas verändert sich bei meinen Worten in Ryans Miene. Plötzlich wirken seine Züge weicher, verletzlicher.

»Wie meinst du das?«

»Na ja, Menschen haben zu allen Zeiten täglich Gewalt, Verluste und Enttäuschungen erlebt. Manche Leute sind daran zerbrochen, viele haben eine erstaunliche Gabe bewiesen, nicht aufzugeben. Die Menschheit handelt oft nicht sonderlich klug, aber sie findet einen Weg – auch durch Schutt und Asche.« Ich hebe die Schultern. »Wenn Menschen über diese Gabe verfügen, werde ich es überleben, wenn Mitch alles zerreißt, was er von mir liest.«

Unverwandt mustert Ryan mich. Das Blau seiner Augen ist intensiver geworden. Der Spott um seine Mundwinkel hat sich aufgelöst. Zu gerne wüsste ich, was in seinem Kopf passiert.

»Verstehe«, sagt er nur. Obwohl ich ihn überhaupt nicht kenne, fühle ich mich seltsam ausgesperrt aus seiner Gedankenwelt. Er zieht sein Tablet zu sich und tippt mit seinem Touchpen darauf herum. »Dann fang mal an.«

Zweifellos bringt Ryan mich durcheinander, aber ich schaffe es, meine Rechercheergebnisse kompakt und schlüssig zu präsentieren. Nur kann ich selbst dabei nicht aufhören, Dinge an Ryan wahrzunehmen: wie sich die Muskeln in seinen Unterarmen bewegen, während er mit dem Touchpen schreibt oder mit den Fingerkuppen unhörbare Rhythmen auf die Tischplatte klopft. Ich nehme einen Duft wahr – nach Mandarine, Rosmarin und einer erdigen Note, die ich nicht zuordnen kann. Nach meiner Präsentation überlasse ich Ryan meine Notizen, und er gibt mir seine E-Mail-Adresse, damit ich ihm die Grafik schicken kann.

»Langsam wundert mich nichts mehr«, meint er, als die

Datei in seinem Postfach erscheint – zusammen mit einigen übersichtlichen Artikeln zum Thema.

»Was meinst du?« Ich klappe mein Notebook zu.

Sein spöttisches Grinsen ist zurück. »Wenn du Mitch so einen Vortrag gehalten hast, konnte er ja nicht anders, als dir eine Chance zu geben.« Er schiebt sein Tablet in eine blaue Hülle und greift nach seinem Messenger-Bag. »Danke für deine Unterstützung. Ich könnte mich daran gewöhnen.«

Das Tablet verschwindet in seiner Tasche und plötzlich ist Ryan auf den Füßen. Hastig erhebe ich mich ebenfalls.

»Willst du mir gar kein Feedback geben?«

Sein Lächeln inklusive der Grübchen fühlt sich an wie ein Bad im Whirlpool. »Habe ich das nicht gerade? Ich bin verabredet und muss los.« Wieder streckt er mir seine Hand hin, hält meine Finger einen Moment lang in seinen, sodass sich seine Wärme direkt in meine Haut brennt. »Wir sehen uns.«

Benommen beobachte ich, wie er auf dem Weg nach draußen einige Male grüßend eine Hand hebt oder jemandem ein paar Worte zuruft. Er hat sich wie eine Überdosis für mein Nervensystem angefühlt – irgendwie zu viel auf einmal. Mein Handyalarm erinnert mich, dass ich ebenfalls verabredet bin: zu einem Feierabend-Drink mit Lynn, meiner neuen Mitbewohnerin.

Als ich draußen mein Rad abschließe, denke ich immer noch an *Herzensbrecher-und-Beziehungskiller*-Ryan. Er hat in keiner mir bekannten Weise versucht, seine diesbezüglichen Fähigkeiten auszuspielen. Trotzdem hat er in meinem Körper irgendetwas in Aufruhr versetzt. Wahrscheinlich hat es nichts mit ihm zu tun, beruhige ich mich. Es muss an Phil liegen. Meine Welt steht seinetwegen Kopf, nicht wegen Ryan. Ich bin jetzt Single. Vermutlich sind deshalb irgendwelche Türen in mir weit offen, die sonst fest verschlossen waren.

Am liebsten würde ich Joss anrufen. Sie studiert Psychologie und ist ein Energiebündel. Bestimmt würde sie mir bestätigen, dass meine Gefühle völlig normal sind und dass es eine simple Erklärung für meine Reaktion auf Ryan gibt. Aber Joss kenne ich ursprünglich über Phil – wie fast alle Menschen, mit denen ich regelmäßig Kontakt habe. Oder hatte … Irgendwie war einfach nie genug Zeit, mir einen eigenen Freundeskreis aufzubauen.

Meiner Mitbewohnerin gegenüber will ich mir auf jeden Fall Mühe geben. Ich habe zwar noch nie in einer WG gelebt, aber ich vermute, es ist normal, dass Lynn mich näher kennenlernen will. Ich bin ihr wirklich dankbar, mich so spontan aufgenommen zu haben – auch wenn sie selbst zugegeben hat, einen furchtbaren Verschleiß an Mitbewohnerinnen zu haben. Es ändert nichts daran, dass sie einfach nett zu mir war. Und deshalb will ich sie bestimmt nicht warten lassen. Ich schwinge mich auf mein Rad und schneide quer durch den Verkehr zum *Treemate Café.*

Kapitel 2

Das *Treemate* liegt nur einige Hundert Meter vom Redaktionsgebäude entfernt. Deshalb ist es um diese Uhrzeit am späten Nachmittag voller Kolleginnen und Kollegen. Lynn hat uns einen Fensterplatz gesichert. Durch das Gedränge winke ich ihr zu und signalisiere, dass ich mir etwas zu trinken hole. Ich war schon einige Male zum Lunch hier, weil der Laden großartige Sandwiches anbietet. Da ich von einem mageren Stipendium lebe, begnüge ich mich jedoch mit einer *Hot Mint Chocolate*. Während ich auf meine Bestellung warte, lasse ich meinen Blick über die voll besetzten Tische gleiten. Das gesamte Mobiliar besteht aus Baumkantenholz und Metall. Waldtapeten und der unregelmäßige Dielenfußboden runden das rustikale Bild ab. Durch die Sonnenlicht imitierenden Lampeninstallationen und die über dem Stimmengewirr kaum hörbaren Waldgeräusche aus Vogelgezwitscher, Holzknarzen und Windrauschen wirkt das Ganze ziemlich hip.

»Was für ein Tag.« Seufzend lasse ich mich schließlich auf die Eckbank an Lynns Tisch sinken.

Sie lässt mir keinen Moment, um anzukommen. »Was hat die Ärztin gesagt?«

Ich schiebe meinen Rucksack unter den Tisch und muss mir eingestehen, dass ich den Frauenarzttermin nach meinem Meeting mit Ryan fast vergessen hatte.

»Sieht alles gut aus.« Ich hebe die Schultern. »Aber das HIV-Ergebnis kriege ich wahrscheinlich erst Ende der Woche.«

Lynns ausdrucksstarke schwarze Augen weiten sich. »HIV? Himmel! Erzählst du mir endlich mal die ganze Geschichte?«

Ich zögere. Lynn ist ein paar Jahre älter als ich, trägt gekonnt geschminkte Smokey Eyes und ihre dunklen Haare in einem schicken Long Bob, dazu meistens figurbetonte Businessanzüge – heute in einem edlen Perlgrau. Damit ist sie besser gekleidet als neunzig Prozent der schreibenden Zunft. Sie wirkt gerne, hat sie mir erklärt – und zwar meistens ein bisschen kühl und unnahbar. Trotzdem habe ich nur Sekunden gebraucht, um zu bemerken, wie herzlich sie ist. Während ich als Protokollantin in meiner ersten Konferenz zunehmend hektisch nach meinem Ladekabel kramte, schob sie mir kurzerhand ihres zu. In unseren gemeinsam verbrachten Lunch-Pausen hat sie mich ausgiebig um meinen Verlobungsring beneidet. Dann war sie die Erste, der auffiel, dass ich ihn nicht mehr trug.

Kurz richte ich den Blick an die von Ästen überzogene Decke, die mir das Gefühl gibt, unter einer Baumkrone zu sitzen. Ich trinke einen Schluck Kakao, der so süß und cremig ist, dass er alles zum Schmelzen bringt – sogar mein liebeskummerwundes Herz. Lynn war in der letzten Zeit eine echte Stütze für mich. Ohne sie und ihre Wohnung würde ich auf der Straße stehen – oder mir ein zu eng gewordenes Apartment mit Phil teilen.

»Phil und ich waren fünf Jahre zusammen.« Es fühlt sich immer noch komisch an, von uns in der Vergangenheit zu sprechen. »In der Schule war er zwei Jahrgänge über mir. Eigentlich wollte ich gar keinen Freund.«

Lynn hebt die Augenbrauen. »Ein Freund aus der Abschlussklasse macht dich doch in der Schulwelt quasi über Nacht zum Star. Wer will das nicht?« Sie rührt mit ihrem Glasstrohhalm in der hausgemachten *Treemate*-Limo, die mit aufwendiger Blüten- und Obstdeko versehen ist, und lässt dabei die Eiswürfel klirren.

»Ich hatte einfach viel zu tun.«

Ungläubig starrt Lynn mich an. »Du warst wie alt? Sechzehn? Siebzehn? Was hattest du denn zu tun?«

»Ich hatte nicht viel Freizeit. Und jede freie Minute habe ich für die Schülerzeitung verwendet.«

Lynns sorgfältig in Form gebrachte Augenbrauen wandern höher. »Du wolltest also schon immer zur Zeitung?«

»Eigentlich wollte meine Mum, dass ich Naturwissenschaften an einer der großen Unis studiere. Aber als ich meinen Abschluss machte und die Leitung der Schülerzeitung abgeben musste, wurde mir klar, dass es das Einzige war, was mir jemals wirklich Spaß gemacht hat.«

»Warum bist du nicht zur Journalistenschule gegangen?«

»Meine Eltern wollten mich nur unterstützen, wenn ich zur Uni ging. Außerdem sagte mir mein Englischlehrer, wenn ich schreiben wolle, müsste ich so viele Erfahrungen wie möglich sammeln, um mich breit aufzustellen.«

Lynn runzelt die Stirn. »Wieso dann Geschichte?«

Ich hebe die Schultern. »Es ist der Fachbereich, in dem man alles untersuchen kann, was man möchte.«

»Ich bin mir nicht sicher, ob dein Lehrer das meinte, als er davon sprach, du solltest Erfahrungen sammeln. Ich habe da eher an Reisen gedacht, an verrückte Hobbys, vielleicht mal hier und da ein Praktikum.«

Ich seufze tief. Auch wenn ich denke, dass mein Lehrer eher die Praktika als die Reisen im Sinn hatte, weiß ich, was Lynn meint. Aber durch die Gegend zu reisen, könnte ich vor mir selbst nicht rechtfertigen. Schließlich haben sich meine Eltern verschuldet, damit ich die besten Voraussetzungen für eine Unikarriere habe. Das Geschichtsstudium habe ich einfach für einen guten Kompromiss gehalten.

»Mitch scheint jedenfalls nichts von meiner Entscheidung zu halten.«

»Wieso? Ich sehe dich doch ständig in seinem Büro.«

»Ich kann seine Anmerkungen an meinen Texten nicht lesen.«

Lynn verdreht die Augen. »Mitch ist einer dieser Dinosaurier, die es ablehnen, sich ein schickes Tablet unter den Arm zu klemmen. Niemand kann seine Schrift entziffern.«

Kichernd atme ich den süßen Duft des Kakaos ein. »Er selbst übrigens auch nicht. Von den meisten seiner Anmerkungen hat er keine Ahnung, was sie bedeuten sollen.«

»Du verbringst so viel Zeit in Mitchs Büro, weil du dir von ihm seine Anmerkungen vorlesen lässt?« Lynn prustet los und angelt mit ihrem Strohhalm einen Eiswürfel aus ihrem Glas. »Wie konnte Phil dich denn von sich überzeugen, wenn du ihn gar nicht wolltest?«

»Er war charmant und lustig und hat einfach nicht aufgegeben.« Bisher hat die Erinnerung daran ein warmes, rundum schönes Gefühl in mir ausgelöst. Jetzt ist sie überlagert von bitterer Enttäuschung. »Irgendwann fiel mir auf, dass er mir fehlte, wenn er nicht da war.«

»Das ist süß.« Lynn lehnt sich in ihrem Stuhl zurück.

»Phil ist zum Studium nach Oxford gegangen. Wir haben jeden Tag telefoniert, uns so oft wie möglich gesehen, uns verdammt viel vermisst – wie das so ist in einer Fernbeziehung. Nach seinem Abschluss hat er als Grafikdesigner bei *Saga World Games* angefangen. Die entwickeln Computerspiele und Apps. Eigentlich sitzt die Firma in Oxford, aber in London gibt es eine Zweigstelle. Phil hat sich meinetwegen hierher versetzen lassen.«

Wehmütig denke ich an das kleine Apartment, das wir zusammen bewohnt haben – mein erstes eigenes Zuhause. Ich vermisse es schmerzlich – den Moment, abends heimzukommen und die bunte Wohnzimmerlampe einzuschalten, auf dem gemütlichen Sofa die Beine auszustrecken, sonntags beim

Frühstück an dem winzigen Küchentisch zu sitzen. »Wir haben zwei Jahre zusammen gewohnt, aber beide viel gearbeitet – eigentlich nur. Ich glaube nicht, dass wir uns öfter als zu Fernbeziehungszeiten gesehen haben.«

»Wenn ich das richtig verstehe, hat zumindest er nicht nur gearbeitet, oder?«, bemerkt Lynn.

Ihre Direktheit lässt mich zusammenzucken. Das ganze Ausmaß von Phils Lügen macht mich krank, vergiftet meine Erinnerungen an ihn und mich. Wie in Duncan Laurences ›Arcade‹, der derzeitigen Nummer eins auf meiner Playlist, war Phil zu lieben ein verlorenes Spiel.

»Entschuldige, das war unsensibel.« Lynn beugt sich vor und legt auf dem Tisch ihre Hand auf meine. »Ich hatte schon Beziehungen, die nicht exklusiv waren. Aber ich verstehe, dass es etwas anderes ist, weil er es verheimlicht hat.«

»In meinem Kopf kriege ich das einfach nicht zusammen.« Düster starre ich in meinen fast schwarzen Kakao. Phil hat immer alles für mich getan. Manchmal hat er mir einfach so Geschenke mitgebracht – wie meinen Rucksack mit dieser scheußlichen taubenblauen Farbe. Er hat nie verstanden, dass taubenblau nicht himmelblau ist, aber ich fand, die Geste zählte. Ich hielt das für Liebe. Tatsächlich war es wohl nur Ausdruck seines schlechten Gewissens. Denn Phil hat mich betrogen – nicht nur einmal. Das ist die unfassbare Wahrheit. Meistens waren es One-Night-Stands, manchmal kurze Affären. In Oxford fing er irgendwann damit an, aber er hörte nicht damit auf, als er zu mir nach London zog. Wenn er mir sagte, es sei mit den Kumpels spät geworden, er habe für die Arbeit noch etwas fertig bekommen müssen oder er sei beim Sport gewesen, habe ich ihm das geglaubt. Umso naiver und gedemütigter fühle ich mich jetzt. Denn ohne diesen Tag vor ungefähr drei Wochen wäre ich noch immer ahnungslos.

Phil sagte mir, er werde im Homeoffice bleiben. Das tut er

manchmal, wenn er nur ein paar Dinge erledigen und dann Überstunden abbummeln will. Zum Abschied fragte er, ob es bei mir wieder spät würde. Seit Beginn des Praktikums wird es jeden Abend spät bei mir. Schließlich muss ich diese Chance unbedingt nutzen und einen guten Eindruck machen. Wenn Mitch mir eine Empfehlung schreibt, könnte die der Schlüssel zu meinem Traum werden, für eins der großen Magazine zu schreiben.

»Wahrscheinlich ja«, antwortete ich ihm.

»Wie immer also.« Er sagte es leise. Ich hörte die Worte nur gedämpft, während sich die Tür bereits hinter mir schloss, aber sie verfolgten mich auf meinem Weg zur Arbeit. Er hatte frustriert geklungen, fast bitter.

»Irgendwie war es der Klassiker.« Seufzend erwidere ich Lynns Blick. »Ich wollte ihn überraschen, habe früher Schluss gemacht und Phils Lieblingssushi geholt.«

»Und das Ganze ist nach hinten losgegangen?«

»Gar nicht.« Mit hochgezogenen Schultern nehme ich noch einen Schluck Kakao. »Phil war superüberrascht. Als ich nach Hause kam, hatte er nämlich gerade Sex mit unserer Nachbarin – in unserem Bett.«

Obwohl Lynn mit etwas Derartigem gerechnet haben muss, verrät mir ihre Reaktion, dass sich einiges hinter ihrer korrekten Fassade verbirgt, was ich nicht erwartet habe. Davon, dass sie so herzhaft fluchen kann wie eine Hafenarbeiterin, hatte ich bis jetzt jedenfalls keine Ahnung. Als sie meinen überraschten Blick bemerkt, hebt sie beide Hände. »Ist doch wahr! Wie lange ist sein Antrag her? Und jetzt betrügt er dich?«

Dieser verdammte Antrag! Phil hat ihn mir an Neujahr gemacht. Weihnachten hatten wir in Weymouth gefeiert, für den Jahreswechsel fuhren wir nach Swindon, wo Phils Eltern mittlerweile leben. Kaum angekommen, bekam Phil einen Anruf von seinem Freund Liam, der es geschafft hatte, die Frau zu vergraulen, in die er sich schwer verliebt hatte. Um sie zurückzugewinnen, wollte er eine Videospielsequenz entwickeln und brauchte Phils Hilfe als Grafikdesigner. Phil fuhr sofort nach Oxford und ließ mich mit seinen eingebildeten Schwestern und deren unerzogenen Kindern bei seinen Eltern zurück. Erst zwei Tage später tauchte er vollkommen übermüdet wieder auf und machte mir eine verworrene Liebeserklärung.

»Mir ist klar geworden, wie schnell man einen dummen Fehler machen und alles vorbei sein kann«, sagte er schließlich. »Du bist der wichtigste Mensch in meinem Leben, Jamie, und ich will, dass du das weißt. Bitte heirate mich.«

Und ich, die zwischendurch schon glaubte, er wolle Schluss machen, sagte in einer wirren Mischung aus Panik, Erleichterung und schierer Überrumpelung Ja.

Erst in den nächsten Tagen, während Phils Eltern mich bestürmten und begannen, Pläne zu machen, wurde mir klar, dass ich mich nicht bereit fühlte. Ich kam mir zu jung vor, mein Leben zu ungewiss, andere Dinge zumindest im Moment wichtiger – zum Beispiel die Tatsache, dass ich kein Geld habe, keine Arbeit und keine Zeit für eine Hochzeit. Ich sagte jedoch nichts. Denn wenn es das war, was Phil wollte, warum sollte ich nicht mitziehen? Joss sah es genauso. Mit ihr habe ich ein paarmal telefoniert. Denn sie ist ungefähr in meinem Alter und auch schon verheiratet.

»Man hat die Party seines Lebens und danach ändert sich eigentlich nichts«, meinte Joss. »Abgesehen davon, dass sich alles etwas verbindlicher anfühlt.« Das – so habe ich mir gedacht – ist ja nichts Schlimmes. Jetzt allerdings bin ich einfach nur froh, dass Phil und ich nicht verheiratet sind.

»Ich glaube …« Wieder blicke ich an die Decke – vor allem, um Lynns forschendem Blick auszuweichen. »Ich glaube, dass Phil mich liebt. Er hat nur ganz andere Interessen als ich – also im Bett.«

»Du meinst, er steht auf eine andere Art von Sex als du?« Lynn gibt sich keine Mühe, ihre Stimme zu senken. Aber was solls? Wir sind in London inmitten von ein paar Millionen Menschen, von denen der Großteil gewohnt ist, alles auszublenden, was sich nicht auf dem Handydisplay oder beim direkten Gegenüber abspielt.

»Er probiert halt gerne Dinge aus. Für mich bringt es die ganze Akrobatik irgendwie nicht. Das ist wie Pizza Hawaii.«

»Pizza Hawaii?«

»Ja, ich meine, man will doch Pizza oder Obstsalat. Gymnastik oder Sex.«

Kichernd hebt Lynn die Schultern. »Du magst es klassisch und ihm hat das nicht gereicht?«

»Irgendwann hat er mich mit seinen Erwartungen in Ruhe gelassen und der Sex wurde viel entspannter und schöner. Ich dachte, für uns beide, aber da habe ich mich wohl geirrt.«

»Denkst du, er hat da angefangen, mit anderen zu schlafen?«

Ich nicke und lasse mich frustriert gegen die Rückenlehne der Bank fallen. »Er meinte, es sei rein körperlich gewesen und überhaupt nicht von Bedeutung.«

Lynn nickt, als wisse sie genau, wovon ich rede. »Wie so eine Art Hobby.«

Ich muss lachen, obwohl mir nicht danach ist. »Ja, genau.«

So verletzt ich auch bin, ich wollte unsere Beziehung genauso dringend retten wie Phil, weil wir uns beide ein Leben ohne einander nicht vorstellen können. Phil war der Meinung, eine offene Beziehung funktioniere am besten, wenn ich auch hin und wieder Affären hätte. Das liegt jedoch außerhalb meiner Vorstellungskraft. Phil sagte, er lerne die Frauen in Bars kennen. *Ich* habe geglaubt, man gehe in Bars, um sich mit Freunden zu unterhalten und Cocktails zu trinken. Der Gedanke, irgendeinem Typen verschwörerisch zuzunicken und zu wissen, dass ich mich später noch vor ihm ausziehen soll, erscheint mir absurd. Ich brauche Zeit für Intimität. Ich brauche einen Funken, der langsam zu einem Feuer auflodert. Ich gehe nicht in Bars auf die Pirsch oder lasse mich im Club abschleppen. Nein, ich würde zu Hause auf dem Sofa sitzen, alleine Netflix gucken und mit der Zeit ein gefährliches Ungleichgewicht empfinden. Mein Selbstwertgefühl würde die Talfahrt antreten.

»Ich habe etwa eine Woche lang versucht, mir eine offene Beziehung vorzustellen«, erzähle ich Lynn. »Dann stand die Nachbarin mit einem Schwangerschaftstest vor unserer Tür.« Mit ihrem Fluch spricht Lynn mir aus der Seele. Tief atme ich den Kakaoduft aus meiner Tasse ein. »In dem Moment wusste ich, dass es vorbei ist.«

Lynn nickt verständnisvoll. »Ein Baby macht es ungleich schwieriger.«

»Es ist nicht nur das.« Ich trinke einen Schluck. »Als ich Phil gefragt habe, ob er sich wenigstens immer geschützt habe, hat er gesagt: *Natürlich, immer.*«

»Aber mit Kondom entstehen nun mal in der Regel keine Babys.« Lynn stützt ihren Arm auf dem Tisch ab und ihr Kinn in die Hand. »Was für ein Schwein!«

Ich unterdrücke den Impuls, Phil zu verteidigen. Seinetwegen saß ich heute auf einem gynäkologischen Stuhl, und seinetwegen muss ich Angst haben, mit HIV infiziert zu sein. Das Schlimmste ist, dass er mich in dem Moment, in dem er am ehrlichsten hätte sein müssen, angelogen hat. Und zwar nachdem er geschworen hatte, nie wieder mein Vertrauen zu missbrauchen. Erneut greift Lynn nach meiner Hand.

»Es tut mir so leid, Jamie. Aber du hast Glück, dass ich deine neue Mitbewohnerin bin. Mit Trennungen kenne ich mich gut aus. Wir werden dich schon wieder an den Mann bringen.«

Grinsend schüttele ich den Kopf. »Danke, aber mein Bedarf an Lebensveränderung ist erst mal gedeckt.«

In genau diesem Augenblick sehe ich schräg hinter Lynn Ryan an der Theke stehen. Sofort ist dieses Gefühl wieder da – wie Stromschnellen in meinen Adern.

»Was ist los?« Lynn folgt meinem Blick und dreht sich um.

»Wieso?« Hastig versuche ich, mich wieder auf sie zu konzentrieren.

»Irgendetwas hat dich doch gerade abgelenkt.« Sie hebt fragend die Augenbrauen. Entweder gibt Ryan eine enorme Bestellung auf oder er flirtet mit der Bedienung.

»Ich habe nur jemanden gesehen«, sage ich vage.

Noch einmal dreht Lynn sich um. Ryan wendet sich von der Theke ab, in der Hand einen Teller mit einem Sandwich. Das ist nicht sehr umfangreich. Also hat er geflirtet. Er setzt sich zu einem Typen mit sonnenblonden Haaren, den ich nur von hinten sehe. Auf dem Rücken seines T-Shirts ist das Logo irgendeines Surf-Weltcups zu sehen. Obwohl ich an seinem Ellenbogen vorbei erkenne, dass eine unfassbar große Portion *Mac and Cheese* vor ihm steht, hat er sich nicht die Mühe gemacht, seine Tasche abzulegen.

»Ryan?« Lynn mustert mich neugierig. »Siehst du seinetwegen so hingerissen aus?«

»Hingerissen? Ich sehe doch nicht hingerissen aus.«

»Vorsicht, Jamie, kann ich da nur sagen.« Lynn hebt einen warnenden Zeigefinger. »Ryan ist was für Fortgeschrittene, für Frauen, die wissen, was sie wollen, und die kein Interesse haben, am Morgen noch zusammen zu frühstücken.«

Ich verdrehe die Augen. »Ryan muss ja einen furchtbaren Ruf haben. Du bist schon die Zweite, die mich darauf hinweist.«

»Im Gegenteil.« Breit grinsend rührt Lynn in ihrem Glas. »Ryan hat einen ganz hervorragenden Ruf. Na gut, wahrscheinlich kommt es darauf an, wen du fragst.«

In einer hoffentlich gleichgültig wirkenden Geste hebe ich die Schultern. »Nur, um das klarzustellen: Ich habe in den letzten Tagen ein paar Recherchen für ihn gemacht und ihm heute die Ergebnisse präsentiert. Darüber hinaus interessiert er mich nicht. Er hat mir nicht mal richtiges Feedback gegeben.«

Lynn verdreht die Augen. »Oh, dann würde ich auch nichts mehr mit ihm zu tun haben wollen.«

Ich muss lachen, nehme aber gleichzeitig zur Kenntnis, dass Ryan sich für ein *Chicken-Katsu*-Sandwich entschieden hat. Gute Wahl! Um mich abzulenken, trinke ich den Rest meiner Schokolade und erkundige mich:

»Kennst du ihn näher? Ryan, meine ich.« Das hat ja super geklappt!

»June, eine Kollegin von mir, hat ihn einige Wochen gedatet. Für sie war es die große Liebe. Himmel, hat sie für ihn geschwärmt! Aber als Ryan das bewusst wurde, hat er es beendet.« Lynn stellt ihr Glas auf den Tisch und wirft mir einen bezeichnenden Blick zu. »Und zwar hart beendet. Er hat ihre Nummer blockiert und sich zu keinem Gespräch mehr bereit erklärt. Als sie ihn mitten im Büro abfing, hat er mich angerufen, damit ich mich um sie kümmere.«

Unwillkürlich fliegt mein Blick erneut zu Ryan. Er nickt immer wieder, während er seinem Freund zuhört. Ihm gegenüber wirkt er so zugewandt, dass ich mir gar nicht vorstellen kann, dass er so etwas Brutales wirklich getan hat.

Lynn zuckt mit den Schultern. »Ich persönlich hätte gar nichts gegen ein lockeres Arrangement mit Ryan Dexter gehabt – das kannst du mir glauben. Stattdessen hat er es mir überlassen, June aus ihrer Lebenskrise zu evakuieren.«

Ich muss grinsen. »Vielleicht solltest du dich damit selbstständig machen. Jetzt hast du schon wieder jemanden mit Lebenskrise von der Straße geholt.«

»Glaub mir, du kommst deutlich besser zurecht als June.«

Lynns Kommentar macht mich nachdenklich. Klar komme ich zurecht, wenn ich zur Arbeit gehe oder Lynn im Café treffe oder wir zwei abends zusammen auf dem Sofa sitzen und Netflix gucken. Dass Phil – mein Jugendschwarm, mein Freund, meine Go-to-Person in allen Lebenslagen – mein Herz gebrochen hat, sieht man mir ja nicht an wie ein gebrochenes Bein. Wenn ich darüber nachdenke, tut es allerdings so weh, dass ich nicht atmen kann. Dass Phil behauptet, seine Affären aus Liebe verheimlicht zu haben, um mich nicht zu verlieren, macht mich wütend. Und zwar so, dass ich nachts nicht schlafen kann. Doch davon zeugen höchstens meine Augenringe, denen ich morgens mit Foundation den Kampf ansage.

Lynn mustert mich mit schief gelegtem Kopf. »Er gefällt dir.«

»Was?« Aus meinen Gedanken gerissen blicke ich auf.

»Guck nicht so erschrocken. Ryan natürlich.«

An Lynn vorbei sehe ich ihn eine Frau mit schulterlangen haselnussbraunen Haaren begrüßen, die zu ihm an den Tisch tritt. Die beiden umarmen sich kurz und sie streicht sich eine Strähne hinters Ohr. Da sie im nächsten Moment den blonden Mann auf den Mund küsst, nehme ich an, es handelt sich um dessen Freundin.

»Ich kenne ihn ja überhaupt nicht.«

Lynn macht eine wegwerfende Handbewegung. »Bei Ryan reicht ein Optik-Check. Mehr als Sex kriegst du eh nicht von ihm. Seit June schläft er nie öfter als einmal mit einer Frau.«

Ich ziehe die Augenbrauen hoch. »Finley war auch schon so hervorragend über sein Sexleben informiert. Woher weißt du das?«

»Finley.« Lynn lacht wegwerfend. »Finley ist einfach nur eifersüchtig. Ich hingegen habe zu Frauen Kontakt, die mir Informationen aus erster Hand geben konnten.«

»Das Thema scheint dich ja sehr zu interessieren.«

»Durchaus. Ich habe gehört, dass Ryan ausgezeichnete Dinge mit dem Körper einer Frau anzufangen versteht, und ich für meinen Teil wäre nicht abgeneigt, mehr darüber zu erfahren. Aus Rücksicht auf June habe ich darauf verzichtet.«

»Verstehe.« Ich schiebe meine Tasse von mir. Warum hat sich Ryan eigentlich mitten ins Café und damit ins Zentrum meiner Wahrnehmung gesetzt? Ich kann ja gar nicht anders, als zu beobachten, wie er mit Zeige- und Mittelfinger einen komplizierten Rhythmus auf die Tischplatte klopft, während er der Freundin des Surfer-Typen zuhört.

»Jamie, ganz im Ernst.« Lynn beugt sich über den Tisch und fesselt meine Aufmerksamkeit. »Wenn dir schon wieder auffällt, wie attraktiv Ryan ist, dann bist du auch bereit für einen Neuanfang. Lass uns am Wochenende in meine Lieblingsbar gehen und ein bisschen rumgucken.«

Sofort schrillen meine Alarmglocken. »Bar? Wieso Bar?«

»Na, wenn du jemanden kennenlernen willst, ist das der beste Ort. Komm schon. Ich war ewig nicht mehr aus. Ich fühle mich wie eine Nonne.«

Wieder bringt sie mich zum Lachen. Lynn mit ihrem auf den ersten Blick strengen Anzug, der auf den zweiten ihre eleganten Kurven betont und einen ausnehmend gut gefüllten Ausschnitt aufweist, ist das Gegenteil einer Nonne.

»Erst mal gehe ich nach Hause«, beschließe ich. »Ich muss noch ein paar Recherchen für Finley erledigen.«

»Jetzt?« Entsetzt sieht Lynn mich an. »Es ist Feierabend. Du musst dringend an deiner Arbeitsmoral arbeiten, Jamie.«

Ryans Blick fällt in dem Moment auf mich, als wir uns in Richtung Ausgang wenden. Dieses tiefgründig schimmernde Blau seiner Iris kann die Welt ganz schön schwanken lassen. Seine Miene hellt sich auf, dann lächelt er.

»Hallo ...« Dass er am Ende des Wortes mit der Stimme

oben bleibt, lässt mich vermuten, dass er meinen Namen sagen wollte, ihn aber vergessen hat. Irgendwie verletzt mich das, obwohl es mich nicht wundern sollte. Wahrscheinlich hat Ryan es aufgegeben, sich die Namen von Frauen zu merken.

»Hi, Ryan«, sage ich im Vorbeigehen und nicke sogar seinem Begleiter und dessen Freundin zu.

»Wenn ich es recht bedenke, ist Ryan vielleicht genau der Richtige für dich«, meint Lynn, als wir im nächsten Moment auf die Straße treten.

»Was?«

Sie schiebt sich ihre schwarze Schultertasche über den Arm und macht mit dem Kinn eine Bewegung in Richtung des *Treemate.* »Du warst fünf Jahre lang mit Phil zusammen. Das ist toll, versteh mich nicht falsch. Aber jetzt hast du endlich die Chance, deinen Horizont zu erweitern und herauszufinden, was dir wirklich gefällt. Jemand wie Ryan, bei dem klar ist, dass es nur ein einziges Mal geben wird, ist dazu perfekt. Keine falschen Erwartungen, kein Stress, einfach nur ein bisschen Spaß.«

Zweifelnd hebe ich die Augenbrauen. »Ist Sex nicht immer mit Erwartungen verbunden?«

»Höchstens mit der Erwartung auf einen guten Orgasmus«, behauptet Lynn. »Männer haben den automatisch und du kannst ihn notfalls leicht vortäuschen.«

Aber so einfach funktioniert meine Welt nicht. Lachend schüttele ich den Kopf. »Du sagtest, er sei was für Fortgeschrittene, oder? Dann mache ich um Ryan lieber einen besonders großen Bogen.«

Kapitel 3

Mein neues Zimmer ist winzig. Der Fußboden besteht aus hellem Holz, ein Futonbett aus schweren Balken stand bereits im Raum. Lynn hat mir geholfen, meinen Schiebetürenschrank am Ende des Bettes direkt neben der Tür aufzubauen. Schiebetürenschränke sind in den engen Londoner Wohnungen unerlässlich, finde ich. Meine neue Bleibe hat ein bodentiefes Fenster und Platz für zwei Bücherregale an der Wand. Ich habe schon ein Highboard über dem Bett angebracht und mir auf einem Flohmarkt einen kleinen Schreibtisch besorgt. Dadurch ist das Zimmer voll, aber wenigstens bietet es Stauraum für mein Zeug, das sich teilweise noch bei Phil befindet. Es ist ein merkwürdiges Gefühl, mich hier ohne ihn einzurichten. Ich erinnere mich, wie ich ihn per Videocall durch mein erstes eigenes Zimmer führte, an die Euphorie vor den gegenseitigen Besuchen und die sich langsam einschleichende Traurigkeit am Abend vor der nächsten Trennung.

Gestern ist es spät geworden und ich habe mich trotzdem lange schlaflos im Bett gewälzt. Es ist so unbegreiflich, dass der Junge an meiner Seite plötzlich ein Mann ist, der eine offene Beziehung will und aus Versehen Vater wird. Ich bin so verletzt und enttäuscht von seinen Lügen, dass ich mich fühle, als müsse ich mich von einer Amputation erholen. Das Körperteil war nicht zu retten, aber die Phantomschmerzen bleiben. Der Morgen taucht mein Zimmer in helles Licht und hat mich vor dem Weckerklingeln aus dem Schlaf gerissen. Ich drehe mich auf den Bauch und schiebe die blauen Vorhänge zur Seite. Durchs Fenster blinzle ich auf die Bethnal Green Road hinab. Der knatternde Lärm eines bestimmt getunten Kleinmotorrads dringt durch die dreifach verglasten Scheiben. Mehrere Lieferwagen brausen in beide Richtungen haarscharf auf der schmalen Straße aneinander vorbei. Obwohl es noch so früh ist, sind viele der Santander Bikes aus der Station gegenüber vom Haus verschwunden. Ich liebe das junge Grün, das sich überall aus den Knospen der Bäumchen am Straßenrand schiebt. Und mir fällt auf, dass die Vorhänge fast die gleiche Farbe wie der Himmel haben. Himmelblau, das ist meine Lieblingsfarbe, nicht Taubenblau.

Vielleicht bin ich einfach zu unkreativ, um mir dieses neue Leben mit Phil vorzustellen. In der Nacht hat er mir wieder etliche Nachrichten geschickt. Er beteuert, dass wir trotz allem einen Weg finden können, dass er sich in Zukunft besser im Griff haben wird. Ich wünschte, das würde etwas ändern, aber das tut es nicht. Die Fakten sitzen wie unbewegliche Findlinge auf jedem Weg, der von uns aus in die Zukunft führt.

Mit einem Stöhnen rolle ich mich aus dem Bett. Ich darf nicht zu spät zur Arbeit kommen. Heute ist die große Redaktionssitzung bezüglich der jährlich erscheinenden *Special Edition* von ›Past & Present‹. Dafür wird ein zentrales gesellschaftliches Thema ausgewählt, mit dem sich sämtliche Rubriken des Magazins befassen. Bisher haben es drei Vorschläge in die engere Auswahl geschafft und Mitch hat mich Skizzen für verschiedene Segmente entwerfen lassen. Ich habe unfassbar viel Arbeit in die Aufgabe gesteckt und bin jetzt trotz allem gespannt, welches Thema das Rennen macht.

Auf dem Weg ins Bad verlasse ich das Zimmer und will mir gerade meinen Lieblingspodcast auf die Bluetooth-Kopfhörer schalten, als ich abrupt stehen bleibe.

Da ist ein Typ in unserer Küche.

Ich sehe nur einen Teil von ihm, weil sein Kopf tief im Kühlschrank steckt. Die Kaffeemaschine läuft und verbreitet zischend und gluckernd den Duft von Zu-Hause-Sein. Soweit ich weiß, war aber nie von einem Typen in meinem neuen Zuhause die Rede. Ich will bereits in meinen Türsteherinnen-Rausschmeiß-Modus schalten, überbrücke aber den Impuls. Erst mal sollte ich die möglichen Erklärungen durchgehen. Vielleicht hat Lynn einen Freund, von dem sie mir nichts erzählt hat? Einen mit Faible für geschmacklose Boxershorts und zerrissene T-Shirts. Sind das lauter winzige SpongeBobs auf seiner Unterhose? Ich kann mir nicht vorstellen, dass Lynn einem Mann so was durchgehen lassen würde – die löchrigen T-Shirt-Säume wahrscheinlich noch weniger. Ich beschließe, auf mich aufmerksam zu machen und die Sache zu klären.

»Hallo?«

»Hi.« Er dreht sich um. »Oh, wer bist du denn?«

»Das Gleiche wollte ich dich fragen.«

Er hat dunkelblonde Locken, die an einer Seite seines Kopfes so platt gedrückt sind, als wäre er gerade aus dem Bett gefallen. Er schiebt sich eine dunkel gerahmte Brille auf der Nase nach oben. Irgendwie wirkt sie riesig in seinem schmalen Gesicht. Er ist größer als ich und ziemlich dünn.

»Bist du Lynns Neue?«, will er wissen. »Also, ich meine, ihre neue Mitbewohnerin?«

»Ja, ich bin Jamie. Und du?«

»Entschuldige.« Hastig schließt er die Kühlschranktür, klemmt sich meine Packung Bio-Scheibenkäse unter den Arm und reicht mir die Hand. »Ich bin Kyle.«

»Freut mich, Kyle.« Kurz drücke ich seine kühlschrankkalte Hand. »Was machst du hier?«

»Ähm …« Nervös krümmt er die Zehen seiner nackten Füße. »Ich hatte nichts mehr zu essen.«

»Und deshalb klaust du meinen Käse?« Wer immer dieser Typ ist, gefährlich wirkt er nicht.

»Oh!« Erschrocken zieht er die Packung unter seinem Arm hervor. »Oh, Entschuldigung!« Er will mir den Käse in die Hand drücken. »Lynn findet es in Ordnung, wenn ich mir ihr Essen borge. Tut mir leid.«

»Macht nichts.« Ich winke ab. »Nimm ihn ruhig.«

»Was? Ich hätte gefragt, wenn ich das gewusst hätte.«

»Schon gut. Ich habe zwar immer noch keine Ahnung, wer du bist, aber ich will nicht, dass du verhungerst.«

»Echt? Danke!« Er strahlt mich an, als hätte ich ihm mit dem Käse das Leben gerettet. »Willst du Kaffee? Ich habe welchen gekocht.«

Dankend lehne ich ab. »Ich finde, Kaffee riecht besser, als er schmeckt. Für den Moment beschränke ich mich also lieber aufs Atmen.«

Kyle nickt mit verständnisvoller Miene. »Der Speichel zerstört fast die Hälfte der fürs Aroma verantwortlichen Moleküle im Kaffee. Das liegt an der Amylase – einem Enzym.«

Ich hebe die Augenbrauen. »Warum hat noch niemand einen Amylasehemmer für Kaffee erfunden?«

Er runzelt die Stirn. »Keine Ahnung. Das muss ich mal recherchieren.«

Sofort wird mir der schräge Typ sympathisch.

»Warum weißt du so was überhaupt?«, will ich wissen. »Gehst du jeden Freitag zum Pub-Quiz und gewinnst nie, weil dein Erzrivale jedes Mal ein bisschen besser ist?«

Seine Augen leuchten auf. »So ungefähr. Willst du mal mitkommen?«

Ich muss lachen. »Bisher weiß ich nicht mal, warum wir beide verpennt und halb nackt in derselben Küche stehen. Ich meine, ich weiß, dass du hier bist, um Käse zu klauen. Aber ansonsten weiß ich nichts über dich. Ich würde sagen, es ist zu früh für ein Pub-Quiz-Date.«

»Entschuldige, ich bin Kyle. Das sagte ich schon. Ich bin der

Nachbar.« Er redet zu schnell und schiebt sich verlegen die Brille hoch. Allerdings scheine ich gleichzeitig aus dem Zentrum seiner Aufmerksamkeit zu verschwinden. Sein Blick richtet sich wieder auf die Kaffeemaschine. »Es hilft übrigens, Kaffee mit einer Prise Salz zu trinken. Das Na+-Ion reduziert die Bitterkeit des Kaffees, indem es die Signaltransduktion des Geschmacks hemmt.« Er wirft mir einen Blick zu. »Der Effekt tritt unterhalb des Niveaus ein, bei dem du einen salzigen Geschmack registrierst. Vielleicht magst du den Kaffee damit ja lieber.«

Ehe ich etwas erwidern kann, öffnet sich die Tür zu Lynns Zimmer. Statt Lynn kommt eine weitere mir unbekannte Person heraus. Sie ist etwas kleiner als ich, hat eine schlanke Figur, ist aber an den richtigen Stellen fast schon üppig ausgestattet. Ich kann das so gut beurteilen, weil sie quasi nackt ist. Ein dunkelroter Slip und ein enges Spitzenoberteil, aus dem ihre Brüste quellen, stellen ihr komplettes Outfit dar. Als sie mich sieht, bleibt sie erstarrt im Türrahmen stehen.

»Hallo.« Ich frage mich, wie oft ich das noch zu mir vollkommen fremden Menschen in meiner neuen Wohnung sagen werde. Und das um kurz nach sechs Uhr morgens!

Ihr Blick fliegt zu Kyle. »Gehört sie zu dir?«

»Was?« Wieder schiebt er die Brille hoch und schüttelt hastig den Kopf. »Nein, sie wohnt hier.«

»Ich bin Jamie«, verkünde ich in der Hoffnung zu erfahren, wen ich diesmal vor mir habe. Die Frau macht jedoch auf den Fersen kehrt und knallt Lynns Schlafzimmertür hinter sich zu. Fragend sehe ich Kyle an.

»Das ist Mae, meine Mitbewohnerin«, erklärt er mir hilfsbereit.

Warum ist Mae so unhöflich? Warum hat sie offenbar in Lynns Zimmer geschlafen, wenn sie Kyles Mitbewohnerin ist? Läuft sie öfter in Unterwäsche herum? Und was macht ihr alle in meiner Wohnung? Das sind nur ein paar der Fragen, die mir durch den Kopf gehen. Am Ende sage ich nur: »Aha.«

Es wird spät. Ich muss mich dringend in einen ansehnlichen Zustand bringen und auf den Weg in die Redaktion machen. Für den Abend nehme ich mir vor, Lynn zu fragen, wem ich noch alles unvorhergesehen in unserer Küche begegnen könnte.

»Dann hab einen schönen Tag, Kyle. Ich muss mich beeilen.« Ich gehe lieber Zähneputzen, bevor jemand reingestürmt kommt und mir die Tür zum Badezimmer vor der Nase zuschlägt. Anscheinend kann man das hier nie wissen.

Kapitel 4

Wenig später sitze ich neben Finley im größten Konferenzraum der Redaktion und tippe mit fliegenden Fingern das Protokoll. Die Überschrift des Themen-*Special* steht fest: *Liebe und Hass im Netz.* Das Netz soll im weiteren Sinn als Öffentlichkeit verstanden werden und bietet auf diese Weise Anknüpfungspunkte für die historische Perspektive aufs Thema. Das hat Mitch mir erklärt, bevor ich meine Entwürfe dazu ausgearbeitet habe. Er ist Chefredakteur des Geschichtsteils von ›Past & Present‹, und dass Lynn ihn als Dinosaurier bezeichnet hat, passt. Er ist groß, ein bisschen schrumpelig, weitestgehend haarlos und hat stechende eisblaue Augen. Als ich ihn zum ersten Mal sah, riet mir mein Urinstinkt zur sofortigen Flucht.

»Jamie«, dröhnt Mitchs Stimme durch den Raum und lässt mich mitten im Tippen erstarren. Gerade ist er zur Rubrik *London HiStories* gekommen, und ich habe erwartet, dass er sich an Finley wendet. Stattdessen hat er seinen Blick auf mich geheftet. Ich halte die Luft an. Vor anderen Leuten hat er noch nie mit mir gesprochen. »Du hast mir einen Vorschlag gemacht.« Er kramt in seiner zerfledderten Mappe. »Hier! *London's Greatest Love Stories und was die Welt darüber dachte.* Als ich das las, habe ich befürchtet, dir hätte jemand ein rosarotes Wolkenschloss gebaut und du findest den Ausgang nicht mehr. Aber wenn ich es recht bedenke, passt die Idee für die *London HiStories* ins *Special.*« Er wirft einen Blick in die Runde. »Am Beispiel ausgewählter Liebespaare wird für verschiedene Epochen skizziert, wie die Menschen Liebe erlebten und wie sie darüber dachten. Das machen wir!«

Ich fange fast an zu hyperventilieren. Gestern lag ich halb nackt auf einem verdammten gynäkologischen Stuhl, weil mich der Mann, der mich liebt, womöglich mit einer tödlichen Krankheit angesteckt hat. Und jetzt soll ich fremder Leute Liebesgeschichten recherchieren? Wohl kaum!

»Ich glaube, den Vorschlag hatte ich noch nicht so gut durchdacht«, werfe ich ein. Dabei habe ich das Gefühl, die Luft im Raum sei dünner geworden. Hört man mich überhaupt?

»Zum Durchdenken wirst du viel Zeit haben.« Mitch grinst mich an. »Du machst die *Love Stories* für *London HiStories.*«

Ich höre auf zu hyperventilieren. Genauer gesagt, höre ich auf zu atmen.

»Was ...?« Ich muss mich räuspern. Mitch starrt mich an – lauernd wie ein Raptor.

»Gibt es ein Problem?«

Hastig schüttele ich den Kopf. »Ich wollte nur wissen, für wen ich die Recherchen machen soll – für Finley?«

»Für dich selber. Du schreibst die *Love Stories.* Das sagte ich doch gerade.« Mitch durchbohrt mich fast mit seinem Blick. Auch wenn er es nicht ausspricht, höre ich es ganz deutlich: *Wenn du mich enttäuschst, durchstoße ich dein Herz mit einem Laserstrahl aus meinem Auge.*

Ich klammere mich an die Tischplatte. Mein Herz hämmert gegen meine Rippen. Was genau verstehe ich hier falsch? Es klingt, als wolle Mitch, dass ich einen Artikel schreibe. Und dass er veröffentlicht wird. Das ist der Wahnsinn! Und das ist so was von nicht der richtige Zeitpunkt! Wie soll ich bitte über die große Liebe schreiben, nachdem mich der Mann, den ich heiraten wollte, mit HIV angesteckt haben könnte? Und wie soll ich das jemandem wie Mitch erklären? Das übliche

Rascheln von Papier, Kratzen von Stiften und Tippen auf Tastaturen höre ich nicht mehr, während Mitch den nächsten Kollegen in den Blick nimmt.

Ich würde gerne meinen Kopf auf den Tisch schlagen – einmal schön kräftig, um meiner aus den Fugen geratenen Welt neue Perspektive zu verleihen. Vor ein paar Wochen wäre das hier mein Traum gewesen. Aber jetzt ... Mühsam bringe ich ein Lächeln in Finleys Richtung zustande, als er mir auf die Schulter klopft und leise gratuliert.

Meine Finger fühlen sich wie gelähmt an, während ich tippe: *London HiStories* – Arbeitstitel: *London's Greatest Love Stories und was die Welt darüber dachte.* Autorin: *Jamie Sullivan.* Finley muss mich während dem weiteren Verlauf der Konferenz zweimal retten, weil ich nicht mitbekommen habe, was gesprochen wurde.

Nach Ende der Sitzung folge ich ihm noch immer benommen zu seinem Schreibtisch im Großraumbüro. Er lässt sich auf seinem Stuhl nieder und zieht mir den unbequemen Hocker heran, auf dem ich schon einige Male gesessen habe, um ihm meine Ergebnisse zu präsentieren. Mit der ihm eigenen Geste wuschelt er sich durch die ohnehin wild abstehenden Haare.

»Na gut, Dr. Love«, zieht er mich auf. »Was ist dein Plan?«

»Ähm ...« Ich setze mich und klammere mich an den Rucksack, den Phil mir geschenkt hat. Himmel! Ich glaube, ich muss das Ding loswerden. Ich lasse ihn zu Boden fallen und seufze. »Ich habe so was von keinen Plan.«

Finley lächelt mich an. »Ich bin mir sicher, du wirst das großartig machen. Mitch hätte dir den Job sonst nicht gegeben.« Natürlich meint Finley es gut, aber auf mich erhöhen seine Worte nur den Druck.

»Jamie!« Ich und mit mir mindestens die Hälfte des Kollegiums zucken zusammen, als Mitchs Stimme durchs Büro donnert. Sein lautes Organ katapultiert mich direkt wieder auf die Füße. Er steht in der offenen Glastür seines Büros und winkt mich zu sich.

Finleys Augenbrauen heben sich. »Das hört sich dringend an. Sag einfach Bescheid, wenn du Hilfe brauchst.«

»Danke.« Ich klinge atemlos und ärgere mich darüber. Klar, es gibt Menschen wie Mitch, die einfach alle einschüchtern, aber das ist kein Grund, sofort in den Überlebensmodus zu schalten. Trotzdem besteht jedes Gespräch mit ihm vor allem aus der Überwindung meines Fluchtinstinkts.

Eilig setze ich mich in Bewegung und versuche, das Gedankenkarussell in meinem Kopf zu stoppen: Ist Mitch zur Besinnung gekommen? Will er, dass ich doch nur die Recherche erledige und Finley das Schreiben überlasse? Oder hat er ganz und gar entschieden, dass die *Love Stories* zu kitschig sind? Wäre das nicht – zumindest in meiner aktuellen Lage – gut?

Zu meiner Überraschung sehe ich durch die Glasscheiben zu Mitchs Büro noch jemanden sitzen: Ryan! Mit düsterer Miene und vor der Brust verschränkten Armen starrt er vor sich hin. Die Beine hat er lang von sich gestreckt. Alles an seiner Körperhaltung verrät, dass er nicht hier sein will. Er sieht nur kurz auf, als Mitch mich in sein Büro schiebt, und murmelt einen undeutlichen Gruß. Mitch deutet auf den zweiten Stuhl vor seinem Schreibtisch. Auf der äußersten Kante nehme ich Platz und richte meinen Blick auf das Chaos. Mitchs Regale sind vollgestopft mit einer wirren Mischung aus Büchern, Magazinausgaben, Heften anderer Herausgeber, Mappen und zum Teil losen Blättern. Sein Arbeitsplatz macht einen ähnlich unaufgeräumten Eindruck. Nur die Computertastatur direkt vor ihm befindet sich in makellosem Zustand. Mit einem Ächzen lässt er sich in seinen Chefsessel fallen. »So, Jamie. Wir müssen über die *Love Stories* sprechen.«

»Machen wir sie doch nicht?«

Mitch hebt beide Hände. Sie sind riesig und schwielig, als hätte er sein Leben lang schwer auf dem Bau geschuftet. »Warum habe ich den Eindruck, dass du nicht so begeistert bist, wie du sein solltest?«

Unwillkürlich werfe ich einen Blick zu Ryan, der mich ebenfalls mit zusammengezogenen Brauen mustert. Vor ihm werde ich bestimmt nicht erklären, dass ich mit Liebesgeschichten gerade nichts zu tun haben möchte.

»Doch, ich bin begeistert. Und ich bin dir dankbar für die Chance.«

»Aber?« Mitch sieht mich an, als habe er etwas auf seinem Teller entdeckt, das er auf keinen Fall in den Mund stecken wird.

»Ich bin mir nicht sicher, ob das Thema so viel hergibt, wie ich ursprünglich dachte.«

»Das wirst du herausfinden.«

»Vielleicht war ich etwas voreilig und zu ungenau bei der Skizze.«

»Was betreibst du da? Dich und deine Arbeit schlechtzureden, ist mein Job. Du hast nur die Aufgabe, dich hinterher aus dem Staub aufzurappeln.« Mitch grinst mich an, als sei seine Bemerkung witzig. »Nein, nein, die *Love Stories* kommen ins *Special.*« Kurz deutet er auf Ryan. »Und Ryan soll uns beweisen, dass seine spitze Feder auch im feinfühligen Segment zu gebrauchen ist.«

»Ryan soll die *Love Stories* machen?« Ich habe das Gefühl, ins Trudeln zu geraten, weil ich mich nicht entscheiden kann, ob ich Erleichterung oder grenzenlose Enttäuschung empfinden soll. Ich sehe Ryan an, aber er starrt geradeaus.

»Falsch.« Mitch schüttelt den Kopf. »Ryan und du …« Sein Zeigefinger fliegt mehrfach zwischen uns hin und her. »… ihr schreibt die *Love Stories* gemeinsam. Und ihr bekommt zusätzlichen Platz dafür.«

Ich reiße die Augen auf. Ich soll mit Ryan Dexter zusammenarbeiten? Wie soll das gehen, wenn mich sein spöttisches Lächeln aus der Fassung bringt und mir seine Blicke so tief unter die Haut gehen, dass er sicher nicht lange brauchen wird, um es zu bemerken? Mit seiner Historie hat er mich doch längst auf One-Night-Stand-Tauglichkeit abgecheckt und ... Hilfe! Ich sollte mir keine derartigen Gedanken machen. Ryan ist schon eine Überdosis für mein Nervensystem, ohne dass wir nackt sind. Noch mal Hilfe! Fakt ist, dass Ryan ja wohl noch ahnungsloser ist als ich, wenn es um die Liebe geht.

Sein erster Satz, seit ich das Büro betreten habe, bestätigt diese Annahme: »Ich kann mit dem ganzen Kram nichts anfangen, Mitch. Es hat einen Grund, warum ich hier arbeite und nicht für einen Beziehungsratgeber. Wer an die große Liebe glauben will ... Von mir aus! Aber ich halte dieses Märchen für den größten Unfug, den die Popkultur je hervorgebracht hat.«

»Märchen?«, entfährt es mir unwillkürlich. »Inwiefern?«

Ryan wirft mir einen irritierten Seitenblick zu. »Inwiefern nicht? Beides ist völlig frei erfunden.«

»Ein Märchen muss aber ein paar mehr Kriterien erfüllen, um ein Märchen zu sein – zum Beispiel feste sprachliche Formeln.«

»Du meinst so was wie *Ich liebe dich*? Check, würde ich sagen.« Sein selbstzufriedenes Grinsen lässt mich kurzzeitig vergessen, dass Mitch mit seiner eigenen Agenda vor uns sitzt und eigentlich auf etwas anderes hinauswollte. Auch Ryan achtet nicht auf Mitch, sondern redet einfach weiter: »Es läuft doch immer gleich ab: Auf dem Weg zum vorbestimmten Happy End müssen Held und Heldin Prüfungen bestehen. Es geht darum, ein Herz zu erobern, die böse Schwiegerfamilie zu überzeugen, die eigenen Gelüste zu kontrollieren oder was auch immer, aber am Ende geht alles gut aus. Genau das wünschen sich die Leute für ihre Liebesgeschichten.«

»Das mag ja alles sein, aber vergisst du nicht eine Kleinigkeit?« Bezeichnend hebe ich die Augenbrauen. »Magie: mystische Zahlen, sprechende Tiere, rätselhafte Verwandlungen. Das gibt es in jedem guten Märchen, aber mit der Realität hat das nichts zu tun.«

Ryan zuckt mit den Schultern. »Die Liebe ist genauso voll von Magieglaube wie Märchen. Die magische Zahl der Liebe ist die Zwei statt der Drei. In jeder Enemies-to-Friends-Erzählung kommt mindestens eine Verwandlung vor. Und wenn ich mit meinen Kumpels durch die Pubs ziehe, reißen sie die dreckigsten Witze, aber wenn sie nach Hause kommen, werden sie mit Übertreten der Schwelle vom Rüpel zum Gentleman. *Schatz, ich bin da ...«*

Ich verdrehe die Augen über seine Flötenintonation. »Vielleicht solltest du über die Wahl deiner Freunde nachdenken.«

»Ich bin noch nicht fertig.« Grinsend sieht er mich an. »Symbole wie die Farbe Gold sind in Märchen von Bedeutung. Wie in der Ehe, wenn man an die Ringe denkt.« Er hat nicht unrecht. Und offenbar merkt er, dass ich ihm in diesem Punkt wenig entgegensetzen kann, denn er sieht mich triumphierend an. »Es gibt nur einen zentralen Unterschied: Im echten Leben scheitert die Liebe an der Realität – immer und immer wieder. Trotzdem hört die Welt nicht auf, ans Happy End zu glauben.«

»Nur weil wir keine Märchenfiguren sind, heißt das nicht, dass es nicht zutiefst menschlich ist, ans Happy End zu glauben«, erkläre ich bestimmt. »Es ist eine unserer besten Eigenschaften, die Hoffnung nicht aufzugeben.«

»Seid ihr fertig?« Mitch fixiert uns mit eisigen Augen und entblößt sein Gebiss. Er wirkt wie ein aus dem ewigen Eis aufgetauter Tyrannosaurus, der seinen Schlund öffnet, um dem nächstbesten Typen den Kopf abzubeißen. Seine Stimme klingt jedoch ausnehmend freundlich: »Deine Theorie klingt ja ganz lustig, Ryan, und du kannst natürlich absagen. Aber du weißt, was das bedeutet.«

Seine Grimasse entpuppt sich als Grinsen und ich mustere Ryan neugierig. Einen Augenblick lang ist es still im Büro.

»Schon gut«, gibt Ryan nach. »Ich mache es.«

Mitch lässt eine Hand auf den Schreibtisch klatschen – genau in den freien Spalt zwischen seiner Tastatur und einer der zahlreichen Kaffeetassen. »Ich wusste, du würdest vernünftig sein. Also, ihr bekommt zehntausend Anschläge. Es soll ein gemeinsames Stück sein wie aus einem Guss. Wenn ihr es einreicht, will ich, dass ihr markiert, wer von euch für welche Teile verantwortlich ist. Ihr werdet viel voneinander lernen, da bin ich mir sicher.«

Voneinander lernen? Unter Garantie kann ich von Ryan lernen, ein Stück so dramatisch in Szene zu setzen, dass es jeder lesen will. Oder wie man jede Regung von Liebe mit bösem Zynismus ins Lächerliche zieht. Aber was bitte soll Ryan von mir lernen – einer Praktikantin, die nicht mal ihren Master in der Tasche hat? Das scheint sich auch Ryan zu fragen, wenn ich seinen Seitenblick richtig deute.

»Wenn ihr mir irgendeinen Quark abgebt, könnt ihr in Zukunft maximal noch für den *Lifestyle* schreiben«, verkündet Mitch. »Ist das klar?«

Ich nicke ergeben.

»Gut, dann raus!«

Mit seinem abrupt in Richtung Tür weisenden Finger beendet er das Gespräch. Als ich mich unzufrieden erhebe, hat er sich schon in seinem Sessel zurückgelehnt und testet mit skeptischer Miene, ob der Kaffee in einem der Becher noch genießbar ist. Kaum hat Ryan vor mir das Büro verlassen, dreht er sich zu mir um.

»Können wir kurz reden?«

»Klar.« Wachsam sehe ich ihn an und ziehe unwillkürlich an dem geflochtenen Zopf, der mir über der Schulter liegt. Verlegen lasse ich die Hand sinken, als Ryans Blick darauf fällt.

»Dieser Artikel ist nicht mein Ding.«

Ich nicke, denn das kommt nicht überraschend. Selbst wenn er seine Meinung eben nicht so klar zum Ausdruck gebracht hätte … Er ist Verführungskünstler, kein Beziehungsexperte. Ich wünschte nur, ich könnte ihm in die Augen sehen, ohne den Boden unter den Füßen zu verlieren.

»Trotzdem ist das wichtig für mich«, fährt Ryan fort. »Ich habe die Chance, *Editor* bei ›Past & Present‹ zu werden. Und ich kann ein regelmäßiges Gehalt wirklich gut gebrauchen.«

Editor? Mit Mitte zwanzig? »Das ist großartig«, bringe ich hervor.

»Heute habe ich einige Dinge zu erledigen, aber vielleicht können wir uns morgen treffen? Nur ein kurzes Meeting, um Ideen zu sammeln?«

Ich nicke zustimmend. »Sag mir einfach, wann und wo.«

Ryan scrollt kurz durch sein Telefon, und ich vermute, er überprüft seinen Kalender. »Zwölf Uhr im *Treemate* zum Lunch?« Er sieht mich zwar an, aber ich spüre, dass irgendetwas anders ist als gestern. Da waren sein Blick forschend und sein Lächeln offen. Heute wirken seine Augen dunkel und seine Miene fast starr.

»Klar, das passt.«

Er nickt nur kurz und wendet sich ab. Ich habe keine Ahnung, wie, aber ich muss das hier gut machen. Sonst bin ich mein Praktikum schneller los, als ich *Love Stories* tippen kann.

Kapitel 5

Als die Wohnungstür auffliegt, blicke ich hoch. Ich sitze mit meinem Laptop, einigen Büchern und meinem Notizheft am Esstisch und versuche vergeblich, mich zu konzentrieren. Mein Kopf ist voller bitterer Gedanken an Phil, verwirrter an Ryan, verängstigter an Mitch und einfach nicht offen für die Liebespaare Londons. Nicht mal eine Seite habe ich mit Notizen gefüllt, obwohl ich mindestens drei Stunden hier saß. Was für eine magere Ausbeute! Ich blicke in der Erwartung zur Tür, wieder in ein fremdes Gesicht zu schauen, aber es ist Lynn, die ihre Pumps mit gewagt hohen Absätzen von den Füßen schleudert und stöhnend auf mich zuwankt.

»Neue Schuhe. Ich hasse die Dinger.« Sie lässt sich mir gegenüber auf einen Stuhl fallen und streckt ihre Füße von sich.

»Warum kaufst du sie dann? Hattest du noch nicht genug?« Schon während meines Einzugs hat sie mir die Wand in ihrem Zimmer gezeigt, die bis unter die Decke auf verschiedenfarbigen Highboards ihre Schuhkollektion präsentiert.

»Die Dinger sind das pure Gift«, jammert Lynn. »Sie verführen mich zum Kaufen und dann stellen sie sich als Folterinstrumente heraus.«

Ich werfe ihr einen belustigten Blick zu. »Soll ich dir ein Fußbad machen?«

»Oh ja, bitte«, stöhnt Lynn, als hätte ich angeboten, ihre Seele ins Paradies zu führen. Ich will schon aufstehen, aber sie wirft sich halb über den Tisch und greift nach meiner Hand. »Sag mir nur eins: Sind die Gerüchte wahr?«

Fragend sehe ich sie an. »Was meinst du?«

»Du schreibst einen Artikel über die größten Liebesgeschichten Londons für die *Special Edition?* Zusammen mit Ryan Dexter?«

»Wenn ich den Tag heute nicht geträumt habe, ja.«

»Oh mein Gott, das ist großartig! Herzlichen Glückwunsch, Jamie!« Lynn umfasst meinen Arm mit beiden Händen. »Wahnsinn! Warum bist du nicht betrunken oder erschöpft vom Begeistert-Herumhüpfen auf dem Teppich zusammengebrochen?«

Mit einem vorsichtigen Lächeln hebe ich die Schultern. »Ich bin mir nicht sicher, was ich davon halten soll.«

»Wie kannst du dir nicht sicher sein? Das ist eine unfassbare Chance für dich.« Mit einem breiten Grinsen fügt sie hinzu: »Und dann veröffentlichst du auch noch einen Text im *Special.*«

Mit einem Stöhnen schüttele ich den Kopf. »Lass mich bloß mit Ryan in Ruhe. Der steht nicht auf mich.«

Sofort hellhörig mustert Lynn mich. »Ist das etwa schlecht kaschiertes Bedauern in deiner Stimme?«

»Nein. Ich will damit nur sagen, dass wir ein vollkommen professionelles Verhältnis haben.«

Lynn kichert. »Mal sehen, wie lange noch.«

Zu einer Antwort komme ich nicht, weil sich die Wohnungstür erneut öffnet. Mae steht im Türrahmen. Sie trägt mehr Kleidung am Körper als heute Morgen: hautenge schwarze Hosen, eine tief ausgeschnittene sonnengelbe Bluse und einen aufgetürmten Haarknoten. Einen Moment lang starrt sie uns an. Ihr Blick fällt auf Lynns Hände, die auf dem Tisch meinen linken Unterarm umfassen. Ohne ein weiteres Wort dreht sie sich um und schlägt die Tür hinter sich zu. Irritiert ziehe ich meine Hand unter Lynns hervor und deute auf den Ausgang.

»Was genau hat das zu bedeuten?«

Seufzend stemmt Lynn sich vom Tisch hoch. »Was hältst du davon, wenn ich mir selbst mein Fußbad mache? Du holst uns was zu essen. Dann setzen wir uns vor den Fernseher und ich erzähle es dir. Die ganze Sache ist ...« Sie humpelt zur schmalen Küchenzeile und setzt den Wasserkocher auf. »... kompliziert.«

Das Gefühl kenne ich. Also mache ich mich auf den Weg, streife eine Weile über die Bethnal Green Road und kehre schließlich mit burmesischem Essen zurück. Mit einem intensiv nach Kampfer riechenden Fußbad und irgendeiner Folge ›Singletown‹ machen Lynn und ich es uns vor dem Fernseher gemütlich. Lynn hat eine Ecke des kleinen Wohnzimmers mit Bücherregalen vom Rest des Raumes abgetrennt. In den Fächern haben vor allem Pflanzen ein Zuhause gefunden. Seit meinem Einzug müssen sie sich den Platz mit echten Büchern teilen. Und mit der ein oder anderen von Lynns Schuhboxen.

»Also.« Ich stelle den Fernseher leiser, rolle Shan-Nudeln auf meine Gabel und werfe Lynn einen Seitenblick zu. »Wie viele Leute haben außer uns Zugang zu dieser Wohnung?« Erst wollte ich Schlüssel sagen, aber das wäre falsch. Das Gebäude bleibt zwar rein äußerlich dem Backsteinlook der Gegend treu, ist aber innen nicht nur mit winzigen Wohnungen, sondern auch einer elektronischen Schließanlage ausgestattet. Wenn man den Chip vor das Lesegerät in der Tür hält, öffnen sich mit einem einzigen Klicken zig schwere Bolzen.

»Du hast schon alle kennengelernt«, erwidert Lynn, während sie auf ein Stück aufgepikstes Huhn pustet. »Entschuldige, dass ich dich nicht vorgewarnt habe. Kyle und ich wohnen schon gefühlt ewig nebeneinander. Eigentlich hatten wir überlegt zusammenzuziehen, aber als sein letzter Mitbewohner auszog, war ich gerade mit einem Typen zusammen, von dem ich dachte, dass es diesmal klappen würde. Er hat quasi hier gewohnt. Also hat Kyle sich jemand anders gesucht und Mae ist bei ihm eingezogen.«

»Das heißt, Kyle wird öfter hier auftauchen und mein Essen stehlen?«

»Ständig. Er studiert Chemie und hat wahnsinnig was drauf – abgesehen von allem, was das praktische Leben betrifft. Einkaufen vergisst er in der Regel. Dann kommt er hierher, meistens sehr früh morgens. Als Entschädigung kocht er Kaffee.«

Ich muss lächeln. »Verstehe. Ich kriege zwar Albträume von seinen Unterhosen, aber abgesehen davon wirkt er nett.«

»Anders als Mae, meinst du.« Lynn rührt in ihren Kokosnudeln.

»Schon.« Fragend sehe ich sie an. »Was hat sie gegen mich?«

Lynn krümmt und streckt ihre Zehen in der Rührschüssel, die sie als Fußwanne benutzt. »Mae und ich hatten was am Laufen.«

»Hatten?«

»Na gut, haben – on-off.« Lynn gibt ein frustriertes Stöhnen von sich. »Mae ist vor etwa einem Jahr bei Kyle eingezogen und kurze Zeit später ging meine Beziehung in die Brüche. Ich habe mich zum ersten Mal in meinem Leben wirklich mies wegen so was gefühlt. Mae hat mich so lange angeflirtet, bis ich kapierte, dass sie auf mich steht. Erst hat mich das genervt, aber dann habe ich es einfach ausprobiert.«

Meine Shan-Nudeln bekommen durch die scharfe Würzpaste eine ordentliche Wucht. An die Mischung aus Nüssen, Adzukibohnen und Teeblättern muss ich mich ein paar Bissen lang gewöhnen, finde sie dann aber richtig lecker.

»Ehrlich gesagt war mir schnell klar, dass Mae mir zwar ziemlich gute Orgasmen machen kann, aber für mich persönlich ist es eher die kleine Schwester von Sex mit einem Mann.

Verstehst du?« Lynn sieht mich von der Seite an. Ehrlich gesagt habe ich keine Ahnung, aber ich bewundere Lynn für ihre Abenteuerlust, auch wenn sie gerade ziemlich trüb in ihrem Essen herumstochert. »Manchmal habe ich versucht, mir eine richtige Beziehung mit Mae vorzustellen. Aber das mit uns hat sich immer nur nach Abwechslung angefühlt, nicht nach etwas Richtigem. Ich bin wohl einfach nicht lesbisch – wahrscheinlich nicht mal richtig bisexuell.«

»Und für Mae ist das anders?« Was sich auf dem Bildschirm in ›Singletown‹ abspielt, kann nicht im Entferntesten mit dem echten Leben mithalten.

»Mae hatte schon in der Schule ihr Coming-out. Für eine Beziehung kommt nur eine Frau für sie infrage – jemand wie ich, hat sie gesagt. Daraufhin wollte ich es beenden. Das war einige Wochen, nachdem wir damit angefangen hatten, miteinander zu schlafen. Seitdem sehen wir uns manchmal eine Weile gar nicht. Dann taucht sie wieder auf. Und ich bin wahnsinnig schlecht darin, sie vor die Tür zu setzen.« Lynn lehnt sich vor und stellt die Metallbox, in der ich ihr Takeaway geholt habe, auf den Couchtisch.

»Also ist Mae eifersüchtig, wenn sie uns zusammen sieht?«, frage ich angesichts der Vibes, die Mae mit ihrer verschlossenen Miene und ihrer Weigerung verbreitet, dieselbe Luft zu atmen wie ich. Lynn wirft mir einen ungewöhnlich zerknirschten Blick zu.

»Ich fürchte ja. Sie hat schon zwei Mitbewohnerinnen im letzten halben Jahr vergrault. Irgendwann hat sie mich dazu gebracht zu versprechen, ich würde nur noch männliche Mitbewohner casten, weil sie meinte, sie könne es besser ertragen, mich an einen Mann als an eine Frau zu verlieren. In der Zwischenzeit habe ich das zurückgenommen. Mae und ich sind nicht zusammen und ich kann mir von ihr weder meine Beziehungen noch meine Freundschaften diktieren lassen.« Frustriert zuckt sie mit den Schultern. »Aber du bist nicht nur kein Kerl, sondern eine äußerst hübsche Frau mit einem anbetungswürdigen Lächeln und beneidenswert grünen Augen.« Sie wirft mir ein schiefes Grinsen zu. »Und nein, ich versuche nicht, dich anzumachen. Das ist meine ehrliche Einschätzung als Mitbewohnerin.«

»Danke, mein Selbstwertgefühl kann ein bisschen Pep-Talk gebrauchen.« Während ich die Reste meines Essens zusammenkratze, zieht Lynn ihre tropfenden Füße aus dem Wasserbad und stellt sie auf das bereitgelegte Handtuch. Vorsichtig tupft sie die aufgequollene Haut trocken.

»Vielleicht ist es gut, wenn Mae deinetwegen sauer auf mich ist. Das kann schließlich nicht so weitergehen. Ich werde ihr nie geben können, was sie sich erhofft.«

»Meinst du nicht, es wäre fair, nicht mehr mit ihr zu schlafen?«, frage ich vorsichtig.

»Absolut. Ich habe dir doch erzählt, wie furchtbar es June ging, als Ryan sie hat sitzen lassen.«

»Du willst Mae nicht das Gleiche antun?«

»Nein, will ich nicht, aber das meine ich nicht. Vielmehr glaube ich, dass Ryan das Beste getan hat, was man in so einer Situation machen kann. Er hat June keine Sekunde im Unklaren gelassen. Es war hart für sie – keine Frage. Aber sie hatte keinen Grund, sich Hoffnungen zu machen und konnte sich darauf konzentrieren, mit ihrem Leben klarzukommen. Mae klopft seit einem Dreivierteljahr immer wieder an meine Tür. Und dann mache ich auf. Es ist so tröstlich, sich geliebt zu fühlen. Aber es ist nichts Echtes.«

Ich schaudere, als ich mich an Ryans Argumentation erinnert fühle. »Hast du ihr gesagt, wie du empfindest?«

»Ja, aber anscheinend habe ich es nicht richtig rübergebracht. Sie macht sich immer noch Hoffnungen, dass ich mich zu ihr bekenne.« Lynn stemmt ihre Füße gegen den Couchtisch und lehnt sich zurück. Ich mache es ihr nach. »Mittlerweile haben Mae und ich ein halbes Jahr voll Streits, Funkstille-Phasen und Rückfällen hinter uns. Seit ich es angesprochen habe, dreht sich die Spirale noch schneller. Denn wenn ich sage, dass jetzt aber wirklich Schluss sein muss, glauben wir mir beide nicht mehr. Meine größte Sorge ist aber eine andere.« Lynn sieht mich an. »Ich will auf keinen Fall, dass Mae dich auch noch vergrault.«

Ich lächle ihr zu. »Wenn es dich beruhigt: Ich habe sowieso keine Alternative, als hier zu wohnen.«

Lynn kichert. »Ja, das beruhigt mich total.«

Bisher haben wir wohl beide nichts von der ›Singletown‹-Folge mitbekommen. Jetzt versuchen wir, uns zumindest ein bisschen auf den pubertären, melodramatischen Unfug der Ex-Verliebten auf dem Bildschirm zu konzentrieren. Inmitten attraktiver Singles schauen sie einander dabei zu, wie sie ihr Herz an andere verlieren. Das bewegt sich für meine Begriffe auf einem Level von Masochismus, das mir fremd ist. Zum Glück klopft es nur wenig später an der Tür.

»Wer ist das denn?« Lynn macht mühsame Anstalten, sich aufzurappeln. Eine merkwürdige Welt, in der ständig Leute in die eigene Wohnung platzen, man sich aber wundert, wenn zur Abwechslung mal geklopft wird! Lynn hat jedoch nicht mal ihren Hintern vom Sofa gehoben, als die Wohnungstür aufgeht und sich ihr Weltbild wahrscheinlich wieder geradebiegt. Durch die Regalfächer hindurch sehe ich, wie Mae von einer Hand hereingeschoben wird, die zu Kyle gehört. Er tritt direkt hinter ihr ein. Mae sieht sich kurz um und taucht dann mit einer Tüte *Lay's* zwischen den Regalen auf.

»Hi.« Ihr Blick findet meinen. »Kyle hat mir einen Vortrag gehalten und mir klargemacht, dass ich mich unmöglich aufgeführt habe. Entschuldige, dass ich so unfreundlich zu dir war. Heute Morgen war ich einfach überrascht.«

Einen Moment lang starre ich sie perplex an und weiß nicht, was ich sagen soll. Damit habe ich jetzt nicht gerechnet.

Sie hebt die Chipstüte. »Kann ich es hiermit wiedergutmachen?«

»Logisch.«

Mit einem erleichterten Lächeln kommt sie um den Couchtisch herum und schafft es irgendwie, sich zwischen Lynn und mich aufs Sofa zu quetschen. Ihr blumiger Duft hüllt mich in eine dichte Wolke, sodass ich froh bin, als sie die Tüte aufreißt und der scharfe Geruch von Essig aufsteigt.

»Du hättest mich vorwarnen können«, sagt Mae vermutlich an Lynns Adresse.

Hinter ihrem Rücken fange ich Lynns genervten Blick auf.

»Ist es in Ordnung, wenn wir bleiben?« Mit nervös ineinanderverschränkten Händen steht Kyle in Shorts und T-Shirt, auf dem die Struktur irgendeines Moleküls abgebildet ist, in der Lücke zwischen den Bücherregalen.

»Es läuft ›Singletown‹. Wobei sollten wir stören?«, sagt Mae ungeduldig und reicht mir die Chipstüte.

»Es läuft ›Singletown‹, weil wir uns unterhalten, Mae«, bemerkt Lynn mit einem scharfen Unterton, der zumindest mir nicht entgeht. »Aber da ihr schon mal da seid, könnt ihr auch was trinken.«

»Hast du Fanta?«, fragt Kyle hoffnungsvoll, während er auf der Kante eines grauen Sessels Platz nimmt, es aber vermeidet, sich in die bunten Kissen sinken zu lassen.

»Nein.« Lynn steht auf und hebt vorsichtig die Wasserschüssel mit ihrem Fußbad an. »Du als Chemiker solltest wissen, wie ungesund das Zeug ist.«

»Als Chemiker habe ich nichts gegen Chemie«, widerspricht Kyle. »Hast du nicht ›Breaking Bad‹ gesehen?«

»Nein, aber ich vermute, darin geht es nicht um Fanta.«

»Ich glaube, das Zeug, das sie da brauen, ist ähnlich ungesund.« Mae stopft sich eine Handvoll Chips in den Mund. »Ich muss aufhören, diesen Kram zu essen. Der macht mich fett. Aber ich bin süchtig.«

»Das nennt man Hedonische Hyperphagie«, erklärt Kyle. »Von Chips kriegt man aufgrund des Fett-Kohlehydrat-Verhältnisses nicht genug. Das Belohnungszentrum wird dadurch übermäßig stark aktiviert. Es wird noch erforscht, welches die genauen molekularen Auslöser sind, aber der Effekt wird auch durch den Salzgehalt vermittelt.«

»Hedonisch im Sinne von hēdonḗ?«, erkundige ich mich.

»Hedo… was?«, fragt Mae.

»Hēdonḗ ist das altgriechische Wort für Genuss, Lust, sinnliche Begierde.«

»Hilfe«, gibt Mae mit vollem Mund von sich. »Ich bin von Freaks umgeben. Bei Kyle bin ich ja daran gewöhnt, aber warum weißt du solche Sachen?«

Erschrocken frage ich mich, ob ich genauso nerdig wirke wie Kyle. Wahrscheinlich. »Ich studiere Geschichte und wie schon mein Lehrer immer sagte: Historikerinnen interessieren sich für alles, was eine Geschichte hat – also alles. Der Hedonismus ist ursprünglich eine philosophische Strömung der Antike. Daher kenne ich den Begriff.«

»Und wo hast du Lynn kennengelernt?« Mae wirft Lynn, die ihr Fußbad ausgeschüttet hat und mit einer Flasche Wasser sowie zwei Gläsern zurückkommt, einen Blick aus verengten Augen zu.

»Ich mache ein Praktikum bei ›Past & Present‹.«

»Aha«, kommentiert Mae dumpf. Rasch drücke ich ihr die Chipstüte in die Hand in der Hoffnung, damit ihre Nerven zu beruhigen. Kyle – immer noch auf der Sesselkante – klammert sich nervös an das Wasserglas, das Lynn ihm gibt.

»Was machst du denn beruflich?«, versuche ich Mae von mir und Lynn abzulenken.

»Ich bin Storemanagerin in einem Buchladen in der Brick Lane.« Sie gibt mir die Chipstüte zurück. »Ich bekomme Mitarbeiterinnenrabatt, also sag mir Bescheid, wenn du Bücher brauchst.«

»Ehrlich?« Das ist ja noch besser als Chips.

»Jederzeit.«

»Müssen wir das eigentlich gucken?« Kyle sieht uns vorwurfsvoll an. Als wir verständnislos seinen Blick erwidern, macht er eine Kopfbewegung Richtung Fernseher. In ›Singletown‹ sind mehrere der Ex-Liebenden in Heulkrämpfe ausgebrochen und beschimpfen sich wüst.

»Ich glaube, du bist der Einzige, der sich das ansieht«, bemerkt Mae kichernd.

»Sei nicht so hart mit ihnen«, sagt Lynn. »Sie haben Liebeskummer. Vielleicht ist es das Beste, einfach mal alles rauszulassen.«

»*Salt & Vinegars* sind das Beste gegen Liebeskummer«, erklärt Mae, wobei sie sich eine ganze Handvoll in den Mund steckt. »Oder was ist dein Tipp?«, fragt sie mich undeutlich.

Ratlos hebe ich die Schultern. »Arbeiten, schätze ich.«

»Arbeiten?«

Am anderen Ende der Couch kichert Lynn los. »Das würde ich auch sagen, wenn Ryan Dexter mein Projektpartner wäre.«

»Wer ist Ryan Dexter?«

Über Maes Kopf schleudere ich ein Kissen auf Lynn.

»Hey«, protestiert sie kichernd.

»Lass mich mit Ryan in Ruhe. Er ist nicht mal mein Typ.«

»Wer ist dann dein Typ?«, will Mae sofort wissen.

»Naturwissenschaftler, dunkelblonde Locken, Besserwisser-Look?« Kyle schiebt seine Brille auf der Nase zurecht und grinst mich unsicher an. Überrascht lache ich auf.

»Schon eher.«

»Mach dir keine Hoffnungen, Kye.« Lynn lehnt sich vor

und wuschelt ihm durch die Haare. »Sie findet deine Unterhosen furchtbar.«

»Aber wir sind zum Pub-Quiz verabredet«, behauptet Kyle.

»Halt«, protestiere ich. »Sagte ich nicht, wir kennen uns nicht gut genug dafür?«

»Immerhin hast du ihn in Unterhose gesehen«, gibt Mae zu bedenken.

»Ja, leider. Das war traumatisierend.«

»Ein Geschichtsstudium müsste dich zu einer hervorragenden Pub-Quizzerin machen.« Mae hat die Idee offensichtlich noch nicht aufgegeben. »Zumindest intellektuell passt du super zu Kye.« Sie lässt ihren Kopf gegen die Rückenlehne des Sofas fallen. »Und ein Pub-Quiz hilft garantiert besser gegen Liebeskummer als Arbeit. Oder fällt dir noch eine Alternative ein?«

Kyle schreckt auf, als ihm bewusst wird, dass Mae ihn ansieht. »Mir?«

»Du wirst zwar nie die große Liebe finden, solange Pub-Quiz dein einziges Hobby ist, du nie einkaufst und überall schmutzige Wäsche rumliegen lässt. Aber immerhin versuchst du es schon eine Weile erfolglos. Das dürfte echtem Liebeskummer recht nahekommen.«

Kyle schüttelt den Kopf. »Wieso denkst du das?«

»Na, du bist doch auf zig Dating-Plattformen angemeldet.«

»Ja, aber um eine Freundin zu finden, nicht die große Liebe.«

Abschätzend sieht Mae ihn an. »Was soll das denn heißen?«

Kyle zuckt mit den Schultern. »Was wir als Liebe bezeichnen, ist ja erst mal ein biochemischer Prozess im Gehirn. Die Liebe ist ein kulturell geformtes Konzept, das mit den Zuständen im menschlichen Körper wenig zu tun hat.«

»Ich habe noch nie etwas Unromantischeres gehört.« Mae verzieht das Gesicht, als habe sie einen bitteren Geschmack im

Mund. »Dir ist doch klar, warum du keine Freundin findest, oder?«

Mich hat Kyles Kommentar jedoch auf eine Idee gebracht. Denn streng genommen – und obwohl es sich überhaupt nicht so anfühlt – hat er natürlich recht: Liebe ist Gehirnsache, keine Herzensangelegenheit. Das gilt für Liebeskummer bestimmt genauso. Sofort muss ich an Joss denken. Als Psychologin kennt sie sich vielleicht damit aus. Spätestens jetzt – da ich mit Ryan die *Love Stories* schreiben muss – ist sie womöglich meine einzige Rettung.

»Ich muss kurz telefonieren.«

In meinem Zimmer setze ich mich mit untergeschlagenen Beinen aufs Bett und suche in meinen Kontakten nach Joss' Telefonnummer. Es klingelt nur wenige Male, bis sie sich meldet – wie immer ein bisschen zu laut. »Hallo, Jamie!«

»Hey, Joss. Entschuldige, dass ich so spät anrufe. Hast du einen Moment Zeit für mich?«

»Natürlich, wie geht es dir denn?« Ich höre ein leises Klimpern und kann mir vorstellen, wie sie ihre blonden Locken zurückstreicht – ihre Handgelenke voller Armreife.

»Hast du schon gehört, dass Phil und ich uns getrennt haben?«

»Damien hat es mir erzählt.«

Damien ist Joss' Ehemann. Er stammt aus einer Juristenfamilie in Kensington und war schon reich, als er seinen ersten Geburtstag feierte. Besonders sympathisch war er mir nie – vor allem aufgrund seiner vorlauten Sprüche. Da er jedoch ein ehemaliger Schulkamerad von Liam ist, gehört er zu Phils Clique. Im Gegensatz zu ihm mochte ich Joss auf Anhieb gerne – vor allem ihre Energie und ihre Direktheit. Auf gemeinsamen Veranstaltungen hat sie sich zwar äußerst rar gemacht, aber die wenigen Ausflüge mit ihr – nach Brighton, nach Hastings und zur ein oder anderen Geburtstagsparty – haben uns irgendwie zusammengeschweißt. Manchmal ist sie für ein paar Tage in London und dann treffen wir uns auf einen Kaffee. Hin und wieder telefonieren wir auch miteinander. Wenn ich recht darüber nachdenke, ist sie die Einzige in Phils Freundeskreis, die ich auch als meine Freundin bezeichnen würde.

»Was ist denn mit euch passiert?«, will sie wissen. »Mir war nie bewusst, dass ihr Probleme habt.«

»Mir auch nicht.« Mit einem Seufzen schließe ich die Augen. Irgendwie fällt es mir noch immer schwer, es auszusprechen. »Er hat mich betrogen.«

»Phil?« Angesichts von Joss' entgeistertem Tonfall zieht sich mein Herz zusammen. »Niemals!«

»Das habe ich auch gedacht.« Dumpf starre ich aus dem Fenster. Draußen ist es dunkel geworden. Ich sehe mich selbst im Schneidersitz auf dem Bett vor dem Spiegel der Scheibe.

»Aber, Jamie, bist du dir ganz sicher? Phil wirkte immer wie der einzige Mensch, der nie aufhört, verliebt zu sein. Wann immer wir zusammen unterwegs waren, konnte er die Finger nicht von dir lassen. So oft wie er dich geküsst hat, konnte man ganz neidisch werden.«

»Ich habe ihn mit unserer Nachbarin im Bett erwischt.«

Joss bleibt so lange stumm, dass ich schon fragen will, ob sie noch dran ist. Habe ich sie jemals sprachlos erlebt?

»Verdammt, das tut mir leid! Was für ein Drecksack! Können wir irgendetwas für dich tun?«

»Vielleicht hast du einen Rat für mich? Mir geht etwas durch den Kopf, bei dem du mir eventuell helfen kannst.«

»Klar, du bist schließlich das einzig Gute, was ich diesen unsäglichen Gruppenunternehmungen von Damiens Freundeskreis abgewinnen konnte. Auf dem nächsten Trip hätten wir Mädels zusammen mit Febe endlich unsere eigene Clique bilden können. Das ist echt tragisch.«

»Du meinst Liams-neue-Freundin-Febe?«

»Ja, und Meine-beste-Freundin-Febe. Ich habe dir, glaube ich, schon von ihr erzählt. Hast du sie kennengelernt?«

»Nein, Phil hat sie erwähnt, als er Liam an Weihnachten geholfen hat, dieses Videospiel für sie zu programmieren. Ist Febe die mit dem Shakespeare-Tick?«

Joss lacht leise. »Ja, genau die! Ich wusste gar nicht, dass Phil Liam mit dem Spiel geholfen hat. Hast du es gesehen? So was sollte Damien mal für mich machen. Grund genug hätte er.« Sie klingt plötzlich bitter.

»Behandelt er dich nicht gut?«, frage ich besorgt.

»Ach, ich wusste ja, worauf ich mich mit ihm einlasse. Was wolltest du mich denn fragen?«

Ich versuche, mich wieder auf mein Anliegen zu konzentrieren und es so rüberzubringen, dass sie mich nicht für völlig verrückt hält. »Ich mache gerade ein Praktikum und soll einen Artikel über die größten *Love Stories* in der Geschichte Londons schreiben.«

»Was?«, haucht Joss. »Das ist ja böse, so kurz nach der Trennung.«

»Ja, und deshalb habe ich mich gefragt, ob es aus psychologischer Sicht irgendetwas gibt, das ich gegen Liebeskummer tun kann?«

Joss lacht hell auf. »Jamie, die Pragmatikerin. Das hat mich noch nie jemand gefragt.«

»Dieser Artikel ist wirklich wichtig für mich. Ich muss mich auf meine Arbeit konzentrieren und nicht ständig in Tränen ausbrechen. Verstehst du?«

»Schon. Lass mich mal überlegen.« Sie schweigt einen Moment und ich höre nur das Klimpern ihrer Armreifen im Hintergrund. »Also, was wir allgemein Liebe oder Verliebtheit nennen, wird durch Neurohormone gesteuert – insbesondere Oxytocin und Vasopressin. Liebe entsteht also vor allem in Gehirnarealen, die reich an Oxytocin- und Vasopressin-

Rezeptoren sind. Da kommt das Belohnungszentrum im limbischen System ins Spiel. Dort wird Dopamin ausgeschüttet und versetzt Verliebte in eine Art Rauschzustand. Gleichzeitig wird die Hirnaktivität in anderen Bereichen gesenkt – zum Beispiel im präfrontalen Kortex. Deshalb ist es in der Verliebtheit nicht weit her mit kritischem Denken und rationalem Bewerten. Man ist neurophysiologisch gar nicht in der Lage, kluge Entscheidungen zu treffen. Wahrscheinlich habe ich deshalb Damien geheiratet.«

Ich lache, bin mir aber nicht vollständig sicher, dass ihre Bemerkung als Witz gemeint war.

»Ist das dann bei Liebeskummer andersherum?«, will ich wissen.

»Nein, das ist leider komplizierter. Ich habe mal eine Studie gelesen, in der auch nach einer Trennung hohe Aktivität unter anderem im ventralen Tegmentum gemessen wurde – das ist ein Teil des mesolimbischen Systems, also des Belohnungszentrums.«

»Warum geht es einem dann so mies?«

»Man nennt das Frustrationsattraktion. Es kommt nach dem Verlust zu einem Anstieg von Verliebtheitsgefühlen. Dabei fällt allerdings der Dopaminspiegel rasant ab und man gerät in eine Art Depression. Ein niedriger Serotoninspiegel führt zusätzlich dazu, dass man sich wie ein Suchtkranker verhält. Man ist komplett auf den erlittenen Verlust fixiert und sucht immer wieder den Kontakt, obwohl es die Symptome nur verschlimmert. Dieser Gehirnzustand lässt sich leider nicht einfach ausschalten – auch nicht während der Arbeit. Deshalb ist eine Sucht ja so tückisch. Sie bestimmt jeden Lebensbereich.«

»Gibt es denn keine biochemischen Tricks, damit es mir besser geht? Zumindest so, dass ich ein feinfühliges Stück über die größten Liebesgeschichten Londons schreiben kann?«

Wieder höre ich es klimpern. Wahrscheinlich spielt Joss mit einer Strähne ihrer blonden Locken. »Du musst irgendwie deinen Dopaminspiegel hochkriegen.«

»Und wie mache ich das ohne Drogen?«

»Möglichst aktiv zu sein, ist wahrscheinlich gut. Wenn dein Dopaminwert im Keller ist, geht das mit Antriebslosigkeit einher. Bei einer Trennung werden aber auch Adrenalin und dann längerfristig Cortisol ausgeschüttet. Das setzt Energie frei. Die musst du nutzen. Soweit ich weiß, kann Meditation den Dopaminspiegel heben und die Serotoninausschüttung kann durch Sport angekurbelt werden. Es gibt Lebensmittel, die unterstützend wirken, aber damit kenne ich mich nicht wirklich gut aus. Du solltest dir einen geregelten Tagesablauf mit ausreichend Schlaf und Sport an der frischen Luft einrichten. Und ganz wichtig: Du gehst in eine Art von Entzug. Das heißt, du solltest alles, was dich an Phil erinnert oder was die Gefühle für ihn aktiviert, aus deinem Leben verbannen.«

»Das klingt ziemlich hart.«

»Das finde ich auch«, gibt Joss zu, »aber ich fürchte, das sagt die Wissenschaft. Ein Alkoholiker wird auch nicht mit seiner Lieblingsbiersorte im Kühlschrank trocken.«

»Das stimmt.« Eine Art grimmige Entschlossenheit ergreift mich. Ich werde mein Leben und mich nicht nur äußerlich wieder in die Spur bringen, sondern auch diesem schmerzhaften Kern in meinem Inneren den Kampf ansagen.

»Jamie«, unterbricht Joss meine Gedanken, »sei nicht zu hart zu dir selber. So etwas braucht Zeit.«

»Ja, ich weiß«, sage ich in dem Bewusstsein, dass ich vor allem eins nicht habe: Zeit. In drei Wochen müssen wir unseren Text abgeben. »Vielen Dank, Joss, dass du dir so spät Zeit genommen hast. Du hast mir echt geholfen.«

»Jederzeit, Jamie.«

»Und ich wäre dir dankbar, wenn Phil hiervon nichts erfährt – auch nicht über Damien.«

Joss lacht. »Keine Sorge, Febe muss ich auch immer versprechen, Damien nichts weiterzuerzählen. Ich bin das gewöhnt. Und Jamie? Ich hoffe, wir sehen uns trotzdem bald wieder auf einen Kaffee.«

»Klar, melde dich einfach, wenn du wieder nach London kommst.« Nachdem wir uns verabschiedet haben, atme ich tief durch und rutsche entschlossen vom Bett. Im Wohnzimmer ist die Chipstüte mittlerweile leer, die Mienen von Lynn und Mae sind angespannt und der Fernseher ist aus. Dafür klingt der ›Survivor‹-Beat von Destiny's Child aus Lynns Bluetooth-Lautsprechern.

»Ich habe eine Entscheidung getroffen«, verkünde ich, als ich zwischen die Bücherregale trete. »Alles, was mich an Phil erinnert, fliegt raus. Ich muss meine Laufschuhe suchen und mir ein paar Meditationspodcasts runterladen. Und ich brauche einen neuen Rucksack.«

Kyle zieht die Augenbrauen hoch. »Einen neuen Rucksack?«

»Wer ist Phil?«, will Mae wissen.

»Keine Ahnung«, erwidere ich mit einem schiefen Lächeln. »Ich gehe in den *Cold Turkey* – kalter Entzug. Eine Freundin von mir wird Psychologin und sagt, mein Dopaminspiegel muss hoch. Das hilft nämlich wirklich gegen Liebeskummer.«

»Also nicht zu Hause sitzen und heulen?«, fragt Kyle mit übertriebenem Erstaunen in der Stimme. »Wer hätte gedacht, dass so was kontraproduktiv ist, Mae?«

Mae wirft sich quer über den Tisch auf Kyle, und Lynn rettet die von Maes Fuß an den Rand der Tischkante katapultierte Wasserflasche. Wie durch ein Wunder geht nichts kaputt.

»Du hast Jamie gehört. Das ist die Wahrheit«, ruft Kyle, als Mae von ihm ablässt und sich neben ihm im Sessel breitmacht.

»Die Wahrheit ist eine blöde Sau«, verkündet Mae und sieht mich fragend an. »Sport und Meditation verstehe ich ja. Aber was stimmt nicht mit deinem Rucksack?«

»Der ist von Phil.«

»Ich glaube, du hast recht.« Lynn setzt sich auf. »Lass uns am Wochenende auf den *Brick Lane Market* gehen. Da findest du abgefahrene Vintage-Teile.«

Dankbar für ihre Unterstützung lächle ich sie an. Langsam formt sich ein Plan in meinem Kopf. Ich werde nicht abwarten, bis die Zeit meinen Liebeskummer kuriert. Ich werde die Abkürzung nehmen und die Zielrichtung ist klar: Dopaminspiegel hoch!

»Kye?«

»Ja?«

»Wann steigt das nächste Pub-Quiz? Ich bin dabei.«

Kapitel 6

Ryan ist zu spät. Ich sitze am Fenster im *Treemate Café* und verbringe die Wartezeit mit einem Cranberry-Saft. Sofort blicke ich auf mein Handy, als es mit einem Vibrieren den Eingang einer Nachricht anzeigt. Es ist Ryan: Sorry, ich bin gleich da.

Mittlerweile warte ich schon zwanzig Minuten auf ihn. Ich packe meinen Laptop aus, verbinde mich mit dem WiFi und setze meine gestern so erfolglose Recherche fort. Ryan taucht etwa zehn Minuten später auf. Ich nehme ihn wahr, sobald er in die Peripherie meines Blickfelds gerät. Auf dem Gehsteig draußen hält er zielstrebig auf den Eingang des Cafés zu. Erst im nächsten Moment wird mir klar, dass er nicht allein ist. Die Frau hinter ihm läuft fast, um nicht den Anschluss zu verlieren. Über einem cremefarbenen Wollpullover trägt sie einen offenen fliederfarbenen Mantel im Trenchcoat-Stil. Glatte blonde Haare mit einem leichten Rotstich fallen ihr lang über den Rücken. Ich kann ihr Gesicht nicht sehen. Aber gerade als Ryan die Tür erreicht, schließt sie zu ihm auf und klammert sich an seinen Arm. Ryan fährt zu ihr herum und ich starre überrascht in sein Gesicht. Eine fast schmerzhafte Anspannung spricht aus seiner Miene, die ich trotz der Entfernung von mehreren Metern durch die Glasscheibe wahrnehme. Seine Augen sind verengt, seine Brauen zusammengezogen, ein fester Zug liegt um seinen Mund. Mehrfach schüttelt er den Kopf, während die Frau auf ihn einredet. Ich fühle mich peinlich berührt, heimliche Zeugin der Auseinandersetzung zu sein. Trotzdem kann ich nicht wegsehen.

Ryan umfasst schließlich mit beiden Händen ihre Oberarme, sagt ein paar eindringliche Sätze. Sie lässt ihren Kopf gegen seine Brust sinken. Ist sie eine seiner Liebschaften, die nicht einsehen will, dass sie einfach nicht mehr für ihn ist? Ryan hält sie scheinbar widerwillig einen Moment fest, schiebt sie dann aber von sich und deutet auf das Café. Ich glaube die Worte *Ich muss arbeiten* von seinen Lippen zu lesen. Erneut greift sie nach seiner Hand. Irgendwie glaube ich nicht, dass sie eine von den Frauen ist, mit denen Ryan eine Nacht verbracht hat. Da liegt so viel Vertrautheit in ihrer aufgebrachten Körpersprache, so viel Verzweiflung darin, wie sie ihn festhält, so viel Spannung, als er sanft ihren Griff von seinem Arm löst – als hätten sie diese Art von Auseinandersetzung schon Hunderte Male durchgespielt.

Ryan sagt noch etwas, dann sehe ich die rotblonde Frau nicken. Endlich wendet sie sich ab und geht mit eiligen Schritten in die Richtung zurück, aus der sie gekommen ist. Sie wischt sich mit der Hand über die Augen, hält den Kopf gesenkt, als sie draußen auf dem Gehsteig an mir vorbeigeht, sodass ich kaum etwas von ihrem Gesicht erkenne. Ryan blickt ihr einen Moment lang nach. Ich sehe, wie sich sein Brustkorb unter einem tiefen Atemzug hebt. Dann wendet er sich mit resigniertem Gesichtsausdruck der Tür zu. Rasch starre ich scheinbar konzentriert auf meinen Notebook-Monitor. In der Peripherie meiner Wahrnehmung spüre ich Ryans Anwesenheit jedoch mit der Kraft eines Magneten. Er schiebt sich zwischen den Tischen hindurch auf mich zu. Noch bevor er sich schwungvoll auf den Stuhl mir gegenüber fallen lässt, hat sich mein Herzschlag beschleunigt.

»Hi, die Verspätung tut mir leid.«

Ryans Duft nach Mandarine, Rosmarin und der erdigen Note, die ich noch immer nicht zuordnen kann, sein spöttisches Lächeln und seine lautlos auf den Tisch trommelnden Fingerkuppen sind zu viel für mein Nervensystem.

»Schon gut.«

Er wirkt anders als in der Redaktion. Mit seiner verwaschenen Jeansjacke über einem hellgrauen T-Shirt ist er legerer gekleidet. Aber es ist nicht nur das. Ich mache den Fehler, ihm in die Augen zu sehen, und gerate wie in einen tiefen Strudel. Für einen winzigen Moment habe ich das Gefühl, von einem Sog mitgerissen zu werden. Ryans Blick wirkt heller – offen und verletzlich –, überschwemmt mich mit einem Gefühlssturm aus Traurigkeit und Schmerz. Dann bricht er den Blickkontakt ab, indem er sich zur Theke wendet.

»Kann ich dir zur Entschädigung ein Sandwich kaufen? Ich für meinen Teil habe Hunger.«

»Das musst du nicht. Ich war doch neulich selbst zu spät.«

»Fünf Minuten vielleicht, keine halbe Stunde. Und es geht ja nur um ein Sandwich. Hast du Avocado-Kresse schon probiert?«

Ich kann nicht anders, als sein Lächeln zu erwidern. »Nein, habe ich nicht.«

Ryan lässt seine Tasche bei mir liegen und geht zur Theke. Da er zuerst in der Schlange stehen muss und dann bestimmt mit der Bedienung flirten wird, habe ich mindestens zehn Minuten Zeit, um wieder zur Besinnung zu kommen. In einem Zug trinke ich meinen Cranberry-Saft aus und versuche, mein Gehirn mit der Kohlensäure und dem leicht bitteren Geschmack aus seiner Starre zu holen. Trotzdem kann ich die Eindringlichkeit zwischen Ryan und der rotblonden Frau genauso wenig vergessen wie seine Hilflosigkeit, als sie ging.

»Guten Appetit.« Ryan setzt sich wieder mir gegenüber und beißt fast gleichzeitig in sein eigenes Sandwich. Offenbar hat er sich für die gleiche Sorte entschieden: Avocado-Chunks auf Thymian-Spinat-Pesto mit Parmesan und Kresse – das Ganze zwischen zwei dicken gerösteten Roggenbrotscheiben. Das sieht ziemlich gut aus, obwohl es so grün ist. Ich greife gerade nach dem Sandwich, als mein Telefon klingelt. Das Display zeigt mir die Praxis meiner Gynäkologin an. Vor Schreck fällt mir das Sandwich direkt wieder aus der Hand.

»Oh Gott!« Es ist doch noch gar nicht Ende der Woche. Ist das ein schlechtes Zeichen? »Entschuldige, da muss ich rangehen.«

»Nur zu.« Ryan grinst mich über sein Sandwich hinweg an. »Gott niemals warten lassen, sage ich immer.«

Vor Nervosität schaffe ich es nicht mal, über seine dumme Bemerkung die Augen zu verdrehen.

»Hallo?«, rufe ich in den Hörer.

»Hier ist Beth von der Gynäkologischen Praxis Dr. Ellman. Spreche ich mit Jamie Sullivan?«

»Ja!«

»Ich rufe an, um Ihnen das Ergebnis Ihres HIV-Tests mitzuteilen.«

»Ja?«

»Das Ergebnis ist negativ.«

Unter normalen Umständen wäre mir klar, was das bedeutet – ehrlich! Trotzdem frage ich: »Negativ? Also positiv?«

»Nein, negativ wie in negativ«, erklärt Beth trocken.

»Also ich habe kein AIDS?«

»Genau.«

Erst nachdem ich mich überschwänglich bedankt und das Gespräch beendet habe, wird mir bewusst, dass ich zu lange die Luft angehalten habe. Ich ringe nach Atem und empfinde plötzlich wahnsinnigen Durst. Automatisch greife ich nach meinem Glas. Da es leer ist, lasse ich es stehen und bemerke erst jetzt, dass Ryan mich neugierig mustert. Nicht nur er, um genau zu sein. Einige der Gäste haben sich zu mir umgedreht. Ich spüre, wie meine Wangen heiß werden, und beuge mich über meinen Teller.

»Entschuldigung«, bringe ich hervor, ohne Ryan anzusehen. »Das sollte niemand mitkriegen.«

Obwohl ich schnell in mein Sandwich beiße und mich auf den ziemlich perfekten Geschmack konzentriere – die erdig kühle Avocado in Verbindung mit der pfeffrig markanten Kresse und dem herben Salz des Parmesans –, nehme ich wahr, dass Ryan mich ansieht.

»Vielleicht hättest du dann nicht so schreien sollen. Ich schätze, jetzt wissen alle hier, dass du kein AIDS hast. Herzlichen Glückwunsch übrigens.«

»Danke«, murmle ich in mein Sandwich.

»Wie schmeckt dir Avocado-Kresse?«

»Ziemlich gut. Sieben von zehn Punkten auf der Ewigen-Besten-Liste. Danke für die Einladung.«

Amüsiert hebt er die Augenbrauen. »Sieben Punkte sind ganz schön streng, oder?«

Ich zucke mit den Schultern. »Wenn du mal ein Zehn-Punkte-Sandwich hattest, weißt du, warum das hier sieben bekommt.«

»Es hat diese perfekte Mischung aus nussig und würzig. Wenn du es aufgegessen hast, riechst du noch die Kresse und den Thymian. Außerdem ist es vegetarisch, ohne dass man was vermisst. Ich würde sagen, das sind mindestens acht Punkte.«

Überrascht mustere ich ihn. Mein Streetfood-Ranking erschließt sich den wenigsten, weil viele ihr Essen in *schmeckt* und *schmeckt nicht* unterscheiden. »Du kannst dir ja eine eigene Liste anlegen.«

»Ich habe schon eine.« Mit einem zufriedenen Gesichtsausdruck schiebt er seinen leer gegessenen Teller von sich. »Das beste Sandwich gibt es zum Beispiel auf dem *Camden Market.*«

Ich schüttele den Kopf. »Egal, was für ein Wundersandwich du aufgetan hast, ich toppe dich mit dem besten Burger auf dem *Broadway Market.*«

»Herausforderung angenommen. Den werde ich testen.«

Ryan beugt sich zu seiner Tasche und zieht sein Tablet hervor. Das Display leuchtet in bunten Farben auf, bevor er ein neues Dokument öffnet und seinen Touchpen zückt. Dabei deutet er auf mein geöffnetes Notebook und erkundigt sich: »Hast du schon angefangen? Wie gehst du vor?«

Ich schiebe den letzten Bissen meines Sandwiches in den Mund und fühle mich ein bisschen wie ein Schulkind, weil Ryan Dexter mich fragt, wie ich bei der Recherche vorgehe.

»Bisher habe ich nach Liebespaaren gesucht, die in irgendeiner Verbindung zu London stehen.« Willkürlich öffne ich einen der Reiter auf meinem Bildschirm.

»Und die tot sind«, ergänzt Ryan dumpf.

Ich hebe die Schultern. »Wenn du nicht an Seelenwanderung oder die Zombieapokalypse glaubst, stimmt das wohl.«

»Warum interessieren wir uns für sie, wenn sie tot sind? Sind sie dann noch wichtig?«

»Klar sind sie noch wichtig.« Ich runzele die Stirn. »Sie sind Teil der Geschichte. Und wir verstehen die meisten Dinge doch nur, wenn wir ihre Geschichte kennen. Das gilt auch für die Liebe. Wie hast du sie noch mal genannt? Ein Produkt der Popkultur?«

Ryan lehnt sich auf seinem Stuhl zurück und klopft einen schnellen Rhythmus mit dem Touchpen auf die Innenfläche seiner Hand. »Ja, so habe ich das ausgedrückt.«

»Ich wette, die Liebe ist viel mehr. Und deshalb will ich ohne die Brille unserer heutigen Erwartungen in die Vergangenheit blicken und herausfinden, wie in anderen Zeiten darüber gedacht wurde. Welche gesellschaftlichen Vorstellungen prägten Beziehungen? Was unterscheidet die Paare von uns, was vereint uns? Der Bezug zu London erzeugt räumliche Nähe zu den Paaren. Das sagt Mitch immer: Egal, wie weit zurück wir in die Vergangenheit blicken, wir müssen es mit den Leuten im Hier und Heute in Verbindung bringen.«

»Ich weiß, was Mitch sagt. Und ich weiß, dass diese Geschichte funktionieren kann.« Ryan fährt sich seufzend mit einer Hand in den Nacken. »Ich finde die Idee gut. Versteh mich also nicht falsch. Es ist einfach nicht mein Thema.«

»Kannst du dich nicht wenigstens für die Dauer des Projekts darauf einlassen? Ich dachte, erfolgreiche Journalisten tun das andauernd.«

Einen Moment lang erwidert er nachdenklich meinen Blick. Das Blau seiner Augen rauscht mir durch die Adern. Himmel! Kann mein Körper sich bitte endlich an dieses Gefühl gewöhnen?

»Weißt du, Texte sind für mich wie ein Haus«, erklärt er. »Sie haben ein Fundament: das Thema. Sie haben einen Überbau: ihre Botschaft. Das Thema strukturiert sich in mehrere Unterpunkte – wie in Zimmer. Deren Anordnung muss einer aufwärtsstrebenden Architektur folgen, damit man bis zum Dach und damit zur Textaussage gelangt. Um den Überbau zu konstruieren, muss ich mich erst mal mit dem Thema anfreunden, ich muss rein in den Rohbau, verstehst du? Mein Problem ist, dass die Tür bei diesem Thema fest zu ist.« Forschend sucht er meinen Blick und vielleicht mein Verständnis. Obwohl er über ein sachliches Thema spricht, fühlt sich dieser Moment fast intim an, als würde ich durch ein Schlüsselloch in sein Inneres blicken. Nur sehe ich nicht viel außer Konturen.

»Hör zu.« Ich stütze mich mit den Armen auf den Tisch und sehe ihn fest an. »Das hier ist eine Riesenchance für mich. Ich kann unmöglich Nein sagen, auch wenn dieses Thema genauso wenig in mein Leben passt wie in deins – im Moment zumindest. Daher – so ganz ohne Schlüssel – müssen wir wohl durch ein Fenster einsteigen. In einem Rohbau dürfte das kein Problem sein.«

Es fühlt sich fantastisch an, ihn anzulächeln – wahrscheinlich, weil er zurücklächelt und die Grübchen in seinen Wangen sichtbar werden. Es lässt mich in seinem Blick baden wie in einem der schottischen *Lochs* mit ihren schimmernden Farben und ihrer Unergründlichkeit. Es ist schockierend und ... märchenhaft schön.

»Na gut. Was schlägst du also vor? Wie finden wir ein Fenster?«

Träume ich oder fragt mich Ryan Dexter nach meiner Meinung? Ich hatte gedacht, er würde hier reinstürmen, mir seinen fertigen Plan vorlegen, mir ein paar kleinere Aufgaben zuweisen und wieder gehen. Stattdessen redet er mit mir, als wären wir Kollege und Kollegin, als hätte ich ähnlich viel vorzuweisen wie er. Ich richte meinen Blick auf meinen aufgeklappten Laptop.

»Was hältst du davon, wenn wir beide jeweils Paare aussuchen, die wir spannend finden und die in Verbindung zu London stehen? Dann bringen wir sie in eine chronologische Reihenfolge und entscheiden, welche wir für die besten Stellvertreterinnen und Stellvertreter ihrer Zeit halten.«

Ryan lässt den Touchpen um seine Finger wirbeln. »Das heißt, wir können jedes Paar wählen – ohne engere Vorgaben?«

»Es muss natürlich Quellen geben, die uns etwas über ihre Beziehungen verraten.«

»Klar.« Ryans Stift gleitet über sein Tablet. Er schreibt ein paar Worte, kreist sie ein und verbindet sie miteinander. Es erscheint eine kleine Grafik im Dokument. Unwillkürlich frage ich mich, wie er über die knappe Absprache, die wir getroffen haben, ein Schaubild anfertigen kann. Bevor ich jedoch die Möglichkeit habe, genauer hinzusehen, öffnet er seinen Kalender.

»In den nächsten Tagen muss ich noch ein anderes Stück fertig schreiben. Vor dem Wochenende sollten wir uns aber auf jeden Fall noch mal abstimmen, damit die Zeit nicht knapp wird.«

Ich nicke zustimmend. Ryan tippt in seinem Kalender herum, zögert und blickt schließlich auf.

»Bleibt eigentlich nur eine Frage«, meint er, statt einen konkreten Vorschlag zu machen.

»Ja?«

»Warum hast du geglaubt, du hättest AIDS?«

»Was? Ich meine ... was?« Ich kann nicht fassen, dass er mich das fragt. Das hier ist ein Arbeitslunch. Gut, wahrscheinlich hätte ich den Anruf aus genau diesem Grund nicht annehmen dürfen, aber immerhin ging es um eine Existenzfrage.

»Das kam falsch rüber. Ich wollte eigentlich sagen, ich hoffe, dieses *Love-Stories*-Thema ist nicht schwierig für dich, weil dir irgendwas ... passiert ist?«

»Was?« Ich schüttele den Kopf. Seine Pause bezeichnet eine Leerstelle – etwas Unaussprechliches. »Mir ist etwas passiert, aber wahrscheinlich nicht, was du befürchtest. Ich bin nicht traumatisiert oder so.«

Ryan tippt mit den Fingern der rechten Hand seinen unhörbaren Rhythmus auf die Tischplatte. »Das ist gut zu wissen. Ich kenne nämlich meinen Ruf. Alle halten mich für einen Idioten, der ständig eine andere hat. Ich will nicht, dass du dich deshalb unwohl mit mir fühlst.«

Nervös halte ich mich an meinem leeren Glas fest. Seine Offenheit überrumpelt mich. Das ist außergewöhnlich rücksichtsvoll von ihm und damit habe ich nicht gerechnet. »Danke. Das ist ... Danke.« Kurz sehen wir uns in die Augen, sein Blick sehr dunkel, irgendwie besorgt. Ich muss an meine Worte denken: *Mich fasziniert die Fähigkeit der Menschen, Katastrophen zu überleben und weiterzumachen.* Ob er das auf mich bezogen hat? »Ich wurde nicht vergewaltigt oder so, falls du das denkst. Ich habe mich nicht deshalb auf AIDS testen lassen.«

»Okay, das war offenbar mehr als ungeschickt von mir.« Sein schiefes Lächeln wirkt tatsächlich etwas verlegen. »Aber ich bin froh, das zu hören. Und ich glaube, ich brauche jetzt was zu trinken. Soll ich dir was mitbringen?«

In diesem Moment klingelt mein Telefon schon wieder.

»Geh ruhig ran. Ich bin gleich wieder da.« Ryan greift nach meinem Glas und steht auf.

Mit erhitzten Wangen ziehe ich das vibrierende Telefon zu mir und stöhne auf. Das hat mir gerade noch gefehlt. Ich weiß, ich hätte sie längst anrufen sollen, um ihr in Ruhe alles zu erklären. Aber bisher habe ich mich nicht dazu bereit gefühlt, war emotional nicht stabil genug. Dass Phil und ich Geschichte sind, wird sie niemals gutheißen. Dass in meinem neuen Zuhause Typen mit ausgezeichnetem Faktenwissen in SpongeBob-Unterhose und halb nackte Frauen im Streit über ihren Beziehungsstatus herumlaufen, noch viel weniger. Trotzdem nehme ich ihren Anruf entgegen. Denn zum einen fühle ich mich nie emotional stabil genug für Gespräche mit ihr. Zum anderen gehe ich grundsätzlich dran, wenn sie anruft. Das habe ich als Kind verinnerlicht, als sie mir mein erstes Handy nur zu dem Zweck in die Hand drückte, dass ich immer erreichbar sein sollte.

»Hi, Mum.«

»Jamie, wo bist du?« Das sind immer ihre ersten Worte – ihre helle Stimme noch höher als sonst, als hätte ich schon vor einer Stunde zum Essen zu Hause sein sollen.

»Bei der Arbeit.«

»Es ist so laut bei dir. Ist das nicht Geschirrklappern? Klingt eher nach einer Kantine als nach einem Büro.«

»Wir machen Mittagspause.« Mit der freien Hand reibe ich mir übers Gesicht. Ich bin gestresst, bevor ich überhaupt weiß, was sie mir zu sagen hat.

»Du meinst, du hast dir ein Stipendium erarbeitet und mit

Bestnoten einen Bachelor-Abschluss gemacht, um jetzt als Praktikantin Sandwiches und Kaffee zu servieren?«

Ich seufze, fühle mich aber fast gut. Denn an ihrem Satz stört mich am meisten ihre Betonung von Sandwich, nicht ihre Sticheleien. Sie hat eine ausgeprägte Abneigung gegen jegliches Essen, das dafür gemacht wurde, ohne Besteck verzehrt zu werden.

»Mein Themenvorschlag wurde für die *Special Edition* ausgewählt und ich darf selbst daran mitschreiben.«

»Wie schön.« Ihre Stimme nimmt kurz den flötenden Singsang an, mit dem sie versucht, Begeisterung auszudrücken, die sie nicht empfindet. »Warum ich anrufe: Dad und ich haben uns überlegt, dass wir die Kosten für deine Hochzeit übernehmen.«

»Bitte?«

»Nun, du kannst nicht von Phil erwarten, sich allein ums Finanzielle zu kümmern. Und da du selbst nichts beitragen kannst, erledigen wir das.«

Schlagartig finde ich mich in einem Wirbelsturm von Gedankenfetzen wieder, die ich nicht sofort unter Kontrolle bekomme. Die Worte meiner Mum klingen auf so vielen Ebenen falsch. Wie schafft sie es, mir ihre Entscheidung zu verkünden, als sei es gleichzeitig eine Zumutung, ein Beweis ihrer Großzügigkeit und ein Ausdruck ihrer Zuneigung für mich?

»Das ist nett von euch, Mum, aber …«

»Keine Widerrede! Die Gastrells waren angesehene Leute hier im Ort. Es ist schade für die Nachbarschaft, dass sie weggezogen sind. Jetzt werden wir dafür sorgen, dass Phil und du gut ins Eheleben startet.«

»Mum, wegen der Hochzeit …«

»Ich habe einen Termin bei *Victoria Ann Bridal* hier in Weymouth gemacht.«

»Mum …«

»London ist viel zu teuer. Da zahlt man ein Vermögen fürs selbe Kleid, weil die Ladenmieten exorbitant sind.«

»Mum! Es wird keine Hochzeit geben.«

Einen Moment lang ist es still am anderen Ende. Das Stakkato meines Herzens lässt mir die Pause wahrscheinlich länger vorkommen, als sie ist. Mein Blick schweift zu Ryan, der an der Theke zwei Gläser entgegennimmt. Er sagt ein paar Worte zu der blonden Bedienung, die mit ihren Locken und ihrem Schürzchen viel zu süß aussieht und jetzt sogar einen Knicks andeutet.

»Was?« Das Wort schneidet mir wie eine kalte Klinge ins Ohr.

»Es tut mir leid, Mum. Ich weiß zu schätzen, was Dad und du für mich tun wollt, aber ich werde Phil nicht heiraten.«

»Warum?«

»Wir haben uns getrennt.« Wieder reibe ich mir mit der Hand übers Gesicht. Am liebsten würde ich mich dahinter verstecken, die Welt einen Moment ausblenden, mich nur darauf konzentrieren, mich irgendwie durch die Untiefen dieses Gesprächs zu navigieren.

»Was ist passiert?«

Ryan setzt sich wieder zu mir und schiebt mein Saftglas über den Tisch.

»Ich muss jetzt arbeiten. Ich rufe dich später zurück und erkläre dir alles.«

Mit einer Handbewegung signalisiert Ryan mir, dass ich zu Ende sprechen soll, aber das kann mir nicht einfallen, während er mithört.

»Wag es nicht, jetzt aufzulegen. Was ist vorgefallen?«, verlangt meine Mum zu wissen. »Hast du einen anderen?«

Ich weiß, dass es ein Fehler ist, mich auf diese Diskussion einzulassen, aber langsam nimmt die Wut Überhand. »Wäre das denn so schlimm? Juls hat doch auch jede Woche jemand Neues.«

»Dein Bruder hat einfach noch nicht die Richtige gefunden. Aber Phil ist was Besonderes. So jemanden lässt man nicht einfach gehen. Du kommst bitte zur Vernunft und überlegst dir, wie du dich bei ihm entschuldigen willst.«

Vielleicht ist das Ausmaß an Wut, das mich überschwemmt, ungerecht, weil Mum nicht die ganze Wahrheit kennt und sie es nicht besser wissen kann. Oder könnte sie das? Könnte sie nicht einmal auf meiner Seite sein und mich fragen, wie es mir geht, einfach weil ich ihre Tochter bin?

»Wir reden später.« Ich presse die Lippen zusammen, um mich zu beherrschen. »Gerade ist kein guter Moment.« Jetzt verstecke ich mich doch hinter meiner Hand.

»Da du dich für ein Studium entschieden hast, mit dem du es niemals zu Geld bringen wirst, ist Phil deine beste Chance auf ein gutes Leben. Glaub mir, ich weiß, wovon ich rede, und ich rate dir, das schleunigst in Ordnung zu bringen.«

»Er hat mich betrogen.« Die Worte sind einfach so meiner Kontrolle entschlüpft. Immerhin ist Mum endlich still – zumindest für einen Moment, einen kurzen. Dann räuspert sie sich und ihre Stimme klingt deutlich leiser.

»Nun … Ich schätze, das kommt vor nach so vielen Jahren. Was hat er denn gesagt? Möchte er noch mit dir zusammen sein?«

»Was macht das für einen Unterschied?« Ich höre die Ungeduld in meiner Stimme und versuche, meine Lautstärke zu senken. »Ich will nicht mehr mit *ihm* zusammen sein, okay?«

»Hast du dir mal überlegt, ob es an dir liegen könnte?«

Etwas knackt in meinem Kopf – Kurzschluss. »Natürlich liegt es an mir, Mum. Ich war ihm nicht gut genug. Deshalb ist er mit anderen ins Bett gegangen – nicht nur einmal, immer wieder.«

»Und du hast das nicht bemerkt?«

»Nein.«

Wie schafft sie es nur, mir nach dieser Eröffnung das Gefühl zu geben, es sei meine Schuld?

»Nun, ich muss das erst mal sacken lassen. Ich werde mit Dad sprechen, und dann überlegen wir, was zu tun ist. Mach's gut, Kind.«

Sie hat aufgelegt, bevor ich noch etwas sagen kann. Dabei hasse ich es, wenn sie mich so nennt und damit ihre Überlegenheit ausspielt. Als habe sie jede Erfahrung im Leben bereits gemacht, als könne ich niemals erwachsen werden und besser als sie wissen, was ich will. Einen Augenblick lang bleibe ich in unveränderter Haltung sitzen. Irgendwie habe ich zu wenig geatmet. Jetzt hole ich tief Luft und stoße sie in einem Schwall wieder aus. Vorsichtig blicke ich auf. Das Einzige, was noch schlimmer ist als Mums Abgeklärtheit und ihre schiefe Weltsicht, ist die Tatsache, dass Ryan alles mitbekommen hat.

Als er bemerkt, dass ich mich aufrichte, blickt er von seinem Tablet hoch. Etwas schimmert in seinen dunklen Augen – wie Abendlicht auf dem Meer. »Soll ich dir was mit Alkohol besorgen?«

Ich schüttele den Kopf. »Nein, danke.« Aus meinem Portemonnaie krame ich drei Pfund und schiebe sie ihm über den Tisch hinweg zu. »Wir sind hier erst mal fertig, oder? Wann wollen wir uns vor dem Wochenende noch mal treffen? Am Freitag wieder hier zum Mittagessen?«

Er zögert, während ich meine Trinkflasche hervorhole, mit einem langen Zug den Rest Wasser leere und stattdessen den Cranberry-Saft hineinkippe. Fast hypnotisiert starrt er in seinen Kalender, bis ich ihn abwartend mustere.

Endlich hebt er den Kopf. »Ist gut.«

Ich schaffe noch ein halbes Lächeln, dann flüchte ich aus dem Café.

Kapitel 7

Joss ist ein Genie. Ich kann nicht behaupten, dass sich der Schmerz restlos verflüchtigt. Oder dass ich Phil nicht mehr vermisse – zumindest das Bild, das ich von ihm hatte. Aber nach ein paar Tagen habe ich das Gefühl, wieder atmen zu können. In mir macht sich die Überzeugung breit, allein zurechtzukommen. Um meinen Dopamin- und Serotoninspiegel zu pushen, ändere ich meine Routinen. Mein Anti-Liebeskummer-Programm besteht unter anderem aus Yoga am Abend. Die Konzentration auf meinen Körper erleichtert mir zu entspannen. Das wirkt sich positiv auf meinen Schlaf aus. Morgens falle ich aus dem Bett in meine Sportschuhe und gehe eine Runde laufen – eine schnelle Runde ums nahe gelegene *Weavers Field*. Dort ist es nicht besonders schön, aber immerhin grün und ein paar Tulpen entdecke ich auch. Weil eine vitaminreiche Ernährung gut fürs Dopamin ist, mache ich mir nach dem Duschen ein Frühstück aus Obst, Nüssen und Haferflocken. Insgesamt brauche ich länger und muss in Kauf nehmen, nicht mehr die Erste im Büro zu sein. Aber ich habe wieder Ideen und schaffe es, mich auf die Recherche meiner Liebespaare zu konzentrieren, ohne dabei jedes Detail auf Phil und mich zu beziehen. Mein Körper scheint alle Energieschilde hochgefahren zu haben. Ich schaffe es sogar, Mum ein paar versöhnliche Worte und die Info zu schicken, dass ich jetzt in einer WG wohne. In diesem Zustand, hoffe ich, kann selbst Ryan mit seinen ozeanblauen Augen mir nichts anhaben – trotz des TMI-Desasters vor zwei Tagen.

Als ich am Freitag gerade versuche, mein Fahrrad aus dem Hausflur auf die Straße zu schieben, um zum *Treemate Café* zu fahren, spüre ich das Telefon in meiner Tasche vibrieren. Mit meinem Gesäß stemme ich die tonnenschwere Eingangstür auf, sodass sie weder mein Fahrrad demoliert noch mir beim Zufallen sämtliche Rippen bricht. Gleichzeitig krame ich mit einer Hand nach meinem Handy. Kaum sehe ich den Namen im Display, schlägt mein Herz schneller.

»Hi, Ryan.« Warum klingt meine Stimme mindestens eine Oktave zu hoch? Bestimmt vor Anstrengung, weil mir die schwere Tür ins Kreuz drückt.

»Jamie? Ich hoffe, du bist noch nicht unterwegs?«

Schwindelerregend geht es abwärts, als hätte ich den Boden unter den Füßen verloren. Eine vollkommen übertriebene Reaktion, die mir vor Augen führt, was ich mir den ganzen Vormittag über nicht habe eingestehen wollen: Ich hatte mich auf das Treffen mit Ryan gefreut – völlig irrational. Denn was erhoffe ich mir davon? Dass er Zeuge noch mehr peinlicher Momente meines Lebens wird? Dass ich mir weiter seine Beschwerden über unser Thema anhören kann? Dass ich herausfinde, wonach er verdammt noch mal so himmlisch duftet? Ganz bestimmt nicht. Und trotzdem … Trotzdem hat allein der Gedanke ein leises Flattern in meinem Brustkorb ausgelöst.

»Jamie? Bist du da?«

»Ja. Ich meine Nein. Also ich bin da, aber noch nicht losgefahren.« Himmel, können die Worte sich bitte anstellen, wie sich das für britische Worte gehört? »Warum?«

»Es tut mir leid, ich schaffe es wieder nicht rechtzeitig.«

»Okay. Sollen wir uns später treffen?«

»Ich bin am anderen Ende der Stadt und brauche hier noch eine Weile.«

»Du versperrst den Durchgang.« Die ärgerliche Stimme gehört Mr Evers – unserem Nachbarn aus der obersten Etage. Mit kahlem Kopf, ärgerlicher Miene und seinem Aktenkoffer fuchtelnd steuert er vom Fahrstuhl aus auf mich zu.

»Entschuldigung.« Ich versuche, mein Fahrrad zurück in den Flur zu bugsieren, ohne mein Telefon fallen zu lassen, und Mr Evers gleichzeitig mit einem Fuß die Tür aufzuhalten.

»Dein Fahrrad hat sowieso nichts im Flur zu suchen. Mein Auto fahre ich schließlich auch nicht hier rein.«

»Ihr Auto kann ja auch niemand unterm Arm wegtragen.«

»Dafür zahle ich viel Geld für eine Garage«, informiert er mich, während er sich betont umständlich an mir vorbeidrängelt.

»Die Hausverwaltung hat es mir erlaubt«, erkläre ich in versöhnlichem Ton.

»Sicher nur solange sich niemand darüber beschwert. Das wird sich bald ändern.« Mit zackigen Schritten entfernt er sich über den Gehweg in Richtung Straße.

Sofort werde ich panisch. In dieser Gegend wird mein Fahrrad nicht mal eine Nacht draußen überleben. Ich klemme mir das Telefon zwischen Schulter und Ohr, halte mit einer Hand mein Rad fest und mit der anderen die Tür auf. »Und wenn ich Ihnen *Mac and Cheese* koche?«, rufe ich ihm nach. Er reagiert nicht. »Wann immer Sie wollen. Ich mache sehr gute *Mac and Cheese.*«

Der Nachbar verschwindet um die Straßenecke und Ryans Lachen lässt die Nervenfasern in meinem Bauch aufleuchten. »Das klingt sehr verlockend, aber ich schaffe es wirklich nicht.«

»Was? Ich meinte nicht dich.« Erschöpft lasse ich die Tür endgültig ins Schloss rumsen. »Mein Nachbar ist sauer auf mich.«

»Falls du Tipps willst … Das klang eine Spur zu verzweifelt.«

»Er ist mindestens fünfzig, Ryan, und ich wollte nicht … Egal. Was ist bei dir los?«

»Es ist nicht meine Art, dauernd zu spät zu sein oder kurzfristig abzusagen. Aber hier … hat sich alles verzögert.«

»Okay. Würde es helfen, wenn ich zu dir komme?«

Einen kurzen Moment ist es still im Telefon. »Das kann ich nicht von dir verlangen. Ich bin draußen in Bromley.«

»In Bromley?«

»Ja, hier bin ich aufgewachsen. Wo wohnst du?«

»Bethnal Green.«

»Da brauchst du mindestens eine Stunde. Ich weiß, der Artikel ist wichtig, und wir müssen mit der Planung vorankommen, aber vielleicht können wir uns morgen treffen?«

»Ich habe morgen einen Job.« Um Geld für den mit Lynn geplanten Besuch auf dem *Brick Lane Market* am Sonntag zu verdienen, habe ich mich über eine Studierendenplattform für einen Umzug gemeldet. Natürlich könnte ich das absagen, aber dann werde ich mir keine neue Tasche leisten können und niemals diesen Rucksack loswerden. »Es stört mich wirklich nicht. Ich kann auf der Fahrt arbeiten. Wenn du willst, komme ich nach Bromley.«

»Na gut, dann …« Ich höre ihn seufzen und ahne, wie schwer es ihm fällt, mein Angebot anzunehmen. »Dann lade ich dich zur Entschädigung zum Mittagessen ein. Am besten fährst du nach Lewisham. Rufst du mich an, wenn du da bist? Dann sage ich dir, welchen Bus du nehmen kannst.«

Eine knappe Viertelstunde später sitze ich in der *Tube* und schaffe es mit einmal Umsteigen zum Bahnhof *London Bridge*. Dort bin ich dankbar für mein morgendliches Lauftraining, denn sonst hätte ich die nächste Verbindung der *Southeastern Train* nach Dartford niemals geschafft.

Als ich atemlos im Zug meinen Laptop aufklappe, denke ich noch immer daran, wie angespannt Ryan am Telefon klang – nicht mehr wie Sonnenaufgang, eher nach praller Mittagssonne. In Lewisham nennt er mir eine Busverbindung. »Steig am Friedhof aus.«

»Am Friedhof?«

Wieder braucht er einen Moment, um seine Stimme zu finden. »Ja, bis gleich.«

Der Bus setzt mich an einer mittelmäßig befahrenen Straße zwischen einem Autohändler und den hohen Backsteinsäulen ab, die den Zugang zum Friedhof markieren. Ryan lehnt mit dem Rücken dagegen und hebt kurz die Hand, als er mich sieht. Der kühle Wind, der in den dichten Baumkronen entlang der Straße rauscht, weht ihm die dunklen Haare durcheinander. Ich ertappe mich dabei, unruhig an meinem dicken Zopf zu ziehen, während ich auf ihn zuhalte, wobei mir ein viel zu schneller Fahrradfahrer schimpfend ausweicht. Ryan erwartet mich mit der Andeutung eines Lächelns. Seine Grübchen zeigen sich nicht, aber immerhin gibt er sich Mühe.

»Danke, dass du hergekommen bist.«

»Ja, vielen Dank.« Die rotblonde Frau tritt plötzlich in mein Blickfeld. Eben war sie noch hinter der Backsteinsäule verborgen, jetzt stellt sie sich dicht hinter Ryan. An der Hand zieht sie zu meiner Überraschung ein kleines Mädchen hinter sich her – vielleicht zwei Jahre alt. Mit den orangeroten Haaren und dem großzügigen Mund sieht es ein bisschen wie eine Kleinkindvariante von Pippi Langstrumpf aus. Das Mädchen mustert mich irgendwie streng aus himmelblauen Augen.

Ich kann nicht behaupten, irgendetwas über Kinder zu wissen. Eigentlich kenne ich nur Phils Neffen und Nichten, die sich alterstechnisch ungefähr um das rothaarige Mädchen streuen dürften. Von denen sind aber alle laut und lebhaft. Bis auf den ältesten, der meistens ziemlich schüchtern reagiert hat, wenn er mich nach längerer Zeit wiedersah. Sein Unwohlsein stand ihm dann deutlich ins Gesicht geschrieben. Dieses Mädchen hat eine seltsam ausdruckslose Miene.

Mein Blick fliegt zu Ryan. Ich hätte niemals erwartet, dass er schon ein Kind hat. Aber gut ... So was sieht man einem Mann ja auch nicht unbedingt an. Meine Überraschung prallt direkt an seinem düsteren Blick ab. Und da sein Gesichtsausdruck ähnlich eingefroren wirkt wie der des kleinen Mädchens, wende ich mich rasch wieder ab.

»Das ist wirklich sehr aufopferungsbereit von dir, extra hierherzukommen.« Die rotblonde Frau spricht langsam, klingt dabei aber angriffslustig, sodass ich sie wachsam mustere. Die feinen Linien um ihren Mund und ihre Augen lassen mich annehmen, dass sie etwas älter als Ryan ist. Allerdings ist es schwer zu sagen, da ihr Gesicht verquollen wirkt. Eigentlich hat sie fein geschnittene Züge mit zarten hellrosa Lippen, einer kleinen Nase und hellblauen Augen, aber die Flecken auf ihren Wangen und die geröteten Lider sehen aus, als habe sie geweint. Ihre Hand hat sich fest um die ihrer Tochter verkrampft.

»Das ist keine große Sache«, sage ich. »Ich bin übrigens Jamie.«

Meine ausgestreckte Hand starrt sie so lange an, dass ich sie schon zurückziehen will. Dann greift sie doch danach – lässt ihr Kind nur für einen kurzen Moment los. Ihre Finger fühlen sich kühl und zerbrechlich an.

»Nadine.«

»Freut mich«, sage ich, aber sie erwidert nichts darauf. Ratlos wandert mein Blick zu Ryan. Was machen sie zu dritt hier mitten an einem Arbeitstag?

»Meine Mum muss jeden Moment hier sein«, sagt Ryan an Nadine gewandt. »Könnt ihr die letzten Minuten allein warten?«

»Ja, klar, lass mich ruhig alleine hier stehen an einem Tag

wie heute.« Die in ihren Augen aufsteigenden Tränen nehmen ihrem Ton die Schärfe. Ryan seufzt, legt einen Arm um ihre Schultern und zieht sie an sich.

»Schon gut. Jamie hat sicher nichts dagegen, wenn wir noch kurz warten.« Über ihren Kopf hinweg fange ich seinen Blick auf – seine Augen plötzlich heller, schimmernd, verletzlich. Vielleicht liegt es nur am fahlen Frühlingslicht.

»Klar, das stört mich nicht.«

Schweigend bleiben wir nebeneinander stehen. Das Kind vollkommen wortlos – immer noch an Nadines Hand geschweißt. Nadine in Ryans Arm mit ihrem Gesicht an seiner Schulter verborgen und ich wenige Schritte entfernt – wenige Schritte, die sich wie eine ganze Welt anfühlen. Ich beobachte, wie Ryan mit einer Hand nach dem Mädchen tastet und ihr in einer tröstenden Geste über den Kopf streichelt.

Als ein hinten leicht eingedrückter schwarzer Polo neben uns an der Straße hält, schluchzt Nadine auf. Durch die aufgleitende Scheibe erkenne ich eine schlanke Frauengestalt mit dunklen Haaren und scharf geschnittenen Gesichtszügen hinter dem Steuer. Aus dem Autoradio dringt angereichert mit zu vielen Bässen ›Someone You Loved‹ von Lewis Capaldi. Ryan lässt Nadine los, beugt sich zum Fenster und wechselt ein paar Worte mit der Frau, die seine Mum sein muss. Dann öffnet er für Nadine die Tür.

»Wir sehen uns heute Abend.« Seine Stimme ist fest, wie um von vorneherein Widerspruch zu vermeiden. Nadine nickt nur stumm, lässt das Mädchen los und nimmt auf dem Beifahrersitz Platz. Mit Nachdruck schließt Ryan die Tür und kniet sich im gleichen Moment hin, um mit dem Kind auf einer Höhe zu sein.

»Los geht's, Carrot. Grandma ist da, um dich abzuholen, und ich wette, sie hat noch Eis im Gefrierfach.«

Das Mädchen antwortet mit einem dünnen Lächeln und

nickt. Dann schlingt sie ihre Arme um Ryans Hals und sagt etwas zu ihm, das ich nicht verstehen kann. Ich spüre, dass ich schon wieder nicht richtig atme und hole tief Luft.

Ryan streichelt dem Kind über den Rücken. »Ja, Mummy ist traurig, Carrot, aber das hat nichts mit dir zu tun, okay? Mummy geht es bald wieder besser, und heute spielt Grandma mit dir. Ich komme später vorbei und lese dir noch was vor. Abgemacht?«

Diesmal ist ihr Lächeln breiter, als sie ihn ansieht. »›Where's Spot?‹«

»Na klar, das war ja schon mein Lieblingsbuch, als ich noch klein war.«

»Meins auch!«

»Dann suchen wir Spot nachher zusammen, in Ordnung?« Ryan hebt einen Arm zum High Five und sie klatscht ihre im Vergleich winzige Handfläche gegen seine. Dann richtet Ryan sich auf, wuschelt ihr nochmals durch die Haare und öffnet die hintere Autotür für sie. Während er sie im Kindersitz anschnallt, sehe ich, dass seine Mum sich zu dem Kind umdreht und es überschwänglich begrüßt. Nadine auf dem Beifahrersitz hat den Kopf gegen die Nackenstütze gelehnt und die Augen geschlossen.

Irgendwie bin ich vollkommen erstarrt von der unfassbaren Traurigkeit, die sich in der kurzen Szene gezeigt hat und die zwischen Nadine, Ryan und dem Kind sichtbar war wie ein Schatten, während sie hier neben mir vor den Friedhofstoren standen. Im Gegensatz zu mir atmet Ryan jedoch auf, als der Polo die Straße entlang Fahrt aufnimmt.

»Tut mir leid, wenn Nadine unhöflich zu dir war. Sie meint es nicht böse.« Er dreht sich zu mir um, schiebt einen Daumen unter den über seinem Brustkorb verlaufenden Gurt des Messenger-Bags und klopft mit den Fingern einen leisen Rhythmus darauf.

Ich glaube, ich starre ihn immer noch entgeistert an. Ich will es nicht, aber ich kann auch nicht damit aufhören. »Es war ja offensichtlich, dass es ihr nicht gut geht. Das macht also nichts.«

»Ja, sie hat es gerade schwer.«

»Und du?« Ich sehe ihm in die Augen, aber er unterbricht den Blickkontakt sofort, indem er den Kopf schüttelt.

»Ich komme klar.«

»Aber Ryan, wenn deine Tochter dich gerade braucht … Dann sag mir das. Wir können dieses Treffen verschieben – immer noch. Die Deadline werden wir schon irgendwie einhalten.«

Jetzt sieht Ryan mir doch in die Augen – einen Moment lang und dann noch einen. Ein dunkler rätselhafter Ozean breitet sich vor mir aus.

»Es ist in Ordnung«, sage ich vorsichtig, weil ich keine Ahnung habe, was sein Blick bedeutet. »Ich bin dir deshalb nicht böse.«

»Du bist extra hergekommen«, sagt er schließlich. »Also … Vielleicht sollte ich dir etwas erklären. Wenn du willst, zeige ich dir, warum wir hier sind.«

»Das musst du nicht. Ich will nicht neugierig sein.«

»Ich weiß.« Er fährt sich mit einer Hand in den Nacken. »Ich denke nur, es ist vielleicht gut, wenn du verstehst, warum ich gerade nicht so zuverlässig bin, wie ich es gerne wäre.« Er zögert noch einen Moment, weist mir dann jedoch den Weg durchs Friedhofstor. Und irgendwie hat diese Geste etwas Hilfloses, etwas seltsam Verletzliches, sodass ich unmöglich Nein sagen kann.

Ich folge Ryan über die gepflasterten Wege zwischen die Grabsteine. Obwohl die Geräusche der vorbeifahrenden Fahrzeuge auf der Straße zu hören sind, ist es irgendwie still auf dem Friedhof. Der Wind rauscht in den hohen Bäumen. Die Grabsteine stehen blass gegen das lebendige Grün des jungen

Grases. In einer der weiter entfernten Reihen stellt eine ältere Frau einen Blumenkranz vor ein Kreuz. Ein Mann mit einem gefleckten Hund an der Leine kommt uns entgegen. Mein Unbehagen steigt, während wir an der Backsteinkapelle vorbeigehen und den hinteren Teil des Friedhofs erreichen. Die Melodie von ›Someone You Loved‹ hat sich in meinem Kopf festgesetzt: Verlust und Sehnsucht und Einsamkeit, niemand, der einen hält, obwohl man Halt braucht, um zu heilen.

Ryans Wortlosigkeit verstärkt meinen Eindruck, dass er sich absolut nicht sicher über das ist, was er hier tut, und dass ich eigentlich nicht an diesen Ort gehöre. Es fühlt sich an, als dringe ich mit jedem Schritt tiefer in ein Leben vor, das mich überhaupt nichts angeht. Unauffällig beobachte ich Ryan von der Seite. Mit seinen dunklen Haaren, dem Bartschatten und seinen fast schwarzen Augen ist er ein dunkler Typ, aber ich habe das Gefühl, dass seine düstere Ausstrahlung von etwas ausgeht, das man nicht auf den ersten Blick sieht. Ich glaube, die Spuren davon in dem festen Zug um seinen Mund, in seinen zusammengezogenen Brauen und verengten Augen zu sehen. Ich glaube, dass ich diese Grenze nicht übertreten sollte, aber irgendwie macht keiner von uns den entscheidenden Schritt, um das hier abzubrechen.

Bis ich doch den Eindruck habe, Ryan wolle einen Rückzieher machen. Denn er bleibt stehen, dreht sich um, als wolle er zum Friedhofsausgang zurückkehren, aber dabei streift sein Blick – vielleicht unwillkürlich – einen Grabstein nahe dem Weg, bleibt nur einen Gedanken lang daran hängen. *Dale Dexter.* Ich sehe auf die Blumen hinab – die bunten Primeln und die Unmengen von Vergissmeinnicht, die mit ihrer fröhlichen Farbenpracht nicht gegen das düstere Grau des Steins ankommen. Zwischen den Blumen flackern drei Grablichter. Mein Blick fällt auf die Daten unter Dales Namen. Vor wenigen Wochen wäre er neunundzwanzig Jahre alt geworden.

Aber er ist vor zwei Jahren gestorben – vor auf den Tag genau zwei Jahren. Ob Dale Ryans Bruder war?

»Wir hätten uns nicht für heute verabreden müssen«, sage ich leise.

»Ich wollte nicht herkommen.« Lautlos ist Ryan hinter mich getreten. »Ich komme nie hierher. Aber Nadine hat mich angerufen. Und es war keine gute Idee, Mia mitzunehmen. Sie versteht das alles überhaupt nicht.« Er steht so dicht neben mir, dass ich ihn einatmen höre. »Sie versteht nicht, warum Nadine so verzweifelt ist. Sie versteht nicht, dass sie hier vor dem Grab ihres Dads steht.« Seine Stimme berührt etwas sehr tief in mir – irgendwo da, wo meine Rippenbögen zusammenkommen. »Sie ist nicht meine Tochter, sondern meine Nichte. Ich habe mich daran gewöhnt, dass es sie glücklich macht, mich zu sehen, dass sie sich bei mir sicher fühlt, wenn sie Angst hat, dass sie wütend auf mich ist, wenn ich ihr kein zweites Stück Kuchen erlaube.« Er lächelt, als ich ihn ansehe, aber es ist, als meine er Mia damit. Er geht in die Knie, rückt einen Topf mit pinkfarbenen Primeln ein Stück von einem der Grablichter weg. »Die Sache ist: Es fühlt sich falsch an. Sie sieht mich an, aber eigentlich sollte ich gar nicht vor ihr stehen, sondern mein Bruder.«

Ich hocke mich neben ihn ins Gras – so dicht, dass meine Schulter beinah seine berührt. »Das Leben kann verdammt ungerecht sein. Es tut mir leid, Ryan.«

Er wendet den Kopf und sieht mich an. Blaue Schlieren leuchten in seinen dunklen Augen auf. »Danke.«

Im nächsten Moment erhebt er sich wieder, reicht mir eine Hand, um mir hochzuhelfen. Sein Griff ist warm und fest. Obwohl ich ihn überhaupt nicht kenne, kann ich mir vorstellen, dass sich ein kleines Mädchen sicher bei ihm fühlt. Ich denke an das plötzliche Leuchten in Mias Gesicht, als Ryan ihr versprochen hat, mit ihr ein ›Spot‹-Bilderbuch anzuschauen, und mir bricht das Herz für das Mädchen. Sie hätte ihren Dad nicht so früh verlieren dürfen. Sie sollte ihre Mum nicht so unfassbar traurig erleben müssen.

»Jetzt weißt du es.« Ryan steht bereits auf dem Asphaltweg. »Dale ist der Grund, warum es Nadine so schlecht geht. Meine Mum kümmert sich zwar oft um Mia, aber … Sie brauchen mich einfach. Auch nach zwei Jahren noch.«

Ich laufe ein paar Schritte, um ihn einzuholen. »Zwei Jahre sind gar nichts, wenn man jemanden verloren hat.«

»Es sind zwei Jahre zu viel.«

Seine düsteren Worte lassen mein Herz schmerzhaft schlagen, während ich benommen den Friedhof verlasse.

»Warum hast du nichts gesagt, Ryan? Wir hätten uns nicht für heute verabreden müssen.«

Er schüttelt den Kopf. »Ich dachte, es würde mich ablenken. Aber heute Morgen hat Nadine darauf bestanden, dass ich mit ihr herkomme.« Kurz blickt er die Straße entlang. »Leider sind wir nicht gerade in einer Gegend, die für Acht- bis Zehn-Punkte-Sandwiches bekannt ist, aber im Zentrum gibt es wenigstens einen *Pret.*«

»Oh, da habe ich ja Glück gehabt.« Ich komme nicht ganz mit. Ich sehe noch immer Mias starres, irgendwie unkindliches Gesicht vor mir. Und ich stelle nicht die Fragen, die in mir lauern. Es geht mich nichts an: weder sein Leben noch sein Verlust und Nadine erst recht nicht. Ich bin nur zufällig hier reingestolpert. Aber Ryan hat mir nun mal Dales Grab gezeigt und sein schlagartiger Themenwechsel überfordert mich.

»Ich lege eins von diesen übersüßten Getränken oben drauf, die mit einem Schluck deinen Energiebedarf für eine Woche decken.« Ryan grinst mich an, als hätten wir nicht gerade vor dem Grab seines Bruders gestanden. Wie echt sein Schmerz ist und wie nah unter der Oberfläche er lauert, ist in seinen Worten kaum noch spürbar.

»Dann bin ich dabei«, gehe ich auf seinen Themenwechsel ein. Denn anscheinend funktioniert Ryans Leben so: Es hat zwei Seiten. Und die scheinen wenig miteinander zu tun zu haben.

Wir nehmen den Bus ins Zentrum und sitzen wenig später im *Pret A Manger* in der Nähe vom Bahnhof.

»Ich nehme einen *Halloumi Melt Bagel*«, beschließe ich, als Ryan mich fragend ansieht.

»Den mit getrockneten Tomaten und Rauke, maximal vier Punkte?«

»Nein, den mit getrockneten Tomaten und Rauke, mindestens fünf Punkte.« Ich hebe die Schultern. »Manchmal ist mir nach fünf Punkten.«

»Warum das?« Ryans verständnisloser Blick bringt mich zum Lachen.

»Weil das ein grundsolider Sattmacher ist, moderater Preis, geringes Ablenkungspotenzial. Ich kann beim Essen arbeiten. Das ist effizient.«

Nachdenklich mustert Ryan mich. »Wenn das so ist, versuche ich es auch mit einer soliden Fünf.«

Während er sich anstellt, fahre ich meinen Laptop hoch. Als mein Telefon klingelt und ich Julians Nummer entdecke, drücke ich ihn hastig weg. Einen weiteren Telefon-Eklat in Ryans Gegenwart kann ich mir wirklich nicht erlauben.

»Einmal *Halloumi Melt.*« Ryan stellt einen Teller mit meinem Bagel vor mich und setzt sich wieder.

»Danke dir.« Ich werfe einen Blick auf seinen Teller. »*Chicken Tikka*?«, vermute ich.

»Ja. Sind wir uns einig, dass es sich dabei um eine solide Fünf handelt?«

»Das geht klar. Obwohl das Mango-Chutney verdächtig gut ist und der Bagel dicht an einer Sechs vorbeischrammt, würde ich sagen.« Ich nehme einen Bissen von meinem Essen, schiebe den Teller zur Seite, drücke einen weiteren Anruf von Julian weg und ziehe mein Notizbuch heran. »Wollen wir anfangen?«

Statt einer Antwort beißt Ryan in seinen Bagel und analysiert, während er kaut, das Arrangement der Zutaten zwischen den Sesambrötchenhälften. »Du hast recht. Das Mango-Chutney ist tatsächlich gut«, kommentiert er schließlich. Sein Lächeln fühlt sich wie ein Whirlpool in meinem Bauch an.

»Findest du es positiv oder negativ, dass dein Bagel mit dem Mango-Chutney quasi eine Geheimwaffe hat? Hält er dich zu sehr davon ab, mit der Arbeit anzufangen?«, erkundige ich mich unschuldig.

»Positiv.« Ryans Grinsen wird breiter. »Diese Solide-Fünf-Geschichte zieht bei mir nicht. Und wenn ich positiv sage, meine ich übrigens positiv, nicht etwa negativ. Manche Leute verwechseln das ja.«

Obwohl meine Wangen verdächtig zu kribbeln beginnen, kann ich ein selbstironisches Lächeln nicht unterdrücken. »Das war eine emotionale Ausnahmesituation.« Ich höre Ryan lachen, spüre dieses Gefühl von Sonnenstrahlen am frühen Morgen und komme rasch zum Thema: »Mein erstes Paar sind Edward I. und Eleanor of Castile.«

»Wer sind die denn?«

Ich werfe ihm einen schnellen Blick zu und schüttele ungläubig den Kopf. »Edward hat nach Eleanors Tod aus Trauer über ihren Verlust die *Eleanor Crosses* errichten lassen. Queen Victoria hat sie sich für das *Albert Memorial* zum Vorbild genommen. Bist du bei deiner Recherche nicht darauf gestoßen?«

Ryan schüttelt den Kopf. »Nein. Victoria und Albert stehen aber auf meiner Liste.«

»Auf meiner auch.« Mit gerunzelter Stirn sehe ich noch mal auf meinen Bildschirm. »Außerdem habe ich mir Nelly Ternan und Charles Dickens notiert, Virginia und Leonard Woolf und Beatrix Potter und William Heelis.«

»Charles Dickens und Virginia Woolf sagen mir was. Von allen anderen habe ich noch nie gehört.«

»Was? Beatrix Potter ist die Schöpferin von ›Peter Rabbit‹. Die musst du kennen.«

»Ich kenne den Hasen«, bestätigt Ryan. »Aber ich wusste nicht, dass die Autorin ein so spannendes Liebesleben hatte, dass wir darüber berichten sollten.«

Ich verdrehe die Augen. »Es ist spannend, weil es ungewöhnlich für die Zeit um 1900 ist. Sie war finanziell gut gestellt und heiratete erst mit fast fünfzig. Ihre Eltern wollten die Hochzeit verhindern.«

»Das klingt nach nervenzerfetzender Spannung.«

»Du kennst die historischen Rahmenbedingungen nicht.«

»Die Lesenden auch nicht.«

»Der Artikel soll die Lesenden auf eine Reise in die Vergangenheit mitnehmen. Ihnen wird die Geschichte von Beatrix Potter vor dem historischen Hintergrund präsentiert.«

»Das heißt, du schreibst erst einen Essay über das Eheleben um 1900, damit die Lesenden dann verstehen, warum Beatrix und William ein interessantes Liebespaar sind?« Zweifelnd mustert er mich.

»Keinen Essay, nur eine kurze Einführung. So machen die *London HiStories* das doch immer.«

»Ist es deshalb gut?«

»Zumindest ist es eine beliebte Kategorie des Magazins.«

»Ja, unter Geschichtsinteressierten.«

Aus verengten Augen erwidere ich seinen Blick. »Wenn du deine Storys schreibst, geht das doch auch nicht ohne Hintergrundinformationen.«

»Die muss man aber gut verkaufen.«

Ich mustere ihn, während er ungerührt die Reste seines

Chicken Tikka Bagels verzehrt. »Du meinst, es zählt nicht nur, ob die Zimmer schön eingerichtet sind, sondern das Haus muss auch von außen einen schicken Eindruck machen?«

Überrascht blickt er auf. »Du verwendest meine Texthaus-Metapher?«

Ich hebe die Schultern. »Mir wurde gesagt, du verstehst es meisterhaft, aus jeder Geschichte einen guten Text zu machen, also wäre ich fast blöd, nicht mitzuschneiden, wenn du mich an deinen Erkenntnissen teilhaben lässt.«

»Schön zu wissen, dass auch etwas Positives über mich in Umlauf ist.«

»Mein Bruder sagt immer, wenn andere über dich reden, finden sie dich spannender als sich selbst.« Ehrlicherweise habe ich Julian das sehr lange nicht sagen hören. Während unserer Schulzeit dachte er, der Gedanke würde mich trösten. Aber sie redeten über ihn, weil sie ihn toll fanden, und über mich, weil niemand verstand, wie er eine so langweilige Schwester haben kann.

»Das muss ich mir merken.« Ryan blickt auf sein Tablet. »Willst du jetzt meine Paare hören?«

»Klar.«

»Boudicca und ein Typ namens Prasutagus.«

»Boudicca? Die hat um – keine Ahnung – 60 nach Christi gelebt?«

Ryan wirft einen Blick in seine Notizen. »Ziemlich genau. Im Jahr 61 ist sie gestorben.«

Zweifelnd sehe ich ihn an. »Und aus dieser Zeit gibt es Quellen über ihre Beziehung?«

»Ich glaube nicht.«

»Aber das war unser einziges Kriterium: Es muss Quellen geben, die mehr über die Beziehung unserer Paare aussagen, als wann ihre Ehe geschlossen wurde.«

Ryan grinst und etwas funkelt in seinen dunklen Augen.

»Boudicca ist wahrscheinlich die einzige Person, die diese Stadt in Trümmer gelegt hat und der dann ein Denkmal gesetzt wurde. Sie ist einfach cool. Ich finde, wir sollten uns anstrengen und ein paar Details über sie ausgraben.«

»Aber was hat sie mit unserem Thema zu tun?«

»Das finden wir heraus. Als Nächstes habe ich mir Pocahontas und John Rolfe notiert.«

»Pocahontas?«

»Wusstest du, dass sie mit Rolfe hierher nach London kam und kurz vor ihrer Heimreise starb? Sie wurde nahe des *Thames Estuary* in Gravesend bestattet – etwa eineinhalb Stunden Fahrt von hier.«

»Nein, das wusste ich nicht.« Zweifelnd mustere ich ihn. »Wen hast du noch?«

»Oscar Wilde und Robert Ross. Robert war ein Liebhaber von Oscar Wilde und hielt ihm die Treue, auch als der längst andere Affären hatte. Die Geschichte ist wegen des Homosexualitätsaspekts interessant, finde ich.«

»Guter Vorschlag.« Ich mache mir eine Notiz. Dann sehen wir uns über den Tisch hinweg an wie zwei Boxer. »Wie entscheiden wir jetzt, welche Paare wir in den Text aufnehmen?«, will ich wissen.

»Ich schlage vor, wir entwerfen beide für jedes Paar eine Skizze mit einer ersten Idee, welche Botschaft wir mit ihnen verknüpfen wollen, und vielleicht, mit welchen Orten in London sie verbunden sind – irgendetwas, damit wir sie für Lesende in der Stadt verorten können. Nach dem Wochenende können wir unsere Ergebnisse zusammenfügen.«

Ich nicke zustimmend, doch ehe ich antworten kann, klingelt schon wieder mein Telefon.

»Geh ruhig ran«, fordert Ryan mich mit einem so breiten Grinsen auf, dass ich Julians Anruf umso hastiger wegdrücke. »Ist das nicht vielleicht wichtig?«, zieht er mich auf.

»Bestimmt nicht.« Ich schüttele den Kopf und seufze gleichzeitig. »Hör mal, es tut mir leid. Ich habe mich letztes Mal total unprofessionell verhalten.«

Ryans schneller Blick in meine Augen überschwappt mich wie eine Welle und wirbelt alles in mir durcheinander. »Das war nicht schlimm, Jamie. Wenn sich jemand entschuldigen muss, bin ich das – wegen …« Er holt sichtbar Luft und sagt nur: »Wegen dem hier.«

Einen Moment lang mustere ich ihn stumm. Es fühlt sich an, als würde ich vor einer Mauer stehen, die Ryans Welt in zwei Hälften teilt. *Es sind zwei Jahre zu viel.* Ich bin mir nicht sicher, was er damit gemeint hat, aber es klang unfassbar traurig.

»Danke, dass du mir das Grab gezeigt hast. Ich weiß das zu schätzen, und ich hoffe, du bereust es nicht.«

»Vielleicht bereue ich es ein bisschen.« Ryan klopft einen unhörbaren Rhythmus auf die Tischplatte. »Aber nicht deinetwegen, sondern meinetwegen. Ich spreche nie über ihn. Verstehst du? Nie.«

Und obwohl ich das dringende Bedürfnis habe, über die Mauer zu spähen, muss ich respektieren, dass sie etwas verbirgt, von dem ich vielleicht schon mehr weiß als viele andere. Also biege ich rechtzeitig ab und nicke. »Danke fürs Sandwich.«

»Ich denke, mit etwas mehr Anstrengung hätten wir es hier auch auf sieben Punkte bringen können. Aber dich scheint man leicht zufriedenstellen zu können.«

Ich lächle, während wir uns wieder über unsere Arbeit beugen, unsere Notizen ergänzen, Quellen austauschen und uns abstimmen, welche Informationen wir über die Paare zusammentragen wollen.

»Ich bringe dich zum Bahnhof«, schlägt Ryan schließlich vor.

»Den finde ich allein. Fahr du ruhig …« *Zu Mia* hatte ich sagen wollen, bin mir aber nicht sicher, ob ich seiner Mauer damit nicht zu nahe käme. »Fahr du ruhig los.«

Ich habe den Bahnhof schon fast erreicht, als ich meinen Namen höre:

»Jamie!«

Ich drehe mich um. Ryan kommt aus Richtung des *Pret A Manger* hinter mit hergelaufen. »Ich habe vergessen, dir eine Kalorienbombe zu kaufen. Magst du Blaubeere?« Er hält einen üppig mit Streuseln getoppten Muffin hoch und bringt mich zum Lachen.

»Klar.«

»Ein bisschen Proviant für deine Reise zurück ins düstere East End.« Mit diesen Worten überreicht er mir den Muffin. Trotz seines Lächelns ahne ich, als ich ihm in die Augen sehe, dass er derjenige ist, der in einer viel düstereren Welt lebt. Und ich – das wird mir gleichzeitig klar – will längst alles über ihn wissen. Vielleicht einfach, weil ich glaube, dass die Gerüchte über ihn nicht wahr sind.

Zumindest sind sie nicht die ganze Geschichte.

Kapitel 8

Ich denke zu oft an Ryan. Und an seine Worte: *Es sind zwei Jahre zu viel.* Daran, dass er mir wahrscheinlich nur einen Blick über seine Mauer erlaubt hat, weil wir uns an diesem speziellen Ort in London befunden haben, wo sie irgendwie durchlässiger ist. Ich denke an die Art, wie sich seine Augen verengten, während er versuchte, *Prasutagus* richtig auszusprechen. Daran, wie seine Fingerspitzen meine berührten, als er mir den Blaubeermuffin gab. Ich hoffe, ich hoffe, ich hoffe, das warme Gefühl in meinem Bauch rührte ausschließlich von den süßen Streuseln. Das Einzige, was mich von diesem irgendwie zu intensiven Tag ablenkt, ist meine Mum, die will, dass ich nach Hause komme, damit Dad und sie in Ruhe mit mir sprechen können.

Als ich hart bleibe, ruft mein Dad an und schlägt vor, in den Dialog mit Phil zu treten, um ein praktikables Arrangement zu finden. Es klingt nicht nach seinen Worten. Dad tut grundsätzlich, was Mum will, und redet dann wie die Gebrauchsanweisung seiner elektrischen Zahnbürste. *Wenn Sie in Ihr altes Leben zurückkehren möchten, halten Sie den zweiten Knopf von oben gedrückt.* Aber ich versuche nicht, ein praktikables Arrangement mit Phil zu finden. Ich habe bereits eins – und das heißt *Cold Turkey*.

Nur einmal gerät meine Entschlossenheit gegenüber Mum ins Wanken. Denn sie weist mich darauf hin, was sie meinetwegen alles aufgegeben hat: ihre Unikarriere zum Beispiel, die alles ist, was sie je glücklich gemacht hat. Zwar hat das nicht direkt etwas mit Phil zu tun, aber mit ihrem Gefühl, sich jederzeit in jede Entscheidung meines Lebens einmischen zu dürfen. Das hat sie schon immer getan. Und ich habe erst nach dem Schulabschluss angefangen, mich dagegen zu wehren. Deshalb fällt es mir so schwer, nicht in alte Muster zu verfallen. Irgendetwas in mir hält mir vor, dass ich eine Enttäuschung für sie bin und schleunigst ihrem Rat folgen sollte, um mein Leben nicht gegen die Wand zu fahren. Denn ich weiß: Wenn ich an der Uni bliebe, hätte Mum das Gefühl, nicht umsonst auf ihre Karriere verzichtet zu haben. Und solange ich mit Phil zusammen war, musste sie sich immerhin keine Sorgen um meine finanzielle Sicherheit machen.

Lynn tut jedoch ihr Bestes, mich nach der aufwühlenden Diskussion mit meiner Mum aufzumuntern. Am Samstag kocht sie für uns, während ich mir als Umzugshelferin mein Shoppingbudget erarbeite. Außerdem löscht sie ›Arcade‹ von Duncan Laurence aus meiner Playlist und ersetzt es durch ›Castles‹ – einen Song, in dem Freya Ridings aus dem Schutt ihrer Liebe Schlösser baut. Vorm Einschlafen höre ich ihr in Endlosschleife dabei zu. Am Sonntag tut mir zwar alles weh und ich habe einen extremen Ohrwurm, aber Lynn scheucht mich gnadenlos aus dem Bett, und wir ziehen los, um den *Brick Lane Market* unsicher zu machen. Die unzähligen Stände zwischen den endlosen Reihen von Backsteingebäuden bieten ungefähr alles: von Lebensmitteln über Möbel und Fahrräder bis zu jeglichem Nippes. Ich hätte tausend Dinge kaufen können. Lynn führt mich jedoch zielstrebig zum *Vintage Market*, wo ich – nachdem wir uns durch die Angebote der Stände und Shops gewühlt haben – ein Hobo-Bag in einem anbetungswürdigen Beerenton finde. Es lässt sich als Schulter- oder Umhängetasche tragen. Nach dem Kauf habe ich sogar Geld übrig, um die *Food Stalls* des *Upmarket* zu stürmen. Über fünfzig Stände bieten sonntags Essen aus allen Teilen der

Welt an. Ich brauche ewig, um mich für äthiopisches Injera-Brot zu einem scharfen Rote-Linsen-Eintopf zu entscheiden.

Die regelmäßigen kurzen Regenschauer stören niemanden, und da der Himmel zwischendurch immer wieder aufklart, steigen im Laufe des Tages nicht nur die Temperaturen, sondern auch die allgemeine gute Laune. Das Einzige, was meinen Tag nach dem Trubel, dem Gedränge und dem Lärm noch besser hätte machen können, wäre ein Spaziergang im Park gewesen. Aber die schönsten Londoner Parks sind nicht im berüchtigten East End zu finden, und Lynn, die mal wieder in zu hohen Schuhen unterwegs ist, hat nach dem ganzen Gerenne keine Lust auf noch mehr Bewegung.

Also fahren wir nach Hause, bestellen Pizza und Lynn überbrückt die Wartezeit mit einer Dusche. Ich sitze mit meiner neuen Tasche im Schneidersitz auf dem Sofa und fülle sie mit meinen Habseligkeiten des täglichen Bedarfs.

»Ich habe mir etwas überlegt«, verkündet Lynn, als sie mit nassen Haaren und einem Handtuch um ihren Körper aus dem Bad kommt.

»Und zwar?« Gerade suche ich in der Tasche den sichersten Ort für mein Telefon – wahrscheinlich dort, wo ich selbst am schwierigsten drankomme.

»Ich sollte mehr Sex haben.«

»Findest du?«

Lynn lässt sich mit mehreren Nagellackfläschchen in der Hand neben mich aufs Sofa fallen. Sie zieht ihr Bein an, wackelt mit den Zehen und hält probehalber die Fläschchen daneben. »Welche Farbe?«

Kritisch beäuge ich das Angebot von Nude über Altrosa hin zu Feuerrot und zeige auf den bordeauxfarbenen Lack. »Hast du nicht recht häufig Sex? Gestern habe ich dich und Mae doch auch wieder gehört oder liege ich da falsch?«

Lynn erwidert mein Grinsen. »Nein, tust du nicht.« Sie

schraubt das Fläschchen auf und zieht den Pinsel über den Nagel ihres großen Zehs. »Aber das ist genau das Problem. Ich sollte Sex mit Männern haben, damit Mae endlich aufhört, sich falsche Hoffnungen zu machen. Anders kann ich es ihr offensichtlich nicht klarmachen.«

Kurz beobachte ich sie. Der scharfe Geruch von Lösungsmittel überlagert den zarten Rosenduft ihrer Körperlotion.

»Was ist denn dein Plan?«

Fragend blickt sie auf.

»Es wartet ja nicht gerade hinter jeder Ecke ein passender Mann.«

Lynn lacht los. »Aber so gut wie. Ich gehe in irgendeine Bar und sehe mich um. Da sitzen zig Typen, die das Gleiche tun.«

Bar! Schon wieder diese verflixte Bar. »Ich dachte, heutzutage benutzt man Tinder.«

»Auf den Apps sind sehr schräge Leute unterwegs«, erklärt Lynn. »Und sehr viele *Dick-Pics*. Und ich weiß nicht, was das Problem ist, aber die sehen einfach immer mies aus. Draußen in der echten Welt habe ich einen unverstellten Blick aufs Wesentliche.«

»Und das sind natürlich nicht Schwänze.«

Lynn kichert. »Natürlich nicht. Aber ich ziehe so meine Schlüsse. Wer sich stilvoll und chic anzieht, hat zum Beispiel mit höherer Wahrscheinlichkeit sein Leben im Griff als Typen, die in ausgefransten Motto-Shirts rumlaufen. Die hausen vermutlich mit Wollmäusen im Chaos – so wie Kye. Oh, und halte dich von Kerlen in prolligen Baggy Pants fern. Die erwarten wahrscheinlich, dass du zu Hause aufräumst.«

»Lynn! Das sind Vorurteile.«

»Das ist …« Sie schnipst ein paarmal. »Wie heißt das? Ein Algorithmus. Der trifft nicht immer zu, aber oft.«

»Um das zu prüfen, müssten wir eine Studie durchführen.«

Grinsend verdreht Lynn die Augen. »Das habe ich schon.«

»In einer Bar?«

»Klar.«

»Und was genau machst du da?«

Lynn sieht mich schief an. »Von denen, die offensichtlich Interesse haben, nimmst du den, der dir am besten gefällt. Ist doch logisch.«

»Hm.« Ich schiebe mein Telefon in die Reißverschlussinnentasche und hoffe, dass ich unterwegs zumindest den Vibrationsalarm wahrnehmen werde, wenn mich jemand zu erreichen versucht.

»Du hältst mich für eine Schlampe.«

Überrascht sehe ich auf. »Quatsch! Ich dachte gerade, dass ich mehr wie du sein sollte. Ich zerdenke alles so lange in meinem Kopf, bis es konturloser Brei ist, und dann ist es absolut nicht mehr attraktiv.«

»Selbst Ryan Dexter nicht?«

»Hör endlich mit Ryan auf. Und wo bleibt eigentlich der Lieferdienst?«

Feixend beugt Lynn sich über ihren Fuß und lackiert den nächsten Nagel in tief schimmerndem Bordeauxrot. »Im Ernst. Als Frau hast du eher das Problem, dir die Typen vom Leib zu halten, die nicht gerade Zucker sind. Und du siehst total hübsch aus, Jamie. Selbst wenn du in deinem – nebenbei bemerkt – ziemlich langweiligen Alltagslook in irgendeine Bar spazierst, wirst du garantiert nicht allein wieder rauskommen. Falls du es darauf anlegst zumindest.«

»Nur wird der Mann, mit dem ich rauskomme, mich anfassen wollen und erwarten, dass ich mich später vor ihm ausziehe.«

Lynn lacht schallend los. »Das ist doch genau der Punkt. Wo ist das Problem?«

Ich tippe mir an die Stirn. »Ich habe dir doch gesagt, ich zerdenke alles. Wer ist der Typ eigentlich? Welche Partei wählt er? Tut er ekelhafte Dinge, wie einen Schluck trinken, obwohl er noch Essen im Mund hat? Mit wie vielen Frauen hat er schon geschlafen und war eine darunter, die er gerne wiedersehen würde? Wird er sich in ein paar Wochen noch an mich erinnern oder wird er versuchen, mich schnell aus der Wohnung zu kriegen, nachdem er gekommen ist? Was gefällt ihm überhaupt an mir? Ist ihm aufgefallen, dass mir ein winziges Stück von meinem Schneidezahn fehlt? Habe ich dieses dämliche Haar wegrasiert, das immer wieder an der Innenseite meines linken Oberschenkels wächst? Und was zur Hölle soll ich machen, wenn er sich auszieht und ein wirklich abtörnendes Tattoo auf seinem Torso zum Vorschein kommt?«

»Zur Hölle, Jamie, hör sofort auf damit.« Lachend schüttelt Lynn den Kopf. »Ich sage dir, was du tust, wenn er ein ätzendes Tattoo hat: Du machst die Augen zu.«

»Ich kann nicht«, rufe ich verzweifelt, und damit meine ich beides: das Denken und das Augen-Zumachen.

»Kein Wunder, dass du erst einen einzigen Mann hattest. Wenn du jemals wieder eine Beziehung willst, solltest du das schleunigst in den Griff kriegen.«

»Wie denn?«

»Keine Ahnung! Autogenes Training? Sehr viel Übung wird jedenfalls nicht schaden.«

Ich verdrehe die Augen, während Lynn ihre Zehen spreizt und sich den zweiten Fuß zum Lackieren vornimmt.

»Ich weiß, ich bin älter als du und habe nicht mehr so viel Zeit. Ich wäre bereit, den Kerl fürs Leben zu treffen. Irgendwann will ich schließlich Kinder haben. Du hingegen hast keinen Zeitdruck. Du kannst endlich rumprobieren. Und wenn du dann in einer Beziehung selbstbewusst bist, weil du weißt, was du willst und was dir guttut, wird sich kein Typ im Bett mit dir langweilen.«

Ich gebe mir keine Mühe, mein Seufzen zu unterdrücken.

Die Wahrheit ist, ich habe keine Lust, mich von Leuten anfassen zu lassen, die ich nicht kenne. Berührungen überschreiten alle Grenzen. Das lasse ich niemanden tun, dem ich nicht vertraue – auch wenn das noch so langweilig ist.

»Ehrlich gesagt kann ich mir nicht vorstellen, dass man in einer Bar den Typen fürs Leben findet.«

»Wo denn sonst?«

»Vielleicht bei Freunden? An der Bushaltestelle? In der Stadtbibliothek?«

»An der Bushaltestelle? Würdest du einem Typen an der Bushaltestelle deine Nummer geben?«

Ich hebe die Schultern. »Wenn wir jeden Tag die gleiche Strecke fahren und irgendwann ins Gespräch kommen ... So nach einem Jahr.«

Lynn kichert über mein selbstironisches Lächeln. »Du denkst viel zu romantisch. Und deine Methode ist zu langsam. Da erreichst du nie die notwendige Quote. Ich komme mir bei der Männersuche vor wie beim Goldschürfen.«

»Vielleicht suchst du am falschen Ort. Du musst eine Goldader finden.«

»In der Stadtbibliothek? Wohl kaum.«

»Hast du denn keine Hobbys? Vielleicht lernst du dort Männer kennen, die wenigstens deine Interessen teilen.«

Nachdenklich blickt Lynn auf. »Das ist gar keine dumme Idee. Früher habe ich Badminton gespielt, und ich habe mal so einen Holzschnitzkurs besucht. Das war ziemlich cool.«

»Perfekt. Ihr könnt euch beim ersten Date selbst gebaute Brotschalen schenken.«

»Meinst du?«

Ehrlich gesagt habe ich nicht die geringste Ahnung, aber da es in diesem Moment an der Tür läutet, flitzt Lynn mit ihren frisch lackierten Fußnägeln und dem um sich gewickelten knappen Handtuch zur Tür.

»Endlich! Ich sterbe vor Hunger. Dieser Pizzadienst bekommt nur ein halbes Trinkgeld von mir.«

»Plus einen Blick auf deinen fast nackten Körper«, stelle ich fest. »Soll ich nicht lieber aufmachen?«

»Auf keinen Fall.« Lynn zieht das Handtuch noch einmal fest und fährt sich mit beiden Händen durch ihre noch feuchten Haare. »Stell dir vor, der Typ ist ein total heißer Jurastudent. Vielleicht lädt er mich zur Entschädigung auf einen Drink ein.« Sie blinzelt mir durch eine Lücke im Bücherregal zu und reißt die Tür auf. Kopfschüttelnd räume ich meine neue Tasche zur Seite und will gerade den aussortierten Krimskrams, bestehend aus irgendwo eingesammelten Flyern oder mir aufgedrängten Kassenzetteln, wegräumen, als Schritte im Flur laut werden.

»Oh mein Gott«, ruft Lynn im nächsten Augenblick. »Jamie, der Typ sieht exakt aus wie du, und er hat keine Pizza dabei.«

»Was?« Alarmiert springe ich vom Sofa und trete zwischen die Bücherregale. »Keine Pizza?«

»Das ist an dem Satz alles, was dich interessiert?« Julian steht im Türrahmen – Julian mit seinem unverwechselbaren Lächeln, das sich langsam über sein Gesicht ausbreitet, als wolle es nie enden, und das seine grünen Augen blitzen lässt. Er hat ebenso dunkle Haare wie ich, die er jedoch kurz trägt. Wir haben die gleichen hohen Wangenknochen, die gleiche schmale Nase, die gleichen geraden Brauen. Als wir klein waren, wurden wir meistens verwechselt, aber … Nun ja … Dann kam die Pubertät und es passierten doch noch ein paar unterschiedliche Dinge mit unseren Körpern.

»Woher weißt du, dass ich hier bin?«

Julian lässt die Reisetasche fallen, die er über der Schulter getragen hat, und kommt auf mich zu. »Hallo erst mal, kleine Schwester.« Er schlingt seine Arme um mich, presst mich an sich und wirbelt mich herum. Der Duft seines Kokos-Limetten-Shampoos ist mir vertraut, die scharfen Konturen seiner Brustmuskeln weniger.

»Hebst du Gewichte?« Spöttisch betaste ich seinen Oberkörper.

Grinsend setzt er mich ab. »Glaubst du, ich habe Lust, ständig für ein Mädchen gehalten zu werden?«

»Also, entschuldige mal.« Lynn steht – das Handtuch an sich geklammert – neben der Tür und beobachtet uns. »Wer hält dich denn bitte für ein Mädchen?«

»Du zum Beispiel.« Julian wirft ihr einen schrägen Blick zu. »Wann immer man James und mich zusammen sieht, sagen die Leute, ich sähe aus wie sie.«

Lynn gibt ein Schnauben von sich. »Oberflächlich ja, aber glaub mir, da besteht keine Verwechslungsgefahr.« Sie wendet sich an mich, schirmt mit der Hand ihren Mund ab, als wolle sie verhindern, dass Julian ihre Worte von den Lippen abliest. Dann flüstert sie klar und deutlich für alle: »Warum hast du mir nicht gesagt, dass dein Bruder so heiß ist? Ich muss mir sofort irgendwas anziehen, das mich verdammt erotisch aussehen lässt.«

»Ich wusste doch gar nicht, dass er kommt.«

»Ich glaube nicht, dass du irgendwas anziehen kannst, das dich erotischer aussehen lässt«, bemerkt Julian, als Lynn sich umdreht und die Tür zu ihrem Zimmer öffnet.

»Warte es ab.« Sie lächelt ihm über die Schulter hinweg zu. Bilde ich es mir ein oder haben sich ihre Wangen gerötet?

Sobald die Tür hinter ihr zuklappt, wende ich mich an Julian. »Was machst du hier? Woher hast du meine neue Adresse?«

»Kann ich mich erst mal setzen? Und kriege ich was zu trinken?« Er lässt sich auf einen der Stühle am Tisch fallen. »Du scheinst nicht sehr erfreut zu sein, mich zu sehen.«

»Wundert dich das?« Ich hole ihm ein Glas aus dem Küchenschrank und schenke ihm Wasser ein. »Ich habe dich mehrmals angerufen und du hast mich ignoriert.«

»Als Mum mir sagte, dass du Phil verlassen hast, habe ich dich sofort zurückgerufen. Da hast du mich weggedrückt.«

»Mums Anruf hast du also angenommen?« Empört starre ich ihn an, während er nach seinem Wasserglas greift.

»Sie hat Telefonterror gemacht.«

»Es wäre schön, wenn du auch für normale Menschen und nicht nur Telefon-Terroristinnen erreichbar wärst.« Mit verschränkten Armen lehne ich mich gegen die Küchenanrichte.

»Entschuldigung.« Zerknirscht blickt er zu mir auf. »Ich war durcheinander in den letzten Wochen und viel unterwegs. Ich bin nicht auf die Idee gekommen, dass es dir schlecht gehen könnte. Dir geht es nie schlecht.«

»Warum warst du durcheinander?«

Julian schüttelt entschieden den Kopf. »Das ist jetzt nicht wichtig. Ich will wissen, was dieser Drecksack dir angetan hat und ob du willst, dass ich ihn verhaue.«

Ich muss lachen und setze mich zu Julian an den Tisch. Er ist einfach Experte darin, die Gewitterwolken abrücken zu lassen.

»Hast du extra dafür so viele Brustmuskeln aufgebaut?«

»Es ist nicht nur die Brustmuskulatur.« Julian springt auf, reißt sein T-Shirt hoch und präsentiert mir sein deutlich hervortretendes Sixpack. Sportlich war er schon immer, hat draufgängerisch so ziemlich jede denkbare Sportart ausprobiert. Bisher hätte ich seinen Körper jedoch eher muskulös als definiert genannt. Das ist vorbei. Mein Bruder verfügt über einen Torso voll ausgeprägter Muskelstränge, die von seiner Mitte in ein perfektes V abwärtsstreben.

»Das habe ich nicht ganz nur für dich getan«, bemerkt Julian grinsend.

»Das wäre auch etwas übertrieben«, erwidere ich trocken.

Eine Art Stöhnen aus Richtung von Lynns Zimmertür lässt uns aufblicken. Sie zieht die Tür hinter sich zu und fächelt sich mit einer Hand Luft zu. »Für wen auch immer du das getan hast, es hat sich gelohnt.«

»Danke.« Grinsend lässt Julian sein T-Shirt wieder über seinen Bauch fallen. »Freut mich, dass es dir gefällt.«

Ich gebe ein übertriebenes Räuspern von mir. »Es wäre wunderbar, wenn ihr nicht sofort übereinander herfallen würdet.«

»Keine Sorge, Äußerlichkeiten sind ja nicht alles«, behauptet Lynn, aber ich glaube ihr kein Wort. War sie es nicht, die eben noch behauptet hat, sie suche ihre potenziellen Partner nach optischen Kriterien in Bars aus? An Julians Outfit, bestehend aus Jeans, weißem Shirt und dunkler Jacke, dürfte jedenfalls nicht viel auszusetzen sein. Und Lynn hat ihr Handtuch gegen nur scheinbar gemütliche Feierabendkleidung getauscht. Sie trägt ein minimalistisches Top – ihrem Dekolleté nach zu urteilen über einem Push-up-BH – und eine tief auf der Hüfte sitzende Jogginghose. Mir entgeht keineswegs, dass Julians Blick von dem Streifen bronzefarbener Haut zwischen Lynns Hosenbund und Top-Saum angezogen wird. Sex befindet sich eindeutig mit uns im Raum. Bevor ich jedoch einen entsprechenden Kommentar machen kann, läutet es, und Lynn stolziert zur Tür, um unsere Pizza in Empfang zu nehmen.

»Welche Sorten?«, erkundigt sich Julian, der die Kartons aufklappt, sobald Lynn sie auf den Tisch stellt. »Was ist das? Pesto, Tomaten, Walnüsse und grünes Zeug? Das ist bestimmt deine, James.«

Ich entreiße ihm den Karton mit einem Ruck. »Das ist eine *Spring Pizza*, und es ist in der Tat meine *Spring Pizza*.«

»Du kannst was von mir abhaben«, sagt Lynn großzügig. »Ich muss sowieso auf meine Figur achten.«

Julian hebt die Augenbrauen. »So siehst du nicht aus.«

»Eben.« Sie grinst zufrieden und öffnet ihren Pizzakarton. »Schinken, Pilze und Pecorino. Wie klingt das?«

»Deutlich besser.« Julian nimmt sich ein Stück, während ich

mich über meinen Karton beuge – bereit, den Inhalt mit meinem Leben zu verteidigen. Ich kenne seinen Appetit.

»Also«, sage ich nach den ersten hungrigen Bissen. »Du hast mir noch nicht erklärt, wie du mich hier gefunden hast.«

Julian hebt die Schultern. »Mum hatte mir nur gesagt, dass du Phil verlassen hast. Dich konnte ich nicht erreichen. Also habe ich Phil angerufen und wollte wissen, was los ist. Da habe ich erst erfahren, dass du schon ausgezogen bist. Phil meinte, dass er dich auch nicht erreichen könne und wir die Krankenhäuser abtelefonieren müssen, wenn du auf meine Anrufe ebenfalls nicht reagierst. Anscheinend dachte er, du hättest dir was angetan.«

Ich gebe ein ungläubiges Schnauben von mir.

»Ich habe ihm gesagt, er solle nicht so einen idiotischen Unsinn erzählen und dass ich dich schon finden werde.« Julian nimmt sich ein weiteres Pizzastück. »Ich war mir nicht sicher, ob du Mum schon erzählt hattest, dass du ausgezogen bist, und wollte dir nicht zuvorkommen. Also habe ich erst bei Phil nachgebohrt, ob er weiß, wo du wohnst und wo du dein Praktikum machst. Es war aber nicht viel aus ihm rauszukriegen. Am Ende habe ich doch Mum angerufen, und sie ist gleich damit rausgeplatzt, dass du jetzt ganz grauenhaft in einer WG in einer total gefährlichen Ecke haust.« Er wirft einen Rundumblick durch den kleinen Raum. »Dafür ist es ziemlich nett hier. Vielleicht solltest du Phil auch aufklären, ehe er tatsächlich anfängt, die Krankenhäuser abzutelefonieren.«

Rasch hebe ich eine Hand. »Stopp, erwähne bitte nicht mehr seinen Namen.«

Julian hört auf zu kauen. »So schlimm?«

»Ich mache einen kalten Entzug. Führe mich also nicht in Versuchung, in frühere Stadien der Verarbeitung zurückzukehren.«

Ein Lächeln breitet sich über sein Gesicht aus. »Ach James, das ist genau der Grund, warum ich dich so liebe. Du bist ein besserer Kinnhaken in die Fresse jedes betrügerischen Widerlings, als ich ihn je mit meiner Rechten performen könnte.«

Ich muss lachen, entferne die Rauke von zwei meiner Pizzastücken und schiebe sie Julian im Deckel meines Pizzakartons zu. »Du weißt genau, wie du mich manipulieren kannst.«

»Was wäre ich für ein Bruder, wenn ich das nach zweiundzwanzig Jahren nicht wüsste?« Julian schnappt sich seine Beute.

»Ihr seid süß«, kommentiert Lynn mit einem Seufzen. »Ich wünschte, ich hätte einen großen Bruder.«

»Davon kann keine Rede sein. Juls' gesamter Erfahrungsvorsprung beschränkt sich auf lächerliche elf Minuten mehr unter der Wärmelampe im Kreissaal.«

»Plus die Tatsache, dass ich dir den Weg frei gemacht habe.«

Ich verdrehe die Augen. »Du hast dich vorgedrängelt, mehr nicht.«

»Hör zu.« Julian beugt sich über den Tisch und sieht mir ungewöhnlich ernst in die Augen. »Elf Minuten mehr oder weniger. Ich bin bisher gut mit deinem Ex ausgekommen. Aber wenn du willst, dass ich ihm eine reinhaue, oder wenn du dich bei mir ausheulen willst, dann bin ich da. Okay?«

Irgendwie fühle ich mich plötzlich ungewöhnlich gerührt. Automatisch läuft in meinem Kopf ein alter Mein-Bruder-und-ich-Film ab: wie er die Jungs wegschubste, die mich nicht schaukeln lassen wollten, wie ich seine Hausaufgaben machte, wie er mit einem Blumenstrauß bei meiner Bachelor-Abschlussfeier auftauchte, weil Mum wegen Migräne absagte, oder wie ich ihn in meinem winzigen Wohnheimzimmer aufnahm, nachdem er sich beim Snowboarden einen komplizierten Unterarmbruch zugezogen hatte.

»Okay.«

»Ich bleibe für ein paar Tage, wenn das in Ordnung ist?« Fragend blickt Julian von mir zu Lynn. Ich betrachte seine Reisetasche, die für seine Verhältnisse vollgestopft wirkt.

»Mitten im Schuljahr? Hast du keine Kurse?«

Julian studiert *Marketing and Business* an der *University of Warwick* – ohne großen Enthusiasmus zwar, aber für durchschnittliche Noten reicht es. Schwänzen gehört nicht zu seinen üblichen Verhaltensweisen. Er hebt nur die Schultern. »Das erzähle ich dir die Tage mal. Gibt mir jetzt noch jemand was von seiner Pizza ab?«

Lynn und ich halten ihm jeweils ein Stück hin. »Danke.« Mit spitzen Fingern pflückt er etwas Rauke ab und verteilt sie auf den Resten meiner Pizza.

Ich tausche einen fragenden Blick mit Lynn. »Stört es dich, wenn er bleibt?«

Sie hebt die Augenbrauen. »Ist das eine ernst gemeinte Frage? Ich habe nicht das Geringste dagegen – vor allem nicht, wenn er ein paarmal am Tag ohne T-Shirt durch die Wohnung läuft.«

»Diese Bemerkung scheint mir zwar unter sexuelle Belästigung zu fallen, aber ich werde darüber hinwegsehen, weil du vorhin auch nur ein Handtuch anhattest.«

Und damit ist es ausgemacht. Mein Bruder trägt seine Tasche in mein Zimmer und ich werfe Lynn einen warnenden Blick zu. »Juls ist wie einer dieser Bar-Typen«, raune ich ihr zu. »Gelegenheitssex selten abgeneigt, aber ansonsten beziehungsunfähig.«

»Du musst mich nicht warnen.« Seufzend wirft sie einen Blick auf meine angelehnte Zimmertür, hinter der Julian rumort. »Ich erkenne einen Womanizer, wenn ich ihn sehe. Also halte ich mich von ihm fern, keine Sorge.«

Sie steht auf, um die Pizzakartons wegzuräumen, und ich mache mich auf die Suche nach meiner Luftmatratze und meinem Schlafsack. Irgendwie bin ich zwar froh, dass Julian so unverhofft aufgetaucht ist, aber überzeugt, dass es gut ist, wenn er bleibt, bin ich nicht.

Kapitel 9

Noch außer Atem von meiner rasanten Fahrt durch den Londoner Verkehr steige ich vor dem schmiedeeisernen Tor zum Parkplatz der Redaktion vom Rad und krame systematisch durch meine neue Tasche, weil ich mich nicht erinnere, wo ich meinen Fotoausweis hingesteckt habe.

»Morgen.« Ryans Stimme lässt mein Herz stolpern. Als ich aufblicke, steht er direkt vor mir und das klare Frühlingslicht findet seinen Weg an den kompakten weißen Wölkchen vorbei in seine dunklen Augen.

»Guten Morgen«, bringe ich hervor – irgendwie überwältigt. Ich habe ihn nicht kommen sehen, zu oft an ihn gedacht und mich nicht gegen die Welle gewappnet. Der Tag hat schlimm begonnen, weil Julian meine Luftmatratze so unbequem fand, dass er sich die halbe Nacht wie ein Ringer darauf herumgeworfen hat. Dann ist er von meinem Wecker aufgewacht und hat darauf bestanden, mit mir laufen zu gehen. Eine so lange und schnelle Runde bin ich noch an keinem Morgen gerannt. Danach bin ich unter die Dusche gewankt, habe aber einfach keine Kapazitäten mehr, um mich gegen dieses intensive Gefühl zu wehren, das Ryan in meinen Nervenbahnen verursacht. Langsam kommen mir Bedenken, ob der Effekt einzig durch die nach der Trennung in mir weit offen stehende Tür verursacht wird. Handelt es sich nicht doch um ein Ryan-spezifisches Problem?

»Soll ich dir das aufhalten?« Er greift an mir vorbei nach der Klinke, die etwas lustlos am Tor zum Parkplatz hängt.

»Ja, danke. Ich suche noch meinen Ausweis.« Ich will ihm Platz machen, indem ich mein Rad ein Stück vom Tor wegziehe, stolpere aber rückwärts über den Bordstein. Blitzschnell schließt sich Ryans Hand um meinen Arm und lässt allein durch diese rein funktionale Berührung Stromschnellen durch meinen Körper jagen. Da wir uns in einer ruhigeren Seitenstraße befinden und der Verkehr hier nicht so braust wie auf der Victoria Embankment, hätte ich wahrscheinlich auch ohne seine Intervention überlebt, aber ich bin trotzdem froh, dass ich nicht rücklings auf die Straße gestürzt bin.

»Geht es dir gut?« Ryan mustert mich besorgt, sobald ich mich wieder stabil auf meinen Füßen befinde.

»Ja, entschuldige.« Fahrig will ich mir die Haare aus der Stirn streichen, stelle aber fest, dass ich noch meinen Helm trage. In einer unsagbar dämlichen Geste klopfe ich dagegen. »Vielleicht sollte ich den heute besser aufbehalten.«

Ryan lacht, und obwohl er mich wahrscheinlich nur auslacht, verursacht er damit sofort wieder ein leicht sehnsüchtiges Gefühl in meinem Bauch.

»Wenn du meinst …« Grinsend greift er nach der Klinke des Tores. »Bist du heute generell wackelig auf den Beinen oder hat das mit mir zu tun?«

»Was?« Erschrocken blicke ich von der hoffnungslosen Suche in meiner Tasche hoch. »Nein, hat es nicht. Wirklich … Ich habe nur …« Himmel! Ich bin voll im Verteidigungsmodus. Wieso bringt Ryan mich so hoffnungslos aus der Fassung? Warum fällt mir überhaupt auf, dass er sich rasiert hat und ohne den Schatten seines Dreitagebarts irgendwie verletzlicher wirkt? Ich will ihn fragen, wie er das Wochenende überstanden hat, ihm sagen, dass ich mir vorstellen kann, wie schlimm es um Nadine, und damit auch um Mia, steht. Aber geht mich das irgendetwas an? Vielleicht ist es sein geschäftsmäßiger Look mit weißem Hemd und dunkler Hose, der es mir schließlich ermöglicht, einfach mal den Mund zu halten.

Ryan mustert mich unbefangen. Er ist offensichtlich wieder ganz in dieser Welt angekommen. Die andere – die ihm in Bromley so nah ist – spielt hier keine Rolle. Hastig reiße ich mir den Helm vom Kopf, fahre mir mit der Hand durch die Haare und hoffe, dass sie nicht ganz so mies an meinen Kopf gedrückt aussehen, wie sie sich anfühlen. Dann verschwinde ich lieber wieder mit dem Kopf in meiner Tasche.

»Jamie!«

Beim Klang meines Namens von irgendwo schräg hinter mir zucke ich zusammen. Noch bevor ich mich umdrehe, wird mein Körper von Adrenalin geflutet. Denn ein einziges Wort hat genügt. Seine Stimme erkenne ich sofort. Obwohl ich mich an Ryan vorbei auf den Parkplatz retten sollte, lässt mich irgendein Reflex herumwirbeln. Ganz außer Atem steigt Phil neben mir von seinem Fahrrad und lehnt es achtlos gegen den schmiedeeisernen Zaun.

»Jamie.« Groß, dunkelblonde Haare und muskulöse Arme vom Rudern auf der Themse – das ist Phil. Er sieht blass aus, hat gerötete Augen – vielleicht von zu wenig Schlaf – und der helle Bartschatten auf seinen Wangen tritt deutlicher hervor als sonst. Das ist eigentlich so gar nicht Phil. Er trägt die waldgrüne Funktionsjacke, die er immer zum Radfahren anzieht und die ihn sportlich und cool wirken lässt – insbesondere für jemanden, der als Computer-Nerd den Rest des Tages vor seinem Rechner verbringt.

»Eine Minute, Jamie, bitte, hör mir zu«, überfällt er mich, ehe ich meine Fluchtpläne in die Tat umsetzen kann. Er wartet nicht ab, dass ich ihm seine Minute zugestehe, sondern platzt heraus: »Tinka ist nicht schwanger.«

Was? Ich versuche, die Information zu verarbeiten. Tinkas positiven Test habe ich selbst gesehen. Einen Moment lang kann ich Phil nur anstarren. Mir ist klar, dass Ryan noch immer zwischen mir und dem Parkplatz steht – schon wieder in der ersten Reihe, um dem Drama meines Lebens beizuwohnen. Phil sieht mich aus geweiteten Augen an. Ich nehme seinen verzweifelten Ausdruck wahr, das Drängen in seiner Stimme, die Spannung in seinen Gliedern.

Trotzdem bringe ich nicht mehr hervor als ein lang gezogenes: »Okay.«

»Jamie.« Phil kommt einen Schritt auf mich zu und legt seine Hand sanft auf meine. Da ich damit meine Tasche auf dem Fahrradsattel festhalte, kann ich sie nicht einfach wegziehen. Nur kurz fliegt Phils Blick zu Ryan.

»Tinka ist nicht schwanger. Vor ein paar Tagen ging es ihr nicht so gut und sie ist zum Arzt gegangen. Vielleicht war der Test falsch oder es … keine Ahnung. In den ersten Wochen passiert es wohl oft, dass irgendetwas schiefgeht.«

»Das tut mir leid.« Ich weiß nicht, was ich sagen soll. Auch wenn Tinka nicht glücklich über die Schwangerschaft war, ist ein solches Erlebnis bestimmt für jede Frau hart.

»Tinka sagt, es geht ihr gut.«

Langsam ahne ich, worauf das hinauslaufen soll. »Du glaubst aber nicht, dass es irgendetwas zwischen uns ändert, oder?«

»Das ändert doch alles.«

Ryans Anwesenheit in meinem Rücken brennt mir auf der Haut. Nervös krallt sich meine Hand fester in die Tasche. Ich muss das sofort beenden.

»Das ist übrigens mein Kollege Ryan.« Halb drehe ich mich zu ihm um. Was ein Fehler war! Denn Ryans Augen sind dunkel, verschlucken mich, halten mich fest, als wollten sie mir etwas sagen. Doch ich kapiere nichts. Stress pocht mir in den Schläfen. Ich glaube zu spüren, dass sich meine Pupillen geweitet haben, denn alles wirkt plötzlich heller, die Konturen schärfer.

»Für ihn arbeitest du?«, fragt Phil ungläubig. »Als Praktikantin?«

»Wir sind Kollegen.« Ryans Stimme hat einen irgendwie scharfen Unterton angenommen. Oder meine Nerven sind einfach überspannt. »Wir schreiben zusammen.«

»Du darfst schreiben?« Phils Miene hellt sich auf, und ich weiß, dass er sich trotz der Situation für mich freut. Fast lässt das meine Selbstbeherrschung in sich zusammenfallen. Kurz erwidere ich sogar Phils Lächeln. Er scheint das als Ermutigung zu betrachten, denn er wendet sich an Ryan: »Kann ich kurz allein mit Jamie sprechen?«

»Eigentlich haben wir einen Termin.« Mit der Hand auf der Klinke des Tors rührt Ryan sich kein Stück. Dabei muss er längst begriffen haben, dass Phil sich nicht so leicht abwimmeln lässt. Allerdings hat er recht: Streng genommen sind wir genau jetzt verabredet. Entschlossen ziehe ich meine Tasche unter Phils Hand weg und suche erneut nach meinem Ausweis.

»Das ist kein guter Zeitpunkt, Phil.«

»Wann ist denn ein guter Zeitpunkt? Du gehst ja nicht mehr an dein Telefon.«

»Weil ich einen Entzug mache. Das habe ich versucht, dir zu erklären.« Ich höre selbst, wie gestresst meine Stimme klingt, und versuche, rücksichtsvoller zu sein. »Entschuldige, aber ich muss mich jetzt auf meine Arbeit konzentrieren. Das ist eine Riesenchance für mich.«

»Wie kann dir das wichtiger sein als wir?« Er starrt mich an, als wäre ich ihm fremd. Aber ich kann das hier nicht. Ich kann nicht mit Phil reden, ohne dass all die Wut und die Verzweiflung zurückkehren. Ich kann nicht mit ihm reden, weil es nichts mehr zu sagen gibt. Und ich kann nicht mit ihm reden, weil ich es nicht will – vor allem nicht vor Ryan. Ein bisschen Luft zum Atmen ist das Mindeste, was ich jetzt von Phil erwarten kann, eine Chance, mir ein neues Leben aufzubauen – ohne ihn und den Schmerz, mit dem alles geendet hat.

»Dir waren auch andere Dinge wichtiger als wir«, erinnere ich ihn leise. Endlich spüre ich die Kanten meines Ausweises durch den Stoff einer versteckten Innentasche, die ich schon beim Einräumen nicht sofort entdeckt und für mein Handy in Erwägung gezogen hatte. Jetzt suchen meine Finger die Öffnung. »Es tut mir wirklich leid, Phil, aber ich kann das alles nicht mehr.« Der Schmerz in meinem Brustkorb ist wieder da – ein gnadenlos verdichteter Knoten. Ich sehe Phil an und glaube einen Moment lang, die Tränen nicht zurückhalten zu können. So viel Distanz hat es noch nie zwischen uns gegeben. Sie fühlt sich falsch an, aber sie ist richtig. Ich darf dem Impuls, mich in seine Arme zu werfen, nicht nachgeben. Es wäre das Gegenteil von Luft zum Atmen.

»Jamie.« Phils flehende Stimme zieht den Schraubstock um mein Herz fester. »Wenn es notwendig ist, fange ich dich jeden Tag hier ab, bis du mir eine Chance gibst, es wiedergutzumachen.«

Insgeheim verfluche ich Julian, weil garantiert er es war, der Phil mit seinen Fragen nach mir und meinem Praktikum auf die Idee gebracht hat, mich zu suchen und hier abzupassen. Mit einem Ruck ziehe ich den Ausweis aus meiner Tasche und hänge mir das Nylonband um den Hals.

»Ich will nicht, Phil.« Ich schiebe mir den Riemen der Tasche über die Schulter und greife nach meinem Fahrradlenker. »Im Ernst, fahr nach Hause und frag Tinka, was du für sie tun kannst.«

»Hör zu, ich hätte Tinka nicht im Stich gelassen. Hätte sie sich für das Baby entschieden, wäre ich für sie da gewesen. Aber jetzt können wir noch mal über alles nachdenken.«

Hilflos hebe ich die Schultern. »Weißt du, was eine historische Zäsur ist? Ein Ereignis, das so einschneidend ist, dass es alle kulturellen, gesellschaftlichen und politischen Bedingungen ändert. Für uns beginnt jetzt eine neue Epoche.«

Phils Kiefer pressen sich zusammen. »Lass deine Vergleiche, Jamie. Du suchst in allem nach Gesetzmäßigkeiten und verbaust dir nur den Weg zurück.«

»Zurück zu was denn? Das Leben, von dem ich glaubte, dass wir es hatten, gab es doch gar nicht.« Seine Augen werden dunkel, und ich weiß, dass ich ihn verletze. Aber was ich sage, ist die Wahrheit. Ich will nicht zurück. Ich will einfach nur weg. Aber Ryan, der sich nicht aus dem Durchgang bewegt, sondern uns düster anstarrt, und Phil, der mein Fahrrad am Lenker festhält, sperren mich zwischen sich ein. »Ich baue mir jetzt ein neues Schloss«, verkünde ich, woran nur mein Ohrwurm schuld sein kann.

»Was?« Irritiert runzelt Phil die Stirn.

»Wie in dem Freya-Ridings-Song«, erkläre ich.

»Du musst keine Schlösser bauen, wo schon eins steht. Was mich betrifft, liegt zwischen uns nichts in Schutt und Asche.«

»Jetzt wird es noch richtig poetisch.«

Überrascht blicken wir auf, als Ryan sich unvermittelt einmischt.

»Entschuldige, aber das geht dich nichts an.« Phils warnender Blick in Ryans Richtung ist kein gutes Zeichen. Er gerät eigentlich nie in Auseinandersetzungen. Wenn er in den Angriffsmodus wechselt, ist das sofort ernst. »Halt dich einfach raus.«

»Kann ich nicht«, erklärt Ryan ungerührt. »Jemand, der seine Freundin in Gefahr bringt, ist für mich der letzte Dreck. Und du faselst irgendwas von Schlössern? Du solltest dich schämen, Mann.«

Einen Moment lang starrt Phil ihn ratlos an. Dann blickt er zu mir. »In Gefahr? Wovon redet er? Was hast du gemacht?«

Hitze steigt mir in die Wangen. Er scheint nur zu bereit zu glauben, ich käme ohne ihn nicht zurecht.

»Einen Termin bei meiner Gynäkologin – das habe ich gemacht. Du bist ein Vollidiot, Phil.« Meine Augen brennen, aber ich rede weiter: »Du hast behauptet, du hättest immer aufgepasst, aber dann wäre Tinka nicht schwanger geworden. Das war doch garantiert nicht dein einziger Ausrutscher ohne Kondom. Vielleicht solltest du in Zukunft wenigstens dir selbst zuliebe vorsichtiger sein.«

Phils Gesicht hat einen fahlen Ton angenommen. Die Wut, die plötzlich in mir hochgekocht ist, bringt mich aus dem Gleichgewicht. Meine Hände zittern, meine Beine fühlen sich an, als wäre ich eine weitere Runde hinter Julian her ums *Weavers Field* gerannt. Trotzdem bemühe ich mich um einen ruhigen Ton. Mit einem Ruck schiebe ich mein Fahrrad vorwärts und treffe Ryan mit dem Reifen am Knie. Immerhin öffnet er das Tor für mich und ich schiebe mein Rad hindurch.

»Jamie!«, ruft Phil mir nach, doch ich drehe mich nicht um.

»Sorry, Zugang nur für Inhaber eines Lichtbildausweises«, erklärt Ryan in meinem Rücken. Ein Klopfen auf Metall lässt mich vermuten, dass er Phil auf die Plakette am Tor aufmerksam macht.

Ich öffne die Schranke zum Parkplatz mit meinem Ausweis und halte zielstrebig auf die Fahrradständer zu. Schnelle Schritte hinter mir verraten, dass Ryan zu mir aufschließt. Hastig wische ich mir mit der Hand über die Augen. Ich brauche nur eine Sekunde, um meine Fassung zurückzugewinnen. Es ist einfach so verdammt traurig, dass Phil vor mir steht wie ein Fremder, als hätte es all die Jahre nicht gegeben. Trotzdem muss Ryan ja nicht mitbekommen, dass ich zumindest kurz emotional geworden bin.

»Entschuldigung.« Ich werfe ihm einen schnellen Blick zu,

als er mich noch vorm Fahrradständer einholt. »Mein Leben ist einfach eine halbe Katastrophe und ich bin ein Wrack.«

Amüsiert hebt Ryan eine Augenbraue. »Eine halbe Katastrophe?«

»Ich schätze, jeden Tag werden so viele Leute von ihren Partnern oder Partnerinnen verlassen, dass es nur als halbe Katastrophe zählt.« Ich stelle mein Rad ab und greife nach dem Schloss.

»Werden persönliche Katastrophen weniger gravierend, wenn sie viele Leute betreffen?«

»Wahrscheinlich nicht. Aber sieh dir unsere Liebespaare an. Affären sind doch der Mindeststandard.«

»Okay.« Ryan mustert mich nachdenklich. »Du bist sehr bescheiden, weißt du?«

Ich muss lachen. »Weil ich keine ganze Katastrophe für mein Beziehungselend beanspruche?«

Er hebt die Schultern. »Ja. Außerdem bin ich derjenige, der sich entschuldigen sollte. Ich weiß, ich hätte dir einen Moment Zeit geben sollen, aber ich wollte dich nicht diesem Kerl überlassen.«

»Oh.« Ich mustere ihn – unschlüssig, was ich mit dieser Information anfangen soll. »Danke, schätze ich.« Ich verstaue meinen Fahrradschlüssel in der Tasche und schiebe mich an Ryan vorbei. »Es wäre nicht nötig gewesen, ich bin fünf Jahre lang ziemlich gut mit diesem Kerl zurechtgekommen.«

»Fünf Jahre?« Er klingt entsetzt und ich seufze. Nach seiner Zeitrechnung muss ich beziehungstechnisch so eine Art Oma sein. »Ich hätte nichts sagen dürfen«, fährt er fort, während er mit mir Schritt hält. »Das war übergriffig. Irgendwie hat der Typ mich mit seiner reumütigen *Good-Guy*-Masche wütend gemacht.«

»Es ist keine Masche, weißt du? Er ist großzügig und hilfsbereit und liebevoll. Ich weiß, dass er die Wahrheit sagt: Er wollte mich nicht verletzen. Und wenn du jetzt denkst, dass ich in der Verarbeitung noch nicht sehr weit sein kann, wenn ich ihn verteidige, hast du wahrscheinlich recht. Aber Phil ist all das, was ich gerade aufgezählt habe. Ich habe nur zu lange übersehen, was er noch ist: ein verlogener Bastard.«

Ryan folgt mir zum Hintereingang, wo Bert misstrauisch meinen Ausweis studiert und Ryan mit einem kumpelhaften Gruß durchwinkt. Während wir auf den Aufzug warten, stupst Ryan mich sacht mit dem Ellenbogen an. Das tiefdunkle Blau seiner Augen lässt etwas heiß in mir aufsprudeln, als säße ich in einem Whirlpool.

»Ich halte dich nicht für ein Wrack. Ich halte dich für extrem klug und ziemlich tough. Lass dir nichts anderes einreden.«

Ich fühle mich wie in einer Nussschale auf stürmischer See. Ryans Worte jagen einen Impuls durch meine Nervenfasern, der alles in mir weit und offen werden lässt – wie an einem sonnigen Frühlingstag.

»Aber meine Schlossmetapher war mies, oder?«

Ryan lacht auf. »Ja. Die war echt mies.«

Kapitel 10

Affären sind der Mindeststandard – noch immer muss ich über meinen eigenen Satz nachdenken. Denn bedeutet er nicht, dass Mum recht hat und ich mich nicht so anstellen darf? Seitensprünge sind schließlich vielen schon passiert. Aber trotzdem … Trotzdem will ich nicht zurück. Und zwar nicht nur wegen Phil, wird mir plötzlich klar, sondern weil ich dieses neue Leben will – in dem ich mit Lynn in einer WG wohne, Kyle und Mae unvorhergesehen auftauchen und mein Bruder auf einer Luftmatratze neben meinem Bett campt. Ich will diesen Job und ich will Ryan – also als Kollegen natürlich, als Projektpartner, weil ich viel von ihm lernen kann. Dass er Frühlingsgefühle in meinem Körper weckt, hat damit nichts zu tun. Denn auch wenn ich gerade Ja zu meinem neuen Leben sage, wühlt Phil mich noch zu sehr auf, um auch nur an Dates in Bars zu denken.

»Was?«, frage ich, als mir auffällt, dass Ryan mich fragend ansieht. Wir sitzen uns an einem der Schreibtische im Großraumbüro gegenüber. Ich bin mir ziemlich sicher, dass er eben noch einen verworrenen Vortrag über Boudicca gehalten hat. Jetzt mustert er mich, schaltet dann sein Tablet aus und klappt die Hülle zu.

»Wir machen einen Spaziergang und ich lade dich auf ein Sandwich ein.«

»Was?«

»Stress lässt sich auf leeren Magen nicht verdauen und der *Mercato Mayfair* ist nicht weit von hier.«

»Du kannst mich nicht schon wieder einladen.« Der Gedanke, er habe das Gefühl, sich um mich kümmern zu müssen, weil ich wegen Liebeskummer nicht zu gebrauchen bin, versetzt mich in Panik. »Ich bin konzentriert, kein Problem.«

Er lächelt mich an. »Ich zeige dir was. Wie sollen wir den Eingang ins Haus finden und einen Text schreiben, wenn wir nur auf das starren, was andere schon geschrieben haben?«

Ich runzele die Stirn. »So arbeite ich immer.«

»Man muss dorthin gehen, wo man eine Verbindung zum Thema bekommt. Man muss Dinge erleben, eine eigene Sicht darauf entwickeln. Dann wird es ein guter Text.«

»Dafür, dass du so wenig von der Liebe hältst, hast du eine ziemlich romantische Vorstellung vom Schreiben.«

»Findest du? Ich nenne das lebensnah – *hands-on.*«

»Wenn du meinst ...«

Draußen prickelt der Wind kühl auf meiner Haut, obwohl die Frühlingsluft mild ist. Ich schlinge meinen roten Schal mehrfach um meinen Hals und schließe den schrägen Reißverschluss meiner schwarzen Jacke. Dann hänge ich mir meine Tasche quer über den Rücken und sehe Ryan erwartungsvoll an. »Wo geht es lang?«

Er macht eine Kopfbewegung in Richtung des Victoria Embankment nach Westminster. Ich folge ihm entlang des Themse-Ufers über den Gehweg und bewundere das junge Grün, mit dem sich die Bäume für den Frühling hübsch machen. Ich liebe die Sonnenwärme auf meinem Gesicht.

»Du lächelst.«

»Was?«

»Du lächelst.«

»Ich mag den Frühling.«

»Dann sei froh, dass ich so gerne unterwegs bin und du an einem Tag wie heute nicht im Büro sitzen musst.«

»Ich dachte eigentlich, Mitch wollte, dass ich etwas von dir lerne. Was ich bisher von dir lerne, würde ich als Prokrastination bezeichnen.«

»Was?« Scheinbar beleidigt schüttelt Ryan den Kopf. »Ich sagte doch, das hier ist Arbeit.«

»Danke, dass du mich daran erinnerst.« Lächelnd genieße ich das Gefühl, mich zu bewegen.

Unter all der Coolness der Stadt, die hier hip und dort wahnsinnig schräg daherkommt, ist London in meiner Wahrnehmung vor allem eins: emsig. Zügig brausen die Autos vorbei. Über die abgegrenzte Fahrradstraße flitzen die Radfahrerinnen und Radfahrer. Auf der anderen Seite kreuzen Boote die Themse. Die Leute eilen zu ihrem Job, schnell zum Einkaufen, zum nächsten Sightseeing-Höhepunkt, in den Feierabend, rasch nach Hause. Die ständige Bewegung verleiht der Stadt ihre Lebendigkeit. Die vertäut liegenden Jachten am Flussufer schaukeln ganz sacht, als ein Ausflugsboot vorbeifährt. Der Wind pustet den Bäumen am Straßenrand ihre Kronen durcheinander. Am gegenüberliegenden Themseufer taucht das *London Eye* auf. Meine Erinnerung an mein perfektes Date mit Phil, als wir exakt zum Sonnenuntergang in einer der Kapseln saßen, wird zum Glück von einer Flut Tagestouristen verdrängt. Sie ergießen sich aus einem gigantischen Reisebus, der sich eine der Parkbuchten an der Victoria Embankment gesichert hat, und überrollen uns mit der Energie einer unruhigen Brandung. Ryan wird gegen mich gedrückt. Für einen kurzen Moment fühle ich seinen festen Körper an meinem, seine Hand an meinem Rücken, während er mich durch die Menge schiebt. Plötzlich ist sein Geruch so intensiv, dass ich darin bade wie in einem Saunaaufguss: die zarten Noten von Mandarine und Rosmarin und dieses unwiderstehliche Element, von dem ich eine Minisekunde glaube, es zuordnen zu können, ehe es wieder verfliegt. Ryan schiebt einen Mann mit weißer Schirmmütze und riesiger Kameratasche zur Seite, der mit dem Blick auf die Jachten am Themse-Ufer direkt in mich hineingelaufen wäre.

»Wahrscheinlich braucht er die Kamera nur, um Leute zu erschlagen. Ich wette, mein iPhone macht genauso gute Bilder.«

Wegen dieser Bemerkung muss ich Ryan ein bisschen auslachen. »Du klingst wie ein ganz schlimmer Snob.«

Er grinst ertappt. »Ein Snob, der am liebsten mit ausgefranster Jacke und uralten Sneakern herumläuft?«

»Ich schätze, du hältst das für eine gute Tarnung, aber mit deiner Art, über Fünf-Punkte-Sandwiches die Nase zu rümpfen, und mit deiner Betonung des Begriffs iPhone bist du leicht zu durchschauen.«

Sein Lachen lässt die kribbelnde Spannung in meinem Bauch gefährlich wachsen.

»Entschuldigung, ich werde an meiner Intonation arbeiten.«

Wir lassen die Wolke von Touristen hinter uns und vor uns taucht der *Clock Tower* des *Big Ben* auf. Es ist mittlerweile kurz vor Mittag. Gleich wird die Uhr ihre berühmte Melodie hören lassen.

»Also«, wende ich mich an Ryan, als er an der Ecke zur Westminster Bridge im schlagartig dichten Gedränge der *Sightseer* stehen bleibt. »Verrätst du mir, warum ich mir die *Boudiccan Rebellion* ansehen soll?«

Grinsend dreht Ryan sich zu mir um. »Du wusstest die ganze Zeit, dass ich zur Statue wollte, oder?«

»Die meiste Zeit.«

»Sieh sie dir an«, fordert er mich auf.

Ich ziehe die Augenbrauen zusammen. Um uns dröhnt das gewaltige Herz der Stadt. Touristen drängen sich auf dem Gehweg an uns vorbei. Automatisch kommen Ryan und ich uns näher, und da ist schon wieder dieser Duft, der mir die Sinne verwirrt. Ich wünschte, ich würde ihn nicht so überdeutlich wahrnehmen. Mit Arbeit hat das hier jedenfalls nichts zu tun. In der Zwischenzeit hätten wir unsere Ideen für mindestens ein weiteres Paar besprechen können.

Ryan lacht über meinen Gesichtsausdruck. »Ehrlich gesagt erinnerst du mich an sie.«

»Ich erinnere dich an Boudicca? Sie ist seit ungefähr zweitausend Jahren tot.«

»Ja, und wir wissen immer noch, wer sie war. Los, beschreib mir, was du siehst.«

Ich drehe mich um und muss ein paar Schritte rückwärtsgehen, um sie überhaupt in den Blick nehmen zu können.

»Jamie!« Ryan schiebt sich im letzten Moment zwischen mich und die Fahrbahn, bevor ich über den Bordstein gestürzt wäre. »Wie überlebst du bloß in London?«

»Bisher hatte ich keine Probleme«, behaupte ich, aber das hat sich nun eindeutig geändert. Ich habe ein Problem. Ryan steht so nah hinter mir, dass sich Wärme zwischen unseren Körpern verdichtet und ich seinen Atem in meinem Nacken fühle. Die Empfindung jagt mir als Schauer über den Rücken und ich kann mich kaum auf Boudicca konzentrieren. Am Sockel der Bronze befindet sich ein Kiosk, der neben den *Hop-on-Hop-off*-Tour-Tickets Unmengen von Souvenirs verkauft – T-Shirts, Kappen, Magnete. Ich lege den Kopf zurück, um über den Köpfen der Touristen Boudicca zu sehen. Okay, tief atmen und nur auf die Details achten – diejenigen, die nichts mit Ryan zu tun haben!

»Ich sehe eine Frau in einem fließenden Gewand mit einer Krone auf dem Kopf und erhobenen Armen aufrecht in einem Sichelstreitwagen stehen. Der Wagen wird von zwei sich aufbäumenden Pferden gezogen. In ihrer rechten Hand hält sie einen Speer. Hinter ihr kauern zwei jüngere Frauen. Sie sind … Sind sie halb nackt?« Irritiert runzele ich die Stirn. »Offensichtlich wurde die Statue von einem Mann designt.«

»Die beiden Mädchen stellen Boudiccas Töchter dar.«

»Okay.« Ich werfe Ryan über die Schulter einen Blick zu. »Ich weiß noch immer nicht, worauf du hinauswillst.«

»Sieh noch mal hin. Wie wirkt Boudicca auf dich?«

»Stolz. Unerschrocken. Entschlossen.«

»Und all das ist sie«, höre ich ihn in meinem Rücken sagen, »obwohl sie gerade ihren Mann verloren hat.«

»Moment.« Ich drehe mich zu ihm um und mustere ihn mit gerunzelter Stirn. »Erinnert sie dich deshalb an mich?«

Er hebt die Schultern. »Sie hat sich nicht unterkriegen lassen.«

»Wenn ich richtig informiert bin, ist sie in mehrere Schlachten gezogen, hat eine römische Legion aufgerieben und Londinium zerstört, bevor sie starb. Hältst du das für meine Zukunft – geprägt von Aggression, Krieg und Tod?«

»Keine Angst, danach bekommst du eine Statue.«

»Auf der ich mit nackten Brüsten auf einem Pferd sitze?«

Zu spät beiße ich mir auf die Lippe. Warum kann ich nicht ein einziges Mal in seiner Gegenwart aufpassen, was ich sage? Ich sollte Ryan Dexter gegenüber auf keinen Fall meine Brüste erwähnen. Leider wird mir das erst klar, als sein Grinsen breiter wird.

»Ich habe nichts dagegen. Eigentlich wollte ich aber nur sagen, dass sie wunderbar in unsere *Love Stories* passt. Sie hat den Kampf ihres Mannes fortgeführt und ist in seinem Sinn gegen die Besatzer aufgestanden, die sein Erbe an sich reißen wollten. Sie hat es für ihn getan – aus Liebe.«

Obwohl ich das Gefühl habe, dass er ernst zu bleiben versucht, klingen seine Worte ironisch. Ein feines Zucken in seinen Mundwinkeln und das blaue Funkeln in seinen Augen verraten ihn.

Mit verschränkten Armen schüttele ich den Kopf. »Ich wette, dass es keine Quellen gibt, die das belegen. Du versuchst nur, mich rumzukriegen.«

»Rein beruflich«, versichert er mit erhobenen Händen.

Empört ringe ich nach Luft, als mir noch mehr klar wird. »Und du versuchst, mich mit ihr in Beziehung zu setzen, damit ich mich von diesem Quatsch beeinflussen lasse. Deshalb hast du behauptet, ich würde dich an sie erinnern.«

»Nein, das war die Wahrheit. Ich meine, du wurdest offenbar auf wirklich miese Weise hintergangen, aber statt zu verzweifeln, machst du einen kalten Entzug und baust dir ein Schloss. Das nenne ich Boudicca-Style.«

Mein Lächeln versuche ich mit einem Kopfschütteln zu verbergen. »Ich dachte, wir hatten uns geeignet, dass die Schlossmetapher daneben war. Können wir die bitte nie mehr erwähnen?«

»Na gut. Dann biete ich dir einen Deal an: Ich kriege Boudicca und du darfst alle anderen Liebespaare aussuchen, über die du schreiben möchtest. Und ich vergesse die Schlossmetapher.«

Nachdenklich halte ich mein Gesicht in die zarte Wärme der Frühlingssonne. »Ich schlage vor, wir recherchieren gemeinsam die Paare in unserer engeren Auswahl – auch Boudicca – und versuchen, ein Konzept zu entwickeln, in das alle hineinpassen. Wenn Boudicca zu sehr aus der Linie fällt, fliegt sie raus.«

»Du hast ein Herz hart wie Bronze, aber ich bin einverstanden.«

»Du meinst wie Boudicca?« Mit dem Zeigefinger deute ich zur Statue, der außer uns beiden niemand Beachtung schenkt.

»Ich sage doch, du bist ihr ähnlich.«

»Ich wusste nicht, dass du das physikalisch meintest. Anders als eine Bronzestatue kriege ich nämlich regelmäßig Hunger. Und wenn ich mich richtig entsinne, hast du mir ein Sandwich versprochen.«

»Das stimmt.« Mit einer einladenden Geste deutet Ryan in

Richtung der *Houses of Parliament.* »Am besten fahren wir bis *Bond Street.*«

Ich lasse mich von Ryan durch die Leute und den Verkehr in Richtung der *Westminster Station* lotsen.

»Warum ist Boudicca dir überhaupt wichtig?«, will ich wissen, nachdem wir uns in einen *Tube*-Wagen gequetscht haben, obwohl sonst nur Touristen in Untergrundbahnen sprechen.

Ryan hebt die Schultern. »Ist sie gar nicht. Ich habe nur keine Lust auf die anderen.«

Ich verdrehe die Augen, während ich sorgsam darauf achte, von der Fahrt über das holprige Gleisbett nicht in Ryans Arme geworfen zu werden. »Es tut mir leid, dass ich den Vorschlag für diesen Artikel eingereicht habe und er jetzt an dir hängen geblieben ist. Ich glaube, ich stand unter dem Einfluss von Hormonen. Phil hatte mir einen Heiratsantrag gemacht und ich war einfach durcheinander.«

»Dieser Typ wollte dich heiraten?« Ryan sieht mich so entgeistert an, dass ich die Augenbrauen hebe.

»Kein Grund, so überrascht zu gucken.«

»Nein, das ist es nicht. Auch wenn ich nicht weiß, warum du dich für den Rest deines Lebens an den erstbesten Typen ketten wolltest. Wenn du schon unbedingt unglücklich werden willst, solltest du doch vorher ausprobieren, mit wem.«

Ich schüttele den Kopf über seinen Zynismus. »Sind deine Eltern geschieden?«

Er zuckt erneut mit den Schultern. »Ich halte nicht deshalb nichts von der Ehe, weil meine Eltern geschieden sind – endlich übrigens –, sondern weil es nicht in der Natur des Menschen liegt, sich für immer an eine Person zu binden. Säugetiere machen so was einfach nicht.«

Ich muss lachen. »Du lässt es klingen, als sei das was Unanständiges. Dabei müssen wir Menschen in irgendeiner Weise

Partnerschaften eingehen. Wie sollen wir sonst Kinder großziehen?«

»Partnerschaften vielleicht«, räumt Ryan ein. »Aber dieser romantische Überbau ist dabei in meinen Augen kontraproduktiv. Erklär mir mal, wie eine einzige Person das Übermenschliche leisten und alle Sehnsüchte, Träume und Bedürfnisse eines anderen erfüllen soll? Daran kann man nur scheitern und alles endet in Frust.«

Plötzlich muss ich schmunzeln. »Ich glaube, du würdest dich gut mit meinem Bruder verstehen. Er lebt auch in einer Art seriellen Monogamie.«

»Das klingt, als hättest du bereits das ein oder andere Detail über mich gehört. Es ist einiges in Umlauf.«

Da ich das schlecht abstreiten kann, antworte ich nicht sofort, mustere Ryan aber aufmerksam. Ihm ist nicht anzusehen, ob ihn die Gerüchte stören, aber da er sie nicht zum ersten Mal erwähnt, scheinen sie ihn zumindest zu beschäftigen. Dabei wirkt er nicht wie jemand, den interessiert, was andere über ihn denken. Dafür ist alles an ihm viel zu cool. Wie schafft er es zum Beispiel, mit einer Hand in der Halteschlaufe über seinem Kopf und der anderen in seiner Hosentasche in dem rasant schaukelnden Wagen zu stehen, ohne ein einziges Mal zu taumeln? In seiner Welt scheint es einfach nicht vorzukommen, von einem heftigen Ruckler überrascht zu werden und das Gleichgewicht zu verlieren. Ich hingegen wäre Stand-up-Comedy in dieser Position – und das im wahrsten Sinne des Wortes.

»Ich habe nichts wirklich Schlimmes über dich gehört«, sage ich schließlich, ohne zu wissen, ob er überhaupt beruhigt werden will. »Nur, dass du dich mit jeder Frau nur einmal triffst.«

»Das stimmt.«

»Findest du, Beziehungen sollten sich generell auf diese Art von *Drive-thru*-Begegnungen reduzieren? Denn ich schätze, die Menschheit würde auf diese Weise aussterben.«

Ryan hebt die Schultern. Ich habe das Gefühl, dass er Luft holt, um zu einer Antwort anzusetzen, doch diesmal fällt sie nicht schlagfertig aus, vielmehr senkt er den Kopf. »Wahrscheinlich. Ich glaube jedenfalls nicht, dass ich mal eigene Kinder haben werde.« Trotz des Rauschens im Tunnel, des metallischen Kreischens der Schienen und dem Flackern des Windes in den geöffneten Fenstern scheint die Zeit schlagartig stillzustehen. *Mia*, die nicht Ryans Kind ist, aber trotzdem da …

Ich hätte das Thema nicht ansprechen dürfen. Vielleicht ist Ryan zu gut darin, seine beiden Welten voneinander zu trennen, sodass mir die Dunkelheit der verborgenen Hälfte heute so wenig bewusst ist. Aber vielleicht ist er gleichzeitig auch nicht gut genug darin. Denn als er mich ansieht, ist es plötzlich wieder da: dieses Schimmern in seinen Augen. Für einen kurzen Moment ist sein Blick durchlässig und verletzlich. Vielleicht ist eine Mauer am Ende gar nicht viel, um zwei Welten voneinander zu trennen.

Da die Bahn langsamer wird, vermute ich, dass wir *Bond Street* erreichen, und ich presse meine Tasche vor dem Bauch fester an mich.

»Jamie, ich hoffe, du weißt, dass ich nicht verteidigen will, wie dein Ex dich behandelt hat«, sagt Ryan fest. »Aber für mich ist dieser ganze Beziehungsmist einfach nichts.«

Hitze brennt in meinen Wangen. Ich will mich abwenden, aber Ryans Blick ist so weit, dass ich mich darin verliere wie auf hoher See. Bläuliche Schatten huschen durch seine Augen. Ich habe das Gefühl, etwas breche sich in ihm Bahn, das er normalerweise vor der Welt verbirgt. Zur Hölle! Ich muss endlich aufhören, diese Details wahrzunehmen. Ich muss aufhören, mich ihm so gefährlich verbunden zu fühlen.

»Ich weiß, dass du ihn nicht in Schutz nimmst, aber im Prinzip dürfte er all die Gründe bestätigen, aus denen dieser ganze Mist nichts für dich ist: zu wenige Freiheiten, zu viele Ansprüche, zu viel Einerlei und am Ende sind beide unglücklich.«

»Nein. Das sind nicht meine Gründe. Meine Gründe gehen niemanden was an.« Abrupt dreht Ryan sich weg, blickt auf die dunklen Fenster, als warte er auf das Aufleuchten der Station in der Finsternis, um mir und diesem Gespräch zu entkommen. Ich klammere mich an die Haltestange. Sein plötzlich harter Ton verrät, dass ich seine Grenze übertreten habe. Dabei war das nicht meine Absicht.

Die *Tube* rauscht zum Ende der Station durch, kommt ruckelnd zum Stehen und öffnet ihre Türen. Ohne mich noch einmal anzusehen, tritt Ryan auf den überfüllten Bahnsteig, und ich muss mich beeilen, um ihn im Gedränge nicht zu verlieren.

Kapitel 11

Der *Mercato Mayfair* befindet sich in einer umgebauten Kirche. Ein langer Mittelgang, himmelhohe Deckengewölbe, Buntglasfenster, deren Farben durch Lichtinstallationen hervorgehoben werden, Marmorsäulen und die erhabene aufwärtsstrebende Architektur werden durchbrochen vom fröhlichen Durcheinander der Essensstände und Bars, der bunten Tische und großblättrigen Pflanzen auf zwei Etagen. Irgendwie führen der Anblick, das Gemisch der würzigen Gerüche und das Stimmengewirr schlagartig dazu, dass ich mich besser fühle. Ich bin erleichtert, dass sich Ryans Miene entspannt, dass er mit den Händen in den Hosentaschen neben mir herschlendert, dass ich ein leises Lächeln in seinem Mundwinkel entdecke. Plötzlich muss ich lachen, und als Ryan mich fragend ansieht, deute ich auf den Altar vor uns.

»Entgeht dir etwa die Ironie nach unserem letzten Gespräch?«

Er stimmt in mein Lachen ein. »Dabei wollte ich dich eigentlich nur fragen, ob du taiwanesische *Bao Buns* mit mir probieren möchtest, nicht, ob du den Rest deines Lebens mit mir verbringen willst.«

Ich werfe ihm ein Lächeln von der Seite zu. »Ja, ich will.«

»Die *Bao Buns* oder den Rest unseres Lebens?«

»Auf jeden Fall die *Bao Buns*.«

Er erwidert mein Lächeln. »Kluge Entscheidung.«

Allerdings! Sehr kluge Entscheidung. Nur, dass ich solches Herzklopfen bekomme, ist alles andere als klug. Mit einem unterdrückten Seufzen folge ich Ryan auf die Galerie und wir decken uns an einem Essensstand mit *Bao Buns* und *Gyoza*-Teigtaschen ein. Anschließend finden wir in einem Kreuzgang einen freien Tisch und ich beiße in mein *Bao Bun* mit in Panko paniertem Portobello und gepickeltem Kohl. Der erste Bissen ist ungewöhnlich. Die Schärfe der Mayo lässt meine Zungenränder kribbeln und der säuerliche Kohl verbindet sich erst auf den zweiten Bissen harmonisch mit dem nussig-erdigen Pilzgeschmack. Aber allein das Gefühl des soften pudrigen Brötchens im Kontrast zum knusprigen Panko ist diesen zweiten Bissen wert. Ich liebe das Stimmengewirr über dem Sound der Achtziger-Jahre-Popsongs, die über einen Lautsprecher nahebei gespielt werden. Ein überraschter Laut entweicht mir, als ich in eine der Teigtaschen beiße. Die kräftig abgeschmeckte Füllung aus Süßkartoffeln, Jalapeños und Mais ist perfekt mit der scharfen Sriracha-Mayo.

»Ziemlich gut, oder?«, bemerkt Ryan, der mich beobachtet hat.

»Richtig lecker.« Zufrieden nehme ich noch einen Bissen. »Ich frage mich nur, warum sie es mit Cheddar überbacken.«

»Wieso? Macht Cheddar nicht alles besser?«

»Meinst du, das denken die Leute in Taiwan auch und sie überbacken ihre Teigtaschen generell mit englischem Käse?«

»Wenn nicht, sollten sie auf jeden Fall damit anfangen.« Ryan nimmt sich ebenfalls ein Gyoza.

Ich werfe ihm einen kritischen Blick zu. »Sag mir nicht, du gehörst zu den Leuten, die ihren kompletten Speiseplan mit Käse überbacken.«

Kurz scheint er nachzudenken. »Du etwa nicht?«

Ich schüttele den Kopf. »Noch mag mein Körper mir das verzeihen, aber irgendwann bewegt sich der Käse direkt auf meine Hüften und verklebt auf dem Weg dahin meine Herzkranzgefäße.«

»Ich glaube, diese Geschichte mit deinem Ex setzt deinen

Herzkranzgefäßen mehr zu als Cheddar.« Ryan nimmt einen weiteren Bissen. »Und um deine Hüften würde ich mir keine Sorgen machen.«

»Wenn ich versuche, Typen in Bars klarzumachen, muss ich mich daran gewöhnen, nach rein optischen Kriterien auf Eignung abgecheckt zu werden.« Düster starre ich die köstliche Teigtasche in meiner Hand an. »Da sollte ich mir nicht zu viel Käse erlauben.«

Ryan hebt die Augenbrauen. »Typen in Bars? Das ist dein Plan für die Zukunft?«

»Lynn zufolge ist es die einzige Möglichkeit, Erfahrungen zu sammeln – nicht die Bibliothek, nicht die Bushaltestelle, nur Bars.«

»Die Bushaltestelle?«

Ich winke ab. »Nicht so wichtig.«

»Also, wenn du meine Meinung hören willst: Du kannst wahrscheinlich überall hingehen und Typen finden, die sich von dir klarmachen lassen wollen. An deiner Stelle würde ich mir keine Sorgen machen.«

Überrascht sehe ich ihn an und zu meinem noch größeren Erstaunen wendet er den Blick ab und richtet ihn lieber auf das *Bao Bun* in seiner Hand.

»Egal, was du über mich zu wissen glaubst, aber damit hast du unrecht.« Seufzend beiße ich in meine letzte Teigtasche. »Sonst hätte ich auch in meiner Beziehung bleiben und mich ab und zu aus dem Angebot in der Kneipe um die Ecke bedienen können. Aber das funktioniert für mich nicht.«

Ryan schiebt sich den Rest seines *Bao Bun* in den Mund und kaut eine Weile schweigend. »Weißt du, was ich mich die ganze Zeit frage?«, sagt er schließlich.

»Hm?« Mit vollem Mund erwidere ich seinen Blick.

»Wenn du einen Bruder hast … Warum kann dein Vollidiot von Ex-Freund eigentlich noch aufrecht stehen?«

»Bitte?« Unter hochgezogenen Augenbrauen sehe ich ihn an.

Er hebt die Schultern. »Na ja, ich nehme mal an, dass dein mangelndes Selbstbewusstsein in der Hinsicht auf ihn zurückzuführen ist. Und wärst du meine Schwester, würde ich dafür sorgen, dass er das bereut.«

Mühsam schlucke ich den Rest meiner Teigtasche runter. »Er bereut es ja schon. Abgesehen davon hat mein Bruder bereits den Umfang seines Bizeps verdoppelt und quasi angeboten, ihn gegen Phil einzusetzen, aber ich habe es verboten.«

»Tut er immer, was du willst?« Ryan schiebt sich das letzte Stück *Gyoza* in den Mund und greift nach einer Papierserviette. »Dein Bruder, meine ich.«

»Fast nie, aber er weiß aus einem natürlichen Instinkt heraus, wann es mir ernst ist. Hast du noch Geschwister ...« Ich stocke, bin aber schon zu weit gegangen, um es nicht auszusprechen. »... abgesehen von ... von deinem Bruder?«

Ryan antwortet nicht, sondern stapelt unsere Teller übereinander. Ich spüre, wie mir Hitze in die Wangen steigt. Im Grunde war mir schon mitten im Satz klar, dass ich seinen verstorbenen Bruder nicht hätte ansprechen dürfen. Er gehört nicht in diese Welt.

»Ich hatte nur den einen Bruder«, sagt er schließlich. »Und ich will nicht über ihn reden.« Kurz trifft mich sein Blick.

»Entschuldige, ich hätte wissen müssen, dass dir das schwerfällt.« Besorgt, dass er mich wie in der *Tube* einfach stehen lassen wird, beobachte ich ihn.

Ryan antwortet nicht sofort. Die Stille zwischen uns fühlt sich an wie ein Abgrund. »Da ich nicht über ihn rede, fällt es mir auch nicht schwer«, sagt er schließlich schroff. »Du hast neulich gesagt, ich könne mir aussuchen, angelogen zu werden oder das Thema zu wechseln. Die Wahl hast du jetzt auch.«

Offensichtlich bin ich nicht nur gegen seine Mauer gestoßen. Ich bin aus vollem Lauf dagegengekracht und jetzt brummt mir der Schädel. Ich nicke nur stumm, und Ryan steht auf, um unser Geschirr wegzubringen.

Ich beobachte ihn, nehme seine athletischen Bewegungen wahr, das charmante Lächeln, mit dem er einer älteren Frau den Vortritt an der Geschirrabgabe lässt, und sehe genau, dass eine Gruppe Mädchen an einem der anderen Tische Blicke in seine Richtung wirft. Aus dem Lautsprecher höre ich den schwermütigen Sound von ›Wicked Game‹. Obwohl Grace Carters volle Stimme über dem Geräuschpegel der Gespräche ringsum kaum zu verstehen ist, wird sie in meinem Kopf plötzlich unangenehm laut. Um mich abzulenken, überprüfe ich, ob meine Tasche fest verschlossen ist, und stehe auf. Ich muss endlich aufhören … Ja, was? Mich in Ryans Gegenwart so verdammt durchlässig zu fühlen.

»Ich bin schuld.«

Erschrocken drehe ich mich um. Ryan steht vor mir, blickt aber an mir vorbei, irgendwo auf das Treiben unterhalb der Galerie im Hauptschiff der ehemaligen Kirche. »Dass mein Bruder tot ist, daran bin ich mit schuld. Deshalb rede ich nicht über ihn. Ich kann nicht. Verstehst du?«

Ich fühle mich erstarrt, innerlich taub. Ryans Stimme wirkt so angespannt, als habe er Mühe, einen direkt unter der Oberfläche brachliegenden Schmerz zu beherrschen.

»Wollen wir los?« Im nächsten Moment sieht er mich auffordernd an – seine Stimme glatt, als habe er lediglich einen Kommentar übers Essen gemacht. Erst als er sich schon umdreht und in Bewegung setzen will, schaffe ich es zu reagieren.

»Ryan.« Ich will ihn am Arm festhalten, aber meine Hand rutscht irgendwie in seine. »Es tut mir leid.«

Ich habe das Gefühl, er wolle mir seine Hand entziehen, doch ich halte fest – nur leicht. Aber es genügt. Seine Hand verweilt in meiner, erwidert sogar den Druck meiner Finger.

Ryans Augen sind dunkel, blau und unergründlich wie ein ganzer Ozean, in dem ich hilflos ertrinke. Es ist wie in dem Song, der unsere Ohren füllt: Irgendetwas zwischen uns bringt uns dazu, einander näherzukommen, als wir sollten. Ich fühle mich wie in einer Strömung gefangen, die mich zu Ryan zieht. Ehrlich gesagt habe ich keine Ahnung, was ich tue. Und Ryan weiß es zwar vielleicht. Aber von ihm bin ich mir sicher, dass er es bereuen wird, wenn irgendetwas zwischen uns passiert. Ich trete einen Schritt zurück.

»Es tut mir leid«, wiederhole ich und weiß nicht mal, ob meine Stimme über der Geräuschkulisse überhaupt zu hören ist.

Kapitel 12

Als ich nach Hause komme, fühle ich mich irgendwie erschöpft – als hätte mein Körper heute zu viel Zeit im Alarmzustand verbracht. Morgen bin ich wieder mit Ryan verabredet – ein rein geschäftlicher Termin. Wir werden unsere Liste mit Liebespaaren durchgehen, indem wir die Orte in London ablaufen, die am wichtigsten für sie waren. Wir wollen Fotos und Notizen machen und unser bisher gesammeltes Material zusammentragen. Ich will mich gründlich vorbereiten – vor allem, um mir zu vergegenwärtigen, dass Spaziergänge, Streetfood und Herzklopfen morgen nicht vorkommen sollten.

»Was ist denn mit dir los?«

Ich zucke zusammen. Tief in Gedanken habe ich weder realisiert, wie ich wortlos die Wohnung betreten habe, noch dass jemand am Wohnzimmertisch sitzt. Stattdessen stehe ich in meiner Jacke vor der Garderobe und starre in den Spiegel, obwohl ich das Ding hasse. Jeden Morgen weist es mich schonungslos auf meine müden Augen, nach dem Laufen auf mein verschwitztes Gesicht und am Abend auf meine vom Helm ruinierte Frisur hin. Ärgerlich schüttele ich meine Jacke von den Schultern und hänge sie an einen der Haken.

»Was ist passiert?« Julian sieht besorgt aus.

»Nichts. Phil ist heute Morgen vor der Redaktion aufgetaucht und hat mein professionelles Ansehen zerstört.«

»Er hat dich abgefangen? Wie kommt er denn dazu?«

Mit einem Schnaufen winke ich ab und lasse mich Julian gegenüber auf einen Stuhl am Tisch fallen. »Ich frage mich, woher er überhaupt wusste, wann ich zur Redaktion fahren würde.«

»Er kennt doch deine üblichen Routinen«, meint Julian. »Du funktionierst wie eine Maschine, James. Du optimierst deine Prozesse und hältst deine Abläufe ein, als wären sie dir einprogrammiert. Das war doch schon zu Schulzeiten so.«

»Zurzeit nicht«, brumme ich, ziehe meinen Laptop aus der Tasche und schiebe Julians Bücher beiseite, um ein Stück Arbeitsfläche für mich frei zu räumen. Erst jetzt stutze ich. Warum ist mir nicht vorher aufgefallen, wie ungewohnt der Anblick von Julian inmitten eines Stapels Bücher ist?

»Was machst du eigentlich hier?« Ein kritischer Blick auf die Titel verrät, dass es sich um Lehrbücher aus dem Bereich Sportwissenschaft, Gesundheit und statistische Methoden handelt. »Was ist das alles?« Fragend blicke ich zu Julian auf, der mich stumm beobachtet. Da ist diese winzige Falte zwischen seinen Brauen, eine Spannung in seinen Augenwinkeln, die ich gut genug kenne.

»Nein!«, entfährt es mir. »Du hast dein Studium geschmissen? Du gehst nicht zurück nach Warwick?«

Langsam schüttelt er den Kopf.

»Weiß Mum davon?«

Julian gibt ein Schnauben von sich. »Explodiert deine Mailbox mit hysterischen Nachrichten von ihr, damit du mich zur Vernunft bringst?«

»Mum ignoriert mich seit unserem letzten Streit.«

»Ich wünschte, sie würde mich ignorieren.«

»Nein, das wünschst du dir nicht.«

Ernst sieht er mich an. »Ich weiß, dass es immer so aussah, als würde Mum mich so akzeptieren, wie ich bin, während sie dich immer gepusht hat, ihre Interessen zu teilen. Aber das war auch nicht immer toll. Manchmal sah es für mich so aus, als seist nur du ihr wichtig.«

Einen Moment lang starre ich ihn verdutzt an, dann schüttele ich den Kopf. »Netter Versuch, Juls, aber das nehme ich dir nicht ab.«

Mum hat ihn immer in Schutz genommen. Eingeschlagene Fensterscheiben, unter Wasser gesetzte Badezimmer, zu spätes Heimkommen und extravagante Essensvorlieben waren nie ein Problem, wenn sie Julian betrafen. Anders als er habe ich ihr zumindest früher nie Anlass gegeben, sich über mich zu ärgern oder enttäuscht von mir zu sein, aber wenn ich mit einem B auf meinem Aufsatz nach Hause kam, wollte sie wissen, wie das passieren konnte. Ich weiß, dass Mum sich Sorgen macht, weil ich mich in größerer Gefahr befinde, durch K.-o.-Tropfen außer Gefecht gesetzt und vergewaltigt zu werden, als Julian, weil ich es schwerer haben werde, mich finanziell abzusichern, weil ich meinen Ruf ruinieren könnte, wenn ich zu freizügig durch die Gegend laufe und mein Vorgesetzter auf meine Beine, meinen Po oder meine Brüste aufmerksam wird. Ich weiß, dass sie schlussendlich nur das Beste für mich will. Aber auf dem Weg dahin vergisst sie, mir das auch zu zeigen. Julian hingegen musste sich nicht mal Entschuldigungen ausdenken, wenn er Blödsinn verzapft hatte.

»Mich hat sie vor sich hergetrieben, sich aber immer schützend vor dich gestellt«, erinnere ich ihn.

»Klingt, als hätte sie uns beiden im Weg gestanden, oder?«

Nachdenklich mustere ich ihn. »Hast du das so empfunden?«

Seufzend hebt er die Schultern. »Keine Ahnung. Früher nicht. Und jetzt habe ich wahrscheinlich einfach keine Lust auf die Diskussionen.«

»Was hast du denn jetzt vor?«

»Ich habe einen Studienplatz in Bath für *Sport Sciences* bekommen. Im Sommer kann ich anfangen.«

»Daher deine Muskeln und dein Lauftempo. Du trainierst

schon.« Spontan springe ich auf, gehe um den Tisch und nehme ihn fest in den Arm. »Ich freu mich für dich.«

»Echt?«

Er klingt so überrascht, dass ich ihn loslasse. »Wundert dich das?«

»Ehrlich gesagt war ich mir nicht sicher, ob du es gutheißen würdest. Schließlich hatte ich schon fast meinen Bachelor.«

Mit erhobenen Augenbrauen mustere ich ihn. »Bin ich Mum?«

»Du bist viel schlimmer als Mum. Seit wir auf der Welt sind, machst du mir vor, was ich erreichen könnte, wenn ich wäre wie du. Du warst immer diejenige, die Vorlesewettbewerbe gewonnen hat, alle Abschlüsse mit Auszeichnung machte und nebenbei Klavier spielen und Reiten lernte.«

»Ich hatte keine Ahnung, dass du das so siehst. Du hast dir doch einfach nie Mühe gegeben.«

Grinsend hebt er die Schultern. »Wozu auch? Es konnte ja eh nur eine Schulsprecherin sein.«

Ich lasse mich auf dem Stuhl neben ihm nieder. »Ich verstehe nur nicht, warum du denkst, ich würde dich verurteilen, weil du einen anderen Weg gehen willst als bisher. Ich wusste doch immer, dass Mum dich zu deinem Studium überredet hat.«

Julian seufzt tief. »Dieser Management-und-Business-Quatsch war einfach nie das Richtige für mich. Ich hatte keine Ahnung, was ich mit meinem Leben anfangen wollte, und da hatte Mum es leicht. Entschuldige, dass ich so blöd reagiert habe. Ich hätte wissen müssen, dass du dich für mich freust.« Julian sieht mich zerknirscht an und ich knuffe ihn kameradschaftlich gegen die Schulter.

»Wie bist du denn auf *Sport Sciences* gekommen?«

»Früher habe ich doch ständig neue Sportarten ausprobiert, aber nie lange durchgezogen. Während ich meine Kurse immer ätzender fand, habe ich mehr Zeit auf den Sportanlagen verbracht. Dabei habe ich gemerkt, dass ich in fast allen Sportarten gut bin. Und ich habe mich mit einigen der Trainerinnen und Trainer unterhalten. Was die mir über Anatomie, Gesundheit und Psychologie erzählt haben, fand ich größtenteils ziemlich cool.« Er deutet auf die Bücher. »Ich habe mir ein Lehrwerk besorgt, dann noch ein paar. Dann habe ich mich über einen Studiengangwechsel informiert. Irgendwann habe ich meine Bewerbung zusammengestellt und abgeschickt. Vor Kurzem kam mein Aufnahmebescheid für Bath. Deshalb war ich in den letzten Wochen so schwer zu erreichen. Ich habe in Warwick alles abgebrochen und mich um eine neue Bleibe gekümmert.«

Ungläubig schüttele ich den Kopf und boxe ihn erneut. »Ich kann nicht fassen, dass du mir nichts davon erzählt hast.«

Er grinst ein wenig verlegen. »Ich war mir einfach selbst nicht sicher.«

»Aber jetzt schon?«

»Ich kann mir gut vorstellen, dass ein Job als Fitnesstrainer etwas für mich sein könnte.«

»Üb doch mit mir«, schlage ich verwegen vor. »Ich versuche, mein Dopaminlevel oben zu halten. Das hilft gegen Liebeskummer. Vielleicht kannst du dich darauf spezialisieren und eine Anti-Liebeskummer-Agentur gründen.«

»Ich schätze, spätestens nach meinem Gespräch mit Mum werde ich selbst einen Dopaminboost brauchen.«

»Ich würde dir ja anbieten, mit ihr zu reden, aber ich denke, das wird es nur schlimmer machen.«

Er seufzt. »Da muss ich wohl allein durch. Aber für den Dopaminboost anschließend sollten wir unbedingt eine schöne Laufstrecke suchen. Bethnal Green hat in der Hinsicht nicht viel zu bieten.«

»Komm doch morgen früh mit. Ich bin mit Ryan am Hyde Park verabredet. Wir müssen in der Gegend ein paar Fotos machen.«

Ich merke, wie bei diesen Worten zwei Reaktionen gleichzeitig in mir ablaufen. Adrenalin schießt mir ins Blut und lässt mein Herz schneller schlagen. Es ist ein Gefühl wie kurz vor Sonnenaufgang – weil ich Ryan wiedersehen werde. Darunter breitet sich dumpf mein schlechtes Gewissen aus – weil Arbeit für mich darin besteht, an einem Tisch zu sitzen, meinen Kopf mit Wissen und mein Word-Dokument mit Inhalt zu füllen. Durch die Gegend zu spazieren und Fotos zu machen, klingt für mich nach einer Ausrede, genau das nicht zu tun.

»Wer ist Ryan?«

»Mein Kollege.« Gut, mich noch mal daran zu erinnern!

»Dann suche ich morgen im Hyde Park eine Strecke aus, rufe am Mittwoch Mum an und wir drehen anschließend eine große Runde«, schlägt Julian vor.

Ich stöhne auf. »Das klingt furchtbar. Ich bin dabei.« Noch mal nehme ich ihn in den Arm. »Ich habe ein gutes Gefühl, was *Sport Sciences* angeht.«

»Danke.« Diesmal drückt er mich fest an sich.

»Oh, davon brauche ich jetzt auch eine.« Lynns Stimme in der aufschwingenden Wohnungstür lässt uns herumfahren. »Riesenumarmung.« Sie hält die Tür für Mae auf, die am Handy auf irgendjemanden einredet, der offenbar nicht versteht, welche Pasta-to-go-Box sie bestellen möchte.

Lynn steigt mühsam aus ihren hohen Schuhen, hängt ihren Blazer an den Haken und prüft im Spiegel, ob ihr Make-up noch so frisch aussieht wie heute Morgen.

»Wollt ihr auch Nudeln?« Mae sieht fragend in unsere Richtung. »Kye bringt Essen mit.«

Ich halte mich zurück, da ich nicht schon wieder Geld ausgegeben will, aber Julian bestellt sich eine Portion *Mac and Cheese*. Lynn steht immer noch vorm Spiegel und zupft an ihrer weißen Bluse herum. Ich habe den Eindruck, dass ihr Ausschnitt dabei etwas größer wird. Schließlich streicht sie seufzend über ihre bordeauxfarbene Hose, die ihren Hintern hervorragend in Szene setzt, und dreht sich zu mir um. Sie bemerkt meinen Blick und lächelt müde.

»Anstrengenden Tag gehabt?«

»Das ist gar kein Ausdruck.« Gequält rollt sie mit ihren offenbar verspannten Schultern. »Es gab Riesenkrach, weil Jeremy mit seinem Monsterego nicht darauf klarkam, dass sein Artikel um ein Drittel gekürzt werden sollte. Letztendlich hat er mir die Schuld daran gegeben und mich eine unfähige Grafikerin genannt, die zurück in die Grundschule gehöre, aber nicht in eine Redaktion mit ihm.«

Ich reiße die Augen auf. »Das hat er wörtlich gesagt?«

»So ziemlich.« Lynn wirkt richtig verloren, wie sie mitten im Zimmer steht. Ihr sonst so unerschütterliches Selbstbewusstsein scheint in der Auseinandersetzung mit Jeremy ziemlich gelitten zu haben. »Deshalb brauche ich auch so eine dicke Umarmung, wie du sie gerade hattest.«

Sofort gehe ich zu ihr und ziehe sie an mich. Ich kenne diesen Jeremy zwar nicht, stelle mir aber vor, dass Lynn jetzt auch einen großen Bruder bräuchte, der anbietet, Jeremy eine reinzuhauen. Sie legt ihren Kopf an meiner Schulter ab.

»Und dann habe ich vor dem Haus auch noch Mae getroffen, die mir eine Massage angeboten hat – zwinker, zwinker«, murmelt sie, sodass nur ich es hören kann. »Wie komme ich nur aus der Nummer raus?«

In diesem Moment beendet Mae ihr Gespräch mit Kyle und Lynn lässt mich lieber los. Mit ausgestreckter Hand geht Mae auf Julian zu.

»Ich bin Mae. Wer bist du?«

»Das sieht man doch«, kommentiert Lynn, ehe Julian etwas antworten kann. »Er ist Jamies Bruder.«

»Freut mich. Julian.« Er erwidert Maes Händedruck, während sie ihm neugierig ins Gesicht starrt.

»Und eigentlich«, fährt Lynn fort, »habe ich an ihn gedacht, als ich hier reinkam und auch so eine Umarmung verlangte. Nichts für ungut, Jamie, aber es wäre schön, mal von jemandem gehalten zu werden, der sich groß und stark anfühlt.«

»Na, dann komm her.« Kurzerhand steht Julian auf und breitet die Arme aus.

»Echt?«

Ich verdrehe die Augen, während Lynn Mae beiseiteschiebt und sich aufseufzend an Julians Brust sinken lässt. Ich bin mir absolut sicher, dass Lynn den sportgestählten Torso meines Bruders nicht aufsucht, weil sie die geschwisterlichen Gefühle ihm gegenüber empfindet, die ich im Sinn hatte. Wahrscheinlich geht es ihr eher darum, vor Mae ein Zeichen zu setzen. Julian scheint die Aktion jedenfalls nicht zu stören. Er zieht Lynn an sich, hält sie fest an seinem Körper und legt das Kinn auf ihren Kopf. Sie verbirgt ihr Gesicht an seiner Schulter, und ich kann quasi dabei zusehen, wie ihre eben noch angespannten Schultern nach unten sinken. Sie schließt die Augen. Über sie hinweg wirft Julian mir einen amüsierten Blick zu. Ärgerlich schüttele ich den Kopf und deute unauffällig auf Mae, die ihre Arme vor der Brust verschränkt. Julian grinst nur.

»Und?«, erkundigt er sich bei Lynn. »Ist das gut so?«

»Lass mich bloß nicht los«, antwortet sie gedämpft.

Er lacht leise und streichelt sacht mit einer Hand über ihren Rücken. Mir ist ein Rätsel, wie sich zwei Menschen, die sich überhaupt nicht kennen, körperlich so nahe kommen können. Seufzend gehe ich zurück zum Tisch und greife nach meinem Laptop und meiner Tasche. Wenn ich heute noch arbeiten will, muss ich mich in mein Zimmer zurückziehen – am besten bevor Kyle mit dem Duft nach aromatischen Pastasoßen und gebackenem Käse hier auftaucht. Mae räuspert sich. Noch immer ist ihr Blick auf Julian und Lynn geheftet. Irgendwie sind die beiden ganz still geworden – wirken aufeinander konzentriert, als würden sie nichts mehr wahrnehmen, nur die Nähe zwischen ihnen.

»Lynn?« Mae hat offenbar genug. »Denkst du nicht, es reicht?«

Lynn macht keine Anstalten, Julian loszulassen. Mittlerweile sind ihm jedoch anscheinend Maes gerötete Wangen und ihr angespannter Kiefer aufgefallen. Ich fange seinen fragenden Blick auf, hebe aber nur die Schultern. Ich habe ja versucht, ihn zu warnen.

»Lynn!« Mae wird lauter. »Können wir reden?«

»Muss das jetzt sein?« Unwillig löst Lynn sich von meinem Bruder. Mit einem Lächeln blickt sie zu ihm auf. Ihre Augen wirken glasig, als sei sie aus einem Traum erwacht. »Das war schön. Du kannst wunderbar umarmen.«

»Jederzeit.«

»Lynn, wir müssen reden. Jetzt!«, verlangt Mae. Ich muss ihr zugestehen, dass ihre Stimme angespannt, aber ruhig klingt.

Lynn verdreht offensiv die Augen. »Gut, dann reden wir und klären das ein für alle Mal.« Sie stürmt auf ihr Schlafzimmer zu, wartet, dass Mae ihr nach drinnen folgt. Dann wirft sie die Tür mit einem Knall hinter sich ins Schloss. Mit erhobenen Augenbrauen sieht Julian mich an.

»Was hat das zu bedeuten?«

»Komplizierte Sache«, erwidere ich vage. »Ich will nicht ins Detail gehen, aber es geht um Eifersucht.«

Julians Augenbrauen wandern höher. »Verstehe.«

»Nein, das tust du wahrscheinlich nicht. Aber das soll Lynn dir selbst erklären, falls sie will.«

Angesichts der Tatsache, dass die lauten Stimmen aus dem Nachbarraum ziemlich gut zu verstehen sind, erübrigt sich das möglicherweise. Jedenfalls ist deutlich zu hören, dass Lynn meinen Bruder megaheiß findet und Mae endlich akzeptieren müsse, dass sie nun mal nicht lesbisch ist. Mae hingegen wiederholt, was sie Lynn wahrscheinlich schon oft vorgeworfen hat: dass nie etwas zwischen ihnen passiert wäre, wenn Lynn nicht auf Frauen stehen würde, und sie immer wieder gesagt habe, es sei aus, aber es nie wirklich aus war.

»Warum hast du mich nicht gewarnt?«, verlangt Julian zu wissen.

»Du hast doch gesehen, dass ich den Kopf geschüttelt habe, oder nicht?«

»Ich dachte, du seist nur wieder spröde.«

»Was soll das heißen?« Empört stemme ich die Hände in die Hüften.

»Ach, James, das weißt du doch selbst. Bevor du irgendetwas tust, denkst du die Konsequenzen bis über den Horizont hinaus durch. Und dann tust du es eben meistens nicht. Deshalb lässt du nie jemanden wirklich an dich ran.«

»Das stimmt gar nicht. Phil habe ich an mich rangelassen.«

»Phil hatte einen verdammt langen Atem, sonst wäre er niemals durch das Dickicht deiner Zweifel gedrungen.«

»Ich war noch nicht mal siebzehn. Ich musste mir erst klar werden, was es bedeutet, einen Freund zu haben.«

Julian lacht auf. »Darüber kann man ein Jahr lang nachdenken oder es einfach ausprobieren.«

Ich weiß, dass Julian recht hat. Und mir ist auch klar, dass jemand, der durchs Leben läuft, Dinge einfach ausprobiert und leicht glücklich zu machen ist, viel sympathischer wirkt als jemand, der seinen Alltag diszipliniert durchorganisiert, seine Ziele verfolgt und nie vom Weg abkommt. Aber ich habe einfach das Gefühl, ein Korsett aus den Erwartungen anderer zu tragen, denen ich zu entsprechen versuche – den Erwartungen meiner Mum, meiner Lehrkräfte, von mir selbst. Dem entkomme ich nicht. Und ja, wahrscheinlich macht mich das spröde.

»Jamie.« Julian scheint zu spüren, wie sehr mich seine Worte getroffen haben, denn er macht einen Schritt auf mich zu und nimmt meine Hände in seine. »Ich liebe dich genauso wie du bist. Ich hoffe, das weißt du.«

»Vielleicht ist genau das mein Problem.« Seufzend entziehe ich mich ihm und schultere meine Tasche. »Ich will nicht dafür gemocht werden, dass ich immer die Beste bin, meinen Zeitplan einhalte und E-Mails auch am Wochenende beantworte.«

»Aber das ist doch gar nicht so.« Julian sieht mich fast erschrocken an. »Ich meine, du bist gut in allem, was du tust. Aber ich liebe dich, weil du meine Schwester bist, nicht weil du die Schulentlassungsrede gehalten hast. Wie kommst du denn darauf?«

Einen Moment lang erwidere ich stumm seinen Blick. Die streitenden Stimmen aus Lynns Schlafzimmer sind genauso laut wie zuvor, aber ich nehme nicht mehr wahr, was sie sagen.

»Ich dachte immer, du willst das«, sagt Julian schließlich. »Ich dachte, deine ganze Energie in Leistung umzusetzen, sei das, was dich glücklich macht.«

»Das Schreiben für die Zeitung ist das Einzige, was mich glücklich gemacht hat. Aber davon hält Mum nichts.«

»Immerhin studierst du Geschichte, obwohl sie dagegen ist.«

Ich reibe mir mit beiden Händen übers Gesicht. »Aber ich habe es Mum erst Wochen, nachdem ich angefangen hatte, gesagt. Sie hat keins meiner Argumente akzeptiert, und ich wusste, ich würde nie den Mut haben, wenn ich noch länger mit ihr diskutiere.«

»Ich war total beeindruckt, dass du durchgezogen hast, was du wolltest, James.«

»Aber all die Jahre zuvor haben dazu geführt, dass ich nichts bin außer meiner Arbeit. Ich habe nicht mal eigene Freunde – nur Phils. Und die habe ich zusammen mit ihm verloren. Ich habe mir einfach nie Zeit genommen, meine Kontakte richtig zu pflegen.«

»Mum hat dich immer ihren Diamanten genannt«, erinnert sich Julian. »Sie dachte, der Druck hole das Beste aus dir raus.«

»Ich bestehe aber nicht nur aus Kohlenstoff. Ich bin kein Diamant. Ich bin einfach nur ... spröde geworden.« Ich merke erst, wie aufgebracht ich klinge, als Julian mich überrascht mustert.

»Du kannst doch stolz auf dich sein. Ich habe mich getraut, mein Studium zu schmeißen, weil du mir vorgemacht hast, dass es sich lohnt, seinen eigenen Weg zu gehen.«

»Ja, ich tue, was ich will, aber nicht, *wie* ich es will. Ich habe so viele Praktika und Jobs und Zusatzprogramme in meinen Studienplan gequetscht, dass ich jetzt zwar die Chance bei ›Past & Present‹ bekommen habe. Aber gleichzeitig findet außer Arbeit nichts in meinem Leben statt – selten Partys, keine Hobbys, nie Urlaub.« Ich presse meine Tasche an mich und hole zitternd Luft. »Ich dachte, es funktioniert nur so, weil es immer so war. Aber jetzt bin ich von Phil getrennt. Du wechselst den Studiengang, weil es sich richtig anfühlt. Und Ryan sagt, zum Schreiben gehöre es, Dinge zu erleben, zu wissen, wie sie sich anfühlen. Aber ich kenne nur die Theorie, nicht das echte Leben.«

»James.« Julian sieht so betroffen aus, als sei er schuld daran. »Ich hatte keine Ahnung, dass es dir so geht. Aber das hier fühlt sich für mich viel mehr nach Leben an als deine Heiratspläne von zuvor.« Er beschreibt einen Rundumbogen mit der Hand durchs Zimmer und meint wohl meine neue WG. »Also, wenn du mehr davon willst, scheinst du auf einem guten Weg zu sein. Und ich versichere dir: Wenn du jetzt alles hinschmeißt, um auf einen Selbstfindungstrip um die Welt zu gehen, würde ich dich mindestens genauso lieben.«

Ich öffne meine Zimmertür, werfe ihm aber über die Schulter ein dankbares Lächeln zu. »Das ist gut zu wissen.«

Im gleichen Moment geht die Wohnungstür auf und Kyle stolpert mit einem Stapel Nudelboxen in den Händen herein.

»Hi, da bin ich.«

»Warte, ich helfe dir.« Julian läuft ihm entgegen und nimmt ihm das Essen ab. »Das ist sauheiß. Wie konntest du das den ganzen Weg tragen, Mann?« Rasch schiebt er die Schachteln auf den Tisch.

»Frag nicht«, stöhnt Kyle, wobei er seinen Rucksack fallen lässt und seine dunkel umrandete Brille auf der Nase nach oben schiebt. »Ich sollte meine Pfoten eine Weile ins Eisfach halten.« Er mustert meinen Bruder kritisch. »Wer bist du? Du siehst aus wie Jamie mit Y-Chromosom.«

»Das trifft es ziemlich genau. Ich bin ihr Zwillingsbruder. Julian.«

»Cool. Ich bin Kyle.« Er hebt in einer niedlich ungelenken Bewegung eine Hand zum Gruß. »Ich hätte auch gerne einen Zwilling. Dann wäre es mir vielleicht nicht so schwergefallen, mich zwischen Biochemie und Informatik zu entscheiden.«

»Dir ist schon klar, dass wir zwei Personen sind, oder?«, entgegnet Julian grinsend. »Nicht eine mit zwei Körpern. Zum Glück«, fügt er mit einem Blick auf mich hinzu. »Stell dir vor, wir müssten uns mit Menstruation und diesem Kram rumschlagen.«

»Oh.« Kyle sieht ehrlich entsetzt aus. Ich hingegen greife, noch immer in meiner Zimmertür stehend, nach dem nächstbesten Gegenstand – dabei handelt es sich um meinen Laufschuh – und schleudere ihn in Julians Richtung.

»Hey.« Er duckt sich und wird nur an der Schulter gestreift.

»Hi, Jamie.« Unser geschwisterliches Gezänk ignorierend, winkt Kyle mir zu. »Ich habe uns zum *Pub-Quiz-Extreme* angemeldet. Am Mittwoch im *Old George*. Acht Uhr. Wir können hundert Pfund gewinnen.«

»So spät? Mitten in der Woche?« Besorgt überlege ich, ob

ich ausreichend Schlaf bekommen werde, um am nächsten Morgen laufen zu gehen, rechtzeitig bei der Arbeit zu sein und konzentriert arbeiten zu können.

»Wird sicher lustig, James.« Julian blinzelt mir zu und ich verstehe den Wink.

»Klingt gut«, sage ich zu Kyle, und er strahlt.

»Bleibst du länger?«, wendet er sich an Julian. »Ich habe einen Gruppentisch reserviert. Da dürfen bis zu sechs Leute sitzen. Du kannst mitkommen, wenn du willst.«

»Gerne.« Julian deutet mit einer knappen Geste auf Lynns Schlafzimmertür, durch die mittlerweile nicht nur wütende, sondern auch tränenerstickte Stimmen zu hören sind. »Meint ihr, wir sollten die beiden dazu einladen, damit sie aufhören zu streiten?«

Kyle wirft mir einen zweifelnden Blick zu. »Ich glaube nicht, dass es die Art von Streit ist, die sich durch ein *Pub-Quiz-Extreme* ausräumen lässt, oder?«

»Ich fürchte auch. Hoffentlich bringt er sie wenigstens weiter. Sie hätten längst miteinander reden sollen.«

»Aber warum so laut?« Mit unglücklicher Miene setzt Kyle sich zu Julian an den Tisch. »Ich würde ja vorschlagen, zu uns rüberzugehen, aber wir haben nicht aufgeräumt.«

»Da kenne ich noch jemanden.« Mit einem Schnaufen nehme ich zur Kenntnis, dass Julian den halben Inhalt seiner voluminösen Reisetasche in meinem Zimmer verstreut hat. Aber darum kann ich mich jetzt nicht kümmern. Mein Blick fällt auf den Wecker, der provisorisch auf dem Bettrahmen neben meinem Kopfkissen balanciert. Es ist schon fast halb acht. Meine Selbstdisziplin hat die Zügel wieder fest gestrafft und macht mir klar, dass ich anfangen muss zu arbeiten – jetzt aber wirklich.

Kapitel 13

Julian und ich stehen in der Nähe vom *Lodge Café* an *Hyde Park Corner* und es duftet nach Ryan. Ganz plötzlich weiß ich, was dieser Geruch ist, den ich an ihm wahrnehme: Petrichor – der Duft von Regen. Und ich bin süchtig danach. Die Luft fühlt sich wärmer an als in den letzten Tagen. Es ist nahezu windstill, aber der Himmel von hellen Wolken verhangen. Die Wettervorhersage verspricht einen schönen Nachmittag. Noch während ich sie checke, vibriert mein Handy mit dem dritten Anruf von Phil. Wütend stopfe ich es in meine Hosentasche. Warum kann er mir nicht wenigstens ein paar Wochen Zeit geben – bis mein Projekt abgeschlossen ist? Das alles ist so schon schwer genug.

Zum Glück entdecke ich im nächsten Moment Ryan, der die Stufen der *Underground Station* heraufkommt. Er starrt dabei ebenfalls auf sein Telefon und sieht mich nicht sofort. Etwas umgibt ihn wie eine düstere Aura, während er mit raschen Schritten die Treppe erklimmt. Er trägt einen dunkelroten Hoodie unter seiner Jeansjacke. Der Bartschatten ist wieder da und lässt ihn kämpferisch wirken. Vielleicht hat dieser Eindruck aber auch etwas mit seinen zusammengezogenen Brauen zu tun. Als er den Treppenabsatz erreicht, sich umsieht und mich entdeckt, hellt sich seine Miene auf. Er hebt kurz die Hand, während er ein paar Leute an sich vorbeigehen lässt.

Julians Ellenbogen trifft mich hart in die Rippen. »Was ist das da in deinem Gesicht?«

»Wieso?«

»Du hast ein episches Lächeln aufgesetzt.«

»Quatsch!«

»Ich nehme an, das ist Ryan? Als du ihn gesehen hast, habe ich mich gefühlt, als wäre neben mir ein Stadionstrahler angegangen. Weißt du? Diese Dinger, die ein Spielfeld nachts in taghelles Licht tauchen.«

»So einer scheint dir ein paar Synapsen versengt zu haben. Ich habe ihm freundlich zugenickt – höchstens.«

Julian lacht auf, kommt jedoch zu keiner Antwort, weil Ryan sich in diesem Moment zu uns durchdrängt. »Morgen.«

»Hi, Ryan«, erwidere ich, während ich versuche, ihm nicht direkt in die Augen zu schauen. Insbesondere mit Julians lauerndem Blick auf mir, muss ich alles dafür tun, bei Sinnen zu bleiben.

»Hi, Ryan«, flötet Julian in einem mehr als kläglichen Versuch, meine Stimme zu imitieren. Ärgerlich stoße ich ihn in die Seite, aber er lacht nur und streckt Ryan die Hand hin. »Ich bin Julian.«

»Jamies Bruder, nehme ich an.« Ryan schlägt ein. »Zwillinge?«

»Nicht eineiig«, entgegnet Julian. »Auf diese Feststellung lege ich Wert.«

»Wenn euch das beruhigt: Ich hätte mich in diesem Punkt nicht vertan.«

»Gut zu wissen.« Julian dreht den Deckel seines mitgebrachten Kaffeebechers zu und reicht ihn mir zum Einstecken. »Dann will ich euch nicht von der Arbeit abhalten. Ich mach mich auf den Weg.«

»Du gehst laufen?«, erkundigt sich Ryan mit Blick auf Julians Sportschuhe, Shorts und die saphirblaue Windjacke.

»Ja, drüben, wo Jamie wohnt, finde ich die Bedingungen echt mies. Du kennst nicht zufällig eine schöne Strecke?«

»Doch klar.« Sofort zückt Ryan wieder sein Telefon. »Ich gehe meistens in der Gegend um Camden laufen. Und hier im Hyde Park oder in den Kensington Gardens kannst du eigentlich nichts falsch machen – je nachdem, wie weit du laufen willst.« Kurz mustert er Julian. »Du siehst aus, als würdest du nicht so schnell schlappmachen.«

»Jedenfalls braucht es dazu etwas mehr als eine Runde ums *Weavers Field*.«

Auf Julians bezeichnenden Blick hin protestiere ich sofort: »Das ist eine glatte Lüge!« Julian und Ryan lachen einhellig, als wäre ein preisverdächtiger Witz gerissen worden – wahrscheinlich ein Verbrüderungslachen unter Jungs. Ich gebe ein Schnauben von mir. »Als zukünftiger Fitnesstrainer solltest du an deinen Motivationstechniken arbeiten.«

»Fitnesstrainer«, wiederholt Ryan. »Bist du Sportstudent?«

»Bald. Ich habe einen Studienplatz in Bath.«

»Cool. Hier, wenn du einmal um den Park laufen willst, halte dich an diese Wege. Dann hast du mehr vom Grün.« Die beiden stecken über Ryans Handybildschirm die Köpfe zusammen und ich werfe einen prüfenden Blick in den Himmel. Bisher ist von der Sonne nicht mehr zu sehen als ein milchiger Fleck hinter den Wolken.

»Du kannst auch hier rüberlaufen.« Ryan deutet quer über die Knightsbridge in Richtung *Wellington Arch* und erklärt eine Route über The Mall und vorbei am *Buckingham Palace*. »Da wird es aber voller Touristen sein.«

»Ich glaube, ich bleibe lieber hier. Morgen haben Jamie und ich viel vor.« Julian zwinkert mir zu.

»Jaja.« Ich verdrehe die Augen. »Ich vergesse das schon nicht.«

»Kennt ihr euch im Regent's Park aus?«, erkundigt sich Ryan. »Das ist quasi bei mir vor der Haustür und meiner Meinung nach eine der schönsten Laufrouten. Der Regent's Park hat großartige Gartenanlagen und von Primrose Hill hat man die beste Aussicht über London.«

»Du liebst doch Gärten, James«, bemerkt Julian und wendet sich wieder an Ryan. »Kannst du uns da auch eine Route empfehlen?«

»Gärten sind toll, um darin spazieren zu gehen«, werfe ich ein. »Nicht um mit Highspeed durchzurasen.«

Julian prustet los. »Highspeed? Damit meinst du hoffentlich nicht dich, oder? In deinem Tempo zähle ich dir sämtliche Blütenblätter, an denen wir vorbeikommen, wenn du willst.«

Ich schubse ihn ein bisschen. Zugegeben, vor Ryan ist das etwas peinlich, aber das ist wahrscheinlich so ein Geschwisterding und Julian hat es einfach verdient. »Lauf endlich los. Ryan und ich müssen arbeiten.«

»Wir haben doch den ganzen Tag Zeit.« Gelassen tippt Ryan auf seinem Telefon herum. »Das lässt sich auf der Karte schwer sehen, weil es so viele kleine Wege gibt. Vielleicht kann ich die Standardroute aus meiner Fitnessapp an dich schicken.«

»Oder hast du Lust mitzukommen?« Julian spricht die Worte aus, obwohl ich ihm mitten im Satz meinen Ellenbogen in die Seite ramme. »Morgen direkt nach der Arbeit?«

Ryan zögert, lässt seinen Blick kurz zu mir fliegen. Ich spüre Hitze in meinen Wangen, frage mich panisch, ob er mich für Julians Vorschlag verantwortlich macht. Nein, das wäre wohl etwas weit hergeholt.

»Morgen Nachmittag ist bei mir schwierig«, sagt er schließlich. »Aber am Donnerstag hätte ich Zeit.«

Vor Überraschung kann ich ihn nur anstarren. Hat er gerade zugestimmt, mit mir und meinem Bruder laufen zu gehen – ganz privat? Ganz ohne Mitch im Nacken?

»Es sei denn, du willst lieber nur *einem* Rücken hinterherlaufen.« Ryans Bemerkung lässt Julian schadenfroh lachen.

»Eure Rücken können mich überhaupt nicht beeindrucken«, gebe ich zurück. »Ich habe nichts dagegen, wenn du mitkommst.«

»Klasse. Ein Tag mehr Schonzeit für mich in Bezug auf Mum.« Erleichtert atmet Julian auf und wendet sich an Ryan: »Gegen vier dann? Schickst du James den Treffpunkt?«

»Ist gemacht.«

Ryan tippt kurz auf sein Telefondisplay und ich spüre gleich darauf mein Handy in der Tasche vibrieren. Mein Blick aufs Display zeigt, dass nicht nur Ryans Nachricht, sondern auch ein Text von Phil eingegangen ist. Ich lese nur die ersten Zeilen, bis ich fluche – und zwar laut und unanständig, obwohl ich das selten tue.

»Was ist los?« Alarmiert sieht Julian mich an.

Ich bin so wütend, dass ich die Lippen zusammenpressen muss, um keine Schimpftirade loszulassen. Ich halte Julian mein Telefon hin und bringe nur hervor: »Phil erpresst mich.«

»Was will er denn?« Ryan mustert mich unter zusammengezogenen Brauen.

»James soll bis morgen ihr restliches Zeug aus der Wohnung holen«, erklärt Julian mit meinem Telefon in der Hand.

Ich merke, dass ich die Fassung verliere, und ringe nach Luft – hin- und hergerissen zwischen Schuldgefühlen, weil ich Phil ignoriert habe, und dem Wissen, dass er mich zu Unrecht so unter Druck setzt. Ich kann nicht fassen, wie du mich nach all den Jahren behandelst – insbesondere gestern vor deinem Kollegen. So beginnt seine Nachricht. Ich weiß, was er meint: dass er sich hilflos fühlt, dass er nicht dabei zusehen will, wie ich mich entliebe. Gerade tut er allerdings alles dafür, dass es noch schneller geht. Denn er hätte mich gestern nicht einfach abfangen dürfen. *Er* hat das Setting vor Ryans Augen gewählt. Und vor allem ist immer noch er derjenige, der mich jahrelang betrogen hat. Ich muss nicht mit ihm reden, solange ich es nicht will. Zumal wir schon geredet haben – vielleicht zu lange, vielleicht zu oft im Kreis.

»James, alles okay?« Julian zieht mich kurz an sich, und ich bemerke erst, als seine breite Brust mir Halt gibt, dass ich vor Wut bebe.

»Ich bin nur gerade so verdammt sauer auf ihn und seine Schuldzuweisungen.«

»Das verstehe ich.« Julian klopft mir kumpelhaft auf den Rücken. »Aber wir kriegen das hin.«

»Was hast du denn noch in der Wohnung?«, erkundigt sich Ryan.

»Zwei Sessel von meiner Grandma, einen Couchtisch und die Küchenstühle. Die habe ich mir mal auf einem Flohmarkt gekauft. Außerdem ein paar Bücher.«

»Wo sollst du denn jetzt so plötzlich mit den Möbeln hin?«, fragt Julian. »Eure WG ist doch komplett voll.«

»Keine Ahnung.« Ich nehme ihm mein Telefon ab und habe Lust, es an Phils Stelle auf den Asphalt zu donnern. »Ich dachte, ich tue ihm einen Gefallen, wenn ich ihm die Wohnung nicht leer räume, und jetzt droht er, alles raus auf die Straße zu stellen, was ich nicht bis morgen um vier abhole.«

»Da steht es in London maximal eine halbe Stunde«, bemerkt Ryan.

»Dem werde ich helfen, Grandmas Flower-Power-Sessel auf die Straße zu stellen.« Ärgerlich schüttelt Julian den Kopf. »Der soll dir Zeit bis zum Wochenende geben. Dann leihen wir uns ein Auto und bringen alles zu Mum und Dad.«

Gequält stöhne ich auf. »Wenn wir jetzt nach Hause fahren, stürzt Mum sich auf uns beide und sperrt uns in unsere Zimmer, bis wir zur Vernunft kommen.«

»Ich weiß.«

»Miet dir doch einen *Storage Space*«, schlägt Ryan vor. »Ich schau mal, ob du so kurzfristig einen kriegen kannst.«

»Wie viel kostet denn so was? Auf Dauer kann ich mir das nicht leisten. Juls, du ziehst doch in ein neues Zimmer. Vielleicht kannst du die Sachen mitnehmen?«

»Grandmas Flower-Power-Sessel?« Julians Augen weiten sich entsetzt.

»Die Stühle und der Couchtisch sind vintage – Shabby Chic. Das passt in jedes Zimmer.«

»Darüber können wir reden. Aber für die Sessel brauchen wir eine andere Lösung.«

»In Whitechapel ist ab morgen eine *Storage Unit* verfügbar. Ein Monat kostet knapp hundert Pfund«, verkündet Ryan.

Ich gebe ein Stöhnen von mir, nicke aber. »Kannst du mir den Link schicken? Dann reserviere ich mir die schnell.«

»Bleibt aber immer noch das Problem, wie wir das Zeug transportieren«, gibt Julian zu bedenken. »Wenn James von ein paar Büchern spricht, meint sie wahrscheinlich mehrere Kisten voll.«

»Ich habe einen Lieferwagen.«

Gleichzeitig sehen wir Ryan an. »Du hast einen Lieferwagen?«

Ryan zuckt mit den Schultern. »Meine Nachbarn haben einen. Denen gehört ein Entrümpelungs- und Umzugsunternehmen. Ich kann mir da jederzeit einen Wagen leihen.«

»Wie hast du das denn hingekriegt?«, will Julian beeindruckt wissen, während ich bereits den Kopf schüttle.

»Harte Arbeit. Ich habe denen eine Weile ausgeholfen, während Freddys Fuß gebrochen war.«

Julian nickt anerkennend. »Guter Zug von dir.«

»Das musst du nicht für mich machen, Ryan.« Ich will auf keinen Fall, dass er in mein mittlerweile ziemlich chaotisches Leben eingespannt wird.

»Schon gut.« Mit dem Telefon bereits am Ohr wirft er mir einen Blick zu, der vielleicht beruhigend wirken soll, mich aber wie eine Welle von den Füßen hebt. »Meine Nachbarn freuen sich, wenn ich auf ihr Angebot zurückkomme.«

Im nächsten Moment begrüßt er mit ein paar launigen Sprüchen eine Georgie, wobei sein *Estuary English* ein bisschen mehr in Richtung *Cockney* kippt – zumindest für meine Ohren.

»Juls.« Weinerlich sehe ich meinen Bruder an. »Ich kann das unmöglich annehmen.«

Er grinst ungerührt. »Zum Glück musst du das auch gar nicht, denn du kannst ja zaubern und bist nicht auf Hilfe angewiesen.« Dann legt er mir tröstend einen Arm um die Schultern. »Niemand hat Ryan gezwungen, dir zu helfen. Ich bin mir sicher, es ist keine große Sache für ihn. Lade ihn hinterher auf ein Bier ein und die Sache ist erledigt.«

Über diese Bemerkung kann ich nur seufzen. Wenn in meiner Welt doch ein einziges Mal etwas so unkompliziert wäre!

»Ich kann den Lieferwagen morgen holen.« Ryan lächelt mich an, und ich versuche, Ordnung in mein Gefühlschaos zu bringen.

»Und was kostet das?«

»Nichts. Ich kriege den umsonst.«

»Aber Ryan, ich kann das unmöglich annehmen.«

Er runzelt die Stirn. »Wieso nicht? Ist doch kein Problem.«

Nicht? Oh, na gut. Vielleicht hat Julian recht, und ich seziere eine Kleinigkeit mal wieder so lange unterm Mikroskop, bis ich ihre Dimensionen gnadenlos überschätze. Ich versuche, mich zusammenzureißen. Eine wirkliche Wahl habe ich schließlich nicht.

»Wenn das so ist, vielen Dank, Ryan. Ich weiß das zu schätzen.« Sein Lächeln lässt die Nervenenden in meinem Bauch flirren. »Wann soll ich den Wagen morgen abholen?«

»Gib ihr das Auto bloß nicht!«, ruft Julian in dramatischem Ton. »Sie saß seit Jahren nicht hinterm Steuer.«

»Du doch auch nicht.«

»Kein Problem, ich dachte eh, ich komme mit.« Ryan sieht mich fragend an. »Wenn ich mit anfasse, bist du umso schneller fertig. Oder spricht irgendwas dagegen?«

»Du hast doch morgen gar keine Zeit.«

»Den Termin habe ich um fünf. Wenn wir nach dem Mittagessen losfahren, sollte ich das hinkriegen. Wir könnten uns gegen zwei bei der Wohnung treffen, wenn euch das passt.«

Julian hebt die Schultern. »Klar.« Er drückt einen Moment lang an seinem Fitnesstracker herum. Dann nickt er Ryan zu. »War nett, dich kennenzulernen.«

»Gleichfalls.« Ryan schiebt sein Telefon zurück in seine Tasche und beobachtet, wie Julian mir einen brüderlichen Kuss auf die Stirn gibt.

»Mach dir keinen Kopf, James. Alles wird gut und niemand kommt dabei ernsthaft zu Schaden. Auch Ryan nicht.«

Ärgerlich schiebe ich ihn von mir, aber eigentlich weiß ich, dass er recht hat. Grinsend steckt er sich seine Bluetooth-Kopfhörer in die Ohren, fällt in einen lockeren Laufschritt und folgt dem Weg, den Ryan ihm empfohlen hat.

»Wo wollen wir zuerst hin?«, fragt Ryan ohne weitere Umschweife. »Du hast dir sicher überlegt, welches die beste Route ist.«

Ich wühle in meiner Tasche nach der schematischen Karte, die ich angefertigt habe, und drehe sie mehrmals im Kreis, bis sie korrekt ausgerichtet ist.

»Unfassbar.« Ryan blickt mir über die Schulter. »Ich habe noch nie eine Karte gemalt. Das *Albert Memorial* und diese *St Mary Abbots Church* liegen in westlicher Richtung. Lass uns das als Erstes erledigen.«

Ich atme tief ein. Schwerer Fehler. Der intensive Duft verspricht Regen und macht mir Ryans Nähe umso bewusster. Ich versuche, flacher zu atmen, als wir nebeneinander dem asphaltierten Weg nach Westen folgen. Wie kann es sich gleichzeitig nach Nähe und Distanz anfühlen, wenn ich ihn ansehe? Und nehme nur ich das so wahr oder geht es ihm genauso? Ich kann mir Julians Kommentar dazu vorstellen: *Wie kannst du auch nur eine Sekunde glauben, ein anderer Mensch könne gleichzeitig so viel denken und fühlen wie du, James?*

Dabei ist dieses parallele Gefühl von Nähe und Distanz bei genauerem Nachdenken fast logisch. Denn Ryan hat mehr von meinem kaputten Leben mitbekommen, als ich beabsichtigt habe, und mir mehr von seinem erzählt, als er das normalerweise getan hätte. Das ist einfach verwirrend.

Obwohl ich versucht habe, nicht mehr tief einzuatmen, steigt mir plötzlich ein neuer Geruch in die Nase: ein Cocktail fruchtig frischer Noten.

»Hier geht's zum *Rose Garden*«, bemerkt Ryan in diesem Moment.

»Ich glaube, ich kann die ersten Rosen schon riechen.« Unwillkürlich recke ich den Hals. Unser Weg zieht sich von Bäumen gesäumt schnurgerade Richtung Westen. Nach rechts führt ein schmaler Abzweig durch ein schmiedeeisernes Tor in den Rosengarten.

»Wir können einen Abstecher machen, wenn du willst«, schlägt Ryan vor.

Ich schüttele den Kopf. »Wir tun immer noch so, als würden wir arbeiten.«

Mit einem schiefen Grinsen sieht Ryan mich an. »Dein Bruder sagte, du magst Gärten. Arbeit muss ja nicht heißen, dass man dabei nichts Schönes sehen darf.«

»Rosen haben aber nichts mit unserem Projekt zu tun.«

»Wieso? Rosen sind doch ein Symbol der Liebe.« Ohne Weiteres ergreift Ryan meine Hand und zieht mich hinter sich her. Ich bin so verblüfft, dass ich kaum protestiere. Sein Griff ist warm und fest und bringt meine Nervenfasern zum Singen.

Ryan führt mich durchs Tor in den Garten und der Duft nach Frühlingsrosen wird sofort intensiver. Als er mich loslässt, um das Tor zu schließen, passiert etwas Merkwürdiges: Es wird ruhig. Ich kann die Vögel zwitschern, trillern und pfeifen hören. Kleiber und Schwalben flattern zwischen den Büschen herum. Obwohl es ein grauer Morgen ist, leuchten die Rosen in ihrer Farbvielfalt so hell aus ihren üppigen Büschen, dass ein lebhafter Kontrast entsteht. Viele Blüten sind noch in Knospe, aber die ersten sind aufgegangen und verbreiten ihren Duft nach Wärme, Licht und Frühling in Gelbgold, Orange, Weiß und Karminrosa.

»Warum nennt dein Bruder dich eigentlich James?«, will Ryan wissen, während wir über die schmalen Wege schlendern. Wir sind fast allein zwischen den dichten Sträuchern – eine Seltenheit im Zentrum Londons.

»Weil ich es nicht leiden kann, wenn er das tut.« Ich werfe Ryan ein Lächeln zu und entdecke das blaue Schimmern in seinen Augen. Irgendwie geht ganz plötzlich und ganz einfach die Ruhe des Gartens auf mich über. Gerade sind die meisten im Hyde Park unterwegs, um zu joggen, ihrem Hund Bewegung zu verschaffen oder den schnellsten Weg zur Arbeit zu nehmen. Die wenigsten haben Zeit, sich Blumen anzusehen. Wir ja eigentlich auch nicht. Aber vollkommen unverhofft ist es mir egal. Die Zeit mag weiterlaufen, aber mein Gefühl für sie bleibt einfach stehen. Mitten im Herzen Londons ist es ruhig. Und in meinem auch.

»Meine Mum war der festen Überzeugung, sie werde zwei Jungs haben, als sie mit Julian und mir schwanger war«, erzähle ich. »Dad hat die Geschichte früher oft erzählt und Juls fand sie irre witzig. Anscheinend war ich hinter ihm versteckt und im Ultraschall nicht gut zu sehen.«

»Warum wollte deine Mum unbedingt Jungs?«

Ich hebe die Schultern. »Ich glaube, weil sie es in ihren

Augen als Frau so schwer hatte. Sie hat Biologie studiert und an der Uni Karriere gemacht, wurde aber bei Stellenausschreibungen übergangen, obwohl sie Veröffentlichungen in den angesehensten Fachzeitschriften hatte. Mein Dad überholte sie auf der Karriereleiter und dann wurde sie schwanger. Das war es dann endgültig.« Ich werfe Ryan einen kurzen Seitenblick zu. »Julian und James waren die Namen, die sie für uns vorgesehen hatte – nach unseren beiden Großvätern. Angeblich hat sie die Hebammen zweimal nachsehen lassen, bis sie geglaubt hat, dass ich wirklich kein Junge bin. Jamie war dann der Vorschlag der Hebamme.«

»Verstehe.«

»Als wir klein waren, hielt Mum mir ständig Vorträge: *Wenn Julian einen durchschnittlichen Abschluss macht, kann er es damit weit bringen. Aber wenn du die zweitbeste Arbeit schreibst, solltest du dich immer fragen, warum es jemanden gibt, der besser war als du, und die Antwort muss lauten, weil du dich nicht genug angestrengt hast.* Sie hat sich um mich immer Sorgen gemacht.«

»Ja, das klingt total fürsorglich.« Ungläubig sieht Ryan mich an.

Ich muss lachen. »Mum war außer sich vor Freude über alles, was ich gut konnte, und hat mich für alle Erfolge gefeiert. Aber ich habe auch ihre Enttäuschung gespürt, wenn ich nicht die Beste war. Wenn Julian sich geärgert hat, weil er spielen wollte und ich gelernt habe, nannte er mich James – wohl, um mir zu verstehen zu geben, dass er lieber einen Bruder gehabt hätte.«

Ryan setzt sich auf eine Bank, die halb in einem Busch voller pinker Heckenrosen verschwindet. Irgendwie verspüre ich spontan den Drang, ein Foto zu machen. Mit seiner lässigen Art und der ihn umgebenden Düsterkeit bildet er einen fast lustigen Kontrast zur zarten Blütenpracht im Hintergrund.

Kurz blicke ich in den Himmel. Die Wolkendecke wirkt dünn, hält sich aber nach wie vor hartnäckig. Tief atme ich die frühlingshafte Mischung von Rosen und Regen ein und kann nicht genug davon kriegen. Als ich mich wieder zu Ryan umsehe, beobachtet er mich konzentriert.

Ich setze mich neben ihn auf die Bank. »Ich hatte nie das Gefühl, gut genug zu sein. Ich glaube, ich habe nie irgendetwas gemacht, ohne mich zu fragen, ob es mich im Leben weiterbringt. Dinge einfach auszuprobieren und darüber zu schreiben – wie du gesagt hast –, das habe ich noch nie probiert. Ich habe mir alles erarbeitet, nichts erlebt. Oje!« Kurz vergrabe ich mein Gesicht in den Händen. »Ich klinge wie die schlimmste Streberin.«

Ryan lacht auf. »Irgendwie hast du es dabei geschafft, trotzdem mitfühlend und humorvoll zu werden – kein Grund, sich zu schämen.«

Ich tauche hinter meinen Händen auf – überrascht über seine Worte. Einfach, weil sie so nett sind. »Danke, aber ehrlich gesagt wäre ich am liebsten keine Streberin. Ich habe irgendwie nichts davon – außer Schlafmangel und zu wenig Spaß.« *Das ist oberflächlich*, höre ich Mums Kommentar in meinem Kopf und seufze.

Ein feiner Niesel liegt plötzlich in der Luft, sprüht mir seine Myriaden Tröpfchen ins Gesicht. Fast erleichtert lasse ich meine erhitzten Wangen kühlen, mache keine Anstalten, von der Bank aufzustehen.

»Dann solltest du Dinge tun, in denen du miserabel bist«, schlägt Ryan vor. »Vielleicht ändert sich dein Maßstab, wenn du weißt, wie es sich anfühlt, wirklich zu versagen.«

Nachdenklich erwidere ich seinen Blick. »Meinst du?«

»Absolut.«

»Das Problem ist, dass meine Mum so viel für mich aufgegeben hat und meine Eltern sich verschuldet haben, damit ich es ganz nach oben schaffe. Es fühlt sich einfach mies an, sie zu enttäuschen.«

Einen Moment lang mustert Ryan mich von der Seite. »Du hast Schuldgefühle, wenn du etwas tust, nur weil es Spaß macht.«

Ich starre ihn an. Er hat recht! Ich habe mir das nie bewusst gemacht, aber er hat absolut recht.

»Wenn du Schuldgefühle hast, ordnen die sich irgendwann alles andere in deinem Leben unter, bis du nichts mehr tun kannst, ohne dass sie mitreden.« Ryan wendet sich auf der Bank mir zu und sieht mich fragend an. »Wir kennen uns kaum, aber wenn du willst, sage ich dir, was ich denke.« Irgendwie bin ich überrascht von der Ernsthaftigkeit in seinen Worten und nicke. »Ich denke, deine Mum hat sich für euch und gegen ihre Karriere entschieden. Das war ihre Entscheidung, nicht deine. Wenn du dich ihretwegen zu einem Leben zwingst, dass dich unglücklich macht, ist das nicht fair. Und deshalb finde ich, du solltest versuchen, deine Schuldgefühle loszuwerden. Tu Dinge, in denen du schlecht bist, versag, blamier dich. Keine Ahnung! Mach Sachen, weil du es willst, nicht weil du was davon hast.«

Irgendwie klingt das toll. Gar nicht nach mir, aber nach Spaß am Leben. Trotzdem kann ich mich mir nicht dabei vorstellen. »Meinst du, das funktioniert?«

»Ehrlich gesagt, musst du wahrscheinlich sehr oft versagen, bevor du aufhörst, alles an den Maßstäben deiner Mum zu messen. Ich glaube, dass all die Dinge, die wir unser Leben lang mitmachen, jeder Moment … Das bleibt für immer. Das lässt uns nicht so einfach los.«

Ich starre ihn an, versinke im stürmischen Blau seiner Augen. Wir sitzen mit zwei Handbreit Abstand von Heckenrosen umgeben auf einer Bank im Nieselregen, und es fühlt sich an, als befänden wir uns in einem Bild, als hätte man uns aus der Realität ausgeschnitten und als existierten wir unabhängig vom Rest der Welt. *Alles bleibt für immer.* Das ist ein beängstigendes Gefühl. Für diesen Moment aber – hier zwischen Ryan und mir – ist es ein wahnsinnig schönes.

Sein Lächeln löst ein warmes Gefühl in meinem Bauch aus – als wäre die Sonne längst durch die Wolken gebrochen. »Die gute Nachricht ist: Mit unbegründeten Schuldgefühlen Schluss zu machen, kann nicht schwieriger sein, als zu versuchen, immer die Beste zu sein.« Ich erwidere sein Lächeln. Irgendwie macht Ryan mir Mut. Und allein dafür mag ich ihn. »Gut, dass wir zum Laufen verabredet sind«, fährt er fort. »Da wirst du direkt üben können, Niederlagen auszuhalten. Der Muskelkater wird sicher auch für immer bleiben.«

So viel zum Thema Mut machen. Ich boxe Ryan gegen die Schulter, bin aber im nächsten Moment selbst von der Geste überrumpelt. Das ist mir bestimmt nur passiert, weil der Spruch auch von Julian hätte sein können. »Du hast doch sowieso schon einen schlechten Einfluss auf mich. Normalerweise würde ich während der Arbeitszeit nämlich nicht auf einer Parkbank herumsitzen. Da brauche ich gar keine Niederlage beim Laufen.«

»Ich nenne das einen guten Einfluss.«

»Eher nicht, angesichts des Regens.«

»Regen sollte einen nicht von einem Neuanfang abhalten.«

Ich verdrehe die Augen. »Auch der Spruch könnte von Julian sein.«

»Wieso auch?«

Schmunzelnd schüttele ich den Kopf. »Du hast dich für meinen Geschmack zu schnell mit ihm verbündet.«

»Dein Bruder bedeutet dir sehr viel, oder?«

Ich schiebe meine Hände in die Jackentaschen. »Juls ist nicht nur der unverschämteste, sondern auch der wichtigste Mensch in meinem Leben. Verrate es ihm aber nicht.«

»Ich wünschte, ich hätte das über meinen Bruder sagen können. Aber Dale und ich hatten es nicht leicht.«

Innerlich zucke ich zusammen. Ich hatte nicht erwartet, dass Ryan seinen Bruder jemals wieder erwähnen würde. Gestern schien er es ernsthaft zu bereuen, über ihn gesprochen zu haben – so wortkarg, wie er anschließend war. Jetzt rückt er auf die Kante der Bank, stützt sich rechts und links mit den Händen ab und schaut auf seine miteinander verschränkten Füße. Er sagt nichts mehr. Vielleicht ist er selbst erschrocken, dass er den Namen seines Bruders ausgesprochen hat. Vielleicht sucht er aber auch nach Worten für etwas, das lange nicht in Worte gefasst wurde – vielleicht nie. Ich warte, zähle meine Herzschläge, um ihm nicht zuvorzukommen.

»Wahrscheinlich war es bei Dale und mir ähnlich wie bei dir und deiner Mum: Er wollte nur das Beste für mich, aber anders als du habe ich das zu spät kapiert.«

Mühsam unterdrücke ich den Impuls nachzuhaken, als er erneut verstummt. Vielleicht redet Ryan eher mit sich selbst als mit mir und dann will ich ihn nicht stören. Aber egal, wie, es ändert nichts an der Besonderheit dieses Moments.

»Unsere Eltern waren schon verkracht, bevor meine Mum mit mir schwanger wurde. Sie glaubten, ich würde die Familie zusammenhalten, aber so was funktioniert ja nie. Ich bin inmitten von ungehaltenen Versprechen, Wut, Verzweiflung und Streitereien bis aufs Blut groß geworden. Dale hat sich für mich verantwortlich gefühlt. Ich glaube, deshalb hat er jeden kleinen und großen Blödsinn gepetzt, den ich angestellt habe, während wir Kinder waren. Und als ich älter wurde, hat er mir wegen der Hausaufgaben im Nacken gesessen und mir eingeredet, meine Freunde seien nicht der richtige Umgang für mich. Ich meine, wäre er mein Dad gewesen, hätte er vielleicht einen guten Job gemacht. Aber er war nun mal mein Bruder, und ich habe mich irgendwann extra danebenbenommen, um ihn gegen mich aufzubringen. Ich bin nicht stolz darauf. Aber ich hatte diese ätzende Wut in mir, weil unsere Eltern nur stritten und Dale mir wie ein Besessener nachspionierte. Er hat mir nie vertraut und Angst gehabt, dass ich die Schule schwänze und Drogen nehme. Dabei hatte er selbst genug Probleme. Das kam mir so verlogen vor.«

Hauchzarte Tröpfchen benetzen Ryans dunkle Haare und verleihen ihnen einen mitternachtsfarbenen Glanz. Der Niesel verfliegt bereits im sachten Wind. Der Geruch nach Regen dringt umso intensiver auf mich ein.

»Und hast du? Die Schule geschwänzt und Drogen genommen?«

Ryan wirft mir ein kurzes Lächeln zu. »Höchstens, um Dale zu ärgern. Und weil ich die Aufmerksamkeit meiner Eltern nicht durch gute Leistungen, sondern idiotische Aktionen bekam. Die meiste Zeit war ich nicht halb so schlimm, wie Dale glaubte.«

»Und was hatte Dale für Probleme?«

»Asthma zum Beispiel. In einer Familie wie unserer war das nichts, was sich leicht in den Griff kriegen ließ. Als ich geboren wurde, war er plötzlich mehr oder weniger für sich selbst verantwortlich – und da war er ja auch erst sechs. Solange ich denken kann, wusste er jedenfalls besser, welche Medikamente er brauchte oder wann er zum Arzt musste, als unsere Eltern.«

Wieder verfällt Ryan in Schweigen. Ich habe keine Ahnung, worüber er nachdenkt, und will ihn nicht durch eine Frage dabei stören.

»Wenn ich Mum jetzt mit Mia sehe, wirkt sie wie ein vollkommen anderer Mensch auf mich«, fährt er schließlich fort. »Sie ist meistens gut gelaunt, macht Quatsch mit Mia und kümmert sich um all die Dinge, die Nadine nicht auf die Reihe bekommt – wie Arzttermine, Spielgruppentreffen und

Schwimmbadbesuche. Vielleicht wäre sie schon für Dale und mich gerne so eine Mum gewesen. Aber sie war jung und in einer unglücklichen Beziehung und wahrscheinlich überfordert.«

»Was ist mit deinem Dad?«, erkundige ich mich vorsichtig.

»Der ist nach Portsmouth gezogen. Da hat er Arbeit gefunden und mittlerweile eine neue Frau. Ich kriege ihn nicht mehr oft zu Gesicht.« Ryan schüttelt den Kopf. »Für Dale und mich hätte es auch in eine ganz andere Richtung gehen können. Wir lebten in einem Loch als Kinder. Dale musste dauernd auf mich aufpassen und brachte kaum die Schule fertig. Er hat es allein sich selbst zu verdanken, dass er einen Job gefunden hat.«

»Was hat er nach der Schule gemacht?«

Ryans Schultern werden starr. Ich spüre, wie sich die Spannung in seinem Körper auf mich überträgt, wie sich etwas tief in mir zu einem Knoten zusammenkrampft – eisenhart und kalt. »Er hat sich in diesem Michelin-Stern-Restaurant in Mayfair zum *Assistant General Manager* hochgearbeitet. Aber dann … hatte er auf dem Weg zur Arbeit einen Unfall. Ich denke, er hat beim Überqueren der Straße nicht richtig geguckt. Und der Autofahrer war zu schnell.«

Ich sehe Ryans Kiefermuskeln hervortreten. Dass ich nach seiner Hand gegriffen habe, merke ich erst, als ich sie sacht von der Bank löse. Obwohl ich keine Ahnung habe, ob ihm das recht ist, verschränken sich meine Finger wie von selbst mit seinen. Mit klopfendem Herzen warte ich. Denn ich ahne, dass diese Geschichte komplizierter ist. Warum sollte Ryan sich sonst schuldig fühlen, wenn sein Bruder bei einem Autounfall ums Leben gekommen wäre?

»Dale wurde ins Krankenhaus gebracht. Ich war gerade dabei, wieder nach London zu ziehen. In Sheffield hatte ich meinen Abschluss in Journalismus gemacht. Das hatte ich Dale zu verdanken. Er hatte ein Stipendium vom ›Guardian‹ entdeckt. Die werden regelmäßig für Anwärterinnen und Anwärter aus Minderheiten oder schlechten sozioökonomischen Verhältnissen ausgeschrieben. Dazu zählte ich. Ich habe mich beworben und habe die Förderung gekriegt.«

Der Griff seiner Hand wird fester.

»Als Mum mich anrief, bin ich sofort nach London gekommen. Am Telefon klang es, als habe Dale kaum Chancen, es zu schaffen. Auf der gesamten Fahrt habe ich mit dem Schicksal verhandelt. Wenn Dale überlebt, habe ich gesagt, werde ich netter zu ihm sein. Ich wollte ihm sagen, dass ich seine Penetranz im Nachhinein zu schätzen weiß. Ich wollte ihm sagen, dass es zu viel war, aber dass mir klar ist, warum er es übertrieben hat, dass er ja selber noch ein Kind war. Dass ich mitbekommen habe, wie er unsere Eltern überredet hat, mich in der Schule zu lassen, und dass sie es wahrscheinlich nur getan haben, weil er so früh sein eigenes Geld verdient hat. Ich wollte ihm sagen, dass er mir vertrauen kann.« Ryan holt tief Luft. »Und dann kam ich in dieses Krankenhaus, und Dale saß einfach im Bett und schimpfte, weil ich seinetwegen extra nach London gekommen bin, statt mich auf meine erste große Reportage für den ›Guardian‹ zu konzentrieren.«

Wie von selbst streicht mein Daumen über seinen Handrücken. Ansonsten sitze ich ganz still, weil er mich in diesem Moment an das Krankenhausbett seines Bruders mitnimmt, weil er mich, indem sich seine Hand um meine krampft, spüren lässt, wie schwer es ihm fällt, dorthin zurückzukehren.

»Dann kam Nadine rein, und ich habe erst da mitgekriegt, dass sie schwanger war. Verstehst du?« Er wendet mir nur kurz den Blick zu und die blauen Schlieren in seinen Augen wühlen mich auf. »Die ersten drei Monate waren schon lange rum. Das ist ja anscheinend so ein Ding, dass man es am Anfang nicht überall rumerzählt. Aber ich war sein Bruder, verdammt. Mir wurde da erst richtig bewusst, dass ich mich wochenlang nicht bei ihm gemeldet hatte. Und er sich auch nicht bei mir. Dabei hatte er das früher immer getan.« Ryan zieht die Schultern hoch, scharrt mit seinem Schuh über den Kies. »Dale wollte mit mir unter vier Augen reden. Er sagte, der Unfall habe ihm gezeigt, wie plötzlich alles vorbei sein könne. Einen Moment lang habe er echt gedacht, das sei es jetzt gewesen. Und …« Ryan holt tief Luft. »Er sagte, Nadine sei ziemlich allein. Sie hat kaum Verwandte und ihre Mum ist Alkoholikerin. Also hat er mich gebeten, mich um sie und sein Baby zu kümmern, sollte ihm jemals etwas zustoßen. Ich machte Witze, sagte ihm, er solle in Zukunft besser aufpassen, wenn er über die Straße geht. Aber er bestand darauf. Und dann … habe ich es ihm versprochen.« Der Druck seiner Hand um meine wird fast schmerzhaft, aber ich rühre mich nicht. Ich weiß nicht, was genau ihn so aufwühlt, aber ich spüre, wie real sein Schmerz ist.

»Dale hat mich angesehen, als frage er sich, ob er mir trauen könne – so wie früher, wenn ich behauptete, meine Hausaufgaben seien schon fertig. In dem Moment wurde mir klar, dass er mich nur gefragt hat, weil er keine Alternativen hatte. Er wusste schließlich besser als jeder andere, dass auf unsere Eltern kein Verlass war. Dieser Gedanke hat mich so verdammt wütend gemacht. Heute frage ich mich, wie ich so egoistisch sein konnte. Er war schließlich derjenige, der fast gestorben wäre.«

»Gefühle und Gedanken passieren uns einfach«, sage ich leise. »Beurteilen sollten wir erst, wie wir uns daraufhin verhalten.«

Zum ersten Mal seit Ryan die Geschichte zu erzählen begonnen hat, sieht er mich richtig an, und ich lasse mich in die gewaltigen mitternachtsblauen Strudel seiner Trauer ziehen, die sich schwer anfühlt, als wäre er eben erst vom Bett seines

Bruders aufgestanden. Noch immer weiß ich nicht, wie Dale gestorben ist, aber vielleicht ist das auch nicht wichtig. Wichtig ist, dass Ryan offensichtlich das Gefühl hat, er müsse Dale etwas beweisen. Es scheint, als existiere diese andere Welt, von der ich nur eine vage Ahnung habe, in seinem Leben, weil er ein Versprechen gegeben hat, von dem er wahrscheinlich dachte, dass er es nie würde einlösen müssen.

»Als ich im Zug zurück nach Sheffield saß, hatte ich Dale nichts von dem gesagt, was ich mir vorgenommen hatte«, sagt Ryan. »Ich dachte darüber nach, ihn anzurufen. Aber irgendwie habe ich die gleiche Wut gefühlt wie früher und habe es nicht gemacht. Und jetzt … Jetzt bin ich verantwortlich für ein kleines Kind.«

»Und damit beweist du deinem Bruder jeden Tag, dass er die richtige Entscheidung getroffen hat, dich zu fragen.«

Das dunkle Blau in Ryans Augen wird nachtschwarz. »Ich bin die größte verfluchte Enttäuschung für meinen Bruder, die man sich vorstellen kann. Ich glaube, das ist der Grund, warum Religionen erfunden wurden: damit es einen Gott gibt, der einem verzeiht, wenn es sonst niemand tut.«

Ganz langsam löst er seine Finger aus meinen. Ich will nicht, dass er mich loslässt. Ich will ihm sagen, dass Dale auch einen Freund hätte fragen können, aber dass er Ryan am Ende am meisten vertraut hat. Ich will ihm sagen, dass er in Dales Augen bestimmt keine Enttäuschung ist. Aber ich unterdrücke den Impuls. Woher soll ich das wissen? Woher soll ich wissen, was Ryan überhaupt so quält?

Stumm sehen wir uns an. Dann plötzlich schiebt Ryan seine Hand wieder in meine, senkt den Blick auf unsere ineinanderverschränkten Finger. Ich weiß nicht, wie es passiert. Gestern dachte ich noch, dass ich es niemals könnte, aber jetzt ist es ganz einfach. Ich schlinge meine Arme um Ryan. Dann löst sich etwas auf – irgendeine Grenze zwischen uns, aber auch eine in mir. Die Bedenken zerfließen, die Zweifel, die Fragen, diese elende Wolke von Abwägungen. Alles, was ich tue, ist, hier zu sein. Und zu fühlen: Ryans raue Wange an meiner, seinen festen Körper an meinem, seine Arme, mit denen er mich fester an sich zieht, sein Herz an meiner Brust, sein Atem an meinem Ohr. Und seine leise Stimme: »Weißt du noch, dass du mich nach unserem ersten Treffen nach Feedback gefragt hast?«

»Ja.« Überrascht will ich mich von ihm lösen, um ihn anzusehen, aber Ryan hält mich fest.

»Falls du es noch hören willst: Du hast all meine Erwartungen übertroffen, Jamie. Alle.«

Seine Worte bilden einen Strudel in meinen Nervenbahnen, ziehen endlose Kreise in mir. Ich vergrabe mein Gesicht in Ryans Jacke, atme ein und spüre es ganz deutlich: Das hier – dieser Moment –, bleibt für immer.

Kapitel 14

Auch als Ryan und ich längst vor dem *Albert Memorial* stehen und die Sonne zaghaft ihre fahlen Lichtfinger durch die Wolkendecke schiebt, fühle ich mich, als würde etwas von Ryan und mir noch im Rosengarten sitzen. *Du hast all meine Erwartungen übertroffen.* Die Wahrheit ist, dass Ryan in fast jedem Augenblick, den wir zusammen verbringen, all meine Erwartungen übertrifft. Denn hinter dem selbstbewussten Überfliegertyp Ryan Dexter liegt eine ganze Welt verborgen – nachdenklich, verletzlich, einfühlsam und voll spöttischem Humor. Was Lynn als Zynismus wahrgenommen hat, ist vielleicht aus Trauer und Verzweiflung entstanden – über den Tod seines Bruders, dessen Hintergründe ich noch immer nicht erahnen kann, und die toxische Beziehung seiner Eltern. Ich habe so viele Fragen, die ich mich nicht zu stellen wage. Es würde sich wie ein Verrat an Ryan anfühlen. Denn er hat mir für einen kurzen Moment einen Blick über die Mauer in seine zweite Welt gewährt. Mit Sicherheit bedeutet es nicht, dass ich jederzeit dorthin zurückkehren darf.

Doch offensichtlich habe ich nicht so viel Übung darin, zwischen Ryans Welten hin- und herzuspringen wie er. Ich habe keine Ahnung, wie man aus einem so intimen Moment auf die andere Seite zurückkehrt. Ein bisschen fühle ich mich wie in Trance, während wir vor der meterhohen, mit hellem Gold überzogenen Albert-Statue stehen, die Queen Victoria im Schmerz über seinen Verlust in Auftrag gegeben hat. Ryan hingegen spaziert um das *Memorial* und macht Fotos, als habe unser Gespräch nichts verändert.

Das Einzige, was mich einigermaßen aus meinen Gedanken reißt, ist die Straßenmusikerin, die ein paar Schritte entfernt auf ihrer Gitarre spielt und eine irgendwie schräge, aber auch ziemlich coole Version vom Beach-Boys-Song ›Spring Vacation‹ zum Besten gibt. Er passt zwar weder zu meiner Stimmung noch zum Wetter, aber trotzdem gefällt mir plötzlich der Gedanke, mich wie im Lied einfach herumtreiben zu lassen und den *Good Vibrations* nachzuspüren.

Ich lege den Kopf in den Nacken und blicke zu Albert hinauf. Seine Miene drückt Strenge, durch den geneigten Kopf aber auch eine gewisse Zugewandtheit aus.

Victoria hatte ihren Cousin Albert geheiratet, obwohl er verarmt war. Ihre Beziehung war in vielerlei Hinsicht problematisch, aber die beiden führten sie mit gegenseitiger Wertschätzung und Leidenschaft – ungewöhnlich im Zeitalter der politischen Zweckehen. Nachdem Albert mit nur zweiundvierzig Jahren verstorben war, regierte Victoria die verbleibenden vierzig Jahre ihres Lebens allein. Während der gesamten Zeit trug sie Schwarz.

»Vierzig Jahre in Trauer.« Ryan gesellt sich wieder zu mir und versucht, das *Memorial* in seiner Gesamtheit mit seinem iPhone einzufangen. »Das klingt für mich eher nach Inszenierung als nach großer Liebe. Aber ich schätze, die Leute stehen auf solche Geschichten.«

»Was meinst du mit Inszenierung?«

»Sie hatte doch Affären nach Alberts Tod, oder nicht?« Ryan blickt auf sein Telefondisplay und sortiert offenbar die Fotos, die er gemacht hat.

»Schon. Aber sie hat auch dafür gesorgt, dass die Erinnerung an Albert und sie in den Straßen Londons verewigt wurde: das *Victoria and Albert Museum*, die *Royal Albert Hall*, das *Prince Albert Memorial* – das erinnert alles noch heute an ihre Liebesgeschichte.«

Ryan schiebt sein Telefon zurück in die Tasche und sieht mich mit einem Schulterzucken an. »Ich vermisse meinen Bruder jeden Tag. Vielleicht wird das nie aufhören. Aber wird das Gefühl erst wahr, wenn ich mich schwarz kleide und ihm ein Denkmal setze?«

»Wer weiß. Vielleicht fühlst du dich besser, wenn du den Schmerz gewissermaßen auslagern kannst.«

Ryan starrt mittlerweile fast vorwurfsvoll zu Albert hinauf. »Das ist so eine Sache mit Schuldgefühlen: Sie bringen einen dazu, den Schmerz zu suchen. Sie bringen einen dazu, ein schlechtes Gewissen zu haben, wenn es einem gut geht, obwohl das Leben für denjenigen, den man verloren hat, nicht weitergeht. Dabei muss man sich eigentlich nur eins fragen.«

»Und zwar?«

»Was würdest du wollen, wenn du tot wärst?«

Von seiner Frage überrumpelt, muss ich lachen. »Will man noch irgendwas, wenn man tot ist?«

Grinsend hebt er die Schultern. »Darüber spekulieren die Zurückgebliebenen doch immer. Also stell dir vor, du wärst noch mit deinem Kerl zusammen …« Er bricht ab, als ich die Augenbrauen hebe. »Na gut, vielleicht nicht. Stell dir vor, du wärst Julia und ich Romeo. Du liebst mich so, dass du glaubst, sterben zu wollen, wenn ich nicht mehr da bin.«

»Ernsthaft?« Ich schüttele den Kopf. »Ein besseres Beispiel fällt dir nicht ein?«

»Nein. Stell dir vor, du erwachst aus deinem giftinduzierten *Deep Sleep* und findest mich tot neben dir. Ich Trottel habe mir aus Kummer über deinen scheinbaren Tod das Leben genommen. Was tust du?«

Mit einem Seufzen verschränke ich die Arme vor der Brust. »Da ich mir nicht vorwerfen lassen will, ich hätte dich weniger geliebt als du mich, ziehe ich dein Schwert und stoße es mir ins Herz. Und das klingt in unserem heutigen Sprachgebrauch wirklich nicht so, wie es sollte.« Ich verziehe das Gesicht. Ryan sieht mich ein wenig ungläubig an, muss aber doch grinsen.

»Abgesehen von deinen zwielichtigen Gedanken … Wie würdest du entscheiden, wenn du nur eine Sekunde darüber nachdenkst, was ich mir für dich gewünscht hätte? Schließlich habe ich dich geliebt.«

Etwas sirrt durch meine Nervenfasern. Ryan redet Quatsch. Trotzdem fällt es mir nicht leicht, das Gefühl zu ignorieren. »Wahrscheinlich würdest du dir wünschen, dass es mir gut geht.«

»Ich würde mir wünschen, dass du an mich denkst, ohne Schuldgefühle zu haben, weil du glaubst, du dürftest nicht mehr froh sein ohne mich.« Das bläuliche Schimmern in seinen Augen erscheint mir tief wie ein Ozean. »Ich würde mir wünschen, dass es dich glücklich macht, dich an mich zu erinnern.«

Ich starre ihn an, versuche, nicht unterzugehen. »Du meinst, wenn du Romeo wärst.«

Ein spöttisches Lächeln huscht über sein Gesicht. »Natürlich.«

»Ich kann mir dich nicht als Romeo vorstellen, tut mir leid.« Ich strecke die Hand aus. »Zur *St Mary Abbots Church* geht es da lang.«

»Hey.« Ryan läuft mir nach. »Ich versuche nur, pragmatisch zu sein.«

»Ich habe das schon verstanden.« Beim Gehen blicke ich schmunzelnd auf meine Karte, obwohl wir entlang der Kensington Gardens quasi nur geradeaus laufen müssen. »Aber Gefühle ergeben nun mal nicht immer Sinn.« Ich merke erst, dass ich stehen geblieben bin, als er gegen meine Schulter stößt. »Eigentlich müsstest du ein Fan von Beatrix Potter und William Heelis sein. Die waren wunderbar pragmatisch.«

Ich setze mich wieder in Bewegung, lasse meinen Blick über die georgianischen und viktorianischen Gebäude entlang der Kensington Church Street gleiten. Ein roter Bus braust so dicht an mir vorbei, dass Ryan mich sacht am Arm zupft, damit ich Abstand von der Straße halte.

»Manche behaupten, Beatrix sei nie über den Tod ihres ersten Verlobten Norman Warne hinweggekommen«, sage ich. »Er sei ihre große Liebe gewesen. Trotzdem hat sie sich entschieden, William zu heiraten. Sie hat sich ihren Eltern widersetzt, die ihn für nicht standesgemäß hielten, und für diese Ehe gekämpft. Vielleicht hat sie es nicht getan, weil sie ihn liebte. Vielleicht mochte sie ihn einfach genug, um sich mit ihm weniger einsam zu fühlen.« Ich zucke mit den Schultern. »Der Punkt ist: Sie taten einander gut. Darauf kommt es an. Das meine ich mit pragmatisch.«

»Aber in unserem Artikel geht es doch um die größten, nicht um die pragmatischsten Liebesgeschichten, oder nicht? Sonst kann ich auch zu meinem besten Kumpel Jaden in die WG ziehen und es die größte *Love Story* nennen, die London jemals gesehen hat.«

Ich werfe ihm ein Lächeln zu. »Er wird sicher gerührt sein, wenn er das hört.«

Ryan lacht leise. »Oder verunsichert.«

»Tatsache ist doch, es kommt auf die Definition an.« Zum ersten Mal an diesem Tag entdecke ich einen Strahl Sonnenlicht, der es durch die Wolkendecke schafft und grell von der Glasfassade des *Royal Garden Hotel* reflektiert wird.

»Himmel, Jamie!« Schon wieder bemerke ich Ryans Griff an meinem Arm. Er zieht mich von der Straße weg. »Können wir die Seiten tauschen? Es macht mich ganz nervös, wie du an der Bordsteinkante balancierst und dabei auch noch in der Luft herumguckst.«

»Was?« Ich lasse mich von ihm auf die der Fahrbahn abgewandten Seite des Gehwegs schieben. Irgendwie ärgert es mich, dass er mich für nicht in der Lage hält, an einer Straße entlangzulaufen. Angesichts des Unfalls seines Bruders ist es aber verständlich, wenn er im Verkehr nervöser ist als andere. Also lasse ich es ihm durchgehen.

»Entschuldige, aber ich will diesen Artikel wirklich nicht allein schreiben müssen. Was wolltest du über Definitionen sagen?«

»Es gibt verschiedene Formen von Liebe. Ich liebe zum Beispiel meinen Bruder, Streetfood und Spaziergänge im Park. Das alles ist für mich Liebe. In Hollywood interessiert das natürlich niemanden. Da muss es immer von allem alles sein. Große Gefühle, großes Drama, großes Happy End – mit tiefer Verbundenheit, unsterblicher Leidenschaft und absoluter Loyalität. Aber muss Liebe immer so ein Overkill sein? Ist das überhaupt realistisch?«

Ryan gibt ein Schnauben von sich. »Natürlich nicht. Es ist Hollywood. Da werden die Kameras ausgeschaltet, wenn ein Paar am glücklichsten ist – nämlich, wenn beide high von Hormonen denken, sie werden sich für immer fühlen wie in diesem Augenblick. Das wird dann Happy End genannt – wahrscheinlich, weil es für beide das Ende des Glücks bedeutet.«

»Nicht für Beatrix und William«, entgegne ich. »Auf den ersten Blick wirken Beziehungen ohne Dramen langweilig. Aber auf den zweiten offenbaren sie die stillen und beständigen Seiten der Liebe. Das will ich im Artikel haben.«

Suchend sehe ich mich um. Laut meiner Karte müsste sich die Kirche direkt um die Ecke befinden. Ich entdecke das alte Mauerwerk zwischen den grün belaubten Kronen der Bäume, mit denen die Seitenstraße gesäumt ist, und warte auf eine Lücke im Verkehr.

»Also kommen Jaden und ich in die *Love Stories*?«

»Hast du ihm denn schon mal gesagt, dass du ihn liebst?«

»Ist das eine ernst gemeinte Frage?«

»Nein? Dann kommt ihr auch nicht in die *Love Stories*.« Über die Schulter grinse ich ihn an. »Bist du jetzt enttäuscht?«

»Ein bisschen, aber ich schätze, Jaden wird erleichtert sein.«

Ich muss lachen und laufe diesmal beim Versuch, die Straße zu überqueren, tatsächlich fast vor ein Auto.

»Jamie!« Ryans Griff um meinen Arm ist so fest, dass es wehtut. »Bitte stirb wenigstens nicht vor meinen Augen.«

»Entschuldigung, ich wollte dir keine Angst machen.« Seine Hand gleitet meinen Arm hinab in meine, und ich kann mich nicht überwinden, mich von ihm zu befreien, während er mich mit sich über die Straße zieht. Seine Finger auf meiner Haut fühlen sich warm an, unwiderstehlich, weil sich dieses unfassbar schöne, leise prickelnde Gefühl von ihnen ausbreitet. Ich will nicht, dass er mich loslässt. Gleichzeitig ist absolut klar, dass wir nicht länger Händchen haltend durch die Gegend laufen können – zumal wir dabei direkt auf eine Kirche zuhalten. Bei Zeitüberschreitung wird das hier ganz schnell sehr komisch.

Während wir uns dem Kirchenportal nähern und der Verkehr hinter uns zurückbleibt, fühlt es sich an, als hielten wir beide die Luft an, als hätten wir beide zu lange gezögert – er genauso wie ich. Wenn wir jetzt loslassen, wird es erst recht offensichtlich. Nur, wenn wir nicht loslassen, wohin soll das führen – bis vor den Altar?

Zum Glück nutzt Ryan die letzte Chance, unauffällig aus der Sache rauszukommen, und lässt mich in dem Moment los, in dem er die Kirchentür für mich öffnet. Rasch schiebe ich mich an ihm vorbei. Kühle Stille und ein typischer, kircheneigener Geruch empfangen mich: eine Mischung aus Staub, Möbelpolitur und Feuchtigkeit. Hinter mir lässt Ryan die Tür ins Schloss fallen und sperrt damit den Verkehr, den Lärm, die Hektik der Großstadt aus. Die Kirche ist leer. Der Mittelgang streckt sich zwischen den Bankreihen in Richtung des in goldenes Licht getauchten Altars. Dahinter streben leuchtende Buntglasfenster auf. Ich greife nach meinem Telefon und aktiviere die Handykamera. Das Gefühl von Ryans Berührung verweilt auf meiner Haut, streichelt mein Bewusstsein. Um mich abzulenken, überprüfe ich, dass der Blitz deaktiviert ist. Gerade als ich die Kamera heben will, dudelt lautstark ein Klingelton los.

»Entschuldige.« Hastig zieht Ryan sein Telefon hervor und wirft einen Blick aufs Display. Obwohl ich einige Schritte entfernt stehe, sehe ich, wie sich sein Blick verdüstert. Ich weiß sofort, dass sie es sein muss: Nadine.

»Ich gehe besser ran.«

Ehe ich noch etwas erwidern kann, hat Ryan kehrtgemacht und verschwindet durch das Kirchenportal. Ich seufze tief, als sich die Stille noch nachdrücklicher ausbreitet. Vielleicht ist es gut, mich daran zu erinnern, dass Ryan und mich nicht mehr verbindet als ein gemeinsames Projekt, ein paar Spaziergänge, von denen wir behaupten, es handele sich um Arbeit, im Durchschnitt Sieben-Punkte-Streetfood und ein paar ehrliche Worte. Wieder versuche ich, mich abzulenken, indem ich mich auf meine Arbeit konzentriere. Ich mache Fotos vom Mittelgang und vom Altar, gehe meine Notizen durch, ergänze sie durch ein paar Details.

Als sich die Kirchentür wieder öffnet, drehe ich mich in der Erwartung um, dass Ryan zurückkommt, aber es sind zwei alte Frauen, die langsam in Richtung der Kerzen gehen. Schließlich verlasse ich die Kirche und werde draußen von Verkehrslärm und Sonnenlicht empfangen, das endlich durch die Wolkendecke gedrungen ist. Die Äste der Bäume werfen wirre Schatten auf das Pflaster vor meinen Füßen. Eine Brise wirbelt sie durcheinander.

Ich sehe mich nach Ryan um und entdecke ihn etwas entfernt im Schutz der Kirchmauer. Er dreht mir den Rücken zu, stützt sich mit einer Hand am Mauerwerk ab. Ich sehe seine Finger einen unruhigen Rhythmus auf die Steine trommeln. Obwohl ich kaum verstehe, was er sagt, ziehe ich mich angesichts seiner abwehrenden Haltung zurück, lehne mich an einen der Bäume entlang des Wegs zum Kirchenportal und studiere die Karte, die ich gestern gezeichnet habe. Ich liebe das Gefühl der Frühlingssonne auf meinen Wangen, ihre zarte Wärme im Kontrast zum frischen Wind. Irgendwann wird Ryans Stimme lauter. Einige Satzfetzen fliegen mir zu: »Wir haben uns auf Regeln geeinigt. An die musst du dich halten. … Und wenn? Das ändert doch für dich nichts. … Weil ich mich auch an unsere Regeln halte, deshalb!«

Ich versuche, die Worte auszublenden. Während Ryan und ich durch London laufen, ist jeder Augenblick eine Momentaufnahme – ein Paralleluniversum, in dem Worte, Blicke, Berührungen eine Verbindung zwischen uns weben. Aber ich darf das nicht mit der Wirklichkeit verwechseln, in der Ryan offenbar immer für Nadine erreichbar ist und ich mich im Phil-Entzug befinde.

Als ein Schatten auf mich fällt, versuche ich, meine Gedanken mit einem Lächeln zu vertreiben. Es zerplatzt an Ryans fast greifbarer Düsterkeit. Ich registriere seine unbewegliche Miene, die mitternachtsblauen Schatten in seinen Augen, seine fest vor der Brust verschränkten Arme.

»Was ist los?«

»Was soll los sein?« Sein harscher Ton lässt mich zusammenzucken. Ich hebe die Augenbrauen.

»Du wirkst aufgewühlt.«

»Entschuldige, Jamie, nur weil ich dir von Dale erzählt habe, heißt das nicht, dass ich jetzt jedes Problem in meinem Leben mit dir besprechen möchte.«

Ich starre ihn an, brauche einen Moment, um zu begreifen,

was er gesagt hat – vor allem, *wie* er es gesagt hat: voll Zorn, als sei ich schuld an was auch immer ihn quält.

»Habe ich das verlangt?« Ich wünschte, ich würde souverän und sicher klingen, aber ich fürchte, meine Stimme nimmt einen ähnlich scharfen Ton an wie seine. »Ich habe dir nur eine Frage gestellt. Wenn du die nicht beantworten willst, kannst du mir das auch in höflichem Ton sagen.«

Einen Augenblick lang erwidert er meinen Blick mit unbewegter Miene. »Ja, wahrscheinlich.« Mit einem frustrierten Laut wendet er sich halb von mir ab, fährt sich mit einer Hand in den Nacken. Da er so offensichtlich unter Stress steht, versuche ich, mich zu beruhigen.

»Ich wollte nicht neugierig sein, Ryan. Tut mir leid.«

Aber er greift nicht nach meiner metaphorisch ausgestreckten Hand. Ich sehe ihn kurz die Augen schließen. Dann versucht er offensichtlich, sich zusammenzureißen, denn er atmet tief ein und seine Züge werden etwas weicher.

»Wo müssen wir als Nächstes hin?« Ich lasse mir von ihm die Karte aus der Hand nehmen.

»Willst du nicht auch noch mal in die Kirche?«

»Nein.«

»Okay.«

Ryan starrt auf die Karte, aber ich habe nicht das Gefühl, dass er registriert, was darauf zu sehen ist. Nach unseren offenen Worten hat sich meine Frage natürlich angefühlt – nicht, als würde ich damit eine Grenze überschreiten. Ryan hat das Recht, das anders zu sehen. Aber warum so aggressiv?

Sein Blick trifft mich, weicht mir jedoch sofort wieder aus. Vielleicht sieht er mir meine Verletztheit, bestimmt meine Verärgerung an. Gerade weiß ich auch nicht, wie ich die wieder loswerde. Schließlich hat er sich nicht mal für seine Gereiztheit entschuldigt. Also konzentriere ich mich auf das, was mich noch immer von allem ablenken konnte: die Arbeit.

»Wollen wir uns als Nächstes Whitehall vornehmen?« Meinen Tonfall, irgendwo zwischen gepresst und unbefangen, finde ich noch nicht ganz überzeugend. »Das habe ich mir für Pocahontas und John Rolfe aufgeschrieben.«

Ryan nickt knapp.

»Wir können von *High Street Kensington* die *Circle Line* bis *Westminster* nehmen.«

»In Ordnung«, willigt Ryan ein. Seine Einsilbigkeit und mein Schock führen dazu, dass wir in der U-Bahn so stumm nebeneinanderstehen, wie sich das für Londoner gehört. Es ist, als wäre ich in seine Hoheitsgewässer vorgedrungen und er habe ein paar Fregatten ausgesandt, um meinen Aufklärern unmissverständlich klarzumachen, dass sie dort nichts zu suchen haben. Jetzt befinden wir uns in einer diplomatischen Krise und schweigen.

Und das tun wir noch, als wir auf einer Verkehrsinsel mitten auf der Whitehall zwischen den *Horse Guards* und dem *Banqueting House* stehen. Auf dem Gehweg hinter uns scharen sich Schaulustige und fotografieren die beiden Soldaten des *Household Cavalry Mounted Regiment.* Auf ihren gewaltigen schwarzen Pferden harren sie in den Wachhäuschen rechts und links des Eingangs zum *St. James' Palace* aus und ignorieren die Leute. Nur Ryan und ich blicken in die andere Richtung auf die klassizistische grauweiße Fassade, auf die auch Pocahontas schon geblickt hat, nur dass der Bau zu ihrer Zeit farbenfroher war. Mit seiner Größe und neuartigen Pracht war er damals ein echter Blickfang. King James I. und seine Frau Ann, die höfische Maskenspiele liebten, hatten den Saal als Bühne für Aufführungen in Auftrag gegeben. Wie es dazu kam, dass Pocahontas – die Tochter eines *Native American Chief* – ein Maskenspiel besuchte, das James I. im *Banqueting House* aufführen ließ, ist eine faszinierende Geschichte – die mich im Moment aber nicht im Geringsten interessiert.

»Sollen wir versuchen reinzugehen?«, schlage ich in der vagen Hoffnung vor, der prachtvolle Saal mit seinen Säulen und den Deckengemälden von Rubens werde mir mehr Gespür für die Geschichte der jungen Frau geben. Ryan nickt, zieht jedoch – während ich nach einer zumindest kleinen Lücke im Verkehr Ausschau halte – mit einem unterdrückten Fluch sein Telefon aus der Tasche. Ich sehe das erleuchtete Display und höre über dem Verkehrslärm das Dudeln seines Klingeltons. Dann wendet Ryan mir den Rücken zu und geht ein paar Schritte auf Abstand. Während er telefoniert, bleibe ich am anderen Ende der Verkehrsinsel stehen und mache ein Foto vom *Banqueting House*. Aber obwohl die Sonne mittlerweile zwischen nur noch vereinzelten Wolken vom Himmel scheint und die klaren Linien des Gebäudes umschmeichelt, wirken meine Bilder merkwürdig nichtssagend.

»Jamie?« Ich blicke auf, als Ryan neben mir auftaucht. Er hat den Daumen unter den quer über seinen Brustkorb laufenden Gurt seiner Tasche geschoben und seine Fingerkuppen tippen ihren ruhelosen Rhythmus darauf. »Es tut mir leid, aber ich muss kurz weg.«

»Wie weg?« Die wenig geistreiche Frage rutscht mir vor Überraschung heraus. Offensichtlich leiden wir beide unter einem chaotischen Privatleben, das keinen Respekt vorm *Nine-to-five*-Arbeitsalltag hat. Und seinem Frust nach zu urteilen, passt es Ryan überhaupt nicht, dass unsere Privatleben Ringelreihen vor unseren Nasen tanzen.

»Tut mir wirklich leid. Ich würde nicht gehen, wenn es nicht wichtig wäre. Ich muss Nadine treffen – an der *Tottenham Court Road*.«

»Okay, das ist ja nicht weit von hier. Dann finde ich allein raus, ob ich ins *Banqueting House* komme und ein paar Fotos machen kann.«

»Ist gut.« Ryan wendet sich ab, wartet auf eine Gelegenheit

zum Überqueren der Straße. Dann wirft er doch noch einen Blick über die Schulter, sieht mich an und seufzt. Unschlüssig fährt er sich mit einer Hand in den Nacken, kommt schließlich zu mir zurück. »Oder willst du mitkommen und wir essen anschließend was zusammen?«

Irritiert hebe ich die Augenbrauen.

Er zuckt mit den Schultern. »Es ist schon Mittag und ich brauche wirklich nicht lange – hoffentlich.«

»Ehrlich gesagt bin ich verwirrt.« Ich habe mein Gefühl artikuliert, bevor ich mir richtig darüber bewusst geworden bin. Aber es ist die Wahrheit. »Vorhin hast du mich für mein Empfinden aus dem Nichts angepampt, weil ich dich gefragt habe, was los sei, und jetzt willst du, dass ich mitkomme?«

Er nickt ergeben. »Hör zu, es tut mir leid, Jamie. Ich weiß, ich habe überreagiert. Ich war aufgebracht und du hast das abbekommen. Das war nicht fair. Bei genauerem Nachdenken stehen die Chancen, dass es schnell geht, besser, wenn du mitkommst.«

Einen Moment lang mustere ich ihn noch zweifelnd, bin mir nicht sicher, was ich tun soll. Aber seine Entschuldigung klang aufrichtig. Und vielleicht ist das alles, worauf es ankommt.

»Ja, gut. Ich komme mit.« Meine innere Wachsamkeit bleibt dennoch. Ich will auf keinen Fall wieder etwas Falsches sagen.

»Dann rufe ich die Pressestelle der *Historic Royal Palaces* an. Die verwalten das *Banqueting House* und können uns Bilder schicken, falls wir welche brauchen«, sagt Ryan, während er mich sacht am Arm fasst und uns zwischen den Autos hindurch von der Verkehrsinsel zum Gehweg manövriert. Dort lässt er mich sofort los und verschwindet zwischen den Touristen. Ich beeile mich, ihm zu folgen, aber er schlägt ein so scharfes Tempo an, dass ich fast rennen muss, um den Anschluss nicht zu verlieren.

Als sich der Trafalgar Square vor uns öffnet, laufe ich noch schneller. Vor den breiten Stufen zur *National Gallery* wächst die Säule der *Nelson's Column* in den Himmel. Ganz oben thront der Admiral über dem Platz. Rund um den Springbrunnen und auf den Löwen zu Füßen der Säule sitzen Touristinnen und Touristen – viele mit Sandwiches oder Take-away-Boxen auf den Knien. Irgendwie habe ich Lust, mich zu ihnen zu setzen, ein Picknick zu machen, in den mittlerweile frühlingsblauen Himmel zu schauen und später eine Runde durch die *National Gallery* zu drehen. Wann habe ich eigentlich zuletzt mit dem Gedanken gespielt, meine Arbeit zu schwänzen und mich einfach mal treiben zu lassen? Noch nie wahrscheinlich.

Da Ryan bereits mehrere Meter Vorsprung hat, ziehe ich die Möglichkeit auch jetzt nicht länger in Betracht. Aber in meiner Welt fühle ich mich schon fast wie eine Rebellin, weil die Idee kurz da war. Ryan hält sich östlich des Trafalgar Square und ich renne hinter ihm die Charing Cross Road entlang – vorbei an zahlreichen Buchläden und Antiquariaten. Endlich bleibt Ryan stehen.

»Ich muss Geld holen.« Er deutet auf eine Reihe von ATMs der Barclays Bank. Ich halte mich etwas abseits, beobachte den Verkehr. Die Ersten sind schon in T-Shirt und Shorts unterwegs, einfach weil die Sonne scheint.

»Ich bin so weit.«

Ich drehe mich zu ihm um und beobachte, wie er ein dickes Geldbündel in seine Hosentasche stopft. Bisher habe ich ihn noch überhaupt nicht mit Bargeld hantieren sehen. Seine Geldbörse ist ungefähr so dick wie ein zusammengeklappter Bierdeckel. Dieses Bündel hingegen macht den Anschein, als habe er vor, ein Auto zu kaufen.

»Kommst du?«

In ähnlichem Tempo wie zuvor stürmen wir die Straße Richtung Oxford Street hinunter. Die letzte halbe Meile schaffen wir in unter fünf Minuten. Wir haben den St Giles Circus noch nicht ganz erreicht, als Ryan schon wieder in sein Telefon spricht:

»Ich bin da. Wo bist du?« Kurz blickt er um sich. »Ich sehe dich.«

Ich bleibe ihm auf den Fersen, während er die Straßenseite wechselt – diesmal mindestens so halsbrecherisch wie ich vorhin. Nadine sitzt auf einer hellen Betonmauer, mit der die Glasüberbauten zur *Tottenham Court Road Station* vom Gehweg abgegrenzt sind. Ihre rötlich blonden Haare leuchten hell zwischen den vorbeieilenden Passanten. Sie springt auf, als sie Ryan entdeckt, und kommt uns entgegengelaufen. Heute trägt sie ihren fliederfarbenen Trenchcoat über einer schwarzen Bluse mit leichtem Glanzeffekt. Darauf blitzt eine Halskette, an der ein goldener Ring befestigt ist – vielleicht Dales Ehering.

Nach wenigen Schritten bleibt Nadine stehen. Fast anklagend deutet sie auf mich.

»Was macht sie hier?« Entlang ihrer etwas spitzen Nase mustert sie mich – nicht unfreundlich, eher besorgt.

Ryan kramt in seiner Tasche und zieht zerknüllte Geldscheine daraus hervor. »Was soll die Frage, Nadine? Sie ist meine Kollegin und wir arbeiten zusammen. Du solltest dich bei ihr bedanken, dass sie so spontan mitgekommen ist.«

Vielleicht liegt es an der Anspannung in Ryans Stimme oder seiner Aufforderung. Nadine presst die Lippen zusammen und ihre Miene verschließt sich. »Ich habe sie nicht darum gebeten.«

»Nein, ich habe sie darum gebeten. Hätte sie Nein gesagt, wäre ich nicht gekommen.«

Das halte ich für eine glatte Lüge. Vielleicht wünscht sich Ryan, dass es so wäre. Aber so wie ich das sehe, rennt er los, sobald Nadine ruft.

Ihr Blick zuckt zu ihm. »Wieso?«

»Weil ich arbeiten muss.« Mittlerweile hat Ryan einen ganzen Packen Geldscheine in der Hand. »Das ist das letzte Mal.«

»Ja.« Mit beiden Händen greift Nadine nach dem Geld.

Er hält es fest. »Ich meine es ernst. Es ist das letzte Mal. Wenn diese Frau dir nicht helfen kann, suchen wir dir über die Beratung Unterstützung.«

»Ryan!« Nadine ergreift ihn am Arm und wirft mir einen feindseligen Blick zu. »Das geht sie nichts an.« Am Ellenbogen zieht sie ihn ein paar Schritte zur Seite.

»Versprich es mir«, höre ich ihn ungerührt sagen.

Ich setze mich zwischen eine junge Frau mit riesigem Smartphone und einen Typen mit Kopfhörern über seiner Schirmmütze auf die Betonmauer, auf der Nadine zuvor saß. Der Sicherheitsabstand, den sie gewählt hat, ist allerdings eher symbolischer Natur. Der Großteil des Gesprächs ist trotz des Verkehrslärms zu verstehen.

»Diese arroganten Leute sehen doch überhaupt nicht mich«, klingt ihre aufgebrachte Stimme zu mir. »Körper sind für sie nur Maschinen. Meine Seele kümmert die nicht.«

»Und du bist dir sicher, dass deine Seele und nicht dein Geld diese Life-Coach-Tante kümmert?«, hält Ryan dagegen.

»Sie hat über hundert gute Bewertungen auf Google. Viele haben geschrieben, sie habe ihr Leben verändert. Und sie hat ein Buch herausgebracht. Ich schaffe es damit viel besser, auf meine Bedürfnisse zu hören.«

»Aber auf meine Kosten. Als wir zusammen bei ihr waren, hat sie mit mir geredet, als wäre ich dein Vater und du maximal drei Jahre alt. Das ist doch haltlos.«

»Warum gibst du mir dann das Geld?« Nadine fuchtelt mit den Scheinen vor seiner Nase herum.

»Weil du mir vorhin am Telefon versprochen hast, dass du wieder in Therapie gehst, wenn sie dir nicht nachhaltig helfen kann. Ich bezahle dir die zehn Sitzungen, und wenn du keine Fortschritte machst, suche ich Hilfe für dich.«

»Hör auf, mich so unter Druck zu setzen.«

»Du setzt *mich* unter Druck, Nadine. Begreifst du das nicht? Wir können so nicht weitermachen.«

»Warum? Ihretwegen?« Nadines Kopf ruckt in meine Richtung. Hastig ziehe ich mein Telefon aus der Tasche und blicke aufs Display, ohne irgendetwas zu sehen – einfach, um nicht so zu wirken, als würde ich sie beobachten.

»Schläfst du mit ihr?«

Obwohl ich mich bemühe, unbeteiligt zu wirken, schießt mir bei dieser Frage das Blut in den Kopf.

»Was soll das?« Ryan klingt erschöpft. Als habe er den ganzen Tag versucht, aus einem Loch zu klettern, und würde nun aufgeben. »Ich dachte, wenigstens diese Diskussionen haben wir hinter uns.« Aus dem Augenwinkel sehe ich, wie er nach der braunen Handtasche greift, die Nadine über der Schulter trägt, und das Geld hineinstopft – wohl damit sie nicht länger auf offener Straße damit herumwedelt. »Bitte hör auf, mich zu kontrollieren. Das macht mich krank.« Sie will sich abwenden, aber er hält sie fest. »Wir haben einen Deal. Abgemacht?«

Sie sieht ihm in die Augen. »Ja.« Im nächsten Moment dreht sie den Kopf in meine Richtung, und ich tippe auf meinem Telefon herum, obwohl ich im Sonnenlicht fast nichts darauf erkenne. Nadine senkt ihre Stimme, aber ich höre sie schwach über dem Verkehrslärm. »Wenn du mir versprichst, dass du nichts mit ihr anfängst.«

»Was?«

»Mit Jamie. Versprich mir, dass du nicht mit ihr ins Bett gehst.«

Ich kann nicht anders. Mein Blick fliegt zu den beiden hinüber und verfängt sich unmittelbar in Ryans. Ich schaue wie in einen bodenlosen Abgrund und das Gefühl jagt als Schock durch sämtliche meiner Nervenbahnen. Heiß flutet es mein Herz. Ich sehe, wie Ryan die Lippen zusammenpresst, Nadine am Arm ergreift und sie noch einige Schritte wegzieht. Jetzt sind ihre Stimmen tatsächlich nicht mehr zu verstehen. Ryan redet einen Moment lang auf sie ein, bis sie endlich nickt und sich abwendet. Mit schnellen Schritten entfernt sie sich in Richtung des Zugangs zur Untergrundbahn. Erneut richte ich meinen Blick auf mein Smartphone, bis Ryans Schatten auf mich fällt. Ich sehe mit dem Vorsatz zu ihm auf, mir nicht anmerken zu lassen, dass Nadines Worte mich aufgewühlt haben.

»Sollen wir mittagessen gehen?« Auch Ryan bemüht sich sichtlich um einen unbefangenen Ton. »Ich kenne mich hier nicht so gut aus, aber in der New Oxford Street war ich mal in einem Pub, der gutes Mittagessen anbietet.«

»Klingt gut.«

Ich stecke mein Telefon ein und bin überrascht, als Ryan mir eine Hand hinhält, um mir aufzuhelfen – so überrascht, dass meine Finger bereits seine berühren, als ich noch darüber nachdenke, wie ich reagieren soll. Vielleicht hat er sich mit der Geste selbst überrumpelt. Oder er steht nach seiner Begegnung mit Nadine noch unter Anspannung. Vielleicht überschätzt er auch mein Gewicht. Oder ich springe bei der Aussicht auf Mittagessen zu enthusiastisch auf. Fakt ist, dass Ryans sachter Zug an meiner Hand mich fast in seine Arme katapultiert.

Einen Moment lang stehen wir viel zu nah voreinander. Sein Duft nach Regen umfängt mich. Und plötzlich passiert etwas Seltsames. Es ist wie im Rosengarten: Die Stadt um uns herum wird leise. Hitze verdichtet sich zwischen unseren Körpern. Ich fühle mich wie in einer Sommernacht, in der schwer ein Gewitter in der Luft liegt. Obwohl unsere Hände unser einziger Berührungspunkt sind, komme ich mir vor wie im Sog eines gewaltigen Strudels. Ich habe im Kopf, dass wir uns loslassen müssen, damit nicht wieder so eine unangenehme Situation wie vor der *St Mary Abbotts Church* entsteht. Aber unsere Hände tun es einfach nicht. Im Gegenteil! Wir scheinen uns aufeinander zu- statt voneinander wegzubewegen – als drehten wir uns um eine unaufhaltsam kleiner werdende Achse. Dieses Gefühl ist verheißungsvoll, aufregend reizvoll. Ganz plötzlich will ich es wissen – ungeachtet von allem, was dagegenspricht, ungeachtet meiner mir nachhängenden Trennung von Phil und Ryans Schuldgefühlen. Ich will wissen, wie sich seine Lippen auf meinen anfühlen, seine Hände auf meiner Haut.

Ich spüre den Druck seiner Finger. Sein Griff löst ein Vibrieren in mir aus, das sich auf meinen ganzen Körper überträgt, mich kurzatmig werden lässt.

Aber könnte das funktionieren? Ha! Da ist er wieder: mein Kopf. Und er hat natürlich recht. Ryan ist an Abenteuer gewöhnt – daran, eine nahezu Fremde auszuziehen, wenn er Lust auf Sex hat, daran, herauszufinden, wo sie gerne angefasst wird, wo fester und wo ganz sanft, was sie von einer Welle der Erregung zur nächsten trägt und was darüber hinaus. Und er wird von jeder Frau erwarten, dass sie all das auch über ihn ganz intuitiv in Erfahrung bringt, dass aus dem ersten aufregenden Kuss, der ersten leidenschaftlichen Berührung von Haut auf Haut in kurzer Zeit ein perfektes Liebesspiel wird, ein ausgewogenes Geben und Nehmen. Und ich … Die Ruckartigkeit, mit der ich meine Hand aus seiner löse, wirkt entlarvend. Fast gleichzeitig machen wir einen Schritt rückwärts.

Ryan sieht mir noch immer in die Augen und ich … Ich muss das jetzt einfach wissen: »Ich habe eben mitbekommen, dass Nadine eifersüchtig war.«

Seufzend fährt Ryan sich mit einer Hand in den Nacken. »Das habe ich befürchtet. Entschuldige, ich dachte, sie würde sich mehr zusammenreißen, wenn du mitkommst.«

»Seid ihr irgendwie ein Paar?« Ich stelle die Frage, obwohl ich ahne, dass ich damit wieder gegen seine Mauer krache. Ich sehe, wie sich Ryans Kiefer anspannt. Doch diesmal erwidere ich fest seinen Blick, bin bereit, mich zu verteidigen, sollte er so harsch wie vorhin reagieren. Schließlich war es seine Entscheidung, mich mit herzubringen. Und ich will endlich kapieren, ob das, was ich da eben zwischen uns gefühlt habe – diese verwirrende, elektrisierende, beängstigend schöne Nähe –, tatsächlich da war, oder ob ich irgendetwas heillos überinterpretiere.

»Nein, das sind wir nicht«, sagt Ryan fest. »Ehrlich gesagt mochten Nadine und ich uns nicht mal besonders, solange Dale lebte.«

»Warum ist sie dann eifersüchtig?«

Er hebt die Schultern. »Es fing ein paar Monate, nachdem Mia geboren war, an. Ich meine, ich habe verstanden, dass es Nadine schlecht ging. Sie hatte ihren Mann verloren. Und dann hatte sie dieses Baby, das ununterbrochen ihre Aufmerksamkeit brauchte. Dabei hat sie es nicht mal geschafft, sich um sich selbst zu kümmern. Meine Mum und ich haben ihr geholfen und versucht, uns so aufzuteilen, dass immer jemand für sie da war. Ich dachte, wir hätten langsam eine Routine und es ginge Nadine besser. Immerhin ist sie nicht mehr jedes Mal in Tränen ausgebrochen, wenn sie Mia ansah, und hatte schon ein paar Tage allein mit ihr rumgebracht. Ich wollte endlich mal wieder auf andere Gedanken kommen.« Er sieht mich an, als sei er bereit, sich dafür zu entschuldigen. »Ich bin wieder zum Sport gegangen und mit ein paar Kumpels um die Häuser gezogen. Irgendwann hat eine Frau bei mir übernachtet. Nadine ist ausgeflippt, als sie es mitbekommen hat. Sie fand es geschmacklos, dass ich so kurz nach Dales Tod wieder daran denken konnte, Spaß zu haben.«

Irritiert schüttele ich den Kopf, zögere und spreche es dann doch aus: »Meinst du, das war wirklich der Grund?«

»Zumindest hat sie das gesagt. Und immerhin hatte ich Dale versprochen, dass ich für Nadine und sein Kind da sein würde. Ich hatte gerade erst meine ersten eigenen Reportagen für den ›Guardian‹ gemacht und musste unbedingt dranbleiben, wenn ich von meinem Geld auch noch Nadine unterstützen wollte. Es war einfach alles wahnsinnig viel im ersten Jahr: Nadine Halt zu bieten, ihr Mia abzunehmen, mich beruflich zu etablieren und dabei nicht völlig unterzugehen.« Seufzend senkt er den Blick. »Versteh mich nicht falsch: Ich würde jederzeit alles für Mia tun. Aber als sie anfing zu sprechen und Daddy zu mir sagte, wusste ich, dass sie das von Nadine haben musste. Ich gebe mir Mühe, aber Dale war Mias Vater. Ich kann seinen Platz nicht einnehmen, und das will ich auch nicht. Vielleicht hat Nadine gedacht, wir könnten eine richtige Familie werden. Wahrscheinlich hat sie einfach auf Normalität gehofft. Aber wohin hätte das führen sollen? Meine Eltern haben vorgemacht, dass alle leiden, wenn man versucht, etwas zu erzwingen. Nadine ist nicht eifersüchtig, weil sie Interesse an mir hat. Wenn ich meinen Kumpel Jaden treffe, geht ihr das genauso gegen den Strich. Sie ist überfordert von ihrem Leben und beißt sich manchmal an Dingen fest, die für sie kontrollierbar scheinen. Zumindest hat man mir das in der Betroffenenberatung gesagt.«

Ich versuche, nicht zu geschockt auszusehen. Seine Ehrlichkeit berührt mich, aber was er erzählt, klingt nach Terror. Ich weiß jedoch, dass Ryan mir das nicht erzählt, weil er will, dass ich seine Probleme löse. Wahrscheinlich erklärt er es mir aus dem gleichen Grund, aus dem er mir Dales Grab gezeigt hat: damit ich Rücksicht auf seine Situation nehme.

»Wenn du übrigens Hunger hast, zum Pub geht es da lang.« Mit einem Lächeln deutet er die New Oxford Street hinunter. Vermutlich ist es sein Versuch, einen Schlussstrich unter das Gespräch zu ziehen. Also setze ich mich in Bewegung, schaffe aber nur wenige schweigsame Schritte an seiner Seite.

»Ist das der Grund, warum du nie öfter als einmal mit einer

Frau schläfst? Willst du wegen Nadine, dass es nie mehr als bedeutungsloser Sex ist?«

Ryan wirft mir einen Blick von der Seite zu. Und so heiß, wie sich meine Wangen schlagartig anfühlen, dürfte es für ihn aussehen, als sei neben ihm eine Ampel auf Rot gesprungen. Na gut, das ist wohl der endgültige Beweis, dass so was für mich nicht infrage kommt. Ich kann nicht mal entspannt über bedeutungslosen Sex reden. Dabei mitzumachen, ist einfach undenkbar.

»Ich habe kein Problem damit, auf wiederholten Sex mit einer Frau zu verzichten. Dass mir das jede Menge Ärger mit Nadine erspart, ist ein Bonus. Sie darf mir nur nicht auch noch vorschreiben, mit wem ich mich treffe.«

»In Bezug auf mich muss sie sich an der Stelle keine Sorgen machen. Ich bin sehr schlecht in bedeutungslosem Sex. Das kannst du ihr ruhig sagen.«

Ryan lacht auf und sieht mich kopfschüttelnd an. »Und woher soll ich das bitte wissen? Das ist ja nicht gerade ein übliches Gesprächsthema zwischen Kollege und Kollegin.«

Himmel! Ich kann mir nur die metaphorische Hand vor die Stirn schlagen. »Na ja, du weißt, dass mein Ex mich betrogen hat, und kannst deine Schlüsse daraus ziehen«, sage ich auf der Suche nach einer Ausflucht.

»Nein. Daraus ziehe ich höchstens den Schluss, dass er ein Idiot ist.«

Ryans Augen sind dunkel wie ein Ozean um Mitternacht, in dem ich mich für immer verlieren könnte. Mein Körper, das ist mir erschreckend klar geworden, ist definitiv auf Abenteuer aus. Aber das ist keine Option – allein schon wegen Nadine. Ich beschleunige meine Schritte, als wäre ich auf der Flucht vor der Flut.

Kapitel 15

The Britannia Public House ist ein uriger Pub mit Orgelpfeifen hinter der schweren Theke, Sichtbacksteinwänden und um die Mittagszeit hauptsächlich von Touristinnen und Touristen besetzten Tischen. Eine Bedienung schlägt uns vor, im oberen Teil des Pubs nach freien Plätzen zu sehen. Auch dort empfangen uns Stimmengewirr und das Klappern von Geschirr. Chesterfield-Sofas und Ledersessel gruppieren sich um niedrige Tische, die zum Essen eigentlich ungeeignet sind. Die Teppiche auf den Holzdielen und der Kamin verleihen dem Raum Gemütlichkeit, obwohl nicht mal ein Feuer brennt. Rechter Hand zieht sich eine Theke aus dunklem Holz entlang der Wand. Eine Barkeeperin, vielleicht Ende zwanzig, fängt unseren Blick auf.

»Wollt ihr zu Mittag essen?«

»Ja, können wir uns irgendwo dazusetzen?«, fragt Ryan.

Sie lässt ihren Blick durch den Raum schweifen. Dann hellt sich ihre Miene auf und ihr Zeigefinger schnellt nach oben. Verschieden breite Ringe sind um ihre bloßen Unterarme tätowiert. »Kommt mit.« An ihrem Kollegen vorbei schlängelt sie sich hinter der Theke hervor und winkt uns, ihr zu folgen. Ihre dunklen Haare sind an der einen Kopfseite rasiert und an der anderen in einen hohen Schopf gebunden, die Spitzen neongrün gefärbt. Zielstrebig hält sie auf einen alten Mann zu, der allein an einem der Tische sitzt und in sein Wasserglas starrt. »Hey, Pete. Können die beiden sich zu dir setzen?«

»Für dich immer noch Mr Bale.« Unter kräftigen grauen

Brauen starrt er sie an. Mit seinem gestutzten Bart und seiner kantigen Brille über der kräftigen Nase wirkt er ausgesprochen grimmig.

»Schon gut«, erwidert die Barkeeperin unbeeindruckt. »Ich brauche einen Tisch für die beiden.«

Er richtet seine blassblauen Augen auf uns und bringt nicht das kleinste Lächeln zustande, wobei es im besten Fall unter seinem Bart einfach nicht zu sehen ist. Am liebsten würde ich den Rückzug antreten.

»Ich warte auf mein Essen und du schleppst mir stattdessen die beiden da an?« Ärgerlich senken sich seine Brauen. »Ich will meine *Ham Sandwiches*, keine Gesellschaft.«

»Ach Pete, du weißt doch, dass du bei mir immer beides bekommst.« Mit einer in meinen Augen todesmutigen Geste tätschelt sie seine Schulter. Dann dreht sie sich lächelnd zu uns um und deutet einladend auf das Chesterfield-Sofa gegenüber von Mr Bale. »Setzt euch.«

»Danke sehr.« Ryan lässt sich bereits in die Polster fallen, aber ich sehe die Barkeeperin zweifelnd an.

»Ich hatte nicht den Eindruck, dass Mr Bale glücklich darüber ist.«

»Na und?« Unbeschwert grinst sie mich an. »Das hier ist meine Bar. Wisst ihr schon, was ihr trinken möchtet?«

»Ein Wasser, bitte«, sagt Ryan.

»Für mich auch.« Zögernd setze ich mich neben Ryan. Dieser Tag mit ihm fühlt sich nach Gratwanderung an: ich zwischen seiner nicht zu leugnenden Anziehungskraft und seinen Abgründen. Dass uns jetzt ein alter Mann in Karohemd und Cordhose gegenübersitzt und uns düster anstarrt, macht es mir nicht leichter, mich mit Ryan an meiner Seite unbefangen zu geben. Nervös greife ich nach der laminierten Lunchkarte auf dem niedrigen Tisch. Der Pub bietet einen abwechslungsreichen Mittagstisch, bestehend aus Sandwiches, Currys, Burgern und Bowls an. Während um uns herum die Melodie entspannter Unterhaltungen den Raum füllt, hocken wir stumm beisammen und unsere Wortlosigkeit ist im Kontrast umso auffälliger.

»Wisst ihr schon, was ihr essen wollt?«, erkundigt sich die Barkeeperin, als sie uns netterweise das Wasser an den Tisch bringt. Ich bestelle eine *Buddha Bowl* mit Roter Beete, Walnüssen und Edamame auf Quinoa und Süßkartoffeln, Ryan *Grilled Cheese Sandwiches*.

»Wo bleibt denn mein Essen?«, verlangt Mr Bale zu wissen. »Setzt du mich jetzt auch noch auf Diät, Nica?«

»Heute ist es einfach voll, Pete. Ich muss so eine Art Bedien-Triage vornehmen, und von dir weiß ich ja, dass du sowieso wiederkommst.«

»Mach nur so weiter, dann überlege ich mir das.«

Nica wirft ihm eine Kusshand zu und verschwindet wieder in Richtung der Theke. Wenn sie schon in der Bedien-Triage ist, frage ich mich ehrlich gesagt, warum sie sich wegen zwei Gläsern Wasser die Mühe macht, an unseren Tisch zu kommen.

»Wo müssen wir heute noch hin?«, erkundigt sich Ryan in höflichem und vielleicht gerade deshalb auffallend formal wirkendem Ton.

Ich ziehe meine Karte hervor und studiere sie einen Moment lang. »Wir könnten noch nach Charing Cross fahren. Das ist nicht weit weg und dort steht das *Eleanor Cross*.«

Ryan legt seinen Arm auf die Sofalehne und klopft mit den Fingern einen schnellen Rhythmus auf das Polster. »Von mir aus.«

»Sightseeing?« Unter erhobenen Brauen mustert Mr Bale uns.

»Nein, wir sind auf Recherche.«

»Recherche«, wiederholt Mr Bale. Sein Blick wandert von Ryan zu mir. »Wozu soll das gut sein?«

»Wir sind Journalisten«, erklärt Ryan. »Recherche, Fakten überprüfen, Erfahrungen sammeln und aufschreiben – das macht unsere Arbeit aus.«

»Dann seid ihr keine Touristen?«

Ryan zieht die Augenbrauen hoch. »Sehen wir so aus?«

»Ihr seht aus wie ein Pärchen, das zum ersten Mal zusammen Urlaub macht und sich gegenseitig auf die Nerven geht. Wahrscheinlich, weil sie tausend Programmpunkte geplant hat, während er lieber ins Kino und früh ins Bett will, wenn ihr versteht, was ich meine.«

»Überhaupt nicht«, erkläre ich fest und lächle unerschrocken in Mr Bales grimmiges Gesicht. »Was sollen wir im Bett?«

»Na, wenn euch dazu nichts einfällt, kann ich euch bestimmt nicht helfen.«

»Und Sie?«, gebe ich zurück. »Sind Sie Tourist?«

Mit einem ungläubigen Schnaufen lacht er auf. »Wie kommst du denn darauf?«

»Sie sehen aus wie jemand, der sich abgesetzt hat, im erstbesten Pub Zuflucht sucht und jetzt sein Mittagessen nicht abwarten kann, weil das *Continental Breakfast* im Hotel nur aus pappigen Brötchen und Formschinken bestand.«

»Ha!« Mr Bale hebt einen drohenden Zeigefinger, aber wenn ich mich nicht täusche, zuckt es in seinem Bart, und ich glaube, das könnte ein Lächeln sein. »Dann liegen wir eben beide daneben.«

Unwillkürlich blicke ich zu Ryan, vielleicht genauso unwillkürlich fliegt ein Lächeln von ihm zu mir.

»Wenn Nica mich schon hungern lässt und euch hier vor meine Nase setzt, könnt ihr mir wenigstens erzählen, was ihr recherchiert«, schlägt Mr Bale vor.

»Erzähl du es ihm«, fordert Ryan mich auf. »Es ist deine Story.«

»Es geht um die bedeutsamsten Liebesgeschichten Londons«, erkläre ich ergeben. Denn irgendwie ahne ich, dass der alte Mr Bale nichts dafür übrighaben wird. Postwendend antwortet er mit seinem abfälligen Schnaufen.

»Was sollen denn bedeutsame Liebesgeschichten sein?«

»In unserem Fall solche, die uns Auskunft über das Liebesverständnis ihrer Zeit geben.«

»Aha.« Mr Bale mustert mich geringschätzig. »Ich sage euch was: Die bedeutsamste Liebesgeschichte ist immer die eigene.«

Überrascht mustere ich ihn. Mit seiner Kantigkeit wirkt er nicht wie ein Typ für solche Sätze. Das scheint auch Ryan so zu sehen.

»Liebesgeschichten sind allgemein überbewertet.«

Mr Bale hebt die Augenbrauen, was mit seinen buschigen Exemplaren einen gehörigen Effekt erzielt. »Nicht, wenn es um deine eigene geht. Ich bin mir sicher, du wirst zu dem Punkt gelangen, an dem dir das klar wird. Egal, was man von der Liebe hält, irgendwann erwischt sie einen doch.«

Ryan zuckt mit den Schultern. »Die Liebe ist nichts wirklich Echtes. Die erwischt einen nicht. Die bildet man sich höchstens ein.«

»Entschuldige, Pete, dass es so lange gedauert hat.« Nica taucht mit einem Teller an unserem Tisch auf.

»Macht nichts.« Er deutet mit seinem kräftigen Zeigefinger auf uns. »Die beiden sind Journalisten. Die erzählen vielleicht einen Unsinn. Sehr unterhaltsam.«

»Ihr seid Kollegen?« Nica sieht uns an. »Spannend.« Sie schafft es, gleichzeitig Ryan anzulächeln und den Teller vor Mr Bale auf den Tisch zu stellen.

»Was ist das?«, will er in fast erschrockenem Ton wissen.

»*Ham Sandwiches*«, erwidert Nica, die sich schon wieder halb zum Gehen gewandt hat. Tatsächlich sehen die Sandwiches verdammt gut aus: goldbraun, knusprig, mit üppigem Belag. Sie lehnen aufrecht aneinander auf einem Bett von

Salatblättern. Daneben ist ein kleiner Turm aus perfekten dicken Pommes aufgeschichtet. Mit anklagender Miene deutet Mr Bale auf den Salat.

»Nur ein bisschen Grünzeug«, erklärt Nica mit einem schiefen Lächeln. »Ist nicht giftig.«

Sie verschwindet zwischen den anderen Gästen und Mr Bale beugt sich brummend über seinen Teller. Sorgfältig zupft er die Salatblätter von den Toastscheiben.

»Ich habe über vierzig Jahre lang mit meiner Frau zusammengelebt«, erzählt er dabei. »Wir haben zwei Kinder großgezogen. Wir haben unser Leben geteilt und wir sind darüber alt geworden. Abends sind wir zusammen ins Bett gestiegen und morgens nebeneinander aufgewacht – bis sie es irgendwann nicht mehr tat. Willst du mir sagen, das sei nicht echt gewesen?«

Ryan lehnt sich vor und stützt sich mit den Ellenbogen auf den Knien ab. »Ich will nicht respektlos sein. Aber all das, was wir als Liebe bezeichnen, ist doch eigentlich etwas anderes – Sexualität, Freundschaft und irgendwann Gewohnheit.«

»Mag sein.« Unbeeindruckt beißt Mr Bale in sein Sandwich. »Gewohnheit ist mächtig – im Guten wie im Schlechten. Aber wenn man die Überschrift weglässt und es nicht mehr Liebe nennt, ändert das nichts daran, dass es echt ist.«

Ryan sitzt auf der Sofakante und beobachtet Mr Bale nachdenklich. Ich bin mir nicht sicher, ob er sich seine Worte im Kopf herumgehen lässt oder überlegt, wie er sich ausdrücken soll, um Mr Bales Gefühle nicht zu verletzen. Der alte Mann vernichtet soeben mit einem weiteren Bissen nahezu den Rest seines Sandwiches.

»Unter der Überschrift Liebe sind die Leute bereit, alles Mögliche auszuhalten«, sagt Ryan schließlich. »Lässt man die Überschrift weg und nennt es Gewohnheit, klingt das weniger vielversprechend, oder?«

Mr Bale zuckt mit den Schultern. »Ich habe keine Ahnung, was du mir sagen willst, Junge.«

»Na, ohne das Blendwerk sitzt man bestimmt nicht allein zu Hause und wartet auf einen Anruf, der nicht kommt, weil die Partnerin bei einem anderen ist oder der Freund im Stripclub. Statt sich ständig über den Haushalt zu streiten, räumt man einfach seinen eigenen Kram auf. Und bestimmt guckt man nicht das Hundertfünfzig-Folgen-Special von ›Modern Family‹, statt zu tun, was man will: die Welt sehen, ein Hobby ausprobieren, Freunde treffen, ganz egal, was.«

Kauend mustert Mr Bale Ryan einen Moment lang. »Wer hat dir denn das Herz gebrochen? Sie etwa?« Er deutet auf mich.

»Wir kennen uns kaum«, protestiere ich, doch Mr Bale ignoriert mich.

»Das mag ja alles sein. Aber du vergisst eine Kleinigkeit, mein Freund. Zum Beispiel, dass du dich zwar manchmal fragst, warum deine Ehefrau immer noch dieses zwanzig Jahre alte Blümchennachthemd anzieht, das du noch nie leiden konntest. Aber dafür entdeckst du plötzlich dieses Funkeln in ihren Augen und fühlst dich wieder wie dreißig, als du sie zum Tanzen ausgeführt hast. Und dann wird dir bewusst, dass niemand so viel Rücksicht auf deine Eigenheiten nimmt wie sie, so gut weiß, wie du deinen Kaffee trinkst und wann du einfach mal eine Stunde Zeit allein mit der Zeitung brauchst oder aber einen Spaziergang im Park. Dass du deshalb auch großzügig sein solltest – zum Beispiel, wenn sie ihre Freundinnen zum Tee eingeladen hat oder dir mit ihren eiskalten Füßen zu Leibe rückt. Dass es in jungen Jahren keine gibt, mit der du lieber Abenteuer erlebst, mit der du es im mittleren Alter irgendwie überlebst, Kinder aufzuziehen, und mit der du dir im hohen Alter am Frühstückstisch gegenübersitzt, wo sie dich daran erinnert, deinen Termin zur Prostatavorsorge nicht zu verpassen.« Mr Bale greift nach seinem zweiten Sandwich. »Ich sage dir was, Junge. Das ist verdammt echt. Wenn dir das eines Tages über den Weg läuft, rate ich dir, nicht die Augen davor zu verschließen. Sonst wirst du es bereuen, bis du alt und einsam in deinem Fernsehsessel sitzt.«

Ryan mustert ihn aufmerksam, sagt jedoch nichts. Langsam atme ich ein. Mr Bales Worte klangen so echt, dass ich wünschte, ich könnte sie aufschreiben und jeden Abend vorm Schlafengehen lesen, bis ich nicht mehr vergesse, warum es sich lohnt, den Richtigen zu suchen – notfalls in einer Bar.

»Wann ist Ihre Frau gestorben?«, erkundige ich mich.

»Vor ein paar Jahren«, brummt Mr Bale mit den Zähnen schon im nächsten Sandwich.

»Das tut mir leid.« Irgendwie habe ich – obwohl ich nichts über ihn weiß – einen Moment lang das Gefühl, die Einsamkeit und Stille in seiner Wohnung zu spüren. »Sie müssen sie sehr geliebt haben.«

»Wie man es nimmt.« Mr Bale wiegt seinen Kopf. »Wir mochten uns. Und wir haben geheiratet, weil wir niemand Besseren gefunden haben. Bereut haben wir das nie. Es war echt, aber war es nun Liebe?«

»Hier kommt euer Essen.« Nica taucht neben uns auf. »Kann ich dir das rüberreichen?« Sie stellt eine duftende Bowl vor mir ab, stemmt sich dann auf ihre Zehenspitzen und lehnt sich quer über mich, um Ryan seinen Teller zu übergeben.

»Danke.« Ryan nimmt rasch sein Essen entgegen, bringt Nica dabei aber irgendwie aus dem Gleichgewicht. Vielleicht hat sie den Teller zu lange festgehalten, um ihm noch in die Augen zu sehen. Verdenken könnte ich es ihr nicht. Jedenfalls stolpert sie vorwärts und fällt der Länge nach über meinen Schoß, was angesichts ihres zierlichen Körperbaus keine größeren Schäden verursacht. Bloße Beine mit groben Doc Martens an den Füßen ragen unter ihrem Rock hervor in die Luft.

»Was soll das denn?«, schimpft Mr Bale. »Reiß dich doch mal zusammen, Nica.«

»Oh, Entschuldigung!«, kommt es kichernd von unten.

»Geht es dir gut?« Ryan schiebt seinen Teller auf den Tisch und mit vereinten Kräften katapultieren wir Nica zurück auf die Füße.

»Mir ist nichts passiert.« Hastig zupft sie ihre weiße Bluse und ihre dunkelblaue Schürze zurecht. »Ich hoffe, es ist nichts zu Bruch gegangen?«

»Alles heil geblieben. Hauptsache, dir geht es gut.« Ryan lächelt sie an und ihre Wangen röten sich. Im Kontrast zu ihren dunklen Haaren mit den grün gefärbten Spitzen ist der Effekt besonders stark.

»Oje, das ist so peinlich.« Kurz versteckt sie ihr Gesicht hinter den Händen, kichert aber schon wieder. »Tut mir wirklich leid.«

»Was sollen auch diese Hampeleien immer?«, wettert Mr Bale. »Ich komme hierher, um in Ruhe zu essen. Wenn ich Krach und Zappeln will, setze ich mich zu meinen Enkeln an den Tisch.«

»Ach was, Pete, du kommst hierher, weil wir die besten Sandwiches machen, weil du es keine drei Tage ohne meine Bar-Therapie aushältst und weil du genau weißt, dass du hier nette Leute kennenlernst, die an vollen Tagen nicht vor deinem RBF flüchten können.«

»RBF?« Er runzelt die Stirn. »Was für ein Quatsch soll das wieder sein?«

»*Resting Bitch Face*«, übersetzt Nica gut gelaunt. »Du hast eine besonders überzeugende Ausfertigung davon, aber dahinter verbirgt sich ein hilfsbereites und humorvolles Wesen. Man muss nur eine Weile in deinem Charakterrepertoire kramen.« Grinsend sieht sie uns an. »Das habe ich für euch gesagt, damit ihr euch nicht entmutigen lasst.«

»Keine Sorge«, erwidert Ryan, »wir haben uns schon gut unterhalten.«

Das Lächeln, das sie tauschen, macht mir irgendwie schlechte Laune. Ich greife nach meiner Schüssel und tauche die Gabel tief in Quinoa und Gemüse.

»Dann entschuldigt nochmals meine Bruchlandung«, sagt Nica.

»War doch ganz lustig«, meint Ryan. »Ich habe nichts gegen Bruchlandungen.«

Ja, klar. Warum kann Ryan eigentlich so dämliche Sachen sagen, ohne dass es peinlich klingt?

»Gut zu wissen«, gibt Nica mit einem Aufschwung ihrer dunklen Wimpern zurück. »Dann guten Appetit.«

Unwillkürlich frage ich mich, ob sie Ryans Typ ist. Ob er überhaupt einen Typ hat oder ob er wahllos mit Frauen schläft, die einen Mindestpunktwert auf der Attraktivitätsskala erreichen – wahrscheinlich ungefähr acht, denn mit Fünfen gibt er sich ja nicht zufrieden. Erst als ich spüre, dass Mr Bale mich neugierig mustert, konzentriere ich mich wieder auf mein Essen und ersticke fast an einem Quinoa-Korn, das ich beim zu hastigen Schnappen nach dem Löffel in meine Luftröhre sauge. Hilfsbereit klopft Ryan mir auf den Rücken und ich greife mit tränenden Augen nach meinem Wasserglas.

»Wusstest du, dass du da so Zeug in deinem Essen haben würdest?«, will Mr Bale mitleidig wissen.

»Sie meinen Quinoa?«, bringe ich nach Luft ringend hervor.

»Vielleicht gibt der Junge dir was von seinem Sandwich ab.« Mr Bale schiebt sich ein Pommes in den Mund. »Dieser Körnerfraß sieht nach Meerschweinchenfutter aus.«

Ich muss lachen. »Keine Sorge, es schmeckt besser, als Sie glauben.«

»Hauptsache, du überlebst den Verzehr.«

»Geht es?« Auch Ryan mustert mich besorgt, als habe ich versucht, unvollständig gegarten Kugelfisch zu verspeisen.

»Ich habe mich nur verschluckt, kein Grund, so große Augen zu machen.« Zum Beweis schiebe ich mir die nächste Gabel mit Gemüse und Roter Beete in den Mund, den ich unfallfrei zerkaue und schlucke. »Siehst du?«

Beruhigt wendet Ryan sich ab und fragt Mr Bale: »Um noch mal auf das Thema von eben zurückzukommen: Sie glauben also, dass man eine gute Beziehung führen kann, ohne es Liebe zu nennen?«

»Natürlich hat meine Frau ab und zu Rosen von mir bekommen, weil ich wusste, dass sie das schön findet. Aber das hat nichts mit Liebe zu tun.« Mr Bale hat sein Pommes-Türmchen vernichtet und schiebt seinen Teller von sich.

Ryan hebt die Augenbrauen. »Womit dann?«

»Du stellst Fragen! Bist du Quizmaster?«

»Journalist«, gibt er grinsend zurück. »Wir sind genauso neugierig.«

»Mit meiner Frau haben mich Zuneigung und Respekt verbunden.«

»Ist das nicht auch einfach Liebe?«, schalte ich mich ein.

»Wer weiß.« Mr Bale zuckt mit den Schultern. »Aber wie würdest du das nennen, wenn du eine Frau, die du vor Jahrzehnten kanntest, nicht aus dem Kopf kriegst, obwohl du sie seitdem nie wiedergesehen hast? Nicht ihr Lächeln, nicht ihre Blicke oder ihren Witz. Wie würdest du das nennen, wenn du dich dein ganzes Leben fragst, ob sie die Eine gewesen ist?« Jetzt bin ich mir ganz sicher, dass sich da wirklich ein Lächeln unter seinem Bart verbirgt – einfach, weil seine Augen noch heller werden, während er sie durch den Raum schweifen lässt. »Sie hatte Sommersprossen auf der Nase und Korkenzieherlocken, die auf und ab wippten, wenn sie lachte. Ich bin mit ihr hierhergekommen – hier ins *Britannia* –, in dem Sommer, in dem wir uns kannten.«

»Und Sie kommen hierher, weil Sie hoffen, die Frau von früher noch einmal zu treffen?« Sofort bin ich verliebt in diese Geschichte.

Mr Bale verschränkt die Hände vor seinem Bauch und seine Gesichtszüge wirken weicher. Die Falten auf seiner Stirn treten weniger hervor und seine Brauen wandern auseinander. »Na ja, das wäre schon ein großer Zufall. An Weihnachten habe ich hier ein Mädchen getroffen ... Die hat mich irgendwie an sie erinnert – nicht auf den ersten Blick, aber mit ihrer Art. Näher bin ich der Frau von damals aber nie wieder gekommen – auch hier nicht. Ihr habt das vielleicht noch nicht erlebt. Aber ich habe sie damals gesehen und es war wie ein Blitzeinschlag. Als Erstes sah ich, wie hübsch sie war, dann lachte ich schon über einen Witz, den sie gemacht hatte, und während ihrer nächsten drei Sätze stellte ich fest, wie gescheit sie war. Bäm!«

Zu meiner Überraschung hat Ryan noch kaum etwas von seinen Sandwiches angerührt. »Bäm?«

»Schockverliebt«, erklärt Mr Bale. »Ich konnte nicht genug von ihr kriegen. Und jedes Mal, wenn ich sie sah, war das wie ein Sonnenaufgang.«

Abwesend beißt Ryan in sein Sandwich.

»Warum haben Sie sie nicht geheiratet?«, erkundige ich mich.

»Na ja.« Mit einem Seufzen richtet Mr Bale seinen Blick durch das Butzenfenster über unseren Köpfen in den zartblauen Frühlingshimmel. »Ich kann mir schon denken, dass ihr Journalisten von Berufswegen alles wissen wollt, aber das ist eine lange Geschichte.«

»Und traurig wahrscheinlich.«

»Ein bisschen«, gibt Mr Bale zu. »Wenn auch nicht so traurig, als wenn du an deinen Körnern erstickt wärst.«

Ich erwidere sein Grinsen und respektiere, dass er offenbar

nicht darüber reden will. Schließlich bin ich heute schon mal jemandem zu nahe getreten und es hat sich nicht gut angefühlt.

»Wie konnten Sie denn mit Ihrer Frau glücklich werden, wenn Sie eigentlich eine andere geliebt haben?«

»Meine Frau und ich wussten immer, was wir aneinander hatten. Es ging uns gut. Da konnte es ihr egal sein, wenn ich ab und zu an eine andere dachte.«

Schlagartig fällt Phil mir ein. Er hatte ganz ähnlich argumentiert. Es ging uns gut. Was störte es mich, wenn er ab und zu mit einer anderen schlief? Klar, an jemanden denken und mit jemandem schlafen ist ein Unterschied, aber ist das Unzulänglichkeitsgefühl, das sich mit der Zeit einstellt, nicht das gleiche?

»Vielleicht hat es genau deshalb funktioniert«, wirft Ryan ein. »Sie sind ganz ohne Illusionen miteinander ausgekommen.«

Mr Bale hebt die Brauen. »Wie meinst du das?«

»Von der Liebe bekommt man den siebten Himmel versprochen, oder? Man betet sich gegenseitig an, um der Hölle des Alleinseins zu entkommen. Sie waren eben einfach zusammen, ohne einander zu überhöhen.«

»Mag sein.« Mr Bale hebt die Schultern. »Zumindest waren wir nicht von drei Worten abhängig, die irgendwann zu einer Phrase verkommen und die dann mehr Last als Gefühl sind.«

»So war es bei meinen Eltern.« Ryan wendet sich seinen Pommes zu. »Und dann kamen sie mit der Enttäuschung nicht klar, dass es die Glückswolke aus der Unterhaltungsindustrie nicht gibt. Weil der Alltag einen entzaubert, irgendwann auf seine schlimmsten Eigenschaften reduziert. Man erwartet vom anderen, dass er einen davon ablenkt. Denn eigentlich geht es doch gar nicht darum, jemanden zu lieben, sondern nur darum, geliebt zu werden.«

Ich kann Ryan nur anstarren. Erst dachte ich, er pflege

einen gewissen Zynismus, wenn es um die Liebe geht, weil sie ihm nach lästiger Verpflichtung klingt. Vorhin hatte ich das Gefühl, er rede sich etwas ein, weil seine Verbindung mit Nadine es ihm schwer machen würde, mit jemandem zusammen zu sein. Plötzlich allerdings klingt er vor allem verletzt.

Mr Bale gibt ein Brummen von sich. »Ich sage dir mal was, Junge.« Er lehnt sich in seinem Sessel vor und hebt einen Zeigefinger. »Wie es läuft, entscheidest du selbst. Ich bin heute noch so in diese Frau von damals verliebt wie vor sechzig Jahren. Hätten wir geheiratet ... Wer weiß, vielleicht hätte es nicht funktioniert. Vielleicht sollte ich dankbar sein, wie es gekommen ist. Ich hätte es nur einfach gerne ausprobiert. Denn wenn du mich fragst, dann gibt es Dinge, die sagt man nicht, die tut man einfach. Dann sind sie echt. Jemanden zu lieben, ist eins davon.«

Ich glaube, Ryan und ich sehen ihn gleichermaßen beeindruckt an. Unwillkürlich wandert mein Blick zu Ryan. Ich liebe diesen Moment, wenn sich die Grübchen in seinen Wangen abzeichnen, wenn ich weiß, dass er gleich lächeln wird. Dann erwidert er meinen Blick, ein blaues Funkeln in seinen Augen: »Hast du das mitgeschrieben?«

Ich hebe die Augenbrauen. »Sehe ich aus wie ein Diktiergerät?«

Statt einer Antwort geht Ryans Blick an mir vorbei. Im nächsten Moment begreife ich, warum.

»Bei euch alles in Ordnung?« Nica tritt an unseren Tisch.

»Ja, danke, war ein super Sandwich«, lobt Ryan.

Ich gebe ja zu, dass es nach einem guten Sandwich aussah, aber eher nach sechs Punkten als nach neun – nichts zum Ausflippen.

»Willst du noch was?« Kurz sieht Ryan mich an. »Sonst würde ich bezahlen.«

Ich schüttele den Kopf. »Danke, ich zahle selbst.«

»Ach was, ich erledige das. Und Ihrs auch, wenn ich darf.« Ryan steht vom Sofa auf und sieht Mr Bale fragend an.

»Womit habe ich das denn verdient?« Verblüfft sieht Mr Bale ihn an.

»Einfach so – weil Sie Dinge gesagt haben, die ich mir aufschreiben werde.«

»Weil du ein Schreiberling bist. Ihr notiert euch doch immer alles.«

»Kommt vor.« Ryan nickt Nica zu. »Ich übernehme die Rechnung für uns drei.«

Wieder dieser Augenaufschlag. »Kommst du mit zur Bar?«

Ich sehe ihr nach und habe das Gefühl, dass sie ihre Hüfte mehr schwingen lässt als vorhin.

»Der wird sich wundern. Ich habe einen ganzen Bierdeckel.« Glucksend greift Mr Bale nach seinem Wasserglas und bringt mich mit seiner plötzlichen Vergnügtheit zum Lachen.

»Wenn Ryan den übernimmt, verdient Nica aber eine Schachtel Pralinen, weil sie uns an Ihren Tisch gesetzt hat.«

»Stimmt.« Mr Bale nimmt ein paar Schlucke und dreht dann das leere Glas in den Händen. Ich greife ebenfalls nach meinem Wasser.

»Der Junge gefällt dir, oder?«

Vor Schreck pruste ich meinen Schluck quer über den Tisch.

»Bitte?«

Mr Bale lacht in seinen Bart hinein. »Du siehst ihn zu lange an und zu offensichtlich weg, und dass Nica ihm schöne Augen macht, gefällt dir auch nicht. Habe ich recht?«

Obwohl ich spüre, wie die Hitze in meinen Wangen pocht, bringe ich ein hoffentlich unbefangenes Lächeln zustande. »Nein, absolut nicht. Wir sind Kollegen – genauer gesagt, bin ich sogar nur seine Praktikantin.«

»Praktikantin hin oder her. Der hat keine Ahnung, wie glücklich er sich schätzen sollte.«

Überrascht sehe ich ihn an. »Wieso?«

Mr Bale lehnt sich vor, um sein Glas auf dem Tisch abzustellen. »Er lächelt, wenn er dich ansieht. Wahrscheinlich merkt er das gar nicht, aber irgendwann wird es ihm schon auffallen.«

»Selbst wenn es so wäre, Sie haben ihn doch reden gehört. Und ich habe mich gerade erst von meinem Freund getrennt. Ich denke nicht …«

»Jaja.« Mr Bale unterbricht mich mit einem ungeduldigen Wedeln seiner Hand. »Die Frau, mit der ich früher hierherkam, hat zu mir gesagt: ›An dir gefällt mir, dass du mich keine Sekunde im Unklaren lässt, was du über mich denkst. Das Leben ist viel zu kurz für Unklarheiten.‹« Er räuspert sich und setzt sich in seinem Sessel zurück. »Und sie hatte recht. Wir hatten nur einen Sommer. Aber wäre ich nicht mutig gewesen und hätte ich sie nicht angesprochen, hätten wir nicht mal das gehabt. Weißt du, was das Schlimmste ist, was dir passieren kann?«

»Sie meinen, wenn ich mich an jemanden ranmache, der mich nicht will und dem ich anschließend nicht aus dem Weg gehen kann?«

»Ja.«

Die Aussicht ist für mich eine Horrorvorstellung, aber dieses Gefühl rational zu erklären, ist nicht leicht. »Das Schlimmste wäre der Gedanke, mich blamiert zu haben, nicht wertgeschätzt zu werden und mein Selbstbewusstsein zu verlieren.«

Mr Bale schüttelt den Kopf. »Das ist genau, was dich davon abhält, das Richtige zu tun. Das Schlimmste wird sein, dich Jahre später zu fragen, was hätte sein können.« Er hebt die Schultern, und ich glaube, dass sich irgendwo unter seinem Bart ein Lächeln versteckt.

»Geht es Ihnen so?«

»Man macht so seine Erfahrungen, nicht wahr? Und dann kommen junge Leute und man sieht sie die eigenen Fehler wiederholen.« Er sieht mich unverwandt an und verschränkt die

Hände vor seinem Bauch. »Und man denkt sich: Dabei könnten sie so viel Zeit sparen.«

»Vielleicht braucht man die Zeit einfach. Vielleicht muss jeder die Fehler selbst machen, um sie irgendwann nicht mehr zu machen.«

»Vielleicht«, brummt er, ohne aufzusehen. »Vielleicht auch nicht.«

»Bist du so weit?«, fragt Ryan direkt neben mir und ich zucke vor Schreck zusammen. Hastig greife ich nach meiner Tasche.

»Hier.« Ryan lehnt sich über den Tisch und legt einen Zettel vor Mr Bale. »Nica sagt, der wird immer länger. Von heute ist alles bezahlt.«

Brummend zieht Mr Bale eine Geldbörse aus der Tasche seiner Cordhosen. »Warum fühlt es sich so an, als hättest du mir keinen Gefallen getan?«

»Haben Sie öfter Probleme, den Dingen etwas Gutes abzugewinnen?«, erkundige ich mich schmunzelnd, während ich aufstehe.

»Manchmal.«

Mein Blick fliegt zu Ryan und von ihm ein stummes Lachen zu mir.

»Ich habe mich auf jeden Fall gefreut«, sagt er zu Mr Bale. »Haben Sie was dagegen, wenn wir Sie zitieren?«

»Nur zu, wenn ihr nichts Besseres zu tun habt.«

»Machen Sie es gut.« Ich winke ihm zum Abschied, und als er aufsieht, zuckt es in seinem Bart. Ryan schiebt mich vor sich zwischen den Tischen hindurch zur Treppe.

»Was genau willst du mit einem Zitat von ihm anfangen?«, erkundige ich mich.

»Mal sehen.« Als ich mich auf der Treppe zu Ryan umsehe, wirken seine Augen dunkler. Ich muss lächeln, denn ich glaube, dass er plötzlich ein Fenster gefunden hat, durch das er Zugang zu unserem Thema bekommt.

Kapitel 16

Es ist bereits Nachmittag, als Ryan und ich auf dem Vorplatz der *Charing Cross Station* vor dem *Eleanor Cross* stehen. Der Wind hat aufgefrischt und treibt kleine kompakte Wolken über den blauen Himmel von London. Die Sonne wärmt mittlerweile so intensiv, dass der kühle Wind kaum stört. Wie vieles in London verbirgt sich die *Charing Cross Station* hinter einer üppig gestalteten Fassade, die nicht vermuten ließe, dass nur ein Bahnhof dahinterliegt. Ich lasse meinen Blick von den Rundbögen, Säulen und Pilastern im Renaissancestil zur Replik des *Eleanor Cross* auf dem Vorplatz schweifen.

»Kannst du mir noch mal erklären, was es mit diesen Kreuzen auf sich hat?« Ryan steht mit seinem Tablet in der Hand neben mir und hat den Kopf in den Nacken gelegt, um die Spitze des *Memorials* zu sehen. Auf der anderen Seite eines schmiedeeisernen Zauns braust der Verkehr über die Straße.

»Eleanor war im 13. Jahrhundert Queen of England«, erkläre ich. »Ihr Ehemann war Edward I. Sie hatte einen guten Geschäftssinn, verwaltete ihr eigenes Vermögen und war eine bedeutende kulturelle Förderin – insbesondere der Literatur.«

»Warum ist sie für unser Thema interessant?« Ryan tippt mit dem Touchpen auf seinem Tablet herum. Seit wir *The Britannia* verlassen haben, tut er das bei jeder Gelegenheit: an der Ampel, in der U-Bahn und nun auch hier. Vielleicht notiert er sich die Highlights aus dem Gespräch mit Mr Bale.

»Eleanor und Edward wurden verheiratet, als sie unserem Verständnis nach Kinder waren. Ihre Ehe dauerte sechsunddreißig Jahre lang, die sie fast nie getrennt voneinander verbrachten – anders als die meisten royalen Eheleute ihrer Zeit. Eleanor begleitete ihren Mann auf seine Reisen und sogar seine Feldzüge. Dabei musste sie in Kauf nehmen, einige ihrer sechzehn Geburten an prekären Orten unterwegs zu bewältigen. Als Eleanor 1290 starb, schrieb Edward in einem Brief an den Abt von Cluny, er habe Eleanor zu ihren Lebzeiten zutiefst verehrt und könne nach ihrem Tod nicht aufhören, sie zu lieben.«

Ryans Blick richtet sich von seinem Tablet auf mich. »Das klingt märchenhaft.«

Ich verdrehe die Augen. »Nicht, wenn du um deine Partnerin trauerst. Übrigens ist er der wohl einzige Monarch, dem während seiner gesamten Ehe keine Affären nachgesagt wurden.«

»Musste seine arme Frau deshalb sechzehn Kinder zur Welt bringen?«

»Ehrlich gesagt, glaube ich, dass die meisten ihrer Kinder nicht sehr alt geworden sind.« Unbehaglich hebe ich die Schultern. »Niemand hat behauptet, es sei schön gewesen, im 13. Jahrhundert zu leben.«

Nachdenklich lässt Ryan seinen Blick erneut am *Memorial* emporwandern. Der achteckige Turm streckt dem Himmel sein vergoldetes Kreuz entgegen. Unter der Spitze blicken acht Queen-Eleanor-Statuen auf uns herab. »Das hier ist aber nur eine Replik, wenn ich das richtig verstanden habe.«

»Ja, das Original stand ursprünglich am Trafalgar Square – dort, wo sich heute die Reiterstatue von Charles I. befindet.«

»Warum haben sie das Kreuz hierherversetzt?«

»Ich nehme an, Eleanor wurde nicht mehr für bedeutsam genug gehalten, um oben an der Whitehall zu stehen. Wer erinnert sich heute noch an sie? Charles I. hingegen hat es geschafft hingerichtet zu werden – vor dem *Banqueting House* übrigens. Wusstest du das?«

Lachend sieht Ryan mich an. »Nein, das wusste ich nicht. Ich heiße schließlich nicht *Mrs Jamie Really Clever.*«

Ich lasse mich von seinem Lachen anstecken. »Entschuldigung, ich liebe einfach solche Details. Und ich finde, allein dafür, dass Eleanor im tiefsten Mittelalter sechzehn Geburten überlebt hat, sollten wir uns besser an sie erinnern.«

»Da hast du recht.« Ryan tippt wieder auf seinem Tablet herum und ich mache ein paar Fotos. Irgendwann blickt Ryan auf und sieht sich suchend nach mir um.

»Wollen wir morgen weitermachen? Ich habe gerade ein paar Ideen für einen Einstieg in den Artikel.« In einer fast verlegenen Geste fährt er sich mit der Hand in den Nacken. »Tut mir leid. Ich bin es gewohnt, allein zu arbeiten – zu schreiben, wenn mich die Inspiration überkommt, und zu recherchieren, wenn sie mich verlässt.«

Irgendwie fasziniert mich seine Art – vielleicht, weil sie so ganz anders ist als meine. Ich recherchiere meistens ewig, mache mir seitenweise Notizen, sichte mein Material, entwickle eine Struktur und füge meinen Text ein. Ich beneide Ryan, dass er so etwas wie Inspiration kennt, einfach seiner Intuition folgt. Ich habe das Gefühl, er geht durch die Welt und lässt sich von den Geschichten anfliegen. Bei mir ist es umgekehrt. Ich muss sie suchen.

Gut fünf Minuten später stehen wir auf der Plattform von *Charing Cross.* Mit metallischem Quietschen und rhythmischem Klappern braust eine *Northern Line Train* in den Bahnhof und kommt mit durchdringendem Kreischen ihrer Bremsen zum Stehen. Wir quetschen uns mit den anderen Fahrgästen in den Wagen. Diesmal ist es so eng, dass Ryan und ich gar nicht anders können, als uns inklusive Körperkontakt an eine Haltestange zu drängen. Sofort spüre ich meinen Puls steigen. Ryans Regenduft legt sich wohltuend über die Ausdünstungen der Polster, den scharfen Geruch nach dem erhitzten Gummi der

Bremsen und die Melange aus Deos, die uns umgibt. Ich versuche, die anderen Leute zu beobachten, um mir seiner Nähe nicht so enorm bewusst zu sein, lasse meinen Blick über pralle Einkaufstaschen und die Vielfalt der Gesichter schweifen.

»Jamie?«

Ich sehe zu ihm auf. Die mitternachtsblaue Farbe seiner Augen überflutet mich und ich klammere mich an die Haltestange wie an einen Rettungsring.

»Ich weiß, dass ich heute eine Zumutung war.« Er hebt eine Hand – wohl um meinen Protest zu ersticken. »Erst habe ich dich mit der Geschichte über meinen Bruder belastet. Dann habe ich dich ungerechtfertigt angeschnauzt und schließlich habe ich dich mit mir durch die Gegend rennen lassen und du musstest dir Nadines Eifersuchtsanfall anhören.«

»Das war halb so schlimm.«

»Das wäre halb so schlimm gewesen, hätte ich dich vorher nicht so ungerecht behandelt.« Ryan seufzt, und ich ahne, dass seine Finger über meinem Kopf, wo er sich mit einer Hand abstützt, einen Rhythmus auf das blau lackierte Metall trommeln. Ein Schauer durchläuft mich. »Ich wollte dich nicht verletzen. Die Wahrheit ist …« Mit einem Seufzen setzt er neu an. »Ich bin ein Versager, wenn es um Verantwortung geht. Und ich muss alles daran setzen, Dale nicht noch mehr zu enttäuschen. Aber es ist so eine Sache mit der Schuld. Manchmal fühlt es sich an, als müsste ich zwei Leben führen: eins, das einfach weitergeht, und eins wie einen Abgrund vor meinen Füßen.« Er verstummt, richtet seinen Blick auf einen Punkt über meinem Kopf.

»Aber warum fühlst du dich so schuldig?« Wieder haben sich meine Worte an meinen Kontrollmechanismen vorbeigeschlichen – so leise allerdings, dass ich einige hoffnungsvolle Herzschläge lang glaube, Ryan habe sie gar nicht gehört. Nur einen Moment später kommt die Bahn kreischend zum Halten, die Türen öffnen sich und der übliche Austausch von Bahn zu Plattform und von Plattform zu Bahn findet statt. Durch das Gedränge werden Ryan und ich noch fester aneinandergepresst. Fast glaube ich, sein Herz schlagen zu spüren, aber mit Sicherheit ist es nur mein eigenes, das sich mit Gefühlen aufgeladen hat, von denen ich annehme, dass sie eigentlich Ryans sind.

»Bitte frag mich das nicht.« Seine Stimme klingt ein bisschen, als bemühe er sich, ruhig zu sprechen und seinen Worten dennoch Nachdruck zu verleihen. »Ich weiß, ich habe damit angefangen, dir von ihm zu erzählen. Aber ich kann das nicht. Und ich will das auch nicht.«

Die Beschleunigung der Bahn bringt mich aus dem Gleichgewicht.

»Wir schreiben unseren Text zusammen, und ich helfe dir morgen, dein Zeug zu holen. Was alles andere angeht, müssen wir einfach wieder auf mehr Abstand achten.«

Meine Hand krampft sich fester um die Haltestange, aber die kann mir jetzt auch nicht mehr helfen.

»Sicher«, bringe ich hervor.

»Das ist nicht böse gemeint – im Gegenteil.«

Ich kann mir keine Situation vorstellen, in der seine Worte positiv klingen. Positiv ist nun mal positiv und negativ ist negativ, wie wir bereits festgestellt haben. Trotzdem nicke ich kurz. Dann trifft mein Blick seinen und ich entdecke dieses verletzliche helle Schimmern in seinen Augen. Es lässt ihn durchlässiger wirken, als breite sich dieses zweite Leben, von dem er gesprochen hat, bis zum Horizont vor mir aus und als sei ich einfach zu blind, um zu verstehen, was er vor mir verbirgt – vor der ganzen Welt und manchmal vor sich selbst.

»Es liegt nicht an dir«, sagt Ryan leise, und ich verliere mich ratlos zwischen seinen Andeutungen. »Ich kann einfach niemanden mit mir in diesen Abgrund reißen – am allerwenigstens dich.«

Etwas schnürt meinen Brustkorb zusammen: Angst. Ich verstehe nichts. Nur, dass sich nach allem, was heute passiert ist, die schönen, die intensiven Momente zwischen uns nicht wiederholen werden.

»Was ist mit dem Laufen?«, frage ich und wünschte, meine Stimme würde nicht so erstickt klingen. Irgendwie wirkt das übertrieben. Ryan ist schließlich nicht Phil. Wir sind nicht gerade dabei, uns nach jahrelanger Beziehung zu trennen. »Sollen wir das absagen? Ich erkläre es Julian – also ... ohne ihm etwas zu erklären.«

Einen Moment lang erwidert Ryan stumm meinen Blick. Wir schaukeln im gleichen Rhythmus, während die Bahn auf den unebenen Schienen schlingert.

»Wie willst du Julian etwas erklären, das du selbst nicht verstehst? Laufen ist in Ordnung, denke ich. Zumal wir uns dabei ohnehin nicht sehr nah kommen werden. Oder was ist deine Zeit auf einer Meile?«

Das spöttische Blitzen in seinen Augen bringt mich zum Lachen. »Ich will es gar nicht wissen.«

Die Bahn rauscht in die *Tottenham Court Road,* wo ich umsteigen muss, und ich fühle Ryans Hand an meiner. Ganz leicht streichen seine Finger über meine Haut und jagen einen Schauer durch meinen Körper.

»Es tut mir leid, Jamie. Ich muss mich einfach vor dir schützen.«

Der Zug bremst scharf ab und ich werde gegen Ryans Brustkorb gedrückt. Was? Ratlos sehe ich ihn an, aber die Türen öffnen sich und ich muss mich dem Strom der Aussteigenden anschließen, wenn ich nicht meinen Halt verpassen will.

Im nächsten Moment stehe ich auf dem Bahnsteig. Wie automatisch findet mein Blick die Hinweisschilder zur *Central Line* und ich setze mich in Bewegung. Aber meine Gedanken kreisen weiter um Ryan, als wären sie mit ihm in der Bahn nach Camden geblieben. Daher ist es kein Wunder, dass ich in Bethnal Green schon wieder fast meinen Ausstieg verpasse und mich in der Leine eines winzigen Hündchens verheddere, als ich über die Treppe ans Tageslicht komme.

Während mich das Hündchen zornig ankläfft und der Besitzer mich aus der Leine zu wickeln versucht, vibriert mein Handy. Obwohl ich den ganzen Tag unterwegs war und mir die Beine wehtun, habe ich keine Lust, mich bei dem schönen Frühlingswetter mit meinen verwirrten Gedanken in einen Bus zu quetschen, und ich beschließe, zu Fuß nach Hause zu gehen. Im Laufen scanne ich meine Nachrichten in der Hoffnung, Ryan habe mir einen Text geschickt, der alles erklärt.

Stattdessen hat meine Mum mich zweimal angerufen und eine Nachricht hinterlassen: *Daddy und ich haben mit Phils Eltern gesprochen. Wir finden es alle so schade, dass ihr euch getrennt habt, und schlagen vor, dass wir uns einmal in Ruhe zusammensetzen. Bitte ruf uns an, um einen Termin auszumachen.*

Am liebsten würde ich mit dem Kopf zuerst gegen die nächste Hauswand rennen. Es ist ein bisschen gemein, aber ich hoffe, dass Mum endlich von mir abgelenkt sein wird, wenn Julian ihr gesteht, dass er sein Studium geschmissen hat. Wütend schlage ich eine knappe Viertelstunde später die Wohnungstür hinter mir ins Schloss, lasse meine Tasche achtlos unter der Garderobe fallen und schleudere meine Schuhe von den Füßen. Anschließend kämpfe ich fluchend mit dem Garderobenbügel, bis meine Jacke endlich daran hängen bleibt. Als ich mich mit zerzausten Haaren umdrehe, entdecke ich Julian und Lynn, die sich am Esstisch gegenübersitzen und mich stumm mustern.

»Du siehst verärgert aus«, stellt Lynn fest.

»Du siehst verrückt aus«, bemerkt Julian. »Warum bist du immer so aufgewühlt, wenn du nach Hause kommst?«

Ich winke ab. »Mum.«

»Willst du was von meinem berühmten *Toad in the hole*?«, schlägt er vor. »Ist gleich fertig.«

Erst jetzt nehme ich den Geruch der gebratenen Würstchen wahr. Der Auflauf backt im Ofen und nimmt bereits – soweit ich das von der Tür aus beurteilen kann – eine nahezu perfekte goldbraune Farbe an.

»Oh ja, auf jeden Fall.«

»Wir werden an Zellüberfettung sterben«, vermutet Lynn mit gerümpfter Nase.

»Ist das ein anerkanntes Krankheitsbild?«, erkundigt sich Julian interessiert.

»Bestimmt. Können wir auf dem Sofa essen? Ich muss meine Füße hochlegen.«

Misstrauisch verenge ich die Augen. »Hast du schon wieder neue Schuhe?«

»Nein, aber ich habe im Bücherregal meine pinken Stilettos gefunden und die waren schlimmer als neu.«

»Brauchst du einen Lift?« Augenblicklich springt Julian auf, läuft um den Tisch und hebt sie kurzerhand von ihrem Stuhl hoch. Mit einem überraschten Quietschen klammert sie sich an ihm fest und kichert ziemlich albern, während mein Bruder sie sanft auf dem Sofa absetzt.

»Danke, das darfst du gerne öfter machen.« Mit geröteten Wangen streicht sie sich ihre dunklen Haare zurück.

»Oder du kaufst dir ein paar bequeme Laufschuhe«, schlage ich vor, während ich mir ein Glas Wasser einschenke.

»Wo ist da der Spaß?« Zufrieden grinst Lynn mich an und legt ihre Füße auf dem Couchtisch ab. »Im Übrigen habe ich Laufschuhe. Ich benutze sie nur nie.«

»Vielleicht solltest du das ändern«, sagt Julian. »Jamie und ich sind Donnerstag zum Laufen verabredet. Komm doch mit.«

Lynn lässt ein entsetztes Lachen hören. »Auf keinen Fall.«

»Mach es dir bequem.« Julian schiebt mich energisch Richtung Sofaecke. »Ich bringe euch was zu essen.«

»Julian hat mir von Phil und eurer Aktion morgen erzählt«, sagt Lynn, als ich mich zwischen die Kissen fallen lasse. »Ich helfe natürlich mit. Und deine Flower-Power-Sessel kriegen wir hier noch unter. Zur Not werfen wir meinen Sessel raus. Der ist eh uralt.«

»Bist du sicher? Musst du nicht arbeiten?«

Lynn zuckt mit den Schultern. »Ich mache früher Schluss und bummle Überstunden ab.«

»Von bummeln kann beim Bücherschleppen kaum die Rede sein.« Julian stellt die brutzelnde Auflaufform auf dem Couchtisch ab. Das Gericht weckt Kindheitserinnerungen in mir. *Toad in the hole* war schon immer Julians Lieblingsessen. Damit wir auch etwas von den dazu servierten Erbsen aßen, hat Mum sie direkt in den Eierteig des Auflaufs gemischt. Julian macht sich zwar darüber lustig, weil sie dabei bestimmt sämtliche Nährstoffe verlieren, hält sich aber strikt an die Tradition.

»Ich bin robuster, als ich aussehe«, behauptet Lynn und wendet sich an mich, während Julian Geschirr und Senf holt. »Wie war dein Tag mit Ryan?«

Seufzend lehne ich mich im Sessel zurück. »Verwirrend.«

»Verwirrend?« Lynn hebt die Augenbrauen. »Erzähl.«

Ich überlege, was ich antworten soll, während Julian das Essen auf die Teller verteilt. Ryan hat mich zwar nicht explizit dazu aufgefordert, aber irgendwie versteht sich von selbst, dass er nichts davon halten würde, wenn ich anderen gegenüber seine Familientragödie erwähne.

»War es so verwirrend, dass du nicht mal weißt, wo du anfangen sollst?«, fragt Lynn, als wir endlich alle mit vollen Tellern auf den Knien bereit zum Essen sind.

»Eigentlich hatten wir gute Gespräche, haben Fotos und Notizen gemacht. Dann bekam Ryan einen Anruf und war wie ausgewechselt. Er war unfreundlich zu mir und anschließend einsilbig.«

»Was heißt denn gute Gespräche?«, will Lynn neugierig wissen. »Habt ihr auch gearbeitet?«

Ich denke an diesen intimen Moment im *Rose Garden*, an Ryans Theorien über den Unsinn der Liebe und was selbst die kleinsten Berührungen von ihm in meinem verräterischen Körper auslösen, an seine Sorge um mich im Straßenverkehr, seine Begeisterung für Mr Bale und dann diesen zutiefst verwirrenden Satz.

»Nach Arbeit hat sich das ehrlich gesagt nicht angefühlt. Und am Ende meinte Ryan, er müsse sich vor mir schützen.«

Mit ihren ausdrucksstarken, fast schwarzen Augen starrt Lynn mich an. Julian hingegen lacht los. »Was hast du denn gemacht? Ihn mit einem Steakmesser bedroht, weil er seine schlechte Laune an dir ausgelassen hat?«

»Quatsch!« Ärgerlich stoße ich meinen Fuß gegen sein Knie, denn aus meiner Position erreiche ich kein anderes seiner Körperteile.

»Hast du ihn nicht gefragt, was er damit meint?«, fragt Lynn mit gerunzelter Stirn.

»Ich konnte nicht. Wir waren in der *Tube* nach Hause und ich musste umsteigen. Er hat gesagt, es liege nicht an mir, aber er müsse sich vor mir schützen. Dann bin ich ausgestiegen.«

»Wie konntest du einfach aussteigen?«

»Es war mein Halt.«

Kopfschüttelnd wendet Lynn sich an Julian. »Was hat er wohl gemeint?«

Julian hebt mit dem Mund voller Würstchen und Eierteig die Augenbrauen. »Woher soll ich das wissen? Ich war doch nicht dabei.«

»Aber du bist ein Mann, oder nicht?« Lynn mustert ihn prüfend, als habe sie Zweifel daran.

»Ich glaube, du wüsstest es, wenn nicht«, gibt Julian grinsend zurück.

Ich sehe genau, dass Lynn ihm einen Ellenbogen in die Seite stößt, und beobachte die beiden misstrauisch.

»Aber du musst doch eine Vermutung haben, warum ein Mann so was sagt.«

Julian hebt die Schultern. »Es war sicher laut in der Bahn. Bestimmt hat Ryan was ganz anderes gesagt. Ich brauche ein paar neue Mützen oder so.«

Für diesen unqualifizierten Gesprächsbeitrag schleudern Lynn und ich beide ein Kissen auf ihn.

»Hey!« Lachend zieht er den Kopf ein. »Kann doch sein.«

Frustriert schüttele ich den Kopf und puste auf ein Stück dampfendes Würstchen. »Ich habe einfach Angst, dass er mich für aufdringlich und übergriffig hält. Vielleicht habe ich ihm zu viele neugierige Fragen gestellt.«

»Na und?« Julian schiebt sich eine riesige Gabel voll Essen in den Mund und spricht undeutlich weiter. »Dann weißt du es jetzt. Nächstes Mal weniger quatschen – ganz einfach.«

»Aber sie weiß es doch gar nicht sicher«, widerspricht Lynn. »Sie ist nur besorgt, dass es so sein könnte.«

Irritiert blickt mein Bruder von mir zu ihr und zurück. »Hat er nun gesagt, er wolle sich schützen oder nicht?«

Ich nicke stumm und rühre im Essen.

»Wie ich dich kenne, hast du ihn den ganzen Tag mit historischen Fakten tyrannisiert. Der Typ hatte sicher einen kompletten Brain-Overload.« Erschrocken blicke ich auf und Julian lacht. »Wusste ich es doch.«

Meine Gedanken fliegen rückwärts durch den Tag.

»Gönn deinem Kollegen ein bisschen Erholung. Du kannst eine ganz schöne Wucht sein, wenn man mehrere Stunden am Stück mit dir verbringt. Und wenn man es nicht gewohnt ist«, fügt Julian hastig hinzu, als er meinen vorwurfsvollen Blick bemerkt. »Weil du zu allem eine Meinung hast. Also lass es einfach gut sein. Entspann dich und gib mir Ryans Nummer. Ich will wetten, wie lange du am Donnerstag durchhältst.«

»Oh mein Gott, ist das lecker«, ruft Lynn dazwischen. »Ich will nie wieder was anderes essen.«

»Nach der halben Portion wirst du satt sein und nach der ganzen kannst du dich nicht mehr bewegen«, warne ich sie vor. »Danach willst du das Zeug für mindestens ein Jahr nicht mehr sehen. Man sollte es eigentlich nur in seelischen Ausnahmesituationen konsumieren.«

»Also, wenn mir ein Mann sagt, dass er sich vor mir schützen muss, wäre das für mich eine seelische Ausnahmesituation«, bemerkt Lynn.

Gequält stöhne ich auf.

»Was hat Ryan eigentlich mit deinem Lauftraining zu tun?«

»Wir sind Donnerstag mit ihm im Regent's Park verabredet.«

»Vielleicht hast du ja doch Lust, deine Laufschuhe einzuweihen?« Fragend sieht Julian Lynn an.

»Meine Laufschuhe sind Deko in meinem Schuhregal.«

»Bitte, Lynn«, drängle ich. »Lass mich nicht mit den beiden allein.«

»Wer Laufschuhe hat, kann auch laufen«, ergänzt Julian.

»Ich lasse mich höchstens dazu bringen, mich mit einem Picknickkorb ans Ziel zu setzen, falls die Sonne scheint. Irgendwelche Angebote?«

»Ich koche dir eine Woche lang jeden Morgen deinen Kaffee«, rufe ich sofort, denn mir ist klar, dass an diesem Punkt nicht mehr von Lynn zu erwarten ist.

»Deal«, stimmt sie zu. »Und nun zurück zu Ryan: Ich an deiner Stelle würde ihm einfach sagen, wie du seine Worte empfindest. Erklär ihm, dass du verwirrt bist. Sonst fragst du dich für den Rest des Projekts, wie du dich verhalten sollst. Besser, du weißt, woran du bist.«

Julian stöhnt auf. »Ich habe das unbestimmte Gefühl, das hier driftet in ein Frauengespräch ab.« Er stellt seinen leeren Teller auf den Couchtisch und steht auf. »Ich lasse euch lieber allein. Einen Tipp habe ich allerdings für dich, James: Tu es nicht. Wenn du ihm wirklich einfach auf den Sack gegangen bist, treibst du es mit so einer Kommunikationsattacke nur auf die Spitze.«

»Ich kann doch nichts dafür, wenn er sich unklar ausdrückt«, rufe ich Julian erbost hinterher, während er auf meine Zimmertür zuhält.

»Wahrscheinlich ist ihm dieser Satz längst peinlich und er will allein deshalb nicht darauf angesprochen werden.« Julian macht kehrt und taucht noch mal zwischen den Bücherregalen auf. »Das hat er hundertprozentig nur so ausgedrückt, weil er dich nicht verletzen wollte. *Ich muss mich vor deinen Wissenstsunamis schützen* statt *Geh mir nicht mit deiner Besserwisserei auf die Eier*. Das kannst du ihm hoch anrechnen.«

»Nicht jeder ist so schnell von Bildung überfordert wie du.« Ich schleudere das nächste Kissen in seine Richtung. Gut, dass Lynn und ich durch die Kombination unserer Habseligkeiten so viele davon haben.

Grinsend fängt Julian es aus der Luft. »Die meisten aber. Bis später.«

»Wow«, sagt Lynn, als sich meine Zimmertür hinter Julian schließt. »Ich dachte immer, es wäre schön, einen Bruder zu haben, der einem die Männer erklärt, aber das war ja wohl maximal nicht hilfreich.«

»Es ist Teil ihres Mannseins, dass Brüder nicht sonderlich konstruktiv sind, wenn es um echte Probleme geht.«

Lynn seufzt. »Ja, das hätte ich mir denken können. Aber jetzt mal Klartext.« Sie schiebt ebenfalls ihren Teller auf den Couchtisch und sieht mich neugierig an. »Wie sehr stehst du auf Ryan Dexter?«

Vor Schreck lasse ich eine Erbse falsch in meine Luftröhre abbiegen und greife hustend nach meinem Wasserglas. Die Wahrheit ist, dass ich entschieden zu viel auf Ryan stehe, aber das kann ich Lynn unmöglich sagen, denn dann wird sie mich nicht wieder damit in Ruhe lassen, bis ich mit ihm im Bett war – was nie eine Option war, aber jetzt noch weniger.

»Wir arbeiten zusammen«, belehre ich sie, als ich wieder normal atmen kann. »Ich habe keine Zeit, meine Sinne von seinen blauen Augen verwirren zu lassen.«

»Sind die blau?«, fragt Lynn. »Ich dachte schwarz.«

»Blau.« Ich stelle meinen Teller weg, schnappe mir ein Kissen und presse es schlecht gelaunt auf meinen Bauch.

»Ich stehe ja mehr auf grüne Augen.« Dass Lynn sich plötzlich so verzückt seufzend gegen die Sofalehne sinken lässt, finde ich etwas übertrieben.

»Danke«, sage ich trotzdem.

»Nicht deine. Tut mir leid, aber mit Frauen bin ich durch.«

»Oh!« Entsetzt starre ich sie an und senke meine Stimme: »Du stehst ernsthaft auf meinen Bruder?«

»Glaub mir, wenn er nicht dein Bruder wäre, würdest du auch auf ihn stehen.«

»Aber, Lynn, du hast gesagt, du willst endlich was Festes.«

»Ich weiß.« Sie senkt den Blick. »Aber ich kann mir nicht helfen.«

»Ein paar Wochen – länger hält Juls nie durch.«

»Du hast mich ja gewarnt. Und ich beherrsche dieses Spiel ebenfalls. Ich passe schon auf mich auf.«

»Das sollte dir leichtfallen bei jemandem, der seine dreckigen Socken überall liegen lässt, dich nicht mehr zur Kenntnis nimmt, wenn seine Kumpels in der Nähe sind, und keinerlei Gespür für echte Probleme hat«, bemerke ich.

»Na ja«, sagt Lynn kleinlaut, »die dreckigen Socken lässt er ja in deinem Zimmer liegen, nicht in meinem.«

Ungläubig sehe ich sie an. »Soll ich ihm sagen, dass er doch nicht bleiben kann? Ich denke mir was aus und schicke ihn weg, bevor ihr Sex haben könnt und du feststellst, dass du ihn auch im Bett grandios findest.« Unwillkürlich verziehe ich das Gesicht, weil mir der Gedanke bei meinem Bruder nicht sehr appetitlich erscheint.

»Zu spät.«

»Was?«

»Ich finde ihn schon grandios im Bett.«

»Kein Wort!« Sofort presse ich mir beide Hände auf die Ohren. »Sorry, aber ausnahmsweise will ich keine Details.«

Ehrlich gesagt wundert mich überhaupt nichts. Im Gegenteil! Nach ihrer ersten Begegnung mit Lynn im Handtuch und Julians gelüpftem T-Shirt – und spätestens seit ihrer endlosen Umarmung – war eine Bettgeschichte zwischen den beiden eine reale Option. Ich war nur zu sehr mit meinen eigenen Problemen beschäftigt, um das zu sehen. Dabei ist weder Lynn noch Julian wie ich. Wenn die beiden etwas wollen, tun sie es einfach und genießen das Leben.

Lynn legt den Kopf gegen die Sofalehne. Besorgt setze ich mich neben sie. »Bist du in Gefahr?«

»Ach was!« Sie lacht auf. »Ich habe alles im Griff. Für dich ist es hoffentlich nicht zu komisch.«

»Nein, schon gut«, sage ich, und als Lynn wenig später einen Anruf bekommt, verabschiedet sie sich mit einem Luftküsschen in ihr Zimmer. Ich räume die Küche auf und sehe nach, was Julian macht. Er sitzt mit Headset vor seinem Gaming-PC an meinem Schreibtisch. Aufgebracht rüttele ich ihn an der Schulter.

»Was?« Erschrocken reißt er sich den Kopfhörer herunter. »Oh nein, bitte nicht wieder ein Vortrag über die Problematik im Zweiten Weltkrieg angesiedelter Strategiespiele.«

Ich werfe einen Blick auf seinen Bildschirm und meine in

der Szenerie aus Explosionen und Panzern ›Company of Heroes‹ zu erkennen. Darüber haben wir schon häufig gestritten, aber das interessiert mich jetzt nicht.

»Wie konntest du mit Lynn schlafen?«

»Wieso? Sie sieht doch hammer aus.« Irritiert zieht Julian die Stirn kraus.

»Sie hat sich gerade von Mae getrennt und ist auf der Suche nach was Festem.«

»Das hat sie mir nicht gesagt.«

»Ernsthaft, Juls? So was sagt man doch nicht vorm ersten Sex. Das weiß sogar ich.«

Er lacht. »Nee. Aber sie hat mich geradezu angefleht, mit ihr zu schlafen. Sie meinte, sie hatte viel zu lange keinen Mann im Bett und ich solle sie bitte daran erinnern, wie sich das anfühlt. Was hättest du an meiner Stelle getan?«

»Keine Ahnung! *Nicht* mit ihr geschlafen.«

Julian hebt die Augenbrauen. »Auch nicht, wenn du ein Mann wärst? Dann hättest selbst du nicht widerstehen können.«

Missmutig lasse ich mich auf mein Bett fallen. »Behandle sie wenigstens gut. Ich glaube, sie hat einigen Mist hinter sich.«

»Bisher hat mein Service sie, glaube ich, überzeugt.« Grinsend setzt Julian sich die Kopfhörer wieder auf. »Mach dir keine Sorgen, James, nicht jeder schreibt über jede unbedachte Bemerkung eine Doktorarbeit. Sieh dir die Welt doch zur Abwechslung mal durch deine eigenen Augen an, statt immer zu versuchen, die Perspektive anderer einzunehmen.«

Er wendet sich wieder seinem Computer zu. Seufzend strecke ich mich auf meinem Bett aus. Julian verstummt und klickt stattdessen wild, also gehe ich davon aus, dass er wieder in sein Spiel vertieft ist. Und ich habe keine Kraft mehr, weitere Argumente gegen ihn anzubringen. Der Tag heute war einfach zu intensiv und aufwühlend. Und manchmal fast märchenhaft.

Kapitel 17

Als Julian und ich die Wohnanlage betreten, in der ich bis vor Kurzem zu Hause war, fühlt es sich an wie ein Flashback in meine Vor-Schlussstrich-Zeit. Die Schockgefühle steigen als Schatten in mir auf. Da wir früh dran sind und noch auf Lynn und Ryan warten müssen, setzen wir uns auf eine der Bänke am Rand der Rasenfläche zwischen den Gebäudeteilen. Ein paar Kinder versuchen sich an einem Badmintonspiel. Vom kühlen Wind, der ihnen immer wieder dazwischenfährt, lassen sie sich nicht beirren. Als der Federball vor Julians Füße gewirbelt wird, kann er sich nicht beherrschen: Er springt auf, um den Kindern ein paar Spieltechniken zu zeigen.

Die gelben Fassaden ringsum verleihen dem blassen Frühlingstag eine freundlichere Atmosphäre. Schließlich rollt ein leicht verbeulter Ford Transit rückwärts über den asphaltierten Fußweg zu den Hauseingängen in unsere Richtung. Ich stehe auf und gehe ihm mit den Händen in meinen Jackentaschen entgegen.

»Hi«, begrüßt mich Ryan, der das Fenster auf der Fahrerseite herabgleiten lässt. »Ich war mir nicht sicher, welcher Eingang es ist. Soll ich hier stehen bleiben?«

Ich deute auf den Gebäudeteil geradeaus. »Fahr ruhig noch ein Stück nach hinten. Dann müssen wir nicht so weit schleppen.«

Ich gehe neben dem Wagen her, während er weiter zurücksetzt. »Ryan, du bist mein Held. Vielen Dank, dass du mir aushilfst.«

»Mach dir keinen Kopf.« Er lächelt mir kurz zu, ehe er wieder nach hinten blickt und den Lieferwagen einige Meter vom Hauseingang entfernt parkt. Anschließend steigt er aus, um die rückwärtigen Türen fürs Einladen zu öffnen.

Nervös zupfe ich an dem über meiner Schulter liegenden Zopf, weil ich keine Ahnung habe, wie ich mich ihm gegenüber verhalten soll. Ryan hingegen wirkt vollkommen gelassen und hebt grüßend die Hand in Julians Richtung, als mein Bruder zu uns rüberschaut.

»Hoffentlich macht Phil das Ganze jetzt nicht noch schwerer«, murmle ich, als Ryan sich anschließend mit der Schulter gegen den Transporter lehnt und mich aufmerksam mustert. Ich spüre seinen Blick über meinen Körper gleiten und halte mein Gesicht in den Wind, damit er die Röte in meinen Wangen verfliegen lässt.

»Wenn er klug ist, lässt er uns einfach dein Zeug holen und verschwindet so lange aus der Wohnung«, meint Ryan.

»Bin ich zu spät?« Lynns Stimme ist in diesem Moment eine Erlösung. Ausnahmsweise wurde ihr Kommen nicht durch laute Absatzschuhe angekündigt. Sie hat ihr wohl einziges Paar Sneakers ausgegraben – weiß mit goldfarbenen Streifen. Dazu steckt sie in einem figurbetonten, apricotfarbenen Jumpsuit.

»In dem Aufzug willst du Möbel schleppen?« Julian taucht an unserer Seite auf und lässt seinen Blick ungläubig über Lynns Körper wandern.

»Was hast du gegen meinen Overall?« Mit in die Hüften gestemmten Armen baut Lynn sich vor ihm auf.

»Das nennst du einen Overall? Das Ding hat nicht mal Taschen.«

»Overall ist Overall.« Ungerührt krempelt Lynn ihre Ärmel auf. »Zufrieden?«

»Je mehr man von dir sieht, desto besser, aber das ist alles Gute, was ich über dieses Ding sagen kann.«

Mit einem gequälten Geräusch wende ich mich von den beiden ab. »Könnt ihr euch den Sex-Talk fürs Schlafzimmer aufheben?«

»Sei doch nicht so verklemmt.« Julian folgt mir, als ich auf die Eingangstür meines Ex-Zuhauses zuhalte.

»Außerdem: Kann ich nächstes Mal deine Noise-Cancelling-Kopfhörer haben?« Ich drücke auf den Klingelknopf und warte auf das Summen der Eingangstür.

Ehe Julian etwas antworten kann, meldet sich Phil über die Gegensprechanlage: »Hallo?«

»Hi, ich bin es.«

»Wir kommen runter.«

»Wir?« Meine irritierte Frage lässt er unbeantwortet. Ich sehe mich zu Julian um, aber er zuckt nur mit den Schultern. Einen Augenblick später weiche ich erschrocken von der Tür zurück. Ein riesiger struppiger Hund springt von innen am Glas hoch. Dann reißt jemand die Tür auf, und der Hund macht mit zwei ungestümen Sätzen die Distanz wieder gut, die ich zwischen uns gebracht hatte. Erleichtert stelle ich fest, dass er jedoch nicht an mir hochspringt, sondern seinen wolligen Kopf unter meine Armbeuge schiebt, seine Schulter gegen mein Bein drückt und schwanzwedelnd darauf wartet, dass ich ihm den Nacken kraule – oder was auch immer Hunde gut finden.

»Tut mir leid, Jamie. Hamlet ist manchmal etwas ungestüm. Ich hoffe, er hat dich nicht erschreckt.«

Ich sehe auf und direkt in das Gesicht von Phils Freund Liam. Ich finde, Liam wirkt wie jemand, den man schon mal irgendwo auf einem riesigen Plakat gesehen hat, und das schüchtert mich immer ein bisschen ein. Dabei muss man nur ein paar Worte mit ihm wechseln, um zu bemerken, dass er einfach nett ist. Manchmal auch ein paar mehr, falls sein Kumpel Damien mit von der Partie ist – so wie jetzt. In Hemd und

Anzughose, mit vor der Brust verschränkten Armen und Türstehermiene ist er aus dem Haus getreten und hat sich neben dem Eingang aufgebaut. Liam – deutlich lässiger in Bikerjacke und mit seinen blonden Haaren vom Wind zerzaust – lächelt mich entschuldigend an, während er den Hund am Halsband ein paar Schritte rückwärts zieht.

»Ist das deiner?« Das Vieh ist zwar riesig, sieht aber irgendwie ganz süß aus mit den runden schwarzen Augen in seinem Teddybärengesicht.

»Das ist Hamlet«, erklärt Liam und lächelt auf ihn hinab, als wäre er sein einziges Kind. »Eigentlich gehört er Febe.«

Er sieht sich um, und eine junge Frau in meinem Alter taucht neben ihm auf, als habe sie auf ihr Stichwort gewartet.

»Hi, du bist Jamie?« Lächelnd reicht sie mir die Hand. »Ich heiße Febe. Joss hat mir viel von dir erzählt.«

»Hi.« Einen Moment lang fühle ich mich etwas überfordert. Trotzdem stelle ich augenblicklich fest, dass fast alles an Febe unfassbar herzlich wirkt: ihr offenes Lächeln, ihre blitzenden Augen, die Sommersprossen auf ihrer Nase, die sie leicht krauszieht, wenn sie lacht. Sie hat goldblonde Haare, goldbraune Augen und irgendetwas an sich, das den Tag sonniger wirken lässt.

»Tut mir leid, dass wir uns gerade heute kennenlernen.« Energisch zieht sie Hamlet an sich. Statt gegen mich presst er sich nun gegen sie und sie vergräbt in einer selbstverständlichen Geste ihre Hand in seinem Fell. »Und entschuldige seinen Überfall. Er ist ein Erbstück.«

Ich muss lachen und bekomme fast Lust, Hamlet ebenfalls zu streicheln. Der Impuls wird allerdings von Joss unterdrückt, die durch die Haustür gestürmt kommt und mir direkt um den Hals fällt.

»Jamie, das tut mir so leid. Phil hat gerade erst erzählt, wie er diese Sache hier aufgezogen hat. Ich dachte, ihr hättet das abgesprochen, und deshalb habe ich angeboten zum Helfen zu kommen.«

»Schon gut.«

Joss mit ihrer Art, zu schnell zu reden, mich ein bisschen zu fest zu drücken und mit ihrem blumigen Duft zu überwältigen, lässt mich schon wieder los und blickt zu Julian und Lynn. Erst jetzt fällt mir auf, dass Ryan sich im Hintergrund hält und in die offenen Türen auf die Ladefläche des Transporters gesetzt hat.

Mit einer Hand fährt Joss sich durch ihre Haare, die sie in einen französischen Zopf geflochten hat. Die Kreolen an ihren Ohren, das Himmelblau ihrer Augen und ihr metallicfarbener Lidschatten verleihen ihrem Auftritt den Sparkle, den sie immer versprüht. Ehe ich reagieren kann, hat sie bereits Lynn die Hand gegeben.

»Hey, seid ihr verwandt? Ihr seht fast gleich aus«, bemerkt sie danach übergangslos an Julian gewandt.

Er tauscht einen belustigten Blick mit mir. »Das ist Zufall.«

Joss lacht und ich bemerke Lynns erhobene Augenbrauen angesichts von Joss' und Julians etwas zu langem Händedruck. In diesem Moment tritt Phil aus dem Haus. Sein Blick fliegt zu Julian, gleitet über Lynn und weicht mir aus. Er setzt einen betont gleichgültigen Gesichtsausdruck auf, und ich kapiere, dass er alles andere als klug ist. Statt einfach zu verschwinden, nutzt er das hier als Bühne, um sein ganzes Elend zu inszenieren, und zwar, indem er mich demütigt.

»Hallo, Jamie, freut mich, dass du es einrichten konntest.« Seine kühle Stimme verursacht mir Übelkeit. Ein einziges Mal habe ich ihn so reden hören. Da hat er geübt, einem Kollegen Kontra zu geben, der die ganze Abteilung mit seiner Arroganz tyrannisierte. Damals haben wir uns über seine Versuche, selbstgefällig und herablassend zu klingen, kaputtgelacht. »Es wäre ja auch schade um die Sachen gewesen«, fügt er hinzu, als könne er sehen, wie mir die Sicht verschwimmt, und als wisse er genau, dass es nur noch einen kleinen Stoß braucht, um mich aus der Fassung zu bringen.

»Und das hatte keine Zeit bis zum Wochenende?« Julian mustert ihn unter gesenkten Brauen.

»Leider nein. Tinka und ich ziehen in eine WG, um Miete zu sparen – möglichst noch vor Monatsende.«

»Ihr zieht zusammen?« Die Worte sind zu schnell heraus. Inhalts- und Stimmcheck sind ein kompletter Fail, aber es ist zu spät. Wahrscheinlich habe ich wie ein verletztes Rehkitz geklungen, das im Straßengraben nach seiner Mama ruft. Aber das ist einfach zu viel. Er zieht mit Tinka zusammen?

»Tut mir leid, dass du es so erfahren musstest, aber du bist ja nicht ans Telefon gegangen.« Phils Blick streift mich nur. »Und du sagtest schließlich, ich solle mich um sie kümmern. Das ist doch in Ordnung für dich, oder?«

Fassungslos starre ich ihn an. *Was tust du bloß, Phil?*, will ich ihn fragen. *Wem willst du damit was vormachen?* Aber wie soll ich ihn zur Vernunft bringen, während wir von zig Leuten beobachtet werden, die sich ›Gangs of New York‹-Style gegenüberstehen?

»Was ist los, Jamie? Du siehst plötzlich so mitgenommen aus.« Damiens vorlaute Stimme lässt mich zusammenzucken. »Phil ist weitergezogen. Das solltest du auch tun.«

»Entschuldigung.« Lynn macht einen Schritt nach vorn – und zwar mit Nachdruck. Wäre ihr Sneaker kein Sneaker, sondern einer ihrer üblichen High Heels, hätte er bestimmt Funken auf dem Pflaster geschlagen. »Wer sagt dir, dass Jamie nicht längst weitergezogen ist?«

»Ihr entgeisterter Gesichtsausdruck sagt mir das.« Damien deutet mit einer abschätzenden Geste auf mich.

Ich nehme wahr, wie Julian eine Bewegung nach vorn

macht, aber Lynns Hand trifft ihn vor der Brust und gebietet ihm Einhalt.

»Dann kannst du eben keine Gesichter lesen.« Ihr Ton nähert sich dem Schärfegrad einer Jalapeño.

Phil mustert mich angesichts ihrer Andeutung kritisch, und ich wünschte, ich hätte mich wenigstens ein bisschen besser im Griff. Fakt ist, dass ich mit dieser Form von Aggressivität nicht umgehen kann – dieser aufgesetzten Art, unter der sich ein ganzes Meer von Verzweiflung, Wut und Unglück verbirgt. Und deshalb durchschaut Phil mich sofort. Wahrscheinlich liest er Lynns Lüge an meinen geröteten Wangen ab. Ich sehe, wie sich seine verengten Augen entspannen. Leider hat er gerade nicht die Größe, es einfach gut sein zu lassen.

»Wie soll Jamie denn so schnell weitergezogen sein, wenn an ihrer Schlafzimmertür ein fettes FSK-0-Schild hängt?«

Das war so tief gezielt, dass ich nach Luft schnappe. Damien ist der Einzige, der es witzig findet und ein Grinsen nicht unterdrücken kann. Lynn muss sich mittlerweile mit ihrem ganzen Gewicht an Julians Arm hängen, um ihn davon abzuhalten, sich auf Phil zu stürzen.

»Tatsächlich? Das ist mir gar nicht aufgefallen.« Die Stimme – weder hell noch ganz dunkel, eher wie das Licht kurz vor Sonnenaufgang – erklingt gefühlt direkt an meinem Ohr und jagt mir einen Schauer durch den Körper. Im gleichen Augenblick schlingen sich zwei Arme von hinten um mich und ich werde gegen einen sehr festen, sehr warmen Körper gezogen. Der intensive, süchtig machende Geruch nach Regen umhüllt mich. Ryans entschlossener Griff, die plötzliche Enge und die gewaltige Hitze in mir ergeben eine fast explosive Mischung. Kurz zieht er mich noch dichter an sich. Seine Lippen streifen mein Ohr und berühren flüchtig meine Schläfe. Echt jetzt? Die Empfindung fließt in Kaskaden in jede einzelne meiner Nervenfasern. Aber … was ist aus *Wir müssen mehr*

Abstand halten geworden? Weniger Abstand geht ja wohl gar nicht. Weniger Abstand ... Himmel! Ich halte die Luft an. Für einen Moment senkt sich absolute Stille über unsere Gruppe, aus ›Gangs of New York‹ wird ein äußerst schlecht gemachtes Remake von ›Westside Story‹.

Lynn fängt sich als Erste. »Dich wundert das vielleicht, Phil, aber in jeder Frau steckt eine Porno-Queen, wenn ihr es versteht, sie zu wecken. Fangt ihr an, uns zu langweilen, rutschen wir auf FSK 16 ab. Wenn ihr dann nicht gegensteuert, geht es direkt in Richtung FSK 12. Tja ...« Sie wirft einen triumphierenden Blick zu Phil. »Und wenn ihr denkt, es reicht, abends nach Hause zu kommen, uns ungeduscht zu Leibe zu rücken und die Hand unter unsere Bluse zu stecken, steigen wir im kuscheligen Flanellpyjama ins Bett und machen das Licht aus – schneller, als ihr *Soll ich unten oder oben* sagen könnt.«

»Danke, Schwester.« Joss hält Lynn eine Hand zum Einschlagen hin. »Ich kenne dich zwar nicht, aber ich mag dich.«

Ihre Hände treffen zum High Five zusammen und Joss richtet ihren Zeigefinger auf Damien. »Und du, Freundchen, solltest darüber nachdenken, bei welcher Altersfreigabe wir beide angekommen sind.«

Irgendwie verschwommen nehme ich wahr, dass Julian zwar die Arme vor der Brust verschränkt, Lynn ihn aber nicht mehr festhalten muss. Phil hingegen hat seinen Blick starr auf Ryan und mich gerichtet, sodass ich uns akut bedroht sehe, in einen Haufen Asche verwandelt zu werden. Dabei hält Ryan mich mittlerweile so verkrampft fest, dass ich kaum Luft kriege und offensichtlich sein müsste, wie fake diese Show ist. Phil ist jedoch verblendet von seiner schlecht kaschierten Eifersucht. Wahrscheinlich sieht er in Ryans Umarmung lediglich eine Bestätigung von dem, was er sich schon halb ausgemalt hatte.

»Ich dachte, er ist nur dein Kollege.«

»So kann man sich täuschen«, sagt Lynn rasch – vielleicht, weil mir anzusehen ist, dass ich eine miserable Lügnerin bin, die sich nicht mal in einer Fake-Umarmung entspannen kann. Aber wie soll ich mich entspannen, wenn Ryans rechter Daumen ganz sacht die untere Rundung meiner linken Brust tangiert, mein Herz zum Stolpern bringt und mir den Atem raubt. Himmel! Ich weiß, was Lynn dazu sagen würde: *Du hast verdammt noch mal zu lange die Porno-Queen nicht aus dir rausgeholt.* Ich frage mich, ob Ryan spürt, wie er mein Herz aus dem Takt bringt.

Phil macht einen Schritt auf uns zu. »Hast du deshalb diesen Job gekriegt? Weil du mit ihm schläfst?«

»Phil, es reicht jetzt.« Liam ergreift ihn am Arm – so fest, dass Phil das Gesicht verzieht – und schiebt ihn seitwärts aus der Konfrontationszone. »Wir gehen eine Runde spazieren.« Er wirft uns einen Blick zu. »Packt ihr am besten schon mal ein.«

Erleichterung durchströmt mich, als Phil sich mitziehen lässt. Er würdigt mich keines Blickes mehr. Liam ruft nach Hamlet und fängt die Leine, die Febe ihm zuwirft. Irgendetwas ist da zwischen ihnen, von dem man gerne Teil wäre. Ich begegne Febes Blick und fast augenblicklich geht es mir ein bisschen besser. Vielleicht weil sie so viel Anteilnahme ausstrahlt.

»O habt Geduld mit mir. Bitte, vergesst, Vergebt, denn ich bin alt und kindisch.«

Ihre merkwürdigen Worte bringen mich zum Schmunzeln. »Ein Zitat?«

Sie nickt. »›King Lear‹.«

»Lassen wir das lieber.« Joss stößt sie mit dem Ellenbogen in die Seite. »Sollen Febe und ich dir oben helfen, deine Sachen zusammenzupacken? Dann können die anderen alles runtertragen und verstauen.«

Ich nicke zustimmend – noch immer gefangen in Ryans Armen und so wenig gewillt, mich daraus zu befreien, wie er offenbar, mich loszulassen. Ich wende den Kopf und erstarre, weil sein Gesicht nur einen Gedanken weit von meinem entfernt ist. Ich gerate mitten hinein ins Sturmblau seiner Augen, fühle mich wie von einer nicht enden wollenden Welle aufwärtsgetragen, glaube, im Regenduft zu ertrinken. Es bräuchte nicht mehr als ein Stolpern meines Herzens, eine Böe des Frühlingswindes, ein kleines Nachgeben, um uns noch dichter zusammenzubringen. Dann würden meine Lippen seine berühren. Ich will so sehr wissen, wie sich das anfühlt, dass ich fast erschrocken bin von der Heftigkeit dieses Drängens in mir. Vorsichtig mache ich einen Schritt von ihm weg. Sachte gibt er mich frei.

»Danke.« Das Wort ist ein kaum wahrnehmbares Murmeln auf meinen Lippen. Kurz spüre ich seine Hand noch an meiner. Ein sanfter Druck, dann lässt er mich los. Mit der Welle geht es nun rasant abwärts. Das sinkende Gefühl spüre ich noch, als ich bereits oben in der Wohnung stehe und den anderen sage, was eingepackt werden muss. Dabei versuche ich, nicht das Zuhause zu sehen, das dieser Ort einmal für mich war, und noch weniger die Lügen, die mich darum betrogen haben.

»Es tut mir so leid, Jamie«, sagt Joss wieder, während Febe und sie mir helfen, die Bücher aus den Regalen im Schlafzimmer in die Kisten zu räumen, die Ryan aus dem Transporter geholt hat. »Ich habe mir nicht vorgestellt, dass Phil dir so eine Szene machen würde. Keine Ahnung, was ich mir dabei gedacht habe, mit Liam und Damien hier aufzutauchen. Ich wollte dir eigentlich nur helfen, aber vor seinen Freunden hat Phil sich wahrscheinlich erst recht in seinem Stolz verletzt gefühlt und dich deswegen so mies behandelt.«

Mit einem Seufzen lasse ich mich aufs Bett sinken. Die vertrauten Laken machen mich traurig – auch wenn ich nicht zurückwill. »Das alles ist ja nun wirklich nicht deine Schuld.«

»Du hast einfach dieses Helfersyndrom, Jo«, meint Febe. »Das lässt dich glauben, immer alles für andere regeln zu müssen.« Sie hält mir einen Stapel Bücher hin, die ich in meine und Phils sortiere.

»Ich weiß«, räumt Joss ein und lässt sich neben mich fallen. »Ich arbeite daran, aber anscheinend bin ich eine verdammt miese Psychologin.«

»Unsinn. Vielleicht solltest du einfach auf zahlende Kundschaft warten.« Febe wirft ihrer Freundin ihr herzliches Lächeln zu, für das sie in meinen Augen auch Geld verlangen könnte.

»Wahrscheinlich.« Kurz legt Joss den Arm um mich. »Bist du eigentlich wirklich mit diesem düsteren Typen zusammen?«

Ich muss lachen und schüttele den Kopf. »Nein, das kann man nicht sagen. Es ist kompliziert.«

»Na ja, dass ihr euch gegenseitig triggert, sieht man ja von Weitem«, bemerkt Joss.

Ich habe keine Ahnung, was genau sie damit meint, hake aber lieber nicht nach. Irgendetwas hat sich seit Ryans Umarmung fast schmerzhaft in meiner Körpermitte zusammengezogen. Bisher war das etwas, das zu bestimmten Zeiten meines Zyklus mal vorbeigeschaut hat, sich ansonsten aber selten freiwillig zeigte. Gerade drängt es sich aber entschlossen in den Vordergrund, lässt mich zittrig und atemlos werden. Und das ist in der Wohnung von meinem Ex so was von unangemessen.

»Was ist denn so kompliziert?«, erkundigt sich Joss.

Ich schüttele den Kopf. »Er hat mir gegenüber nur Andeutungen gemacht, und er würde nicht wollen, dass ich die weitererzähle.«

»Okay.« Joss hebt die Schultern. »Das verstehe ich. Aber

wenn du allein nicht weiterkommst oder einfach mal reden willst, kannst du mich anrufen. Denn dabei gibt es zwei Vorteile: Erstens kenne ich ihn überhaupt nicht. Und zweitens bin ich zwar noch nicht fertig ausgebildet, aber es gilt trotzdem meine Psychologinnen-Schweigepflicht.«

Ich nicke, und obwohl ich gar nicht vorhabe, irgendetwas zu sagen, sind die Worte heraus, ehe ich sie stoppen kann – weil Joss recht hat und Febe so standfest wirkt, als wäre sie gut im Bewahren von Geheimnissen. »Ich glaube, er hat Schuldgefühle. Es hat irgendetwas mit dem Tod seines Bruders zu tun. Vielleicht steckt auch noch mehr dahinter, aber das weiß ich nicht.«

Betroffen sehen Joss und Febe mich an.

»Weißt du irgendetwas über Schuldgefühle?« Hoffnungsvoll erwidere ich Joss' Blick. »Meinen Liebekummer bin ich mit deinen Ratschlägen schließlich auch losgeworden.«

»Hm.« Nachdenklich fährt sie sich mit einer Hand durch die Haare. »Ich fürchte, Schuldgefühle sind ungefähr tausendmal komplexer als Liebeskummer. Es spielt zum Beispiel eine Rolle, ob wir von tatsächlicher Schuld sprechen oder lediglich einem Gefühl davon.«

»Du meinst, wenn ich mich schuldig fühle, weil mir ganz viele Leute beim Umzug helfen, ohne eine Gegenleistung zu erwarten, dann …«

»Dann sind das Schuldgefühle ohne moralische Relevanz«, unterbricht Joss mich kichernd. »Weißt du, Schulderleben ist sehr individuell. Was für den einen der absolute Sündenfall ist, kann für einen anderen eine kleine Anekdote sein – vorausgesetzt wir reden nicht über rechtlich relevante Straftaten.«

Angesichts ihres fragenden Gesichtsausdrucks zucke ich mit den Schultern. »Ich glaube nicht.«

»Denkst du denn, seine Schuldgefühle sind verantwortlich dafür, dass es zwischen euch kompliziert ist?«

Ehrlich gesagt habe ich keine Ahnung. Denn in Wahrheit ist es ja nicht mal kompliziert zwischen Ryan und mir. Dass wir keine Option sind, wird nur für mich langsam kompliziert. Aber Joss' Sachlichkeit entspannt mich.

»Es könnte sein. Er lässt sich grundsätzlich auf niemanden ein – aus einer Art Prinzip heraus. Anfangs dachte ich, er ist einfach einer dieser Typen, die ihre Freiheit wollen. Aber mittlerweile habe ich das Gefühl, dass mehr dahintersteckt.«

Joss nickt zögernd. »Es ist durchaus typisch, dass sich Menschen, die sich schuldig fühlen, selbst bestrafen, wenn es niemand sonst tut. Das kann sich ganz unterschiedlich äußern. Vielleicht ist Ryan dazu übergegangen, sich tiefe Bindungen zu verbieten, um nicht in Gefahr zu geraten, glücklich zu sein.«

Etwas flackert hell in ihren blauen Augen, während sie spricht, und ich ahne, was dahintersteckt: Längst ist Joss' Ehrgeiz geweckt, das Problem zu lösen. Aber das kann sie so wenig wie ich. Oder?

»Kann man denn irgendetwas tun, um zu helfen?«

Nachdenklich betrachtet sie mich. »Das Problem ist, dass Schuldgefühle eigentlich kein Gefühl sind – nichts Basales wie Trauer, Angst, Wut, Freude oder Überraschung. Sie sind ein Konglomerat vieler negativer Empfindungen, die sich nicht so leicht fassen lassen und im Prinzip jedes für sich aufgelöst werden müssen. Deshalb kann eigentlich nur eine Therapie wirklich helfen. Dabei geht es meistens darum, Betroffenen klarzumachen, dass jedem Menschen Fehler unterlaufen. Schließlich entscheidet nicht zuletzt der Zufall, wie schlimm die Auswirkungen von Fehlern sind – ob sie in die Katastrophe führen oder wir gerade noch mal Glück hatten. Die Situationen, in denen wir Glück hatten, vergessen wir in der Regel schnell. Hat ein Fehler Folgen, beschäftigen wir uns im schlimmsten Fall permanent damit, und das beeinflusst jede weitere unserer Lebensentscheidungen. Obwohl das nichts am ursprünglichen

Fehler oder seinen Konsequenzen ändert. Wir verhindern dadurch auch nicht, zukünftig Fehler zu machen.« Sie zuckt mit den Schultern. »Wir müssen uns bewusst werden, dass sich jeder Mensch schuldig macht. Das gehört zum Leben dazu. Von sich selbst zu verlangen, unfehlbar zu sein, setzt uns unter Druck, bis wir brechen. Denn perfekt ist niemand.« Irgendetwas an ihren Worten hallt in mir wider, setzt sich wie ein Echo in mir fort. »Und damit ist die zentrale Erkenntnis der Persönlichkeitspsychologie auf den Punkt gebracht.«

»Niemand ist perfekt?«, frage ich.

Joss nickt mit einem breiten Grinsen und Febe stimmt in ihr Lachen ein. »Und dafür studierst du seit drei Jahren?«

»Na und? Du studierst, um in den verstaubten Texten eines Typen zu lesen, der seit vierhundert Jahren tot ist.«

»*Kann wohl des großen Meergotts Ozean Dies Blut von meiner Hand rein waschen? Nein; Weit eh'r kann diese meine Hand mit Purpur Die unermesslichen Gewässer färben …*« Febe sieht uns mit einem fast entschuldigenden Lächeln an. »Shakespeare weiß alles über die Psychologie der Schuld.«

»Lass mich raten: ›Macbeth‹.«

Sie nickt offensichtlich erfreut über meinen Zufallstreffer und Joss verdreht mit einem gutmütigen Lachen die Augen. »Dachte ich mir, dass ihr euch verstehen würdet.« Im nächsten Moment sieht sie mich jedoch wieder ernst an. »Tut mir leid, dass ich dir nicht helfen kann.«

»Doch, das hast du.« Zumindest hat sie mir die letzte Illusion genommen, dass ich irgendetwas für Ryan tun kann – nicht, solange ich nicht weiß, worum es geht, und nicht, solange ich keine Ausbildung zur Therapeutin gemacht habe. Jetzt muss ich das nur noch meinem Körper klarmachen.

Einen Moment lang konzentrieren wir uns darauf, die Bücher zu sortieren und meinen Teil im Tetris-Style in die Kartons zu schichten.

»Wer ist eigentlich diese Tinka?«, will Joss wissen. »Ich habe noch nie von ihr gehört.«

»Neue Mitbewohnerin.« Mein verächtliches Schnaufen geht in ein Ächzen über, als ich zwei umfangreiche Enzyklopädiebände gleichzeitig in einen Karton stelle. »Sie ist die Nachbarin, mit der ich ihn erwischt habe.«

Joss und Febe sehen mich so entgeistert an, dass ich die Schultern hebe. »Wisst ihr, was das Schlimmste ist? Wenn ich an Phil denke, fällt es mir schwer, meinen Freund mit dem Typen zu synchronisieren, der bösartige Dinge über mich sagt. So hat er nie mit mir geredet.«

»So geht es mir mit Damien ständig«, wirft Joss ein. Sie klimpert mit den Armreifen um ihr Handgelenk und seufzt plötzlich frustriert. »Ihr habt ihn ja gerade erlebt. Er kann ein total zuverlässiger, hilfsbereiter und guter Kumpel sein. Aber Frauen gegenüber benimmt er sich manchmal wie der letzte Vollidiot. Die meiste Zeit bin ich ganz froh, dass ich diese beiden Versionen von ihm nicht in Einklang bringen kann.«

Febe wirft ihr einen nachdenklichen Blick zu. »Ehrlich gesagt kenne ich Damien überhaupt nicht anders als so.«

»Aber Hauptsache ist ja, dass er dir gegenüber anders ist«, stelle ich fest. »Sonst hättest du ihn ja nicht geheiratet.«

»Sicher«, meint Joss. »Aber dumme Sprüche kriege ich auch manchmal ab. Irgendwie dachte ich immer, es liegt an der Fuchtel seiner Mum, dass er sich so aufführt, und dass ich ihm helfen kann, daran zu arbeiten.« Sie seufzt. »Aber manchmal frage ich mich, ob ich das noch will.«

Febe und ich tauschen einen raschen Blick.

»Was soll das heißen?«, fragt sie besorgt.

»Ach, nichts.« Joss richtet sich auf und greift nach dem nächsten Bücherstapel. »Lasst uns lieber diesen Umzug hinter uns bringen, bevor Phil wieder hier aufschlägt.«

Febe beobachtet sie jedoch noch einen Moment lang. »Ich

schätze, es gibt am anderen immer Züge, die einen potenziell fertigmachen können. Man muss sich fragen, ob man damit leben kann oder nicht. Und wenn man sich dazu entschließt, muss man es akzeptieren. Denk an Charlotte und Nelson.« Sie schließt den ersten Karton und schiebt ihn Richtung Tür. Dann sieht sie mich an. »Liams Bruder wird im Sommer Charlotte heiraten, obwohl sie im Winter versucht hat, Liam ins Bett zu kriegen.«

Ich hebe die Augenbrauen. »Und er heiratet sie trotzdem?«

»Ja.« Febe zieht sich den nächsten Karton heran. »Die beiden scheinen zu wissen, was sie aneinander haben. Und wer weiß ... Vielleicht tut Tinka Phil jetzt einfach gut, selbst wenn sie nur ein Trostpflaster ist.«

Joss stößt ein Schnauben aus. »Was soll denn das für eine Basis sein?«

Aber ich denke an die Paare, deren Geschichten Ryan und ich recherchieren. Tiefe Wertschätzung kann sich aus den unterschiedlichsten Gründen entwickeln – vielleicht, weil jemand im richtigen Moment ein Trost für einen anderen ist. Aber dass diese Wertschätzung nicht selbstverständlich ist, lässt sich daran erkennen, wie besonders die Liebesgeschichten sind, über die wir schreiben – wie selten.

»Sag das nicht«, meint Febe. »Wer hätte gedacht, dass Liam und ich zusammenpassen?«

»Ja, wer hätte das wohl gedacht.« Joss drückt kichernd ihren Rücken durch.

»Wie habt ihr euch denn kennengelernt?«, will ich wissen.

»Bei Jo und Damien«, erzählt Febe. »Aber es war nicht gerade Liebe auf den ersten Blick.«

Ich mustere sie aufmerksam. »Und wann wusstest du es? Dass du dich in ihn verliebt hast, meine ich.«

Kurz hält sie inne. »Ich glaube, als er angeboten hat, mir zu helfen, nach meiner Mum zu suchen.«

»Deiner Mum?«

Febe nickt und sortiert weitere Bücher in den Karton. »Sie ist 2004 im Tsunami verunglückt.«

»Himmel, Febe, das tut mir leid.« Betroffen sehe ich sie an.

»Ich war noch sehr klein«, sagt sie, als mache es das besser. »Liam hat eine Gesichtserkennung programmiert, um Handyvideos auszuwerten und sie vielleicht zu finden. Bisher hat es nicht funktioniert, aber Liam trainiert die KI weiter. Als er es angeboten hat, wusste ich, dass ich ihm nicht egal bin, verstehst du?«

»Ich glaube schon.« Unwillkürlich muss ich an Ryan denken. Erneut habe ich das Gefühl, seine Arme fest um meinen Körper zu spüren, seine Hand über meinem klopfenden Herzen, seinen Atem in meinen Haaren. Das Vibrieren in meinen Nervenfasern wird intensiver. Es lässt eine Welle nach der anderen in mir anbranden. Er hätte das nicht tun müssen. Gestern sagte er, er wolle mehr Abstand, aber dann hat er sich entschieden, mich nicht wie eine Idiotin vor Phil und Damien stehen zu lassen, sondern mir zu helfen. Ich denke an Ryan und sehe Febe lächeln, während sie wahrscheinlich an Liam denkt. Ich will so lächeln wie sie – still, ganz für sich. Ich beobachte, wie es sie strahlen lässt, wie es einen inneren Glow über ihr Gesicht wirft, den kein Make-up der Welt imitieren könnte. Es ist ein Lächeln für sie selbst – und für Liam, obwohl er es gerade nicht sieht. Wer weiß … Vielleicht fühlt er es ja.

Kapitel 18

Wir haben gerade die letzte Bücherkiste in unsere Wohnung geschleppt, als Mae auf dem Weg zu ihrer Tür im Hausflur auftaucht.

»Wollt ihr schon los?« Sichtlich irritiert mustert sie uns.

»Wie, los?«, frage ich.

»Sag nicht, du hast es vergessen. Kyle redet von nichts anderem und arbeitet sich quer durch seine Enzyklopädie.«

»Oh nein!« Ich schlage beide Hände vors Gesicht. »Das Pub-Quiz!«

Lynn lässt sich mit einem Aufstöhnen gegen die Wand fallen. »Das verschieben wir, oder?«

»Klar, verschiebt es ruhig.« Mae drängt sich an uns vorbei und wedelt mit dem Chip vor dem Schloss ihrer Wohnungstür herum. »Für den einen ist es eine Kleinigkeit, für den anderen ein Weltuntergang, aber was soll's.«

Ihr schnippischer Ton entgeht niemandem, weshalb Lynn erneut aufstöhnt. »Warum aber auch ausgerechnet ein Pub-Quiz? Warum besucht er nicht lieber ein Spa?«

Mae wirft ihr einen bezeichnenden Blick zu. »Weil er Kye ist.«

»Wie sieht es aus, James?« Julian lehnt mit verschränkten Armen im Türrahmen unserer Wohnung. »Von mir aus können wir noch losziehen. So ein *Pub-Quiz-Extreme* gibt es nicht alle Tage, hat Kyle mir erzählt. Und dir würde es sicher guttun, auf andere Gedanken zu kommen.«

»Wieso?« Mae dreht sich mit fragender Miene zu mir um.

»Ich musste mein restliches Zeug aus der Wohnung von meinem Ex holen.«

»Ungefähr eine Tonne Wissen im Buchformat, um genau zu sein. Bitte beweis mir, dass es einen Nutzen hat, und gewinne heute Abend das Pub-Quiz«, verlangt Julian.

»Willst du mitkommen?«, frage ich Ryan und versuche, nicht daran zu denken, dass ich noch immer das Nachbeben von der Berührung seiner Lippen an meiner Schläfe spüre. »Kyle hat einen Gruppentisch im *Old George* reserviert. Ich würde dir gerne was ausgeben – als Dank für deine Hilfe.«

»Keine Sorge. Spaß ist was anderes, aber ich habe es gerne gemacht. Und jetzt muss ich eh erst mal zu meinem Termin.«

»Okay, klar.« Ich bringe ein Lächeln zustande. »Dann sehen wir uns morgen. Und danke noch mal.« *Auch dafür, dass du …* Ich spreche die Worte nicht aus, aber in meinem Kopf bildet die Erinnerung einen Knoten: er und ich ganz ohne Abstand.

»Gern geschehen. Bis morgen.«

Ich versuche, ihm nicht hinterherzusehen. Ich versuche wirklich, kein Bedauern zu empfinden.

»Ich muss duschen«, verkündet Lynn.

»Ich auch.« Julian folgt ihr in die Wohnung und Mae knallt mit Wucht ihre Tür hinter sich zu.

»Juls«, sage ich vorwurfsvoll – erleichtert über die Gelegenheit, mich über jemanden aufzuregen, der nicht meine verrückt gewordene Libido ist.

»Damit muss sie klarkommen«, dringt Lynns Stimme aus dem Badezimmer. »Diesmal ziehe ich weiter – inklusive formvollendetem Schlussstrich.«

Ich verdrehe die Augen, weil mir ihre Anspielung auf Damiens dummen Kommentar nicht entgeht, und bin froh, als die beiden die Badezimmertür hinter sich schließen. Ich setze mich an den Esstisch, um meine Projektplanungsliste abzuhaken und zu überprüfen, ob wir gut in der Zeit liegen. Ich kann mich nur nicht konzentrieren. Das Gekicher aus dem Badezimmer, das unausweichlich in Stöhnen übergeht, bringt mich durcheinander. Also schnappe ich mir mein Telefon und rufe Mum an. Besser, ich bringe es hinter mich. Denn dieser Tag war emotional schon so anstrengend, dass es nicht schlimmer werden kann, und es ist immer gut, für Gespräche mit meiner Mum solche Deckeneffekte auszunutzen.

Bereits beim zweiten Klingelzeichen nimmt sie ab.

»Jamie, wo bist du?«

»Zu Hause.«

»In dieser WG?«

»Ja.«

»Hast du von Julian gehört? Ich erreiche ihn seit Tagen nicht.«

»Juls ist auch hier.«

»Bei dir in London? Er hat doch sicher Kurse in Warwick.«

Ich beiße mir auf die Lippe. »Keine Ahnung.«

»Kinder, was ist bloß los mit euch? Warum seid ihr nie erreichbar?«

»Wir arbeiten viel. So hast du uns schließlich erzogen.« Langsam atme ich aus, weil ich selbst höre, wie schnippisch mein Ton klingt, und so erreiche ich bei ihr bestimmt nicht, dass sie die Argumentationsebene verlässt und mir einfach mal zuhört.

»Man muss sich eben gut organisieren«, weist sie mich zurecht. »Immerhin meldest du dich jetzt. Wann passt dir denn ein Treffen mit Phils Eltern und uns? Wir würden auch alle nach London kommen.«

»Mum, es ist zu spät.« Ich klammere mich an die Tischplatte und versuche, mich an genau die Punkte zu halten, die sie mir vor Vorträgen und Diskussionsrunden immer eingetrichtert hat: *Sprich ruhig und deutlich. Lass deine Stimme nicht zu stark modulieren und sei dir deiner Botschaft bewusst.* »Ich habe gerade meine letzten Sachen bei Phil abgeholt. Wir hatten eine gute Zeit zusammen, aber jetzt ziehen wir weiter – wir beide.«

Ich merke, dass ich nervös an meinem Zopf ziehe, während Mum schweigt. Immerhin wischt sie meine Worte nicht sofort vom Tisch.

»Nun gut«, sagt sie endlich. »Ich bin sehr enttäuscht. Und Dad auch. Aber wenn du dir so sicher bist, müssen wir das akzeptieren.«

Ich schließe die Augen und denke an Joss' Worte: *Von sich selbst zu verlangen, unfehlbar zu sein, setzt uns so unter Druck, bis wir brechen.* Ich habe mich nie getraut, Mum auf das anzusprechen, was mir seit meinem Schulabschluss und ihrer Reaktion auf meine Studienwahl durch den Kopf geht. Vielleicht, weil ich Angst vor der Antwort hatte. Aber jetzt sitze ich hier an einem Esstisch, während mein Bruder mit meiner Mitbewohnerin Sex unter der Dusche hat. Ich habe vor, mitten in der Woche auszugehen, und es hat nichts mit Arbeit zu tun. Zum ersten Mal in meinem Leben habe ich sogar während der Arbeitszeit Dinge getan, die nichts mit Arbeit zu tun haben. Ich bin mit meinem Kollegen im Rosengarten spazieren gegangen und habe ein tiefsinniges Pub-Gespräch mit einem griesgrämigen alten Mann geführt. Er duftet übrigens nach Regen, mein Kollege – auf diese unwiderstehliche Weise, auf die sich nach langer Dürre der erste erlösende Schauer ankündigt. Nicht, dass wir in England wüssten, was lange Dürren sind, aber mein Körper scheint eine ziemlich genaue Vorstellung davon zu haben.

»Jamie?«, reißt meine Mum mich aus meinen Gedanken. »Bist du noch dran?«

»Wovon genau bist du enttäuscht, Mum? Von mir? Weil ich FSK 0 im Bett bin und Phil mich deshalb betrogen hat?«

»Bitte was?«

»Warum genau bist du enttäuscht von mir? Weil mein Leben nicht so verläuft, wie du es dir vorstellst?«

Ihr Schweigen zieht die Zeit zwischen uns in die Länge, aber ich halte es aus.

»Was willst du mir sagen?«, fragt sie endlich.

»Ich will dir nichts sagen. Ich habe dich etwas gefragt.«

Ich höre sie durchs Telefon atmen. Es müssen ihre Atemzüge sein, denn ich halte die Luft an.

»Darum geht es nicht, Jamie. Ich möchte nur sicherstellen, dass es dir gut geht.«

»Dafür bin ich jetzt selbst verantwortlich.«

»Aber wenn ich denke, dass du einen Fehler machst, muss ich das doch sagen, oder?«

»Ich weiß nicht, Mum, vielleicht. Aber musst du gegen meinen Willen versuchen, meine Probleme zu lösen?«

»Ich dachte, das wäre in deinem Sinne.«

»Nein, das ist es nicht.«

»Du klingst ziemlich undankbar.«

»Weil ich meine eigenen Entscheidungen treffen will? Du kannst mich doch wenigstens fragen.«

»Ja, gut, ich werde es mir merken.« Jetzt klingt sie schnippisch. »Trotzdem finde ich, du solltest dir noch mal Gedanken um deine berufliche Zukunft machen – jetzt, da Phil nicht mehr für dich sorgen kann. Du weißt, dass du alle Voraussetzungen mitbringst, um dich an der Uni zu behaupten.«

»Ich will mich aber nicht behaupten. Das Schreiben, die Geschichten, die Recherchen – das macht mich glücklich.«

»Aber du wolltest doch immer in die Wissenschaft.«

»Nein, das wolltest du.« Ich bin atemlos und hole tief Luft. »Mum, kann es sein, dass du unbedingt eine Unikarriere für mich willst, weil du deine unseretwegen aufgegeben hast?«

»Was redest du denn da? Du hast schon als kleines Kind

Professorin gespielt. Und ja, ich will, dass dir nicht passiert, was mir passiert ist: dass alles, wofür du gearbeitet hast, umsonst war.«

»Tut mir leid.« Ich ziehe so stark an meinem Zopf, dass es wehtut, und lasse los. »Es tut mir leid, Mum, aber diese Entscheidung hast du getroffen. Daran bin ich nicht schuld. Ich will kein Leben an der Uni, um es wiedergutzumachen.«

Sie antwortet nicht.

»Mum?«

Ihr Schweigen legt jede einzelne Meile zwischen uns gnadenlos offen. Schließlich räuspert sie sich.

»Jamie, wir reden in den nächsten Tagen weiter. Sag Julian, dass er mich anrufen soll.«

Sie legt auf, und ich weiß, dass ich sie getroffen habe. Ich hatte gehofft, ich würde mich besser fühlen, wenn ich es ausspreche. Aber irgendwie bin ich nur noch trauriger – für mich, für sie. Für uns.

Ich sehe auf, als Lynn mit geröteten Wangen, glänzenden Augen und einem Handtuch um ihren frisch geliebten Körper aus dem Badezimmer kommt. Ihr Blick fällt auf meinen gequälten Gesichtsausdruck, und sie verkündet energisch: »Weißt du, was du brauchst, Jamie?«

»Lass mich raten.« Seufzend schiebe ich mein Telefon von mir. »Sex.«

»Du solltest es versuchen. Heute Abend. Das entspannt total. Los, zieh dir was Schickes an.«

»Keine Zeit.« Demonstrativ klappe ich meinen Laptop auf, aber Lynn hält sich hartnäckig in der Peripherie meiner Wahrnehmung auf.

»Wir suchen dir ein megaheißes Outfit aus, und wenn dich heute Abend nicht mindestens ein Kerl nach deiner Nummer fragt, kaufe ich dir eine Woche lang ein Abendessen deiner Wahl.«

Misstrauisch sehe ich sie über den Rand meines Bildschirms hinweg an. »Und was soll ich tun, wenn ich angesprochen werde?«

»Ihm eine Chance geben, dich flachzulegen.« Lynn grinst, als wäre das selbstverständlich.

»Und was hast du davon?«

»Eine ausgeglichene Mitbewohnerin. Das reicht mir.« Lynns dunkle Augen funkeln. Sie sieht unfassbar zufrieden mit sich aus. Und schön. Sexy.

»Also, was ist nun?«, fragt Lynn.

»Na gut«, stimme ich von mir selbst überrumpelt zu und hebe einen Zeigefinger. »Aber nur, weil gerade Ende des Monats und mein Geld alle ist und ich warmes Abendessen liebe.«

»Perfekt.« Lynn klatscht in die Hände. »Ich entscheide mit, was du anziehst. Und du musst dich allein an die Bar stellen, damit die Typen eine Chance haben – mindestens für eine Viertelstunde.«

»Ja, schon gut.« Es scheint mir eine ziemlich sichere Wette zu sein.

Kapitel 19

Weil Lynn mich genötigt hat, noch einige Versuche in ihren High Heels zu wagen, müssen wir am Ende rennen, um es pünktlich in den Pub zu schaffen. Lynn und Julian habe ich noch darauf eingeschworen, zumindest für diesen Abend die Finger voneinander zu lassen, und Mae konnte ich überreden mitzukommen. Da ich in Lynns Schuhen ungelenk gelaufen bin wie auf Stelzen und nun meine weißen Sneakers trage, bin ich sogar als Erste am Pub. Das liegt auch daran, dass Lynn sich trotz meiner Warnung mit Verweis auf ihre Stilettos an Julians Arm klammert und Mae schreit, sie könne nicht schneller rennen, schließlich trage sie keinen Stütz-BH.

»Irgendwas ist anders an dir«, bemerkt Kyle, der im *Old George* schon ungeduldig auf uns gewartet hat. Prüfend wandern seine Augen über meinen Körper, als durchleuchte er mich in seinem Labor. Ich fühle mich merkwürdig. Entblößt, ist wahrscheinlich der richtige Ausdruck. Zu meiner hüfttiefen schwarzen Jeans trage ich einen goldfarbenen Gürtel von Lynn, der vielleicht etwas auffällig für meinen Geschmack ist. Der cremefarbene Stoff meines Tops schlingt sich fest um meine Taille, hebt meine Brüste dabei energisch dem Ausgang entgegen und lässt gleichzeitig einen schmalen, aber – wie Lynn meint – verlockenden Streifen Haut zwischen Saum und Gürtel frei. Vorne ist das Shirt mit einer zusätzlichen Lage goldfarbener Pailletten ausgestattet, die funkelnd nach Aufmerksamkeit verlangen. Bei Kyle haben sie keinen Erfolg.

»Kein Zopf heute«, stellt er scharfsinnig fest. »Du trägst die Haare offen.«

Lynn gibt ihm kichernd einen Kuss auf die Stirn, ehe sie sich neben ihn in die Bank quetscht. »Du bist süß, Kye.«

Irgendwie erinnert Kyle mich ein bisschen an mich selbst. Bestimmt hat er bis eben in seinem Labor gesessen – in seinem Shirt mit der verblassten Aufschrift *Normal people scare me*. Und bestimmt hält er Klamotten, die sich offensichtlich bemühen, einen Körper in bestimmter Weise zur Geltung zu bringen, für oberflächlich. Gerade allerdings fühlt es sich gar nicht so schlecht an, einfach mal ein bisschen oberflächlich zu sein.

Der Pub ist voller lauter, fröhlicher, trinkender Leute, die sich um ihre Tische drängen, nach Bier und Snacks rufen und entschlossen sind, jeglichen Mist des Arbeitstages hinter sich zu lassen, um geradewegs in ihre Feierabendpersönlichkeit zu morphen. Ein Typ in blütenweißem Hemd mit eisblauer Krawatte hat mir bereits zugeprostet, was sich irgendwie fast gut angefühlt hat. Allerdings hätte er mich in meinem üblichen Langweiler-Outfit bestimmt nicht zur Kenntnis genommen, sodass ich nicht zu viel darauf gebe. Während ich mich auf den Stuhl neben Kyle setze, erwische ich sogar Mae beim Starren in meinen Ausschnitt. Grinsend zeigt sie mir einen nach oben gerichteten Daumen.

Kyle beugt sich zu mir. »Was meint Lynn? Du hast doch die Haare offen.«

Lachend stoße ich meinen Ellenbogen gegen seinen. »Nur, weil ich keine Zeit hatte, sie hochzubinden.«

»Macht nichts. Das steht dir.«

»Danke.«

Julian bringt die erste Runde Getränke an den Tisch. Lynn hat Rotwein bestellt, und ich frage mich, wen sie damit feiern will: Kyle mit seinen Pub-Quiz-Ambitionen oder meinen Bruder mit seinen Liebhaber-Skills. Ich lasse meinen Blick durch den Raum wandern – über das helle Holz der Einrichtung, die zusammengewürfelten, nahezu voll besetzten Stühle und die mit Gläsern und Tonnen von Barfood beladenen Tische. Die Musik ist laut, die Stimmen versuchen, sie zu übertönen, und eine der Kellnerinnen legt sich an der halbrund in den Raum reichenden Theke ein Mikrofon bereit.

Keine Ahnung, warum sich trotz dieses Überangebots an Reizen alles so leer anfühlt. Na gut ... Lüge! Ich weiß es genau. Ich weiß, dass ich Ryan vermisse, und noch besser weiß ich, dass ich das nicht sollte. Und deshalb werde ich mich jetzt in dieses Pub-Quiz stürzen und brillant sein. Einfach Spaß haben, meinte ich natürlich.

Zum Glück haben Kyle und ich einen absoluten Lauf beim Quiz. Alles aus dem Bereich Naturwissenschaften deckt er locker ab. Ich bin fit, wenn es um Gesellschaftsthemen geht. Einiges leiten wir uns her, und Mae reißt uns raus, wenn es um popkulturelle Fragen geht, von denen Kyle und ich erschreckend wenig Ahnung haben. Julian sieht das als klaren Beweis dafür, dass wir kein Leben haben, und schleppt zum Ausgleich eine Getränkerunde nach der anderen heran – außerdem Unmengen an Pommes, Chips und Sandwiches. Ich will überhaupt nicht wissen, wie viel Geld wir dabei ausgeben, erhebe aber keine Einwände, weil ich mich mit Kyle über den viel zu kleinen Antwortbogen beuge und mit ihm um den Stift kämpfe. Meinen Hinweis, dass seine Sauklaue uns Punktabzüge einbringen könnte, lässt er nämlich nicht gelten. Er hält seine winzigen knittrigen Buchstaben, die sich höchstens unter einem Mikroskop entziffern lassen, für schön.

Lynn, die offensichtlich keinen Alkohol verträgt, findet uns nach dem dritten Glas Rotwein so witzig, dass sie hilflos kichernd auf dem Tisch liegt.

Mae ist die Einzige, die mit ihrer Laune zu kämpfen hat, obwohl sich Julian vorbildlich von jeglichem *Public Display of*

Affection mit Lynn zurückhält. Immerhin sitzt Mae überhaupt mit uns am Tisch, was ich schon ziemlich bewundernswert finde.

»Es ist ja nicht das erste Mal, dass wir uns getrennt haben«, hat sie im Waschraum zu mir gesagt, während ich mir die Hände einseifte und sie ihren korallenroten Lippenstift nachzog. Doch obwohl sie ausgelassen über Julians Sticheleien an meine Adresse lacht, wirkt sie zunehmend angespannt.

In der Pause, während Lynn versucht, Julian zu überreden, mit ihr auf dem Tisch zu tanzen, stößt Mae auf einmal hervor: »Gibt es eigentlich Weltmeisterschaften im Starren?« Ratlos, weil ich keine Ahnung habe, was sie meint, sehe ich sie an.

»Wenn sie einen Song von Ed Sheeran spielen, dann tanzt du mit mir«, verlangt Lynn in diesem Moment. Es ist nicht ihr erster Vorschlag, aber diesmal ist Julian ernsthaft entsetzt. Und nicht nur er!

»Es macht mich krank, wenn der mich weiter anglotzt.« Wütend springt Mae von ihrem Platz auf – offensichtlich wild entschlossen, Streit anzufangen.

»Mae«, versucht Kyle sie aufzuhalten, »bitte keine Schlägerei, bevor wir gewonnen haben.«

»Vielleicht will er ein Autogramm.« Kichernd versucht Lynn, Kyle den Stift und den Antwortbogen zu entwinden, um ihren Namen darauf zu verewigen.

Abgelenkt von der Handgreiflichkeit der beiden und meinen Bemühungen, Lynn davon abzuhalten, mit Maes Lippenstift die Bieruntersetzer zu bemalen, bekomme ich nicht mit, wohin Mae verschwunden ist. Als sie sich wieder in die Bank fallen lässt, sieht sie äußerst zufrieden aus.

»Ich habe ihm gesagt, dass sein Koma-Glotzen bisher gratis war, jede weitere angefangene Minute aber fünf Pfund kostet.«

»Und wie hat er reagiert?« Irgendwie bin ich beeindruckt von ihrer Konfrontationsbereitschaft.

Sie gibt ein Schnauben von sich. »Er hat so getan, als wisse er nicht, wovon ich rede.« Sie grinst mich breit an. »Ich habe ihm dich gezeigt und gesagt, dass du meine Freundin bist und dein Pfefferspray rausholst, wenn du eifersüchtig wirst.«

Ich verschlucke mich an meinem Cocktail. »Was?«

Julian schlägt mir lachend auf den Rücken.

»Das geht nicht!«, schreit Lynn aufgebracht. »Wer soll Jamie heute Abend noch ansprechen, wenn der halbe Pub denkt, sie sei eine pfeffersprayende Kampflesbe?«

»Bisher denken das nur der Typ und seine Kumpel.« Ungerührt deutet Mae über meine Schulter. Unwillkürlich folge ich ihrem Blick und zucke zusammen.

»Was zur Hölle soll das denn?«

»Mach kein Drama draus«, meint Julian. »Du kannst ein aufregenderes Image vertragen.«

»Das ist Phil!«

»Was?« Julian fährt ebenfalls auf seinem Stuhl herum. »Wo?«

Ich zeige ihm die Richtung, doch der Tisch, an dem ich eben mit absoluter Sicherheit Phil ausgemacht habe, wird von einigen Leuten auf dem Weg zur Bar verdeckt.

»Phil?«, fragt Mae. »Du kennst den Typen, der mich so anstarrt?«

»Er ist mein Ex«, erkläre ich und springe gleichzeitig mit Julian auf. »Woher weiß er, dass ich hier bin?«

Phil – an einem der erhöhten runden Bartische flankiert von Liam und Damien – wirkt immerhin nervös, als er mich entdeckt. Wobei das auch an Julian liegen könnte, der auf Phil zustürmt, als sei er bereit, ihn zu töten. Denn das kann kein Zufall sein. Und mit jedem Schritt, den ich mich Phils Tisch nähere, wird mir das klarer.

»Ist das dein Ernst?« Ich stoße die Worte hervor wie Messer, die ich sehr tief in Phils Brustkorb versenke. Er sinkt ein Stück in sich zusammen.

»Wir wollten einfach nur ein Bier trinken.« Seine Stimme klingt nach Selbstverteidigung – abweisend bis angriffslustig. Dabei sieht er lieber in sein halb leeres Glas als mir in die Augen. Besser für ihn! Die zornigen Blitze, die gefühlt daraus sprühen, könnten ihn erschlagen.

»Hier? In deiner Stammkneipe im angesagten East End? Phil, ich warne dich. Das grenzt an Stalking. Du löschst sofort unsere *FriendConnect*-App von deinem Telefon.«

Liam mustert Phil mit gerunzelter Stirn.

»Wovon redest du?«, will Damien wissen.

»Phil und ich hatten *FriendConnect* installiert. Darauf konnten wir sehen, wo wir uns jeweils befinden. Ich habe sie eigentlich nie genutzt und vergessen, aber woher soll Phil sonst wissen, dass ich hier bin?«

»Deshalb wolltest du unbedingt hierherkommen?« Liam sieht Phil an und schüttelt ungläubig den Kopf.

»Gegenfrage«, wirft Damien ein, bevor Phil antworten kann. »Darf ich in eure WG einziehen? Ihr scheint ja eine Menge Spaß zusammen zu haben.«

»Ich habe keine Ahnung, wovon du redest.« Ich stütze mich auf den Tisch und sehe Phil an. »Wir löschen jetzt diese App, und ihr verschwindet von hier, bevor meine Mitbewohnerin die Polizei ruft, weil du uns anstarrst wie der letzte Creep.«

»Mitbewohnerin.« Freudlos lacht Phil auf. »Sie sagt, ihr hättet was miteinander. Was ist eigentlich los mit dir, Jamie? Du gehst mit deinem Kollegen ins Bett, um dir im Job einen Vorteil zu verschaffen, kannst hier vor meinen Augen die Finger nicht von einem unterdurchschnittlichen Typen lassen und fängst was mit einer Frau an?«

Ungläubig schüttele ich den Kopf. »Glaubst du irgendetwas davon wirklich?« Bevor er reagieren kann, winke ich ab.

»Weißt du was? Lösch einfach die App. Ich will mir das nicht mehr antun – uns beiden nicht, Phil.«

»Und wenn nicht?« Seine Augen sind dunkel, seine Hände auf dem Tisch zu Fäusten geballt. Im nächsten Moment keucht er auf. Julian stößt mit beiden Händen gegen den Bartisch, sodass er ins Kippen gerät und hart gegen Phils Brustkorb kracht. Ein Glas fällt und zerspringt klirrend auf dem Boden. Die anderen können Liam und Damien gerade noch festhalten.

»Julian!« Erschrocken ergreife ich ihn am Arm, aber er ignoriert mich – eine Leichtigkeit mit einem Bizeps, den ich nicht mal mit beiden Händen umfassen kann. Mit vor Zorn starrem Blick drückt er die Tischkante gegen Phils Oberkörper.

»Seit ich gehört habe, was du mit Jamie abgezogen hast, warte ich auf eine Gelegenheit, dir in die Fresse zu schlagen. Und ich habe das Gefühl, der Moment ist ganz nah.«

Ich glaube, wir halten alle die Luft an. Ich will nicht, dass Julian und Phil in eine Pub-Schlägerei geraten und die *Met* uns alle mitnimmt. Ich will Kyle nicht seinen Pub-Quiz-Sieg ruinieren. Aber nach heute will ich schon ein bisschen – ein winzig kleines bisschen –, dass Julian Phil verprügelt.

Liam beugt sich zu Phil, der immer noch zwischen seinem Stuhl und der Tischkante eingeklemmt ist und die Lippen zusammenpresst – gefangen in Julians mörderischem Blick.

»Das war echt daneben.« Liam spricht leise. Ich ahne mehr, was er sagt, als dass ich es wirklich höre.

Phil ringt nach Atem. Dann findet sein Blick meinen. Seine hellbraunen Augen waren mir mal so vertraut, aber gerade fühlt es sich an, als sähe ich ihn durch ein umgedrehtes Fernglas – sehr weit entfernt und ganz klein.

»Es tut mir leid, Jamie, es war nicht so gemeint.«

»Bei euch alles in Ordnung?« Ein Kellner hat sich mit einem

Kehrblech zu uns durchgedrängt und fegt eilig die Scherben unterm Tisch zusammen.

»Alles bestens.« Julian lässt den Tisch wieder in seine Ausgangsposition sinken. »Das Glas war meine Schuld. Ich zahle das natürlich.«

»Quatsch.« Der Typ sieht so jung aus, dass ich mich frage, ob er sich um diese Zeit nicht lieber bettfertig machen sollte. Er richtet sich auf und pustet sich eine Haarsträhne aus der Stirn. »Hier geht ständig was zu Bruch. Kein Drama.«

»Solange es nicht Phils Nase ist.« Ich sehe die Andeutung von Liams Lächeln und frage mich, ob es ein Versuch ist, die Stimmung aufzulockern. »Soll ich mal nachsehen? Ich glaube, bei *FriendConnect* reicht es, wenn du die App von deinem Telefon entfernst. Dann sieht dich auch niemand mehr, mit dem du mal den *Key* getauscht hast.« Ich lasse ihn mein Telefon überprüfen. Schließlich gibt er es mir mit einem Nicken zurück.

»Und wir sollten jetzt gehen.« Er sieht Phil und Damien auffordernd an, aber Phil rührt sich nicht. Stur starrt er in sein Glas.

»Mir ist egal, was ihr macht, aber wenn du Jamie nicht in Ruhe lässt, breche ich dir mehr als nur deine Nase.« Mit einem düsteren Blick auf Phil wendet Julian sich ab. Hastig folge ich ihm zurück zu unserem Tisch und nehme ihn in den Arm, ehe er sich wieder auf seinem Stuhl niederlassen kann.

»Danke, Juls.« Ich spüre seinen schweren Atem an meiner Wange und ahne, dass er noch aufgebrachter ist als ich.

»Was für ein Vollidiot.« Julian drückt mich fest an sich.

»Wo hast du das eigentlich gelernt?« Ich weiche zurück, um ihm in die Augen zu sehen. »Diese düsteren Blicke, die bedrohlichen Gesten und diese Härte in der Stimme.«

»Das gibt es gratis als Mann«, erklärt er, und ich sehe zu meiner Erleichterung, wie sich die Linie zwischen seinen Augenbrauen glättet und sein Lächeln zurückkehrt.

»Ihr wurdet also nicht in der Grundschule beiseitegenommen, damit ihr unter Jungs lernen konntet, wie man sich richtig schlägt?«

»Ist das eine ernst gemeinte Frage?« Julian sieht irritiert aus, aber ich kann mir einfach nicht vorstellen, wie ich eine Faust balle, den Arm zurückziehe, ihn vorschwingen lasse und jemanden genau dort treffe, wo es wehtut. Ich meine ... Das macht man doch einfach nicht.

»Bist du bereit? Die zweite Runde fängt gleich an.« Kyle stört unseren Moment inniger Geschwisterlichkeit, aber er sieht wirklich besorgt aus, sodass ich ihm nicht böse sein kann.

»Sicher.«

»Was ist denn passiert?«, will Lynn wissen, als wir uns auf unsere Plätze setzen.

»Juls hat Phil gedroht, ihn zusammenzuschlagen.«

»Oh.« Lynns große Augen nehmen eine beeindruckte runde Form an. »Das ist so sexy.«

Mae gibt ihr einen Klaps auf den Arm. »Das ist total primitiv.«

»Würdest du dich für mich auch schlagen?« Lynn lehnt sich kichernd über den Tisch, um Julian von unten in die Augen zu sehen, aber der Beginn von Runde zwei erspart es uns, die Antwort auszuloten.

Der Spaß und die Leichtigkeit des Abends sind verflogen. Phil sitzt noch immer an seinem Tisch und starrt in sein Pale Ale, wie mir meine regelmäßigen Blicke über die Schulter verraten. Liam scheint gegangen zu sein. Ihn sehe ich jedenfalls nicht mehr. Stumm arbeite ich mich mit Kyle durch die restlichen Fragen und er gibt schließlich unseren Quizzettel ab.

»Ich weiß, wer die nächste Runde holt«, trällert Lynn. »Jamie, du musst dich mindestens eine Viertelstunde an die Bar stellen.«

»Ich bin gerade echt nicht in der Stimmung, Lynn, sorry.«

Lynn aktiviert lachend die Stoppuhr in ihrem Smartphone. »Du hast es aber versprochen.« Sie lässt ihre Wimpern in meine Richtung flattern, was auf mich nicht den geringsten Effekt hat. »Ein Teil der Bar denkt, du seist eine Kampflesbe und ein anderer hält Julian für deinen Freund. Die Chancen stehen sowieso denkbar schlecht.«

Diese Art von Logik überzeugt mich. Und da ich eh dran bin, eine Runde zu holen, nehme ich die Bestellungen auf und winde mich zur Bar durch. Zwischen den Gästen, die auf den hohen Stühlen Platz gefunden haben, drängen sich Leute, die nach dem Quiz Nachschub ordern wollen. Ich warte einen Moment, bis ein Platz frei wird und ich mich an die Theke schieben kann. Vom anderen Ende prostet mir der Typ mit der eisblauen Krawatte zu.

»Hi.« Jemand schiebt sich neben mich an den Tresen. »Ist das hier immer so voll beim Pub-Quiz?«

Das Gefühl einer aufgehenden Sonne in meinem Bauch lässt mich den Atem anhalten. Ich drehe mich um und blicke direkt in sein Gesicht – aufgrund der Enge nur Zentimeter von meinem entfernt.

»Ryan.« Ich versuche, seinen Anblick zu verarbeiten – den Schatten seines Dreitagebarts, der die Linie seines Kiefers betont, seine Augen dunkel wie die Nacht mit einer Andeutung von Blau in der Iris, den Schwung seiner Lippen, die nur auf einen Anlass warten zu lächeln, denn ein erster Anschein der Grübchen zeigt sich in seinen Wangen. All die Körper, mit denen ich hier an der Bar in Kontakt gekommen bin, haben nichts mit mir gemacht – außer mich zu verärgern, wenn sie ihre Schulter zu hart gegen meine stießen. Er aber berührt nur leicht mit seinem Ellenbogen meinen und es reicht, um mir Hitze durch die Adern zu treiben.

»Ryan«, wiederhole ich sinnlos. »Was machst du hier?«

Er hebt die Schultern. »Ich wurde eingeladen und einen kostenlosen Drink sollte man nicht ablehnen, oder?«

Ich mache eine Geste über den Tresen. »Dann such dir was aus. Unsere Rechnung dürfte eh schon so exorbitant sein, dass ich die Hälfte des nächsten Monats werde hungern müssen.«

Lässig stützt er sich mit dem Ellenbogen auf die Theke und grinst mich an. »Denkst du, das bringt mich dazu, dein Angebot nicht anzunehmen?«

Ich muss lachen. »Einen Versuch war es wert.«

»Klar.« Ryan sieht mir in die Augen. Und dann tut er es für einen kurzen Moment lang nicht. Sein Blick sinkt abwärts, verfängt sich irgendwo auf Höhe meines Dekolletés und fliegt zurück in mein Gesicht. Plötzlich fühle ich mich wahnsinnig entblößt und kann mich gerade so beherrschen, loszurennen, um meine Jacke überzuziehen. Wie kann ein einziger Blick mich so kurzatmig machen? Ich sollte das untersuchen lassen.

»Du siehst anders aus.«

»Ich weiß.« Ich streiche durch meine dunklen Haare. »Ich trage sie heute offen, wie Kyle bemerkt hat.«

»Wer auch immer Kyle ist, er scheint einen Blick fürs Wesentliche zu haben.« Ryan hebt eine Hand. Für den Hauch eines Augenblicks glaube ich, seine Fingerkuppe an meiner Wange zu spüren, und obwohl es nicht mal eine richtige Berührung ist, stockt mir der Atem. Ryan zieht eine Haarsträhne durch seine Finger, lässt sie aber sofort wieder los. Vielleicht hat er sich mit der Geste selbst überrumpelt, denn er weicht meinem Blick aus. Es wäre der richtige Moment für den Barkeeper, uns nach der Bestellung zu fragen. Aber er befindet sich am anderen Ende der Theke und ignoriert uns.

»Du siehst übrigens auch anders aus.« Ich deute auf sein etwas fadenscheinig wirkendes T-Shirt, das unter seiner offenen Jeansjacke zu sehen ist.

Ryan blickt an sich hinab, wo sich weißer Stoff mit schwarzen Linien über seiner Brust spannt. »Ich hatte einen Termin mit Nadine. Dann war ich laufen, dann duschen, dann fest entschlossen, eine Serie zu gucken, und bin stattdessen hierhergekommen. Das Shirt ist eher mein Sofa-Style.«

Neugierig ziehe ich seine Jacke leicht auseinander und plötzlich ergeben die schwarzen Linien Sinn. Ein Strichmännchen mit Zeitung unterm Stricharm stellt die entscheidende Frage: *Wie finden meine Texte größere Verbreitung?* Unzählige schwarze Punkte, die zum unteren Rand des T-Shirts dichter werden, bilden in fetten Lettern ein Wort: *Konfetti*. Ich brauche einen Moment.

»Was hat dich dazu gebracht, das zu kaufen?«

»Ich hab das nicht gekauft.«

Belustigt sehe ich ihn an. »Hast du es geklaut?«

»Es war ein Geschenk. Von Jaden.«

»Der, mit dem du gerne in unseren Artikel wolltest? Er scheint Humor zu haben.«

»Jaden ist ein großartiger Mensch, aber seine Geschenke eignen sich maximal fürs Sofa.«

»Außer natürlich, es gibt Getränke umsonst.«

»Ja, genau. Wo sind denn die anderen? Vielleicht sollte ich mich zu ihnen gesellen, weil du bestimmt schneller dran kommst, wenn du allein hier stehst.«

»Zumal ich mindestens eine Viertelstunde *Alone Time* an der Bar brauche, um einem Typen die Chance zu geben, mich anzusprechen. Sagt Lynn. Ich glaube, der mit der eisblauen Krawatte hat Interesse. Was meinst du?«

Ryan dreht sich um. Der Mann spricht gerade mit dem Barkeeper, sein Blick fliegt jedoch an ihm vorbei zu uns.

»Vielleicht fragt er sich gerade, ob wir uns kennen oder du mich nur zufällig angesprochen hast. Wenn du schnell verschwindest, kann ich ihn vielleicht noch dazu bringen, unsere Rechnung zu bezahlen.«

Ryan sieht mich an und lacht. »Das könntest du bestimmt.«

Seufzend schüttele ich den Kopf. »Ganz ehrlich? Ich habe nicht die geringste Ahnung, wie man das anstellt.«

»Wieso? Du machst das doch gut.«

Fragend hebe ich die Augenbrauen.

»Ich habe dich schließlich angesprochen, oder nicht?«

»Ja, weil du deinen Gratis-Drink willst.«

»Das ist Nebensache. Mein Auftakt war eine klassische Zufallsbemerkung, um ins Gespräch zu kommen. Ist dir das nicht aufgefallen?«

»Nein.« Ich versuche, mich daran zu erinnern, was er gesagt hat.

»Kein dummer Anmachspruch und keine unauthentischen Komplimente. Das entstammt der Frauen-in-Bars-ansprechen-Oberliga.« Er grinst mich selbstzufrieden an.

»Wie wäre es denn mit einem authentischen Kompliment?«

»Das ist nur sinnvoll, wenn ich eindeutige Absichten habe und du mir eindeutige Signale sendest. Wenn wir beide auf eine schnelle Nummer aus sind sozusagen.«

Vollkommen sinnlos klopft mein Herz schneller. Mein Körper will einfach nicht einsehen, dass er sich umsonst aufregt. Das hier führt zu nichts. Ich streiche die Haarsträhne zurück, die Ryan sich eben noch um den Finger gewickelt hat, und atme zu flach.

»Was für Signale?«

»Die sendest du ganz intuitiv aus.« Ryan deutet auf meine Hand in meinen Haaren und ich lasse sie ertappt sinken. »Das ist allgemein bekannter Code. Aber wenn du ein Kompliment willst …« Im nächsten Moment berühren seine Fingerkuppen meinen Ellenbogen, gleiten sacht an meinem Arm hinab. Schlagartig ist es wieder da – pochend in meiner Körpermitte, entschlossen, wild.

»Ich mag dein Lächeln.« Er spricht leise. Und obwohl gerade ›Galway Girl‹ von Ed Sheeran aus den Lautsprechern dröhnt und ich mich frage, ob Julian jetzt mit Lynn auf unserem Tisch tanzt, kann ich den Blick nicht von Ryan wenden. »Ich mag, wie deine Augen leuchten in dem Wimpernschlag, bevor du lachst.« Seine Hand umfasst meine. Unsere Finger verschränken sich wie selbstverständlich.

Ich spüre meinen Herzschlag in jedem Winkel meines Körpers. Ich glaube, Ryans Wärme auf meiner Haut zu fühlen, obwohl ich wahrscheinlich nur die allgemeine Hitze im überfüllten Raum wahrnehme. Er erwidert den Druck meiner Hand. Ich spüre einen ganz leichten Zug in seine Richtung. Meine Haut wird reizoffen, durchlässig.

»Was sagst du jetzt?«

Aber ich sage gar nichts. Mein Körper spricht. Alles in mir schwillt an – voller Hitze und Energie. Das Blut rauscht mir in den Ohren, pulsiert mir in den Adern, lässt meine Sicht verschwimmen, bis alles ausgeblendet ist – nur Ryan nicht.

Meine Hand berührt seinen Brustkorb, streicht aufwärts über sein klopfendes Herz, über die Wölbung seiner Muskeln. Ich komme ihm näher, noch näher, bis meine Hand sein Schlüsselbein erreicht. Sein Duft nach Frühlingsregen macht mich schwindelig. Ich spüre seinen Atem meine Wange streifen. Ich spüre, wie unsagbar glatt die Haut an seinem Hals ist, während sich meine Hand in seinen Nacken schiebt. Ich sehe ihm in die Augen und lasse mich von der unvermeidlich heranrollenden Welle auf die Zehenspitzen heben. Mein Mund ist nur einen Gedanken weit von seinem entfernt. Ich nehme ein Beben wahr und weiß nicht, ob das sein Körper ist oder meiner. Meine Lippen streifen über seine – nur ganz leicht, ganz kurz. Er hat alle Zeit zurückzuweichen, mich von sich zu schieben, die Bar zu verlassen und sich bei Mitch wegen sexueller Belästigung über mich zu beschweren. Aber er tut es nicht. Er bleibt, wo er ist, und als meine Lippen mit mehr Nachdruck seine berühren, schließe ich die Augen.

Ich werde in diese Empfindung gezogen wie in einen Strudel. Meine Zunge berührt seine Lippen, findet ihren Weg, findet seine. Der Strudel nimmt Geschwindigkeit auf, kreist in mir, jagt mir Hitze durch den Körper, lässt ihn beben. Ich will mehr. Doch plötzlich tut Ryan es doch: Er schiebt mich ein Stück von sich – gerade weit genug, dass unsere Lippen sich nicht mehr berühren, dass ich ihm in seine fast schwarzen Augen sehe und falle. Er hält mich an den Armen fest.

»Ist das deine Antwort?«

Ich nicke nur, sage noch immer kein Wort, bin zu sehr beschäftigt, die Details wahrzunehmen – wie Ryans Finger sich in meine Haut graben, wie sich sein Brustkorb hebt und senkt, wie ihm der Atem stockt.

»Dir ist schon klar, dass diese Antwort schon fast auf Sex in der Toilette hinausläuft.«

Okay, das ist ein ziemlich ernüchternder Gedanke. »Ich lebe aber nach dem Kein-Sex-auf-öffentlichen-Toiletten-Prinzip.«

Er hebt die Augenbrauen. »Seit wann das denn?«

»Seit jetzt, da es vorher nie relevant war. Willst du, dass mein erster Außer-Beziehungssex auf einem Pub-Klo stattfindet? Weißt du, wie viele Keime man sich da einfangen kann?«

»Nein, Jamie, das will ich nicht. Wenn ich es mir aussuchen könnte, hättest du deinen ersten Außer-Beziehungssex mit jemandem, der dich genauso anbetungswürdig findet wie ich.«

Das sinkende Gefühl in mir lässt den Strudel einfach in sich zusammenfallen. Die Erkenntnis überzieht meine Haut mit ernüchternder Kälte.

»Aber dieser Jemand wirst nicht du sein.«

Ich sehe ihn Luft holen und dann presst er seine Lippen auf meine. Sein Kuss ist heiß und fest und hungrig. Er zieht mich so dicht an sich, dass mir der Atem stockt, und trotzdem ist es nicht genug. Ich schlinge meine Arme um seinen Hals, halte kaum dem Druck seines Körpers stand und will gleichzeitig mehr. Er hebt mich an, drückt mich mit dem Rücken gegen den Tresen. Irgendwo um uns herum erklingen Pfiffe. Jemand grölt. Ein anderer bietet uns seine Autoschlüssel an. Gelächter brandet auf. Mich interessiert nichts davon. Mich interessiert nur Ryans Körper an meinem, die unfassbare Glattheit seiner Haut, als meine Hand den Weg unter seine Jacke und sein Shirt findet, seine Finger, die sich in meine Haare graben und meinen Kopf halten. Mich interessiert nur, dass er und ich … dass ich nach Luft ringe und Regen einatme.

Und dann lässt Ryan mich schlagartig los. Während er mich eben noch küsste, ist er plötzlich verschwunden. Nicht ganz freiwillig, wie ich registriere, während ich versuche, mich aus dem Nebel zu befreien, in den mich dieser Rausch hat versinken lassen. Phil hat sich aus dem Off auf Ryan geworfen, ihn von mir weggerissen. Mit einem dumpfen Geräusch landet seine Faust in Ryans Gesicht, lässt ihn seitwärtstaumeln und hätte ihn vielleicht sogar zu Boden gehen lassen, wenn ihn nicht ein paar helfende Hände stabilisiert hätten.

»Lass deine Drecksfinger von ihr.« Phil schlägt weiter nach Ryan, ist sich seiner Sache nach dem ersten Treffer aber offenbar nicht mehr so sicher, denn er wirkt wie ein Vierjähriger mit einem Wutanfall. Aber dafür bin ich meiner Sache sicher.

»Phil!« Meine Stimme übertönt alles – die Anfeuerungsrufe ebenso wie die Beschwichtigungsgesten und die Musik sowieso. Und als Phil mich ansieht, reagiert mein Körper schneller als mein Kopf, denn der ist noch immer im Nebel gefangen. Meine Faust ballt sich, mein Arm zieht sich zurück und schwingt dann vor, um Phil mitten im Gesicht zu treffen – genau dort, wo es richtig wehtut.

Kapitel 20

»Wo warst du denn plötzlich?« Kyle hält mir eine Siegerurkunde hin – seine Augen hinter den eckigen Brillengläsern vorwurfsvoll geweitet.

»Wir haben gewonnen.« Ich bemühe mich um einen begeisterten Ton, aber dieses seltsame Gefühl von Leere, das mir mittlerweile bis in die Knochen gedrungen ist, lässt meine Stimme tonlos klingen.

»Warum bist du einfach verschwunden?« Kyle wirft die Urkunde auf unseren Küchentisch und besteht offensichtlich auf einer Erklärung. Mae schließt die Tür und Julian versucht zu verhindern, dass Lynn umkippt, während sie sich torkelnd und kichernd von ihren Schuhen befreit.

»Ich musste kurzfristig los«, sage ich vage und rücke den Beutel mit Eiswürfeln zurecht, den ich auf meiner schmerzenden Hand platziert habe. Um ehrlich zu sein, könnte ich auch eine Packung Eis auf meinem Herzen gebrauchen und … an anderen Körperstellen.

»Ja, weil du eine Kneipenschlägerei angezettelt hast«, wirft Julian ein.

»Du warst das?« Bebend vor Lachen lehnt Lynn sich gegen Julian. Morgen wird sie von dem ganzen Gekicher bestimmt Muskelkater haben. »Warum habe ich das nicht mitbekommen?«

»Du hast geschlafen. Sie hat mit Ryan geknutscht, um sich an Phil zu rächen. Zumindest nehme ich das an.« Julian wirft mir einen fragenden Blick zu, aber als ich nicht reagiere, manövriert er Lynn zum Tisch und auf den Stuhl mir gegenüber. »Will noch jemand Rührei?«

»Ich!«, schreit Lynn.

»Du kriegst sowieso eine Portion – extrascharf.« Julian schaltet den Herd an und gießt Öl in eine Pfanne.

»Extrascharf – oh ja.« Lynn legt ihren Kopf auf die Tischplatte und lacht.

Julian deutet auf den Eisbeutel, unter dem sich meine geschwollene Hand verbirgt. »Ich bin mir nicht sicher, ob das so klug war.«

»Denkst du, das weiß ich nicht? Deshalb sind Ryan und ich doch abgehauen.«

»Hier.« Kyle wirft einige Scheine auf den Tisch und zählt ein paar Münzen dazu. »Das ist die Hälfte von unserem Gewinn – auch wenn der dich nicht mehr zu interessieren scheint.«

»Entschuldigung, Kye.« Endlich hat er beim Pub-Quiz gewonnen und hätte seinen Sieg ausgelassen feiern sollen. Stattdessen habe ich ihm den Spaß vermiest. »Die Dinge sind einfach außer Kontrolle geraten.«

»Schon gut.« Er wirft mir ein schmales Lächeln zu. »Es ist eh spät und ich muss morgen früh zur Uni und ein Paper zu Ende schreiben. Gute Nacht.«

»Kyle, warte!«, rufe ich ihm nach, aber ich stehe erst halb, als er schon auf den Flur verschwunden ist.

Mae verdreht die Augen. »Kye mit seiner Pub-Quiz-Obsession. Was ist eigentlich mit meinem Anteil? Immerhin wusste ich den Titel von Michelle Obamas Memoiren und den Namen von Meghan Markles Lifestyle-Blog.«

»Stimmt.« Ich schiebe ihr eine Zehn-Pfund-Note zu, aber Mae gibt sich mit dem Kleingeld zufrieden.

»Davon kaufe ich mir morgen irgendein hochkalorisches megasüßes *Starbucks*-Getränk mit zig Toppings und dem Wort Kaffee im Namen.«

»Kaffee«, schreit Lynn. »Ich will Kaffee.«

»Auf keinen Fall.« Julian brutzelt Rührei und würzt großzügig mit Salz, Pfeffer und Chili. Dann füllt er ein großes Glas mit Wasser und ignoriert Lynns Schmollgesicht, als er es ihr hinstellt. »Hier, davon bekommst du, so viel du willst.«

»Kann ich einen Strohhalm haben?«

Obwohl mir gar nicht danach zumute ist, bringt Lynn mich zum Lachen. Dass sich die selbstbewusste, FSK-Regeln aufstellende Lynn unter Alkoholeinfluss wie ein Kind benimmt, ist irgendwie süß. Dafür stehe ich sogar auf und hole ihr einen unserer bunten Glasstrohhalme aus dem Schrank. Damit trinkt sie brav ihr Wasser.

»Was ist passiert, James? In der Kneipe, meine ich. Was war das da zwischen dir und Ryan?« Julian sieht mich ernst an und ich lehne mich mit verschränkten Armen gegen die Arbeitsfläche.

»Wir haben …« Wie nennt man das? Küssen klingt zu harmlos. Rumgemacht? Irgendwie so, als wären wir vierzehn. Wir haben uns ganzkörpergeküsst und wir hätten uns fast die Autoschlüssel von einem Wildfremden an der Bar geliehen? Ein bisschen übertrieben. Vor allem angesichts der Tatsache, dass Ryan mit mir aus dem Pub geflohen ist und durchaus beeindruckt von meiner Schlagkraft war, mich pflichtschuldig bis zur Wohnungstür begleitet, aber dann einfach hat stehen lassen.

»Er hat mir demonstriert, wie ein Barflirt funktioniert.«

»Nicht jeder Barflirt endet in so einem *PDA*-Spektakel«, weist Julian mich zurecht.

»Unserer eben schon.« Wahrscheinlich klinge ich trotzig wie ein Kind, weil er mich so kritisch mustert. »Und dann kam Phil und hat uns unterbrochen.«

»Deshalb hast du ihm eine reingehauen?« Mae zeigt sich beeindruckt. »Das muss ja ein guter Kuss gewesen sein. Phil hat den ganzen Fußboden voll geblutet.«

»Ihm muss ein Gefäß in der Nase geplatzt sein.«

»So genau wollte ich das nicht wissen.« Angewidert verzieht Mae das Gesicht.

»Ich hätte ihn auch geschlagen, wenn er mich und Ryan Dexter beim Knutschen unterbrochen hätte«, meint Lynn kichernd.

»Gut zu wissen.« Grinsend serviert Julian ihr eine riesige Portion Rührei.

Lachend pikt sie mit ihrer Gabel hinein. »Das sieht aus wie Wackelpudding.«

»Das ist Medizin«, erklärt Julian, »und wird hoffentlich verhindern, dass dein Kater zu schlimm wird.«

»Kann ich auch so was haben?« Mae macht einen langen Hals. »Das sieht echt gut aus.«

»Klar.« Bereitwillig bereitet Julian noch eine Portion zu, und weil ich dabei doch Hunger bekomme, kriege ich schließlich auch einen Teller, den ich mit Schnittlauch und Ketchup zu einem vollwertigen Mitternachtssnack pimpe.

»Wo ist Ryan denn jetzt?« Forschend mustert Julian mich, als wir alle um unseren Esstisch sitzen.

Scheinbar gleichgültig zucke ich die Schultern. »Zu Hause, nehme ich an.«

Unwillkürlich muss ich daran denken, wie Ryan mich unten vor dem Haus wieder geküsst, mich mit dem Rücken gegen die Hauswand gedrückt und mich um den Verstand gebracht hat. Ich war fast so übermütig, ihn zu fragen, ob er mit hochkommen will, aber in dem Moment hat er innegehalten – atemlos mit seiner Stirn an meiner.

»Jamie … Ich bin … Es tut mir leid, ich kann das nicht riskieren.« Und dann hat er sich von der Mauer abgestoßen und ist gegangen. Er hat sich nicht mal zu mir umgedreht. Er hat mich einfach mit seinen sinnlosen Satzanfängen in der Dunkelheit stehen lassen. Dabei ist er doch in seinem verdammten

Sofa-Shirt im *Old George* aufgetaucht. Und ich habe ihn nicht gerade mit der Geschwindigkeit einer Gepardin attackiert, sondern ihm alle Zeit der Welt gelassen, mir auszuweichen.

Ich bin ihm jedoch nicht hinterhergerannt, um ihm das an den Kopf zu werfen. Das hätte bedürftig wirken können. Stattdessen bin ich in unsere Wohnung gegangen, habe mir etwas zum Kühlen geholt und versucht, mich nicht so verdammt zurückgewiesen zu fühlen.

»Also? Was läuft da?« Julian mustert mich mit einer Mischung aus Neugier und Besorgnis, aber ich hebe nur erneut die Schultern.

»Kurze Sinnesverwirrung.«

Obwohl ich seiner gerunzelten Stirn ansehe, dass er mir nicht glaubt, lässt er mich in Ruhe. Mae macht den Abwasch, während wir Lynn ins Bett bringen, wobei sie versucht, Julian auszuziehen, und mich mehrmals fragt, warum ich da bin. Als wir sie endlich unter ihre Decke gekämpft und das Licht gelöscht haben, hören wir sie immer noch kichern.

Ich bin völlig erledigt, als ich endlich im Bett liege, aber dank meinem Bruder auf der knarzenden Luftmatratze fühle ich mich wenigstens nicht allein. Als mein Display mit einer Nachricht von Ryan aufleuchtet, schrecke ich mit klopfendem Herzen wieder hoch. Aber es ist keine Erklärung. Stattdessen schlägt er vor, dass er morgen weiter am Artikelanfang schreibt und ich eine Struktur entwerfe.

Ja, ist gut, tippe ich knapp zurück. Drei Punkte verraten, dass er noch mehr schreibt, und ich warte auf das Erscheinen seiner Nachricht.

Dann sehen wir uns morgen um vier am *Gloucester Gate*.

Ernüchtert lege ich mein Telefon zur Seite und lausche Julians Atemzügen, die immer ruhiger und schwerer werden. Ich wünschte, ich könnte so leicht einschlafen. Aber mein Körper ist wach – irgendwo zwischen aufgewühlt und erregt.

Es dauert ewig, bis ich in den Schlaf drifte, und gefühlt nur Minuten später werde ich von Kyles Aufschrei geweckt.

Als Julian und ich alarmiert aus den Betten springen, stellt sich heraus, dass es früher Morgen ist und Kyle sich auf der Suche nach Essen in unsere Küche geschlichen hat. Er ist über Lynns Schuhe im Flur gestürzt. Mit bleichem Gesicht, rot verquollenen Augen und zerzausten Haaren ist sie daraufhin aus ihrem Zimmer gewankt und hat nach Kaffee verlangt.

»Sie sieht aus wie ein Zombie«, bemerkt Kyle verängstigt.

»Ich trinke nie wieder was«, stöhnt Lynn. »Schon gar nicht unter der Woche. Wie soll ich den Tag im Büro durchstehen?«

Das erinnert mich daran, dass ich mich selbst dringend an die Arbeit machen sollte. Nur eine gute halbe Stunde später sitze ich an meinem Schreibtisch und entwerfe eine Strukturskizze für unseren Artikel, in die wir später unsere Textteile einfügen können. Zweimal telefoniere ich mit Ryan, um mich über Details abzustimmen, und wir klingen dabei vorbildlich professionell und distanziert. Was in der Bar zwischen uns passiert ist, scheint für ihn keine Rolle zu spielen. Vielleicht hat er es in den anderen Teil seines Lebens verbannt, auf die andere Seite der Mauer. Oder er hat eigens eine Neue dafür hochgezogen.

Kapitel 21

Mir ist klar, dass ich viel zu schnell bin. Es war ein gemeiner Trick von Julian, mich vorne laufen zu lassen, damit ich das Tempo bestimme. Jetzt atmen er und Ryan mir in den Nacken, unterhalten sich hinter meinem Rücken über ihre Lieblingssportarten – Badminton und Basketball – und verabreden sich zum gemeinsamen Squashspielen. Außerdem beschwert sich Julian über Mum, die ihm aufgelistet hat, was sie alles für uns aufgegeben hat – bestimmt nicht, damit er seine Zukunft in einer muffigen Muckibude verschwendet.

Als Julian Ryan nach seiner Familie fragt, versteift sich mein Rücken und meine Schritte treffen unwillkürlich härter auf den asphaltierten Weg, der uns zwischen offenen Wiesenflächen und licht stehenden Bäumen entlangführt. Doch Ryan erzählt scheinbar gelassen von der miesen Ehe seiner Eltern und lenkt bald mit Fragen nach unserer Kindheit von sich ab.

Ich finde einfach keinen Rhythmus. Normalerweise laufe ich in ruhigem Tempo. Statt wie heute hektisch durch die Gegend zu rennen, versuche ich sonst, meinen Atem fließen zu lassen, meine Schritte auf den Boden treffen zu fühlen und mir die Gegend anzusehen. Wie soll das funktionieren, wenn ich wie einen Schweif zwei Typen hinter mir herziehe, die sogar zum Lachen genug Luft haben, während es mir so vorkommt, als wären meinen Rippenbögen lange Nadeln gewachsen, die sich mir bei jedem Schritt ins Fleisch bohren? Diagnose: Seitenstechen.

»Warum pfeifst du eigentlich wie eine alte Dampflok?« Mit

feixendem Gesichtsausdruck taucht Julian an meiner Seite auf. »Wir laufen uns doch erst warm.«

»Wisst ihr was?« Genervt versetze ich Julian einen Stoß. »Lauft ihr mal vorne. Ich komme hinterher.«

»Sicher? Oder war das schon dein schnellstes Tempo?«

»Ich habe überhaupt kein Tempo.« Ärgerlich winke ich Ryan an mir vorbei. »Hört auf, mich vor euch herzutreiben. Außerdem«, und bei diesen Worten wird meine Stimme sehr dünn, weil mir die Luft ausgeht, »macht mich das irre, dass ich nicht weiß, welchen Weg ich nehmen soll, und die Anweisungen von hinten einfach immer zu spät kommen.«

»Zumal du offenbar eine Links-rechts-Schwäche hast«, bemerkt Ryan im Vorbeilaufen. »Oder warum biegst du jedes Mal falsch ab, wenn ich dir sage, wo es langgeht?«

»Ich habe keine Links-rechts-Schwäche. Ich mag es nicht, wenn mir jemand sagt, was ich tun soll.«

»Du wurdest allein vorgestern viermal fast überfahren«, entgegnet Ryan mit einem Grinsen über die Schulter. »Ich glaube doch, dass du eine Links-rechts-Schwäche hast.«

»Hat sie so was von. Du müsstest sie mal beim Autofahren erleben«, meint Julian. »Wenn du auf Grenzerfahrungen stehst, setz dich bei James auf den Beifahrersitz.«

Schnaufend versuche ich, mit den beiden Schritt zu halten und meine Seitenstiche wegzuatmen. Tatsächlich habe ich meine Führerscheinprüfung schneller bestanden als Julian. Die bösen Gerüchte über mich sind nur in Umlauf, weil er sie verbreitet hat – garantiert aus dem einfachen Grund, weil ich fast ein halbes Jahr früher als er allein fahren durfte.

Aber ich sollte mich wohl lieber darauf konzentrieren, den Anschluss nicht zu verlieren. Julian und Ryan ziehen das Tempo nämlich deutlich an – vielleicht unbewusst, vielleicht, weil man das beim Laufen so macht, oder weil zwei Typen, die nebeneinander herrennen, einfach nicht anders können, als zu testen, wer schneller ist. Ich habe keine Ahnung. Und das Gefälle zwischen uns erkennt man allein schon daran, dass Julian und Ryan mit exquisitem Laufzubehör ausgerüstet sind – von türkisfarbenen Sportschuhen über dunkle Shorts und leichte Funktionsjacken. Ich hingegen trage jahrealte Turnschuhe, meine geliebten Pilates-Tights mit ihrem Milchstraßenmuster und einen violetten Pulli über einem ärmellosen pinkfarbenen Shirt. Irgendwie sieht mein Outfit unprofessionell zusammengestückelt aus. Zudem schwitze ich, weil die Sonne heute schon den ganzen Tag geschienen hat und nur eine laue Frühlingsbrise gemütlich durch die Straßen Londons zieht. Eigentlich sollte mir das gute Laune machen. Stattdessen bin ich wütend, weil Ryan und Julian so viel schneller sind als ich.

Immerhin erwartet mich am Ziel Lynn mit ihrem Picknick. Das lässt mich weiterlaufen. Diese Strecke kann sich ja nicht endlos hinziehen. Wir laufen ein Stück parallel zum *Outer Circle* der bereits tief stehenden Sonne entgegen. Kurz entschlossen ziehe ich im Laufen meinen Pulli aus und binde ihn mir um die Hüften. Ich glaube, die Kombi aus Violett und Pink beißt sich ganz scheußlich, aber bestimmt fällt das niemandem auf – so schnell, wie ich bin.

Mittlerweile habe ich das Gefühl zu sprinten. Sind Julian und Ryan wirklich immer in diesem Tempo unterwegs oder geht das Testosteron mit ihnen durch? Die Muskeln in meinen Beinen brennen und eigentlich will mein Körper sich einfach neben dem Weg auf die Wiese werfen, die Beine wegstrecken und eine Sauerstoffmaske überziehen. Alles, was mich davon abhält, ist … Was eigentlich? Während wir einen Ausläufer des *Regent's Park Lake* überqueren, fällt mir ein, was Ryan vorgestern vorgeschlagen hat: Ich solle Dinge tun, in denen ich mies bin, um mich an das Gefühl zu gewöhnen zu versagen. Ich stelle mir vor, ich hätte mich der Länge nach auf die Wiese geworfen, und der Gedanke fühlt sich großartig an. Leider habe ich den Moment verpasst. Mittlerweile halten wir auf den *Inner Circle* des Parks zu und die Straße ist von Zäunen und gestutzten Hecken eingefasst, die ein Sich-auf-Rasenflächen-Werfen unmöglich machen.

Ryan sieht sich nach mir um. »Wie sieht es bei dir aus? Sollen wir eine Extrarunde durch *Queen Mary's Gardens* drehen? Rosenstöcke ohne Ende, Wasser, kleine Inseln, Brücken – alles superromantisch. Das müsste dir doch gefallen.«

»Klar«, presse ich hervor. »Können wir anhalten und Fotos machen?«

»Nicht stehen bleiben!«, schreit Julian. »Sonst verlierst du deinen *Steady State.*«

»Was?«, frage ich schwach, während ich mich vornüberbeuge, mit den Händen auf den Knien abstütze und Julian vor dem vergoldeten Eingangstor zu den *Queen Mary's Gardens* überflüssig auf der Stelle tänzelt.

»*Steady State* – ein Gleichgewicht von Sauerstoffbedarf und -aufnahme auf maximalem Belastungsniveau ohne Übersäuerung der Muskeln.«

»Ich bin eh nicht im *Steady State.* Ich gehe Rosen fotografieren.«

»Das liegt daran, dass wir für deinen Trainingsstand zu schnell laufen«, erklärt Julian fachmännisch.

»Tatsächlich?« Meine schmerzende Lunge entkrampft sich nur langsam. »Seit wann klingst du so altklug?«

»Du meinst, das hast du sonst für dich reserviert?«

Ich richte mich auf und hole tief Atem. »Ich gehe jetzt im Rosengarten spazieren – ganz gemütlich.«

»Auf keinen Fall!« Julian bringt sich vor dem Tor in Position – offenbar entschlossen, mich abzuwehren. »Du hast mir versprochen, mit mir zu laufen, bis ich nicht mehr wütend auf Mum bin. Im Moment bin ich noch sehr wütend.«

»So habe ich das garantiert nicht gesagt.«

»Lass sie doch aufgeben«, wirft Ryan mit einem Grinsen in meine Richtung ein. »Man kann ja nicht in allem gut sein.«

»James schon.« Julian ergreift meinen Arm und zieht mich hinter sich her. »Komm, du schaffst das. Wir laufen jetzt langsamer. Wie drei Omas, okay? Aufgeben ist keine Option.«

Unwillkürlich fliegt mein Blick zu Ryan. Mit einer einladenden Geste weist er zum Eingangstor. »Es gibt sogar einen Wasserfall.«

Ich antworte nicht. Dafür habe ich keine Luft. Mein Körper hat sich bereits wieder in Bewegung gesetzt. Denn aufgeben ist keine Option – nicht in meiner Welt. Verbissen laufe ich hinter Julian her, der sich jetzt Mühe gibt, sein Tempo zu zügeln. Ryan bleibt eine Weile an meiner Seite, sagt jedoch nichts – vielleicht aus Respekt vor meinem *Steady State*. Trotzdem höre ich in meinem Kopf genau, welche Frage er sich stellt. Oder es ist meine eigene: Warum kann ich nicht einfach aufgeben? Klar, ich habe Julian versprochen, mit ihm zu laufen, aber das ist keine echte Erklärung. Schließlich würde er nicht in Depressionen verfallen, wenn er allein durch den Park stürmen müsste, während ich mir ein paar Frühlingsrosen ansehe. Was mich wirklich weiterrennen lässt, ist die Tatsache, dass dieser verdammt anstrengende, unsympathische Perfektionismus viel zu sehr Teil meiner Persönlichkeit ist, um ihn so leicht abzuschütteln.

Schließlich übernimmt Ryan wieder die Führung, um uns um *Queen Mary's Gardens* herum über die Chester Road zurück unter die Bäume des Parks zu führen. Ich nehme kaum noch etwas von meiner Umgebung wahr. In Ryans und Julians Windschatten laufe ich wie im Tunnel. Meine Lunge weitet sich, saugt die Luft ein und ich atme sie kraftvoll wieder aus. Meine Füße treffen rhythmisch die Straße. Meine Arme schwingen locker im Takt. Mein ganzer Körper funktioniert wie eine Dampflock in voller Fahrt. Endlich habe ich meinen

Rhythmus gefunden – einfach, weil ich es musste. Ich renne über die schattigen Wege, nehme kaum den See mit den Wasservögeln wahr, an dessen Ufer Ryan uns entlangführt. Ich weiß, dass ich zu schnell atme. Es fühlt sich an, als werde die Luft dünner und der Untergrund holpriger. Dabei ist wohl der wahre Grund für mein immer häufigeres Stolpern, dass ich die Kontrolle über meine Muskeln verliere. Meine Haut beginnt zu kribbeln, meine Sicht verschwimmt. Trotzdem halte ich den Anschluss – zumindest halbwegs. Mein tyrannischer Kopf lässt keine Zweifel mehr zu. Konzentriert renne ich hinter Julian und Ryan auf einer Brücke über den *Regent's Canal*, ein Stück entlang der Prince Albert Road und in den Primrose Hill Park.

»Auf direktem Weg ist es jetzt nicht mal mehr eine halbe Meile«, verkündet Ryan mit einem aufmunternden Blick über die Schulter. Immerhin zeigen er und Julian endlich auch Anzeichen körperlicher Anstrengung: beschleunigten Atem, gerötete Wangen und verschwitzte Gesichter. »Normalerweise laufe ich außen rum, aber wir können eine Abkürzung nehmen.«

»Dann aber um die Wette«, verlangt Julian verwegen. »Bis zum Aussichtspunkt? Wir warten da auf dich«, sagt er noch zu mir und sprintet hinter Ryan her, der sofort beschleunigt hat.

»Hey, das war ein Fehlstart!«, rufe ich ihnen nach, aber ohne Luft in meiner Lunge nicht gerade mit Nachdruck. Trotzdem renne ich schneller.

Primrose Hill ist eigentlich nicht mehr als ein von Gras und vereinzelten Bäumen bewachsener Hügel und trotzdem einer der schönsten Orte Londons. Die Baumkronen werden tief geschnitten, sodass man einen unverstellten Blick auf die Skyline der City hat. Falls man oben ankommt, ohne einen plötzlichen Herztod zu erleiden. Ich bin mir nicht sicher, ob ich es schaffe.

Bei der nächsten Weggabelung habe ich Ryan und Julian fast aus den Augen verloren. Der Weg führt jetzt spürbar bergan. Ich kämpfe gegen die Schwerkraft, gegen die Erschöpfung, gegen mich selbst. Als ich mit letzter Kraft auf den runden Platz am höchsten Punkt des Hügels zustürme, sehen einige der Spaziergänger mich erschrocken an, als fürchteten sie, ich wolle mich auf sie werfen. Aber ich entdecke aus dem Augenwinkel Julians helle Sportjacke – ein kurzes Stück unterhalb des Platzes auf der Wiese. Zum Dehnen steht er auf einem Bein und zieht den anderen Fuß mit der Hand zu seinem Gesäß. Ich biege ab und pralle nahezu ungebremst gegen ihn. Mit einem überraschten Laut stolpert er nach vorn. Ich falle über ihn und bleibe keuchend im Gras liegen.

»Da bist du ja schon.« Julians Gesicht verschwimmt vor meinen Augen. Ich versuche, etwas zu sagen, aber nur ein pfeifendes Geräusch entweicht mir.

»Geht es dir gut? Musst du beatmet werden?« Ein zweites verschwommenes Gesicht taucht neben dem meines Bruders auf.

»Wahrscheinlich.« Grinsend stößt Julian Ryan zur Seite. »Du denkst dabei hoffentlich nicht an dich selbst.«

»Ich habe einen Erste-Hilfe-Kurs gemacht«, höre ich Ryans Stimme aus dem Off.

»Willst du eine Mund-zu-Mund-Beatmung?« Julian beugt sich erneut über mich, streicht mir verschwitzte Haarsträhnen aus der Stirn. »Von Ryan?«

Japsend schnappe ich nach Luft und bringe noch immer kein Wort hervor. Meine Muskeln fühlen sich an wie leer gebrannte Silvesterraketen. Sie zucken nicht mal mehr.

»Okay, Jungs! Weg da.« Nudefarbene Pumps tauchen neben mir im Gras auf. »Ich kümmere mich um sie.« Lynn kniet sich umständlich neben mich. »Wie kann ich dir helfen? Willst du was trinken?«

Das würde ich gerne. Wirklich! Aber es ist fraglich, ob Wasser es durch meine krampfhaft nach Luft ringende Kehle schafft.

»Oder soll ich einen Krankenwagen rufen?«

»Ich nehme das Wasser«, presse ich mit dünner Stimme hervor.

Lynn dreht sich um. »Ryan, gib mir mal die Flasche aus dem Korb da drüben.«

»Warum muss ich die holen?«, protestiert Ryan. »Du bist doch diejenige, die keinen Schritt zu weit gelaufen ist.«

»Also, eben wolltest du noch Mund-zu-Mund-Beatmung machen und jetzt kannst du ihr nicht mal Wasser holen?«, schimpft Lynn.

»Ich war nur bereit, im Notfall ihr Leben zu retten.« Ryans Stimme entfernt sich kurz und wird im nächsten Moment wieder lauter. »Hier.« Ich höre es zischen, als er den Verschluss für mich öffnet. Mühsam hebe ich den Kopf, setze die Flasche an die Lippen und schlucke krampfhaft. Wasser rinnt mir über die Wangen und den Hals hinab, aber ich bin so nass geschwitzt, dass es keinen Unterschied macht.

»Warum bist du eigentlich nicht mitgelaufen?«, will Ryan von Lynn wissen.

Sie prostet ihm mit einem Sektglas zu, in dem sich – wie ich nach ihrem Schwur von heute Morgen vermute – nur Sprudelwasser befindet. »Beim Laufen schwappt mir immer der Champagner aus dem Glas.«

Mein Impuls zu lachen, geht in einem fiependen Geräusch unter.

»Wie ungeschickt von dir«, kommentiert Ryan trocken.

»Du solltest nicht so schlapp da rumliegen, James.« Julians Gesicht taucht erneut über mir auf. »Los, steh auf und mach ein paar Dehnübungen, sonst kannst du dich tagelang nicht rühren vor Muskelkater.«

»Jetzt helfen mir auch keine Dehnübungen mehr.« Selbst wenn ich wollte, erscheint mir aufstehen unmöglich. In meinem ganzen Körper ist die Muskulatur zu so etwas wie brennender Suppe zusammengeschmolzen – nichts, womit man einen Arm bewegen könnte, geschweige denn ein Bein. »Wer hat eigentlich gewonnen?« Ich schaffe es, minimal den Kopf zu heben, um Julian und Ryan anzusehen.

»Du nicht.« Ryan grinst mich spöttisch an und deutet auf Julian. »Dein Bruder war schneller.«

»Ungefähr eine Handbreit«, relativiert Julian.

»Immerhin hatte ich einen Vorsprung«, gibt Ryan zu bedenken.

»Ja, auch ungefähr eine Handbreit.«

»Hilfe«, kommentiert Lynn trocken. »Wäre britische Bescheidenheit ein Schwert, wärt ihr jetzt beide tot.«

»Ich bin auch tot«, erkläre ich. »Ohne jegliche Bescheidenheit. Einfach Fakt.«

»Immerhin hast du bis hierher durchgehalten.« Julian stupst mich mit seinem Laufschuh in die Seite. »Du warst verdammt schnell, kleine Schwester. Ich bin stolz auf dich.«

»Nenn mich nicht so.«

Julian ignoriert mich. »Und jetzt zeig mir mal, was es zu essen gibt, Lynn. Ich muss die Zeit nutzen, bis James zu sich kommt und mir alles wegfuttert.«

»Ich habe schon alles vorbereitet«, höre ich Lynn sagen. »Nur ein paar Meter weiter.«

Immerhin bringt mich das dazu, mich ächzend in eine sitzende Position zu manövrieren. Meine Muskeln scheinen ihren suppenartigen Zustand schon wieder zu verändern und zu Stein zu erstarren. Also versuche ich lieber nicht, auf die Füße zu kommen.

Ryan setzt sich neben mich und hält mir einen bereits ausgewickelten Energieriegel hin. »Probier es mal damit.«

Mit kritischer Miene betrachte ich den platt gedrückten Riegel. »Der hat sein Mindesthaltbarkeitsdatum doch garantiert um Jahre überschritten.«

»Dann passt ihr gut zusammen – zumindest optisch.«

»Sehe ich so schlimm aus?«

»Soll ich ein Foto machen?« Hilfsbereit zückt Ryan sein Smartphone.

»Auf keinen Fall. An diesen Moment möchte ich nie wieder erinnert werden.« Ich greife nach dem Energieriegel. »Wie alt ist der wirklich?«

»Keine Ahnung. Ich habe ihn in meiner Jackentasche gefunden. Vielleicht wurde er auch schon mal mitgewaschen. Aber diese Dinger sind unverwüstlich. Das habt ihr auch gemeinsam.«

»Wenn du das sagst …« Zögernd beiße ich in den Riegel. Immerhin schmeckt er nach Schokolade, also verzeihe ich ihm sein lädiertes Äußeres.

»Und?«, erkundigt sich Ryan, während er locker die Arme um seine Knie legt und aussieht, als sei er gerade von einer entspannten Stunde auf dem Sofa aufgestanden. »Wie fühlt es sich an, nicht versagt zu haben?«

Noch einmal beiße ich in den Energieriegel. Eine Wirkung fühle ich nicht. Alles in meinem Körper schmerzt auf kreative Weise – ein fieses Stechen im Brustkorb, ein unangenehmes Ziehen zwischen den Schulterblättern, eine leichte Übelkeit im Bauch und dieses grandiose Brennen in meinen Beinen. Die Sonne trifft mich mit ihren letzten wärmenden Strahlen, lässt den Schweiß auf meiner Haut aber nur langsam trocknen. Er tropft mir von der Stirn und rinnt mir zwischen den Brüsten hinab. Der kühle Wind lässt mich frösteln und macht mir bewusst, dass mich mein Oberteil nur äußerst notdürftig bedeckt. Ich versuche, mir nicht vorzustellen, welchen Anblick ich Ryan biete. Stattdessen lasse ich meinen Blick in die Ferne schweifen – über den sanft abfallenden Grashang von Primrose Hill mit den vereinzelten Bäumen und den jungen Leuten, die in Gruppen beieinandersitzen oder sich zu zweit auf ausgebreitete Jacken quetschen und die Aussicht auf die Skyline genießen. Auf die blau- bis blassgrauen Silhouetten der markanten Gebäude. Ich lasse meinen Blick wandern – von *Canary Wharf* über *St Pancrass Station*, dann über *The Gherkin, St Paul's* und *The Shard*, über den prominent hervorstechenden Fernsehturm, das *London Eye* und im Vordergrund die geschwungenen Netze der Voliere des *London Zoo*. Ich liebe diese Aussicht. Ich wünschte, ich wäre eine Runde joggen gegangen, ein bisschen durch die *Queen Mary's Gardens* spaziert, würde jetzt hier sitzen und Sandwiches futtern – so wie Julian. Stattdessen knabbere ich mit flauem Magen an einem pappigen Energieriegel, der aufdringlich nach Banane riecht, und versuche einfach nur zu atmen, ohne dass die Schmerzen zu stark werden.

»Du willst wissen, wie es sich anfühlt, nicht versagt zu haben?« Ich wende den Kopf und sehe Ryan direkt in die Augen. Ich fühle mich, als würde das dunkle Blau mich umspülen und in einer Welle anheben. Zum ersten Mal will ich genau das fühlen – diese Schwerelosigkeit, die alle Schmerzen in den Hintergrund treten lässt. »Richtig beschissen«, sage ich. »Das fühlt sich richtig beschissen an.«

Kapitel 22

Die Sonne geht unter. Eine fast andächtige Ruhe breitet sich über Primrose Hill aus. Die Familien mit Kindern sind abgerückt, Paare und Gruppen junger Leute sitzen noch zusammen. Ein Stück unterhalb von uns ertönt Musik über einen Bluetooth-Lautsprecher und es wird in der darum versammelten Gruppe über die Frühlingsplaylist abgestimmt. Es ist fast eine Stunde her, seit ich mich auf Lynns karierte Thermopicknickdecke geschleppt und die von Julian übrig gelassenen Sandwich-Reste mit Ryan geteilt habe. Schon mehrmals hat Lynn darauf hingewiesen, dass wir aufbrechen sollten, weil die Mücken kommen, aber ich kann mir nicht vorstellen, meine Beine jemals wieder zum Gehen zu benutzen. Da Lynn das Gras angeblich zu kalt wird, steht sie schließlich auf und setzt sich auf eine der Bänke auf der Spitze des Hügels. Julian schließt sich ihr an – offiziell, um eine noch bessere Aussicht zu haben.

»Hier steht was«, höre ich ihn sagen, während er über die Steinbegrenzung des Platzes am höchsten Punkt des Hügels steigt.

»Irgendein Spruch über die Sonne«, antwortet Lynn und klopft neben sich auf die Bank, damit er sich zu ihr setzt.

»*I have conversed with the spiritual sun – I saw him on Primrose Hill*«, zitiere ich aus dem Kopf. »William Blake.«

»Die spirituelle Sonne«, wiederholt Ryan. »Kann die Sonne nicht einfach die Sonne sein?«

»Dann wäre eine Aussicht nur eine Aussicht und ein Moment nur ein Moment«, gebe ich zurück. »Aber manchmal fühlen sich Dinge ganz besonders an und dann sind sie eben mehr als einfach nur das.« Ich beobachte, wie sich der Himmel über London rötet, wie die harte Realität der Stadt im Licht des Sonnenuntergangs hinter etwas verschwindet, das mich alles vergessen lässt, was mein Leben schwer macht. Auf einmal ist alles märchenhaft. Vielleicht ist das hier so ein Moment, der mehr ist als nur ein Moment. Und vielleicht bleibt er für immer.

Ich sehe Ryan an, der sich auf einen Arm gestützt auf der Picknickdecke ausgestreckt hat und ebenfalls Richtung Skyline blickt. Mein Körper ist nicht mehr erschöpft genug, um sich nicht an das zu erinnern, was Ryan gestern Abend in mir ausgelöst hat. Leider hat mein Kopf genauso wenig vergessen, wie alles in Entschuldigungen geendet hat.

Ryan richtet sich auf, kramt im Picknickkorb, öffnet eine Box und schließt sie wieder. Dann greift er nach der nächsten. Der Himmel über London leuchtet in kühlem Frühlingsblau und dramatischem Rotorange.

»Ryan, darf ich dich was fragen?«

»Willst du Weintrauben?«

»Warum musst du dich vor mir schützen?«

Mitten in der Bewegung hält Ryan inne. Ich nehme an, nicht wegen der Weintrauben. Und irgendwie erstarre ich gleichzeitig mit ihm. Er dreht sich halb zu mir um. »Als wir uns kennengelernt haben … Weißt du noch, was das Erste war, das du zu mir gesagt hast?«

Überrascht von seiner Gegenfrage denke ich an den Tag zurück, an dem ich frisch von meiner gynäkologischen Untersuchung kam und auf der Suche nach ihm durchs Großraumbüro hetzte.

»Hallo?«, vermute ich.

Ein Lächeln fliegt über sein Gesicht. »Danach.«

»Ich bin die Praktikantin.«

»Stimmt. Aber danach hast du gesagt, an Geschichte fasziniere dich die Fähigkeit der Menschen, die unvorstellbarsten Katastrophen zu überleben und immer weiterzumachen.«

»Das war nicht das Erste, was ich gesagt habe.«

»Aber fast. Irgendwie hat es sich gut angefühlt, mich daran zu erinnern, dass Katastrophen zum Leben dazugehören. Das ist nämlich noch so eine Sache mit der Schuld. Man lebt im Konjunktiv. Hätte ich ... Wäre ich ... Je mehr ich versuche, mich diesen nicht mehr möglichen Möglichkeiten zu entziehen, desto weniger lassen sie mich los und desto mehr isolieren sie mich. Dabei sollte ich jeden Tag daran denken, dass ich nicht der Einzige bin, der jemanden verloren hat. Menschen haben schon immer Katastrophen überlebt. Du hast mich daran erinnert – und irgendwie hat mir der Gedanke geholfen.« Er sieht mich an, und mir fällt auf, dass es dunkler geworden ist, dass die Schatten seine Melancholie fast greifbar machen.

»Warum musst du dich dann vor mir schützen?«

Ryan lacht leise und trotz der Dunkelheit geht in mir die Sonne auf. »Weißt du noch, was der Mann im Pub gesagt hat – wie er vor Jahrzehnten diese Frau kennengelernt hat?«

»Klar.«

»Als er von ihr sprach, habe ich mich gefragt, wie das sein kann. Wie kann man jemanden sehen, den man gar nicht kennt, und so empfinden?«

Noch immer habe ich keine Ahnung, worauf er hinauswill. Ich kann nur an den Moment denken, in dem ich zum ersten Mal vor ihm stand und mich in diesem Sturm von Ryan-Details wiederfand.

»Das nennt man einen ersten Eindruck, oder?« Ich sehe ihn nicht direkt an, denn – da bin ich mir sicher – der Sturm würde mich sofort wieder erfassen und ich keine Worte mehr finden. »Wenn wir jemanden zum ersten Mal sehen, zieht unser Gehirn so schnell auf so vielen Ebenen Informationen über die Person zusammen, dass wir uns über die Einzelheiten nicht bewusst sind. Wahrscheinlich passiert es nicht oft, dass unser erster Eindruck von jemandem perfekt ist.« Ich hebe die Schultern. »Aber wenn es passiert ... Vielleicht macht das einfach glücklich.«

Die leichte Melodie von ›Here Comes the Sun‹ von den Beatles schwebt aus den Lautsprechern unter uns, hüllt uns in milde Frühlingsluft und beschwingte Klänge. Es fühlt sich an, als bringe es die Nervenenden in meinem Bauch zum Tanzen.

»Hast du das schon erlebt?«, will Ryan wissen. »Mit Phil? Dieses Gefühl, dass es perfekt ist?«

Ich angle die Decke zu mir heran, die Lynn mitgebracht hat, und wickle sie fest um mich. Zu meiner Überraschung hört das Tanzen in meinem Bauch trotz Ryans Frage nicht auf. Ich beobachte, wie sich der Himmel in ein Abendkleid aus dunklem Blau und Violett kleidet. Entlang der Wege im Park gehen die Laternen an – kleine schwebende Lichtbälle, die den Weg zurück in die Straßen der Stadt und ins richtige Leben weisen.

»Nein, nicht mit Phil.« Mein Blick fliegt zu Ryan, und die aufziehende Dunkelheit schafft es, uns vom Rest der Welt abzuschirmen. Die letzte Helligkeit malt uns in Schwarz und Weiß. Ich seufze tief. »Was ist schon perfekt?«

»Das von dir?«

Ich muss über seinen belustigten Ton lachen. »Gerade von mir. Ich weiß, ich versuche immer, alles perfekt zu machen, aber macht mich das glücklich? Dieser elende Lauf eben hat mir vor allem eins gezeigt: Nein! Wären wir alle perfekt, wären wir nicht einzigartig, oder? Und das gilt bestimmt auch für Beziehungen.«

Über London strahlen die Lampen mittlerweile heller als

der Himmel – Farben in Silber und Gold, kühlem Blau und grellem Rot. Sie lassen die dunklen Flecken im Park noch dunkler wirken.

»Genau das dachte ich immer«, erwidert Ryan leise. »Dass es nicht sein kann, dass da plötzlich eine perfekte Verbindung zwischen zwei Menschen ist. Trotzdem habe ich das, was Mr Bale beschrieben hat, selbst erlebt. Und es hat sich echt angefühlt.«

»Du meinst den Blitzschlag mit allem Drum und Dran?« Meine Frage war neckend gemeint, aber Ryan lacht nicht und weicht ihr auch nicht aus. Stattdessen nickt er.

»Normalerweise hätte ich mich zurückgezogen – wie immer, wenn ich merkte, dass ich jemanden mag. Aber in diesem Fall konnte ich das nicht. Wir mussten zusammenarbeiten.«

Mir wird heiß – ein Gefühl tief aus meinem Bauch, das sich in jeden Winkel meines Körpers ausbreitet.

»Also konnte ich nicht anders, als zu merken, wie perfekt du in meinen Augen bist – und zwar einfach so. Ganz ohne dass du dich anstrengen musst. Und obwohl du ständig über Dinge redest, die längst Vergangenheit sind, oder über Menschen, die schon lange nicht mehr leben. Mit beidem will ich ja normalerweise nichts zu tun haben. Aber irgendwie faszinierst du mich mit deiner Empathie und deiner Unerschrockenheit, dich deinen eigenen Fehlern und kaputten Beziehungen zu stellen. Auf gewisse Weise bewirkst du, dass ich in deiner Nähe fast genauso unerschrocken werde.« Ryan richtet sich auf und rückt dichter an mich heran, sodass wir direkt voreinandersitzen – getrennt nur von einer Lineallänge atemloser Dunkelheit. In mir ist alles so still, dass ich meine Herzschläge zählen könnte. »Jamie.« Seine Hand berührt nur die Decke auf meinem Bein, aber meine Nerven reagieren an der entsprechenden Stelle so über, dass sich mein ganzes Bewusstsein für einen kurzen Moment auf die Größe seiner Handfläche reduziert. »Ich muss mich vor dir schützen, weil du machst, dass ich mich gut fühle.«

Es dauert ein paar Herzschläge lang, bis mir klar wird, was er gesagt hat, und ich nachträglich zusammenzucke – spürbar, glaube ich. Denn Ryan zieht seine Hand sofort zurück.

»Ich will dich nicht überrumpeln. Im Gegenteil! Wir müssen damit aufhören.«

»Womit?«

»Es fühlt sich an, als würdest du auf einer Ebene zu mir sprechen, von der ich bisher nicht einmal wusste, dass es sie gibt. Es reicht schon, dich anzusehen, und alles erscheint mir plötzlich leichter. Schöner irgendwie.«

Seine Worte machen mich high. Ist das die Ebene, von der er spricht: irgendwo über den Wolken? Meine Hand findet seine, und der Druck seiner Finger lässt die Distanz zwischen uns schmelzen, bis ich kurzatmig und schwindelig werde.

»Der Kuss war ein Fehler.«

Und damit versickert mein High wie Badewasser im Abfluss.

»Warum?« Dieser Kuss hat etwas mit mir gemacht. Er hat etwas *aus* mir gemacht, von dem ich mehr will. Wild. Und voll Abenteuer.

Ryan antwortet nicht sofort. Sein Daumen streicht über meinen Handrücken. Ich fühle mich hypnotisiert – von ›Here Comes the Sun‹, von den Worten im Song, dass endlich alles gut sei, von Ryans Duft nach Regen.

»Nadine braucht mich. Und Mia. Ich muss für sie da sein. Mehr Platz ist da einfach nicht in meinem Leben.«

Ich schlucke gegen den Druck in meiner Kehle, weil diese Vorstellung mir die Luft abschnürt. Weil alles in diesem Moment zu viel ist – all die Dinge, die er ausspricht, all die Dinge, die er nicht sagt, all die Dinge, die ich in Reaktion auf beides empfinde. Gefühle habe ich nie von ihm erwartet.

Aber warum machen seine Worte mich dann so unfassbar traurig?

»Hast du mich deshalb gestern so plötzlich stehen lassen? Weil für mich kein Platz ist?«

»Vor allem, weil es sich zu gut angefühlt hat.« Nicht nur für ihn! »Du hast gesagt, bedeutungsloser Sex funktioniere nicht für dich. Und alles andere … funktioniert nicht für mich.«

Ich spüre meinen Herzschlag in jedem Winkel meines Körpers – ganz nah unter der Oberfläche. Gestern war ich Sex gegenüber – egal ob mit oder ohne Bedeutung – weit aufgeschlossener, als ich das sonst von mir gewohnt bin.

»Zumindest kann ich an meiner Situation nichts ändern«, fügt er hinzu.

»Kannst du nicht oder willst du nicht?« Die Frage ist gestellt, bevor ich mich stoppen kann. Zu spät beiße ich mir auf die Lippe. Ich höre Ryan Luft holen.

»Was meinst du?«

»Ich verstehe, dass Mia dir wichtig ist«, sage ich vorsichtig. »Und dass du dich um sie kümmern möchtest, ist nachvollziehbar. Aber Nadine … Sie ist doch erwachsen.«

»Diese ganze Situation mit Nadine ist meine Schuld, Jamie. Hast du mich nicht gehört? Es ist meine Schuld.«

»Dass wir nicht perfekt sind, führt manchmal dazu, dass wir uns schuldig machen. Du kannst dich nicht für den Rest deines Lebens für einen Moment bestrafen, in dem du vielleicht eine falsche Entscheidung getroffen hast.«

Schlagartig entzieht er mir seine Hand. »Was soll das heißen?« Ich blinzele, als sein plötzlich scharfer Ton mich gegen die Mauer seiner Wut krachen lässt und unsere Seifenblase platzt. »Was glaubst du denn über mein Leben zu wissen? Oder über meine Entscheidungen?«

»Nichts, ich …« Nichts. Ich muss nicht weitersprechen. *Nichts* sagt alles.

»Dein größtes Problem besteht darin, dass deine Mum sich zu sehr für dich eingesetzt hat. Von echter Schuld hast du keine Ahnung.«

Schockiert halte ich die Luft an. »Im Ernst, Ryan? Weißt du was? Du musst mich nicht verletzen, damit ich Abstand halte. Ich habe verstanden, dass du dich nicht gut fühlen willst. Ich habe keine Ahnung, warum, aber ich kann das akzeptieren, ohne dass du mich angreifst.«

»Ich will mich zumindest nicht deinetwegen gut fühlen, Jamie. Das kann einfach nicht von Dauer sein. Ich meine, wir recherchieren diese Paare und nennen ihre Beziehungen Liebe, aber wer von denen war denn wirklich glücklich? Das ergibt doch keinen Sinn. Bisher konnte mir immer noch niemand erklären, was genau Liebe überhaupt sein soll.«

»Ich kann es dir sagen.« Mit schmerzenden Gliedern stehe ich auf, bringe einen Schritt Abstand zwischen uns und sehe mich nach Lynn und Julian um. Die beiden sitzen Arm in Arm auf ihrer Bank. Das letzte *Alles ist gut* der Beatles löst sich in der Frühlingsnacht auf. »Wenn ein Kind Daddy zu dir sagt, das ist Liebe.«

Kapitel 23

Ich stolpere bei jedem zweiten Schritt, weil meine Beine hin und wieder einfach wegknicken. Meine Lunge fühlt sich wund an. Trotzdem habe ich bisher tapfer mit den anderen Schritt gehalten. Was habe ich für eine Wahl? Es ist kühl und ich bin für eine Frühlingsnacht zu dünn angezogen. Zwischen den unbezahlbaren *Terrace Houses* folgen wir der Regent's Park Road in Richtung Camden Town. Lynn hat ihre Arme fest um sich geschlungen. Julian trägt den Picknickkorb, beschwert sich aber ausgiebig, dass Picknickkörbe die unpraktischste Transportmöglichkeit für Essen sind, die man sich vorstellen kann. Ich glaube, die beiden sind zu sehr mit sich beschäftigt, um zu realisieren, dass Ryan und ich kein Wort mehr miteinander sprechen, dass ich ihn nicht mal mehr ansehen kann.

Was glaubst du denn über mein Leben zu wissen? Hat er mir nicht quasi zu verstehen gegeben hat, dass er sich in mich verliebt hat? Dass er aus Rücksicht auf mich nicht einfach zu mir hoch und in mein Bett gekommen ist? Klar, ich habe gerade erst eine Beziehung hinter mir, von der ich seit den letzten Tagen annehme, dass sie zu lange gedauert hat. Aber Ryan mit seinen Andeutungen, der irren Intimität, von der ich nie erwartet hätte, dass sie nach so kurzer Zeit möglich ist, und seiner harschen Zurückweisung verwirrt mich einfach. Und gerade macht er mich unfassbar wütend und traurig. Außerdem regt es mich auf, dass ich überhaupt so fühle. Denn ich will nicht schon wieder so stark für jemanden empfinden. Ich will doch erst mal wissen, wie ich zu mir selbst stehe. Und was ich von einer Beziehung eigentlich will. Trotzdem fühle ich mich, als hätte ich ein ganzes Leben mit Ryan verloren und nicht nur ein hypothetisches *Was wäre eigentlich, wenn …*

Ich bin so in Gedanken versunken, dass ich fast geradeaus auf die Straße laufe, als die anderen in die Camden High Street abbiegen. Zum Glück kriege ich gerade noch die Kurve.

Von *Drugstores* über Supermärkte und Bistros bis zu Banken und Hauswarengeschäften ist hier auf den ersten Blick alles für den täglichen Bedarf zu finden. Die Wohnungen hinter den Backsteinfassaden über den Geschäften haben einen leicht heruntergekommenen Touch, aber das hat in London nicht viel zu bedeuten. Manchmal verbergen sich recht schicke Apartments dahinter und nahezu unbezahlbar ist sowieso alles mit einer Tür und mindestens einem Fenster.

»Die *Underground Station* liegt nur ein paar Schritte weiter«, erklärt Ryan, der sich in diesem Moment zu Lynn und Julian umdreht. »Ich wohne hier.«

Automatisch fliegt mein Blick an der viergeschossigen Backsteinfassade über einem *Ryman Stationery Shop* empor. Gleichzeitig spüre ich, wie sich etwas in Ryans Haltung verändert. Aus dem Augenwinkel nehme ich wahr, wie er mitten in der Bewegung erstarrt. Sein Blick ist auf ein Bündel gerichtet, das vor der Eingangstür neben dem Schreibwarenladen kauert: Nadine. Und daneben ein kleineres, das sich in eine Ecke des Hauseingangs quetscht. Mein Blick fliegt von einem zum anderen. Nadine hat die Arme um ihre Knie geschlungen und trägt nur ein dünnes hellgraues Shirt über ihrer Jeans. Ihren Kopf hat sie auf den Knien abgelegt, sodass ich sie vor allem an ihren hellen Haaren erkenne, die ihr zerzaust über dem Rücken liegen.

Ryan sieht mit einem fast panischen Ausdruck in meine Richtung. »Wir sehen uns morgen, in Ordnung?«

Ich nicke ihm zu. Auch wenn ich mich wütend und verletzt fühle, lässt sich nicht wegdiskutieren, dass Ryan andere Probleme hat. Sacht schiebe ich Julian an, der mittlerweile einen Arm um Lynn gelegt hat. Doch statt weiterzugehen, kichern die beiden über irgendetwas, das wahrscheinlich nur Verliebte auf ihrem Hormon-High witzig finden. Im Hauseingang springt Mia auf, stürmt zu Ryan und wirft sich in seine Arme.

»Hey, Carrot, was machst du denn hier?« Ryan hebt sie hoch und schlingt seine Arme in einer beschützenden Geste um das Kind. Im gleichen Moment blickt Nadine auf. Ihre Augen sind verquollen, ihre Wangen gerötet. Sie entdeckt Ryan und kommt mühsam auf die Füße. Ihr Blick wandert über Lynn und Julian und fällt auf mich. Obwohl ich nicht einmal neben Ryan stehe, stößt sie einen Laut aus, den ich angesichts ihres Zustands irgendwo zwischen Wut und Verzweiflung verorte. Ich sehe Mia auf Ryans Arm zusammenzucken. Sie versteckt ihr Gesicht in seiner Halsbeuge.

Nadine kommt auf uns zugestürmt, ihren Finger anklagend erhoben. Ihre Stimme schrillt über den Gehweg und schreckt sogar die abgehärteten Londoner Passanten auf. »Was macht sie schon wieder hier? Wo kommt ihr um diese Zeit her?« Ihr Gesicht ist verzerrt von einem Schmerz, den außer ihr höchstens Ryan versteht. »Das sieht doch nicht nach Arbeit aus.« Nadine fuchtelt in Richtung meiner Sport-Tights und Laufschuhe. »Du hast gesagt, du arbeitest mit ihr und sonst gar nichts.«

»Nadine, bitte reg dich nicht auf. Denk an Mia.«

»Ich denke jede verdammte Sekunde an Mia, aber ich kann nicht mehr.« Nadine gestikuliert weiter in meine Richtung. »Erklär mir das.«

Ich sehe Ryan tief Luft holen. Dann deutet er mit einer Kopfbewegung auf Julian. »Ich habe Julian ein paar Laufstrecken in der Gegend gezeigt. Er ist Jamies Bruder.«

Nadines Blick flackert erneut zu Julian und Lynn, die sie mit einer Mischung aus Neugier und Erschrecken beobachten.

»Du gehst mit ihr auf einen Pärchenabend?« Ihre Stimme schraubt sich noch eine Etage höher, kippt in ein Schluchzen. »Du weißt doch genau, wie es mir gerade geht.«

Wir stehen alle wie erstarrt da. Ich sehe Ryan erneut Luft holen. Dann schiebt er sich Mia auf eine Hüfte, macht einen Schritt auf Nadine zu und zieht sie an sich. Im ersten Moment sträubt sie sich gegen seine Umarmung, schluchzt dann jedoch hemmungslos an seine Schulter, klammert sich an ihn wie eine Ertrinkende. Ryans Blick trifft mich über ihren Kopf hinweg – seine dunklen Augen wie ein Abgrund. Ich kann diesen Anblick schwer aushalten: wie seine Nichte Schutz bei ihm sucht und Nadine sich an ihn klammert, wie Ryan beide zu halten versucht, aber dabei aussieht, als ginge er unter. Ich würde ihm gerne helfen, aber ich weiß, dass ich es nicht kann – ich vielleicht am wenigsten von allen.

»Können wir irgendwas tun?« Lynn macht einen vorsichtigen Schritt auf die drei zu.

Rasch ergreife ich ihren Arm. »Wir gehen besser.«

Nur widerstrebend lässt sie sich von mir mitziehen.

»Wir sehen uns«, höre ich Julian zu Ryan sagen, ehe er uns mit wenigen Schritten einholt. »Was war das denn?«

»Keine Ahnung.« Ich schlängle mich durch die Leute auf dem Gehweg in Richtung der *Underground Station*. In meinem Kopf höre ich noch immer Nadines verzweifeltes Schluchzen. Das Stakkato von Lynns Pumps treibt uns an.

»Wusstet ihr, dass er ein Kind hat?« Lynns ungläubiger Ton verrät, dass sie vollkommen entgeistert ist.

»Ich glaube, sie ist seine Nichte«, erwidere ich vage. Ich kann mir vorstellen, dass Ryan nicht noch mehr Spekulationen über sein Privatleben gebrauchen kann.

»Seine Nichte? Wo ist denn der Vater?«, will Lynn wissen, aber ich sage nichts mehr, antworte nur mit einem Schulterzucken.

Auf der ganzen Fahrt nach Hause bin ich schweigsam. Julian und Lynn überwinden ihre Betroffenheit über den kurz beobachteten Zwischenfall irgendwann und diskutieren über ihren grundlegend verschiedenen Musikgeschmack. Ich schiebe mir meine Kopfhörer in die Ohren und höre Alec Benjamin zu, der in ›Let Me Down Slowly‹ darum bittet, sachte fallen gelassen zu werden. Aber man fällt eben niemals langsam. Fallen ist immer schnell und der Aufprall jedes Mal hart. Anscheinend macht es dabei nicht mal einen Unterschied, warum man fällt: weil man nach jahrelanger Beziehung betrogen wurde oder weil man nicht mal eine Chance bekommt.

Zu Hause stürme ich sofort ins Bad, bevor Lynn und Julian wieder die Dusche blockieren können. Als ich mich wenig später in mein Handtuch gewickelt auf mein Bett setze, höre ich schon wieder Lynns Stöhnen aus ihrem Zimmer. Na toll! Rückwärts lasse ich mich auf die Matratze fallen. Zu viele Gedanken gleichzeitig kreisen mir durch den Kopf und blockieren sich gegenseitig. *Du machst, dass ich mich gut fühle.* Meine Erinnerung an Ryans Worte und unseren Kuss gestern löst Schauer in mir aus – wie sich gegenseitig überlagernde Echos. Doch immer wieder prallen sie gegen die Mauer seiner Zurückweisung. Mein Gedankenkarussell vollführt einen Frontalcrash nach dem anderen und lernt nicht daraus. Abgesehen von meinem Drama mit Phil sind Ryans unvorhersehbare Stimmungsschwankungen nur ein weiterer Grund für mich, Abstand von ihm zu halten. Spätestens das unerwartete Zusammentreffen mit Nadine und Mia hat mir vor Augen geführt, dass er in seinem Leben an einer Front kämpft, die mich vollkommen irrelevant sein lässt. Zumindest das sollte mich auf den Boden der Tatsachen zurückholen. Denn mir ist längst klar: Wenn ich mich von der Welle mitreißen lasse, werde ich irgendwann fallen. Und wenn ich falle, dann falle ich tief. Kein *Let me down slowly*. Ich weiß genau, wie weh das tut.

Ich male mir aus, wie Ryan und ich in einer Woche unser Projekt abschließen. Dann werde ich an die Uni und zu meinen Kursen zurückkehren, während er *Editor* bei ›Past & Present‹ wird, seine Stücke für den Politikteil schreibt und mich in einigen Jahren, wenn ich es hoffentlich als vollwertige Journalistin in diese Redaktion schaffe, im Vorbeigehen auf dem Gang grüßt, weil er eine vage Erinnerung an mich hat.

Leider lässt sich mein Körper nicht mal von dieser Vorstellung beeindrucken. Nach dem Kuss und Ryans Andeutung, dass ich ihm nicht egal bin, dass ich offensichtlich auch etwas mit ihm mache, lässt sich das Pochen in meiner Körpermitte nicht mehr zum Schweigen bringen. Was mein Körper mir von Anfang an signalisiert hat, muss ich mir endlich eingestehen: Ich will Ryan. Und egal, wie Ryan das nennt, egal, wie unpassend das angesichts seiner Umstände ist, in meiner Welt nennt man das Verliebtheit. Bei Phil hat sich dieses Gefühl mit der Zeit eingeschlichen. Fast zaghaft hat es um die Ecke gelinst. Ich musste es ein bisschen locken, bis sich Herzklopfen und Bauchkribbeln einstellten. Bei Ryan hingegen kam es wie ein Schock, traf mich mit voller Wucht. Wirklich zu sagen hat das bestimmt nichts. Einem stürmischen Feuer geht vielleicht umso schneller die Luft aus. Im Moment brennt es allerdings ziemlich heiß in meinen Adern und lässt meine Fantasie wild werden. Ich fühle Ryans Körper an meinen gepresst. Ich spüre seine Lippen auf meinen, will mehr davon, mehr von ihm. Ich sehe Ryan nur eine Handbreit von mir entfernt auf Primrose Hill. *Du machst, dass ich mich gut fühle.* Ich glaube, seine Hände auf meiner Haut wahrzunehmen, wie sie zart über meine Wange streichen. Zeit und Raum verfliegen zwischen uns. Seine Lippen auf meinen sind wie Frühlingsregen – schockierend, elektrisierend und sofort süchtig machend.

Lynns Stöhnen dringt lauter durch die Wände. Mit einem gequälten Seufzen ziehe ich mein Kopfkissen zu mir herüber und presse es mir aufs Gesicht. Ich kann seinen Blick nicht vergessen, die Verletzlichkeit im Straßenlaternenlicht der Camden High Street, seine Ratlosigkeit. Ich wünschte, ich wüsste, worum es geht. Ich wünschte, ich könnte eine Lösung für ihn finden. Ich wünschte, ich könnte ihm helfen, damit er sich wirklich gut fühlt – nicht nur einen Moment lang. Und es macht mich wahnsinnig, dass er mir diesen Weg mit seinen verdammten Mauern verbaut. Ich rolle mich auf die Seite und schließe die Augen. Ein Wassertropfen aus meinen noch nassen Haaren rinnt über meinen Hals. Es fühlt sich an, als würden Ryans Fingerkuppen einen sanften Rhythmus auf meine Haut trommeln.

Kapitel 24

Von dem Haus im Ampthill Square, das Charles Dickens für seine Geliebte Ellen Ternan gekauft hat, ist nichts mehr übrig. Ryan und ich laufen zwischen sechs Stockwerke hohen Apartmentblöcken hindurch, machen ein paar lustlose Fotos und blicken zu schmucklosen Wohntürmen hinauf, die an diesem Nieselwetter-Tag besonders trist wirken. Darüber hinaus haben sämtliche Muskeln in meinem Körper den schlimmsten Kater ihres Lebens. Jegliche Bewegung erinnert mich schmerzlich an jeden Schritt, den ich gestern zu viel gelaufen bin. Und es waren viele. Angesichts von Ryans düsterer Stimmung würde ich am liebsten nach Hause fahren und mich wieder ins Bett legen. Den Besuch hier hätten wir uns ohnehin sparen können. Die Wohngegend ist in den sechziger Jahren entstanden und ersetzte heruntergekommene viktorianische Bauten – keine Spur mehr von dem London, das Charles und Ellen kannten.

Die beiden hatten sich im Theater kennengelernt. Er war der berühmteste Schriftsteller seiner Zeit, ein reicher Mann in mittleren Jahren, der für Sozialreformen kämpfte und mit Stil und Charme aufzutreten verstand. Ellen Ternan war jung, interessiert und hübsch. Sie, die immer mittel- und hilflos gewesen war, fand in Charles Dickens einen Bewunderer, der sich über alle Altersgrenzen hinweg in sie verliebte, allerdings schon verheiratet war.

»Heutzutage würde man *#metoo* vor diese Story schreiben«, bemerkt Ryan.

Gerade blinzelt die Sonne zwischen den rasch am Himmel dahinziehenden Wolkenpaketen hindurch und wärmt uns nach dem letzten Schauer auf.

»Vielleicht. Gesellschaftlich wären Charles, aber vor allem Ellen auch zu ihrer Zeit verloren gewesen, wenn ihr Verhältnis herausgekommen wäre. Aber für Ellen war er die Möglichkeit, dem Herumtouren am Theater zu entkommen. Das machte sie nur mit, weil ihre Mum Schauspielerin war und sie ohne den Vater nicht anders durchkamen.«

»Gut, dann profitierte Ellen von Charles' Reichtum und er fühlte sich von ihrer Jugend angezogen.« Abschätzig sieht Ryan mich an. »Das klingt nach einer wirklich ergreifenden Liebesgeschichte.«

Ich seufze und gebe mir keine Mühe, es zu verbergen. Ryan soll ruhig merken, dass ich seine schlechte Laune anstrengend finde. Allerdings frage ich mich selbst, wie viel Liebe eigentlich entstehen kann, wenn sie nur im Verborgenen, in Briefen, in Gedanken und Träumen gelebt wird? Oder macht gerade das die Liebe aus? Dass man bereit ist, ihr gegen jede Vernunft hinterherzujagen? Und ist das echt? Oder ist das Illusion, wie Ryan immer behauptet? Und wer entscheidet das überhaupt?

Der kurze Sonnengruß verabschiedet sich bereits wieder in eine sich schließende Wolkenlücke. Ryan hat die Arme vor der Brust verschränkt und sieht sich um, als wäre jede Spur von Liebe und Frohsinn zwischen den tristen Gebäuden, dem Verkehrslärm und den Zügen der nahe gelegenen *Euston Station* zermahlen worden.

»Weißt du, was ihre Liebe für mich ausmacht?«

»Was?« Er sieht sich zu mir um.

»Charles hat dafür gesorgt, dass es Ellen gut ging und ihre Beziehung nicht auf sie als alleinstehende Frau zurückfiel. Vielleicht hat er sich dadurch selbst geschützt. Aber er hat auch alles getan, um sie zu schützen.«

Einen Moment lang sieht Ryan mich stumm an. Im kalten Wind fröstelnd schlinge ich meine Arme um den Oberkörper.

»Was willst du mir damit sagen?«, fragt er endlich.

»Du meintest, niemand könne dir sagen, was Liebe ist. Aber ich glaube, das ist die Antwort: Wenn du dich zu jemandem hingezogen fühlst, gibt es die unterschiedlichsten Gründe dafür. Wenn du eine Beziehung führst, findest du heraus, ob die Gründe gut genug sind. Aber wenn dir jemand wichtiger wird, als du selbst es bist, dann sind die Gründe egal. Dann ist das Liebe.«

Aus verengten Augen mustert er mich. »Für mich hat das nichts mit Liebe zu tun, sondern mit Selbstaufgabe.«

Ich erwidere seinen Blick. »Vielleicht ist Liebe immer auch ein bisschen Selbstaufgabe. Sonst würde ich meinem Bruder bestimmt nicht seine Sportklamotten waschen oder zulassen, dass er sie in meinem viel zu kleinen Zimmer herumliegen lässt. Aber auf der anderen Seite nehme ich mir heraus, zum Einschlafen meinen Lieblingspodcast zu hören und Pilates auf seinem Schlafsack zu machen.«

Und da ist sie plötzlich: die erste Andeutung eines Lächelns in Ryans Gesicht, eine vage Ahnung seiner Grübchen, ein bisschen Sonne über dem stürmischen Meer. Und vielleicht hat auch das ein bisschen mit Selbstaufgabe zu tun: dass ich ihn zum Lachen bringen will, obwohl er das nach gestern Abend überhaupt nicht verdient hat. Schließlich hat er sich nicht mal entschuldigt. Gut, was will er auch sagen? Er kann sich nur wiederholen. Und ich weiß ja mittlerweile, dass er jeden wegstößt, der sich seinen Mauern nähert. Der Unterschied ist nur, dass ich eine Vorstellung von seiner Welt auf der anderen Seite habe, seit er mir Dales Grab gezeigt hat – und seit ich Nadine erlebt habe, die ihn immer wieder um Hilfe ruft und ihn genauso braucht wie Mia, die von der Verzweiflung ihrer Mum vollkommen überfordert sein muss. Klar, Ryan wollte nur mein Verständnis, als er sich mir geöffnet hat. Trotzdem kann ich nicht anders, als mir Fragen zu stellen: Wie viel Verständnis kann ich ihm gegenüber haben, ohne meine eigenen Gefühle zu verraten, die er mit seinem Wechselspiel aus Nähe und Abwehr verletzt?

Ein erneuter Regenschauer setzt ein: winzige feine Tröpfchen, die vom Wind auf uns niedergedrückt werden. Ryan zieht sich die Kapuze seines schwarzen Hoodies über den Kopf. Ich zerre meine signalrote Regenjacke aus den Untiefen des Hobo-Bags und gebe Ryan meine Tasche zum Halten.

»Ich glaube, die Jacke kannst du für den Rest des Tages anlassen«, bemerkt Ryan mit einem pessimistischen Blick in den betongrauen Himmel, während ich in die Ärmel schlüpfe. Als ich ihm meine Tasche abnehme, verzieht er das Gesicht. »Autsch, das tut weh.«

Ächzend hänge ich mir das Hobo-Bag über den Rücken. »Du hast ja keine Ahnung. Diese feuchte Kälte kriecht mir in jede schmerzende Muskelfaser und stiftet sie an, noch mehr wehzutun.«

»Das kann ich mir vorstellen, aber das meinte ich nicht.«

Ich hebe die Augenbrauen. »Sondern?«

»Diese Farbkombi ist brutal.«

Ich blicke an mir hinunter und stelle fest, dass meine rote Jacke und das Beerenpink meiner Tasche tatsächlich eine Herausforderung sind. Trotzdem hebe ich scheinbar unbeeindruckt die Schultern. »Wieso? Die ist dieses Jahr der letzte Schrei.«

»Ja, bevor man wahnsinnig wird.«

Ryans trockener Kommentar bringt mich zum Lachen. Ich breite die Arme aus. »Ich würde sagen, ich bin der einzige Farbklecks an diesem tristen Tag. Du solltest froh sein, dass ich hier bin.«

»Das ist leider wahr.« Ryan setzt sich in Bewegung. »Es ist nicht weit bis zum Tavistock Place.«

Ich stopfe zumindest einen Teil meines Zopfes unter meine Kapuze und laufe, um zu Ryan aufzuschließen.

»Zumindest muss ich mir keine Sorgen mehr um dich machen. Die Autos werden weiträumig anhalten, wenn sie dich sehen«, bemerkt er grinsend.

»Wie praktisch.« Gegen den kühlen Wind ziehe ich die Schultern hoch.

»Werd bloß nicht übermütig.« Ryans Seitenblick hebt mich sacht von den Füßen und ich lächle fast gegen meinen Willen. Denn die Mauer steht zwischen uns. Ich spüre sie bei jedem einzelnen Schritt die Eversholt Street hinunter. Ich habe keine Lust, erneut eine falsche Bewegung zu machen und mich wegbeißen zu lassen. Also bleibe ich stumm.

Schweigend betreten wir etwa zehn Minuten später den *Tavistock Square Garden* – eine kleine Insel voll üppigem Grün unter hohen Bäumen, die mit ihren Kronen den Wind abfangen. Ich streiche meine Kapuze zurück, als der Niesel nachlässt. Wir drehen eine Runde durch den Garten, bis wir vor Virginia Woolfs Büste stehen. Ihr hageres Gesicht mit seinen fast schmerzlich klaren Linien wirkt auf mich, als stehe es in direkter Verbindung zu ihren avantgardistischen Texten.

»Das ist doch auch schon wieder so eine Geschichte.« Fast bin ich überrascht, Ryans Stimme zu hören – so lange haben wir beide geschwiegen. »Ein Haus, das nicht mehr steht, eine Beziehung, die wir als eine der großen Liebesgeschichten bezeichnen, die aber vor allem beengend und traurig war.«

»Wieso? Hast du Virginias Briefe an ihren Mann nicht gelesen?«

»Doch. Und soweit ich das verstehe, hat Virginia sich zu Frauen hingezogen gefühlt. Warum schreiben wir über sie und ihren Ehemann und nicht über Virginia und zum Beispiel Vita Sackville-West, mit der sie ein Verhältnis hatte?«

»Weil es über die schon einen Kinofilm gibt. Aber es ist Leonard Woolf, mit dem Virginia siebenundzwanzig Jahre lang verheiratet war und der sie durch ihre Psychosen navigierte. Er war es, der ihren Lebensplan entwickelte – mit festgesetztem Speiseplan und geregelten Besuchszeiten – und ihr so das Schreiben ermöglichte. Er führte sogar Buch über Virginias Zyklus.«

Ryan verzieht gequält das Gesicht. »Wozu?«

»Weil es ihr dadurch besser ging.«

»Warum hat sie sich das Leben genommen, wenn es ihr mit ihm so gut ging?«

Ich hebe die Schultern. »Nach Kriegsbeginn ließen sich ihre Routinen nicht mehr so gut einhalten. Die Woolfs zogen weg aus London und Virginias Krankheit wurde schlimmer. Sie hatte wohl nicht die Kraft, sich ihr erneut zu stellen. In ihrem Abschiedsbrief an Leonard schrieb sie, sie glaube nicht, dass es je zwei Menschen gab, die glücklicher zusammen waren.«

»Warum, Jamie?« Unerwartet aufgebracht sieht Ryan mich an. »Warum soll das Liebe sein? Warum ist das mehr als emotionale Abhängigkeit?«

»Vielleicht ist es das ja gar nicht. Du selbst hast doch den Begriff Liebe als Überschrift bezeichnet. Was, wenn sie genau das ist? Dann lassen sich darunter all die verschiedenen komplexen Gefühlsdynamiken fassen, denen wir bei unseren Paaren begegnen.«

»Abhängigkeit ist doch nie gut.« Ryan starrt Virginia so grimmig an, als sei sie schuld an allen Problemen, mit denen er sich rumschlagen muss. »Wenn jemand von dir abhängt, dann saugt dich das aus bis aufs Blut, bis du gar nicht mehr weißt, warum du selbst überhaupt noch atmest.«

Erschrocken sehe ich ihn an. Der Blick in den Abgrund öffnet sich mir so schlagartig, dass ich kurz Panik verspüre, den Halt zu verlieren. Da Ryan jedoch unverwandt Virginia anstarrt, versuche ich, mir nichts anmerken zu lassen.

»Leonard hat sich nicht so ausführlich über seine Frau geäußert wie umgekehrt«, sage ich leise. »Aber er wurde nicht gezwungen, sich um sie zu kümmern, Ryan. Er hat es sich zur Lebensaufgabe gemacht, weil sie ihm viel bedeutete. Vielleicht hat er es nicht nur für sie getan, sondern auch für sich selbst.«

»Bis er aufgegeben hat. Am Ende konnte er ihren Suizid nicht verhindern.« Ryan verschränkt die Arme vor der Brust. »Vielleicht wollte er es irgendwann auch nicht mehr.« Plötzlich klingt er so resigniert, dass sich mein Herz zusammenzieht. »Was machst du denn, wenn das Leben eines anderen Menschen von dir abhängt? Hast du dann wirklich die Wahl, einfach zu gehen?«

Ryan sieht mich an – ein blaues Schimmern in seinen dunklen Augen, als hoffe er, ich werde ihm eine erlösende Antwort auf diese Frage geben. Da meine Erwiderung auf sich warten lässt, richtet er seinen Blick wieder auf Virginia, als spreche sie zu ihm.

»Eine so extreme Abhängigkeit entsteht doch nur, wenn beide Seiten sie zulassen. Oder?«, sage ich schließlich.

Er nickt. »Stell dir vor, Leonard dachte anfangs, er schaffe das. Sie würden es zusammen hinkriegen. Aber irgendwann hätte er nicht mehr gekonnt, hätte sich von ihr getrennt, und sie hätte sich daraufhin das Leben genommen. Das hätte sein Leben genauso beendet wie ihres. Denn diese Art von Schuld, die lässt dich nie wieder los. Die ist übermächtig. Die wirft ihren Schatten auf dich – immer.«

Ich höre das Tropfen des Regens von den Blättern im Park und das Zwitschern der Vögel. Kurz bringt die Sonne das sich im Wind wiegende junge Grün zum Leuchten. Trotzdem fröstele ich.

»Ich garantiere dir, diese Art von Abhängigkeit fesselt zwei Menschen viel nachhaltiger aneinander, als jede Form von Liebe es jemals könnte.«

Ich habe das Gefühl, Ryan vollführt eine gefährliche Gratwanderung oben auf seiner Mauer, und er zwingt mich dazu, es ihm gleichzutun. Wir bewegen uns im Niemandsland durch diesen regnerisch stürmischen Frühlingstag, stehen beide unter dem Eindruck zu vieler ausgesprochener Worte und in meinem Fall einer verwirrenden Mischung aus Sehnsucht und Angst. Was immer ich jetzt antworten könnte, würde mich wahrscheinlich erneut gegen sein Bollwerk krachen lassen. Ryan macht noch ein Foto von Virginia Woolfs Büste, dann sieht er mich fragend an.

»Wollen wir weiter zum *Old Bailey*?« Er steckt sein Telefon weg, als ich nicke. Da ein diesmal stärkerer Regen einsetzt, ziehe ich mir wieder die Kapuze auf. Dabei fällt mein Blick auf einen goldfarben schimmernden Gegenstand zwischen ein paar Blättern aus dem Vorjahr und einem Kaugummipapier. Er liegt kaum sichtbar zwei Schritte von der Büste entfernt an den Begrenzungssteinen, die den Weg von der Grünanlage trennen. Im ersten Augenblick verbucht mein Gehirn ihn unter Kronkorken. Noch bevor ich mich in Bewegung setze, um Ryan zu folgen, wird mir jedoch klar, dass die Größe und Form nicht passen. Die Oberfläche ist zu glatt. Ich gehe in die Knie, muss kurz mit den Augen die Begrenzung absuchen und finde dann einen Ring zwischen den Blättern.

Er muss schon länger hier gelegen haben, denn das goldfarbene Material ist dunkel angelaufen. Das Schmuckstück wiegt allerdings schwer in meiner Hand. Bestimmt war es also nicht billig. Außerdem trägt der Ring sowohl auf der Außen- als auch auf der Innenseite eine aufwendige Gravur. Die dicht zusammengedrängten Zeichen werden durch kunstvoll geschwungene Linien nach oben und unten sowie kleinere Striche über einzelnen Buchstaben ergänzt. Die Schrift kann ich nicht zuordnen. Ich frage mich, ob es eine semitische sein könnte. Zu gerne wüsste ich, welche Bedeutung die Zeichen haben. Wer immer den Ring gekauft hat, muss viel Geld für die Gravur gezahlt haben. Nachdenklich fahre ich mit dem Daumen darüber und spüre das Muster der Schwünge. Der Größe des Rings nach zu urteilen, passt er an eine Männerhand, und ich glaube, dass er ein Geschenk war. Denn einen so langen Satz hätte man sich selbst sicher leichter tätowieren als in einen Ring gravieren lassen können. Bestimmt wird das Schmuckstück vermisst, auch wenn es wahrscheinlich niemand mehr sucht. Vielleicht ist die betreffende Person nicht mal mehr in London. Schließlich befinden wir uns in einer Gegend mit mehreren Hotels.

»Kommst du?«

Als Ryan sich nach mir umsieht, lasse ich den Ring schnell in meiner Tasche verschwinden.

»Was hast du da?«, will er – wahrscheinlich genau durch meine hastige Bewegung neugierig geworden – wissen. Forschend mustert er mich, bis ich zu ihm aufschließe.

»Nichts Besonderes.«

»Warum so geheimnisvoll?«

»Wer von uns beiden?«

Ein ertapptes Grinsen schleicht sich in Ryans Züge. »Okay, verstehe. Ich kann mich entscheiden, das Thema zu wechseln oder angelogen zu werden, richtig?«

Mein Lächeln verberge ich hinter meiner Kapuze. Der Regen rinnt in Strömen zu Boden. »Sieht so aus.«

»Wir könnten zum *Old Bailey* laufen. Angesichts des Wetters schlage ich aber die *Tube* vor. *Russell Square* liegt hier gleich um die Ecke. Was meinst du?«

»Bin unbedingt dafür.«

Ryan schlägt einen so raschen Schritt an, dass ich mit meinen schmerzenden Muskeln kaum hinterherkomme. Als wir nach wenigen Minuten die glänzende rote Fassade von *Russell Square* erreichen, komme ich nur noch humpelnd vorwärts, stolpere durch die warme muffige Luft bis zur Plattform und hieve mich auf den nächsten freien Sitzplatz, sobald wir in der Bahn sind.

Mit der Hand in meiner Tasche fühle ich den glatten Rundungen des Rings und dem rauen Muster der Worte nach. Vielleicht handelt es sich um den ersten Satz, den jemand beim Kennenlernen gesagt hat.

»Warum machst du wirklich so ein Geheimnis um deinen Fund?«, will Ryan wissen.

Als ich aufblicke, stelle ich fest, dass er mich beobachtet.

»Damit du ihn mir nicht wegnimmst.«

Er lacht, und obwohl wir uns unter der Erde in einer ruckelnden Bahn mit flackernden Lichtern befinden, fühlt es sich wie zaghafte Sonnenstrahlen in meinem Herzen an. Es ist sein erstes richtiges Lachen heute. »Glaubst du, ich habe es nötig, Praktikantinnen zu überfallen und ihnen ihre Habseligkeiten abzunehmen?«

Grinsend erwidere ich seinen Blick. »Du weißt doch selbst, dass einige Gerüchte über dich in Umlauf sind.« Wir werden beide gegen die Fahrtrichtung gedrückt, als die *Tube* vor der nächsten Station scharf abbremst. »Mir wurde gesagt, ich solle mich vor dir in Acht nehmen, also tue ich das hiermit.«

Ich ziehe mich an der Haltestange hoch und schiebe mich an Ryan vorbei, als sich die Türen der Bahn öffnen. Dabei werfe ich ihm ein Lächeln zu, aber eigentlich ist mir nicht danach. Es ist etwas spät, um jetzt noch damit anzufangen, mich vor ihm in Acht zu nehmen.

»Es ist Geld, oder?« Ryan taucht wieder neben mir auf und wir lassen uns im Pulk der Touristen und Pendlerinnen durch enge Gänge von den Gleisen der *Piccadilly* zur *Central Line* treiben. »Du hast ein Geldstück gefunden, richtig?«

Ich muss über seine Hartnäckigkeit lachen. »Nein.«

»Es muss aber was Wertvolles sein, wenn du Angst hast,

dass ich es dir wegnehme. Einen Ohrring? Das ist bestimmt nur Modeschmuck.«

»Ich glaube nicht wirklich, dass der Gegenstand wertvoll ist. Im Gegenteil. Ich glaube, dass er eine persönliche Bedeutung für jemanden hat, und ich will nicht, dass du dich darüber lustig machst.«

Überrascht sieht er mich von der Seite an. »Eine persönliche Bedeutung?« Sein Blick wandert zu meiner Tasche. »Ein Tagebuch wäre ja wohl zu groß. Ein Schlüsselanhänger?«

Ich schüttele nur den Kopf, während wir den Bahnsteig betreten.

»Ich komme noch drauf«, meint Ryan, und ich wünschte, es würde sich wieder diese Leichtigkeit einstellen, die ich in den letzten Tagen mit ihm empfunden habe. *Was glaubst du denn über mein Leben zu wissen, Jamie?* Wieder verfalle ich in Schweigen, bis wir in *St Paul's* aussteigen und mit eingezogenen Köpfen die Station verlassen.

Zum Glück macht der Regen Pause. Die Straßen sind ohnehin schon so nass, dass sie gleißend jeden Sonnenstrahl reflektieren, der sich durch die über den Himmel jagenden Wolken kämpft. Nur eine Straße weiter gehen wir an der neobarocken Front des *Old Bailey* vorbei – geprägt von gewaltigen Quadern, Pilastern und Statuen. Wir suchen uns einen Platz auf der anderen Seite einer Kreuzung bei der *Holy Sepulchre Church* und haben von hier eine nahezu unverstellte Sicht auf die Justitia. Sie steht auf der Kuppel des *Old Bailey*, wo sie ihr Schwert und ihre Waage in den stürmischen Frühlingstag reckt. Die Sonne lässt ihr vergoldetes Kleid strahlen.

Auch wenn sich das Gebäude verändert hat, beherbergt es wie zu Oscar Wildes Zeiten den *Central Criminal Court*. Hier wurde Oscar Wilde wegen Homosexualität verurteilt. Seine Strafe – zwei Jahre Zuchthaus – verbrachte er in Reading bei harter Zwangsarbeit und in verzweifelter Isolation. Mit ruinierter Gesundheit wurde er schließlich entlassen und floh vor der gesellschaftlichen Ächtung auf den Kontinent. Sein ehemaliger Geliebter Robert Ross blieb bis zu seinem Tod seine wichtigste Stütze. Zum fünfzigsten Todestag von Oscar Wilde wurde Roberts Asche in dessen Grab nach Paris überführt.

In meiner Tasche drehe ich den Ring um meinen Daumen. Ich wünschte, mir würde eine Möglichkeit einfallen, ihn dem Besitzer zurückzugeben.

»Ich habe doch meinen Freund Jaden erwähnt«, sagt Ryan neben mir.

Der Wind hat einige Strähnen aus meinem Zopf befreit und lässt sie um meinen Kopf wirbeln. Ich bemühe mich, sie hinter meinem Ohr festzuklemmen. »Was ist mit ihm? Hoffst du, dass er sich eines Tages mit dir bestatten lassen wird?«

Ryan lacht und ich … Ich liebe es, ihn lachen zu hören. Vielleicht könnte ich lernen, wann ich zu ihm auf die Mauer darf und wann ich lieber Abstand halte. Die Frage ist nur, ob ich bereit bin, mich seinen Stimmungen unterzuordnen, ihm zu verzeihen, wenn er mich wegstößt. Ob ich es schaffe, dann nicht zu fallen.

»Du weißt schon, worauf ich hinauswill: Erklär mir, warum Oscar Wilde und Robert Ross zu den größten Liebespaaren Londons gehören, Jaden und ich aber nicht. Schließlich hatten die beiden nur eine kurze Affäre und waren anschließend vor allem Freunde.«

»Warum erklärst du es mir zur Abwechslung nicht mal? Immerhin hast du die beiden vorgeschlagen.« Ich drehe mich gegen den Wind und ziehe angesichts der Regenpause meine Notizen hervor, um meine Eindrücke festzuhalten.

»Da dachte ich noch, Oscar sei wegen Robert Ross angeklagt worden und ihre Liebe hätte den Prozess und die Haft überdauert und so. Aber Oscar Wilde ist ja wegen einer anderen Beziehung angezeigt worden.«

Ich werfe ihm einen schiefen Blick zu. »Und?«

»Wie ich gesagt habe: Oscar Wilde und Robert Ross waren Freunde. Ich würde auch jederzeit alles für Jaden tun. Wir sind quasi zusammen aufgewachsen. Aber – wie wir schon festgestellt haben – wir kommen nicht als Liebespaar in die *Love Stories*. Weil es keine Liebe ist.«

»Und er auch für dich, oder?«

»Was?«

»Er würde auch alles für dich tun.« Es ist zu windig. Ich stecke mein Notizbuch wieder ein. »Es ist verhältnismäßig leicht, anderen Menschen zu helfen, Ryan. Ich meine, du hast mir geholfen, mein Zeug aus der Wohnung von meinem Ex zu holen, obwohl wir uns kaum kannten.«

»Ich kannte dich gut genug, um zu wissen, dass du einen miserablen Männergeschmack hast, eine hervorragende Analytikerin bist und eine Vorliebe für Schlossmetaphern hegst. Ich wusste, dass du kein AIDS hast, eine Mum, die dich nicht so akzeptiert, wie du bist, aber einen Bruder, der das umso mehr tut. Reicht das nicht?«

»Doch, anscheinend. Und ich wette, du hast noch mehr Freunde oder Bekannte, denen du jederzeit aushelfen würdest.« Ich hebe die Schultern. »Aber wen würdest du anrufen, wenn du Hilfe brauchst? Wenn du verzweifelt bist und nicht weiterweißt? Wenn du jemanden brauchst, der keinen Moment zögert, alles zu tun, um dich zu retten? Wen würdest du fragen?«

Er schweigt einen Moment lang, fährt sich mit der Hand durch seine feuchten Haare, trommelt dann einen unruhigen Rhythmus auf den Gurt seiner Tasche. »Jaden könnte ich immer fragen.«

»Siehst du? Das ist Liebe. Ihr beide beweist nicht, dass Oscar Wilde und Robert Ross einander nicht geliebt haben. Sondern, dass ihr alles füreinander tun würdet, beweist, dass ihr einander liebt.«

Er gibt einen gequälten Laut von sich. »Lass Jaden das bloß nicht hören.«

Ich hebe die Augenbrauen. »Wieso nicht?«

»Keine Ahnung, klingt das nicht … komisch?«

»Komisch ist ein Alibi-Wort. Das benutzt man, wenn einem der richtige Begriff nicht einfällt, man sich nicht traut, unter die Oberfläche zu schauen oder man nicht aussprechen möchte, was man eigentlich denkt.«

Ryan verschränkt die Arme vor der Brust. »Du bist eine furchtbare Besserwisserin, weißt du das?«

»Ich wurde schon darauf hingewiesen.« Ich imitiere seine Pose. »Es ist doch egal, was irgendjemand über dich denkt, wenn du deinem besten Freund sagst, dass du ihn liebst. Das hier ist schließlich nicht 1895, als Oscar Wilde deshalb vor Gericht erscheinen musste. Also …« Herausfordernd mustere ich ihn. »Du hast mir gesagt, ich solle Dinge tun, in denen ich schlecht bin, um zu lernen, dass es nicht schlimm ist zu versagen.«

»Das hat bisher nicht so gut geklappt, oder?«

»Ich arbeite aber daran. Und du solltest in der Zwischenzeit deine Liebes-Bindungs-Panikstörung in den Griff kriegen, Ryan. Geh zu deinem besten Freund und sag ihm, was du fühlst. In die *Love Stories* kommt ihr leider trotzdem nicht. Die sind schon voll.«

»Außerdem sind wir nicht tot und das scheint ja eine Voraussetzung zu sein.« Ryan betrachtet mich skeptisch, und ich bin mir unangenehm bewusst, wie der Wind an meinen Haaren zerrt und mir feuchte Strähnen ins Gesicht wirbelt. Mit Sicherheit sehe ich zerzaust aus – nicht auf die sexy Out-of-bed-Weise. Die habe ich nicht drauf. Eher auf die Ich-brauche-dringend-eine-Dusche-und-eine-Bürste-Weise.

»Am Ende des Tages sind Jaden und ich einfach nur Freunde – kein Grund, irgendetwas daran zu verklären«, meint er schließlich und hält mir eine Hand hin. »Lass uns ein paar Stationen weiterfahren. Ich will dir was zeigen.«

»Um der Liebe den endgültigen Todesstoß zu versetzen?«

Ich bin überrumpelt von seiner Geste. Soll ich diese Vertraulichkeit erneut zulassen? Ich weiß doch, was seine Nähe mit mir macht, und dass er mich doch nur gegen die nächste Wand fahren lassen wird. Ehe mein Kopf jedoch die Kontrolle übernehmen kann, haben sich meine Finger bereits entschieden und verschränken sich mit seinen. Ryans Griff ist fest, fast ein bisschen zu fest. Mit einem Ruck zieht er mich zu sich heran und ich halte die Luft an. Erst als Ryan versucht, mit der freien Hand in meine Jackentasche zu gelangen, wird mir klar, was er vorhat.

»Hey!« Lachend schlage ich seinen Arm weg und drehe mich zur Seite. »Spinnst du? Du willst mir meinen Fund ja doch wegnehmen.«

Kichernd befreie ich mich aus seinem Griff – genauer gesagt, lässt er mich los. Ansonsten hätte ich wohl wenig Chancen gehabt, denn sein Brustkorb hat sich in etwa so hart wie seine Mauern angefühlt.

»Es ist nur ein McDonald's-Spielzeug, richtig? Sammelst du die etwa?«

»Nein.« Mit einem Lachen drehe ich mich zu ihm um. »Gib auf, Ryan, du hast keinen Respekt vor solchen Dingen. Ich muss mich vor dir schützen.«

Schlagartig zieht wieder die Nacht in Ryans Augen herauf. Ich sehe, wie es ihn aufbringt, dass ich seine Worte gegen ihn verwende. Ich sehe, wie sich sein Kiefer anspannt, wie er die Lippen zusammenpresst. Fast entschuldige ich mich bei ihm. Aber nur fast. Denn es ist, wie ich es sage: Ich glaube, dass der Ring Bedeutung für jemanden hat, und ich habe keine Lust, Ryans Verachtung für diesen Gedanken zu spüren zu kriegen.

Zu meiner Überraschung entspannen sich seine Gesichtszüge schließlich wieder und er sieht über meinen Kommentar hinweg. »Kommst du jetzt mit?«

»Hat das denn noch mit Arbeit zu tun?« Ich schließe den Reißverschluss zu meiner Jackentasche und folge ihm zurück in Richtung der *Underground Station*.

»Klar. Ich zeige dir, wie ich das mit der Liebe sehe. Schließlich müssen wir uns noch auf eine Botschaft für unseren Artikel einigen.«

Wir fahren nur zwei Stationen weit bis *Tower Hill*, stoßen auf einen *Foodtruck*, der wunderbar nach Zimt duftende kanadische *Pastries* verkauft, und decken uns mit Lunch to go ein. Meine Toppings bestehen aus Schokocreme, gehackten Walnüssen und tropfendem Ahornsirup und verlangen nach einem Nachschlag. Ich überlege gerade, ob ich mein restliches Bargeld in eine weitere *Pastry* investieren soll, werde jedoch von Musik abgelenkt.

Durch die Unterführung einer mehrspurigen Straße, die direkt zu den gewaltigen Mauern des *Tower* führt, dringen Gitarrenklänge zu uns. Und eine Stimme – ein wenig rau, aber so weich, dass sie mich in jedem Winkel meines Körpers erreicht. Mühelos füllt sie jede Höhe und Tiefe des Songs aus und zieht mich magisch an. Den Sänger kann ich jedoch auch dann nicht sehen, als wir uns ihm nähern. Ein ganzer Pulk von Leuten hat sich um ihn gebildet, während er ›I Want to Know What Love Is‹ singt. Ich liebe seine Interpretation. Und wie gut dieses Lied gerade zu meiner Stimmung passt.

»Der klingt wahnsinnig schön«, sage ich, als sein Song in begeistertem Applaus endet. Ryan gibt nur einen unbestimmten Laut von sich, aber ich stelle mich auf die Zehenspitzen und versuche, über den Köpfen einen Blick auf den Sänger zu erhaschen, der mit seiner Gitarre ein neues Lied anstimmt.

»*All I see and all I do – Waiting for sunshine on the debris … All I see and all I do Is keeping memories of me and you.«* Den Song kenne ich nicht, aber er berührt vom ersten Moment etwas in meinem Herzen, als wäre jede einzelne Note ein Streicheln. Der Refrain spricht so zu mir, dass ich sogar vergesse, von meiner *Pastry* abzubeißen.

»*You are spring to me. Melt the ice away. You paint life in more than colours of grey. My heart beats, beats, beats In rhythm with yours.*«

Kurz entdecke ich die blonden Locken des Sängers, seine grau karierte Jacke im Lumberjacket-Stil und einen in Schwarz und Türkis gemusterten Gitarrengurt.

»*You caught me on my way down, didn't know where I belonged. You caught me on my way down – Feeling lost and broken without you.*«

»Meinst du, der Song ist von ihm?« Es ist perfekt: die Stimme, die Gitarrenklänge, das Gefühl.

»Möglich. Ich kenne ihn jedenfalls nicht.« Ryans langer Blick in Richtung des jungen Mannes verrät ihn. Der Song berührt ihn genauso wie mich – irgendwo dort, wo die Musik in unsere Zellen dringt und sie an diesem kühlen Tag zum Leuchten bringt.

»*Put your life vest on. We're sinking and fast. How could we fall so deep When we kept ourselves apart? How could we fall so deep? We never wanted this to start.*«

Ich fühle Ryans Hand an meinem Arm, sehe ihn ganz bewusst nicht an in diesem Moment.

»*You are spring to me …*« Tief atme ich ein – Ryans Duft nach Frühlingsregen –, lasse mich widerwillig mitziehen, als er sanft an meinem Arm zupft, folge ihm hinaus auf das Gelände des *Tower. How could we fall so deep*, wenn es keiner von uns darauf angelegt hat? *My heart beats … in rhythm with yours.* Sacht mache ich mich von Ryan los. Der Körperkontakt ist zu viel gerade. Die Gitarrenklänge schweben hinter uns her, und mein Herz zerspringt fast mit dem Gefühl, wir könnten gemeint sein. Und je länger ich Ryan so nah bin, desto stärker wird dieses Brennen in mir, diese Sehnsucht nach mehr Ryan und Jamie. Phil zu lieben, war eine bewusste Entscheidung gewesen. Ryan … Zwischen Ryan und mir ist ganz von allein etwas passiert. Und vielleicht muss man das gar nicht verstehen. Meine Hand schließt sich um den Ring in meiner Tasche. Vielleicht ist er genau deshalb verschenkt worden: weil es diesen einen Moment gab, in dem alles gestimmt hat, der nicht hinterfragt wurde, und der jetzt für immer bleibt.

Das Problem ist nur: Ryans und mein Für-Immer endet in einer Woche, wenn wir unseren Artikel abgeben müssen.

Ich bin so in Gedanken versunken, dass ich kaum mitbekomme, wohin Ryan mich führt. Erst als die *Tower Bridge* vor uns aufragt, die auf ihren Brückentürmen ruhend die Themse überspannt, bleiben wir auf dem äußeren Wall des *Tower* stehen. Ich lehne mich mit dem Rücken gegen den Zaun, sodass ich auf die massiven, etwas plump wirkenden Mauern der bis ins Mittelalter zurückreichenden Festung blicke. Sie war ein Gigant früherer Epochen. Vor der modernen Kulisse der *City*-Glasbauten mit *The Sky Garden* und *The Gherkin* wirkt sie heute wie ein Zwerg. Wenn man direkt davorsteht, ändert das jedoch nichts an der imposanten Wirkung der Mauern.

Fragend sehe ich Ryan an, der sich neben mir mit der Schulter gegen einen blau lackierten Laternenpfahl lehnt. Er deutet über den Weg auf eine vergitterte Öffnung im Mauerwerk, von der nur der obere Teil zu sehen ist, weil sich das Tor in die Tiefe fortsetzt.

»Als Historikerin weißt du sicher, was das ist, oder?«

»*Traitor's Gate.* Unter unseren Füßen verläuft der Wasserweg in die Anlage. Die wegen Hochverrats Angeklagten wurden dort entlang in den *Tower* gebracht.«

»Unter anderem eine Frau namens Anne Boleyn.«

Ich hebe die Augenbrauen. »Ist das ein Versuch, ein weiteres Paar in die *Love Stories* zu schummeln?«

»Ich finde, Anne und Henry sind ein wunderbares Beispiel, wie die Liebe wirklich funktioniert. Henry wollte seine erste Frau loswerden, weil sie zu alt wurde und ihm keinen Sohn gebar. Als er auf Anne Boleyn aufmerksam wurde, wollte sie mehr sein als eine seiner Mätressen. Sie hielt ihn hin, kam ihm einen Schritt entgegen, nur um sich ihm wieder zu entziehen. Ein klassisches Spiel.«

Ich mustere ihn aus verengten Augen. »Und?«

»Anne brachte Henry dazu, sich mit dem Papst zu überwerfen, der ihm die Scheidung von seiner ersten Frau nicht erlauben wollte. Im Namen der Liebe gründete Henry seine eigene Kirche und erklärte sich zu ihrem Oberhaupt. Und warum?«

Ich runzele die Stirn. »Damit er Anne heiraten konnte.«

»Genau. Alles im Namen der Liebe. Endlich heiratete er die Frau, die er all die Jahre nicht haben konnte. Er schlief mit ihr und sein Verlangen wurde befriedigt. Happy End, oder? Kameras aus.«

Ärgerlich kneife ich die Augen zusammen. »Schon gut, du musst nicht weiterreden.«

»Ich will aber.« Ich liebe sein zufriedenes Lächeln, die Andeutung der Grübchen in seinen Wangen. »Die ersten ein oder zwei Jahre erfüllten sich Anne und Henry gegenseitig alle ihre Sehnsüchte. Aber die Jagd war vorbei. Henry wurde langweilig, und er tat, was er immer getan hatte: Er ärgerte sich, dass ihm kein Sohn geboren wurde. Annes Schlagfertigkeit, die ihn ursprünglich fasziniert hatte, ging ihm plötzlich auf die Nerven. Also sah er sich nach Mätressen um. Anders als seine erste Frau wollte Anne das nicht zulassen. Alles, wofür beide gekämpft hatten, erwies sich als Illusion, als eine Vorstellung, die sich kurzzeitig gut anfühlte, aber irgendwann an der Realität scheiterte.« Ergeben schüttele ich den Kopf, aber Ryan ist noch nicht fertig. »Henry wollte Anne loswerden – wie zuvor seine erste Frau. Nachdem er so viele Jahre um sie gekämpft hatte, konnte er sich vor den Königshäusern Europas aber nicht lächerlich machen, indem er zugab, sich geirrt zu haben. Also wurde Anne wegen Unzucht angeklagt und durch das *Traitor's Gate* in den *Tower* überführt. Nur wenige Tage später wurde auf Henrys Anweisung hin die Frau, die er angebetet, für die er die Exkommunikation in Kauf genommen, die er geliebt hatte ... enthauptet.«

Ärgerlich schüttele ich den Kopf. »Du glaubst, Beziehungen enden darin, dass wir unsere ehemaligen Partnerinnen oder Partner enthaupten wollen? Und wir tun es nur nicht, weil wir keine mittelalterlichen Könige sind?«

»In der Regel.«

»Und was ist mit Mr Bale und seiner Frau? Die kommen in deiner Vorstellung nicht vor.«

»Du meinst freundschaftliche Partnerschaften?« Ryan hebt die Schultern. »Das mag funktionieren. Aber viele verpassen den Moment zu gehen und landen früher oder später hier.« Er deutet auf das *Traitor's Gate*. »Denk an Phil und dich. Wärst du eine mittelalterliche Königin, hättest du dich vielleicht nicht mit einem Faustschlag zufriedengegeben.«

Mein Impuls zu lachen prallt gegen die Erkenntnis, dass Ryan recht haben könnte.

»In einer Sache liegst du auf jeden Fall richtig und ich habe meine Meinung geändert.« Ryan tritt an den Zaun, stützt sich mit den Unterarmen darauf ab und lässt seinen Blick in die Ferne schweifen. Zwischen den am Himmel dahinziehenden Wolkenpaketen blitzt helles Frühlingsblau. »Ich habe immer geglaubt, Beziehungen seien grundsätzlich Selbstbetrug. Aber ich sehe ein, dass sie auf die verschiedensten Weisen funktionieren können. Es gibt nur eine Sache, die pures Gift dafür ist.«

Ich stelle mich neben ihn, beobachte die Wellen, die an das matschige Themseufer schwappen. »Und zwar?«

»Das ›Für immer‹. Diese Hoffnung fesselt einen länger, als es sich gut anfühlt, an den anderen – über jede Vernunft hinaus. Bis die Liebe zwischen Vorwürfen, Unterstellungen und enttäuschten Erwartungen verloren geht.« Er stößt mich leicht mit dem Ellenbogen an. »Mach dir also nicht zu viele Gedanken um den Ring, den du gefunden hast. Wer weiß, wozu es gut ist, dass er weg ist.«

Verblüfft fliegt mein Blick zu ihm. »Woher weißt du das?«

Er lacht auf. »Na, jetzt weiß ich es.«

Ich rempele zurück. »Gut geraten. Du solltest doch in den *Lifestyle* wechseln und Beziehungstipps geben. Und ich fahre jetzt zurück zum Tavistock Square und frage in den Hotels nach, ob einer der Gäste einen Ring vermisst. Anne und Henry halten mich nicht davon ab.«

Ryan sieht mich zweifelnd an. »Das ist aber extrem unwahrscheinlich.«

In meiner Tasche taste ich nach dem Ring. »Ich verstehe, was du meinst, Ryan. Aber manchmal lohnt es sich, für etwas zu kämpfen. Beziehungen sind oft nicht einfach. Man muss sich eine Chance geben, um sich zu finden. Man muss sich eine Chance geben, sich zu lieben. Und deshalb hilft es, an etwas zu glauben. Das gibt der Beziehung eine Bedeutung, den kleinen und großen Gesten. Oder Dingen wie einem Ring.«

»Steht denn was in dem Ring, das dir einen Hinweis auf den Besitzer gibt?«

Ich bin erleichtert, dass er bereit ist, meine Entscheidung zu akzeptieren.

»Die Gravur zieht sich um den ganzen Ring, aber ich kenne die Sprache nicht.« Ich hole meinen Fund aus der Tasche und drehe ihn zwischen den Fingern.

»Ist das dein Ernst?« Ryan nimmt ihn mir ab, lässt seinen Blick kurz darüber gleiten und mustert mich forschend.

»Wieso?« Wachsam erwidere ich seinen Blick.

Ein Grinsen breitet sich über sein Gesicht aus. »Ich kann dir sagen, was da steht.«

»Du kannst das lesen?«

»Ein Ring, sie zu knechten, sie alle zu finden, ins Dunkel zu treiben und ewig zu binden.«

Ungläubig sehe ich ihn an. »Sie zu knechten? Das hast du dir ausgedacht.«

Er lacht los. »Nein, Jamie, das habe ich nicht.«

Ärgerlich versuche ich, mir den Ring zu schnappen, aber Ryan schließt seine Hand darum und zieht sie blitzschnell zurück. »Mein Schatz.« Er stößt das Wort mit einer Art bösem Zischen hervor und ich sehe ihn verständnislos an. Endlich hört er auf zu lachen. »Verdammt, Jamie, bist du in einer Höhle groß geworden? ›Herr der Ringe‹? Der Ring der Macht, um den sich alle streiten?«

Ich begreife meinen Irrtum nur langsam. »Das ist kein ›Herr der Ringe‹-Fanartikel.«

Lachend lässt sich Ryan gegen den Zaun fallen. »Genau das.«

Ich verberge mein Gesicht hinter beiden Händen. »Okay. Das ist offiziell der peinlichste Moment meines Lebens.«

Gleichzeitig ist Ryans Lachen ansteckend. Ich spüre es in mir widerhallen. »Schön, dass ich dabei sein darf. Wie kannst du das nicht wissen, ausgerechnet du, *Mrs Really Clever*? Hast du nie ›Herr der Ringe‹ gelesen? Oder zumindest im Kino gesehen?«

»Natürlich nicht.« Ich tauche hinter meinen Händen auf. »Weißt du, wie lang diese Filme sind? Dafür hatte ich nie Zeit. Außerdem ist Fantasy nicht mein Ding.«

»Trotzdem.« Ryan hält den Ring zwischen Daumen und

Zeigefinger hoch. »Du musst den einfach schon mal irgendwo gesehen haben.«

»Wahrscheinlich.« Ich schlinge die Arme um meinen Oberkörper. Schon wieder beginnt der Regen zu fallen. »Aber ich war so im Tunnel unserer Liebesgeschichten, dass ich den Ring einfach nur in diesem Kontext gesehen habe.«

»Ich sag dir, was passiert ist.« Noch immer lachend sieht Ryan mich an. Trotz des Regens findet die Sonne einen Weg zwischen den Wolken und lässt hell das Blau in seinen Augen aufleuchten. »Du bist einer Illusion aufgesessen.«

»Ja, kann sein«, gebe ich widerwillig zu, lasse mich aber von seinem Lachen anstecken. »Du musst zugeben, dass der Ring nicht wie ein billiger Fanartikel aussieht.«

»Ich glaube, so was gibt es in allen Preisklassen.« Ryan legt ihn in seine Handfläche. Das angelaufene Material glänzt matt im Licht dieses verwirrenden Frühlingstages. »Kann sein, dass er schmerzlich vermisst wird, aber sicher nicht von jemandem, der glaubt, sein Liebesglück hinge davon ab.« Er gibt mir den Ring zurück. Als seine Fingerkuppen meine Handfläche streifen, flirrt Hitze über meine Haut, versetzt meine Nervenenden in Alarm. Die Sonne lässt die um uns fallenden Tropfen leuchten. Regen rinnt aus unseren Haaren, durchweicht unsere Kleidung. Es ist mir egal und, ich glaube, ihm auch. Etwas zieht sich in mir zusammen – etwas, das zu Ryan will. Es pulsiert in mir – schwer und süß und sehnsuchtsvoll. Uns trennt kaum mehr als ein halber Schritt und trotzdem ist es eine ganze Welt.

»Vielleicht hast du recht.« Seufzend schiebe ich den Ring wieder über meinen Daumen und blicke auf die geschwungenen Buchstaben. … *sie ewig zu binden.* »Wenn man auf einer Hochzeit Ringe tauscht, gibt man sich vielleicht wirklich ein Versprechen, das einen irgendwie unter Druck setzt.«

»Dabei wäre es doch besser, wir würden jedes Jahr die

schöne Zeit feiern, die wir zusammen hatten«, unterbricht Ryan mich. Mein Herz klopft ganz dicht unter meiner Haut.

»Das ist ein wundervoller Gedanke«, sage ich leise.

»Ja.« Ryan ist mir plötzlich näher. Als ich aufblicke, spüre ich seinen Atem auf meiner Wange. Regentropfen fallen von seinem Gesicht auf meins. »Das ist es.«

Der Raum schmilzt auf einen einzigen Punkt zusammen und an diesem Punkt sind wir. Ryans Kuss ist sacht. Seine Lippen schmecken nach Frühlingsregen und noch immer eine Spur süß von den *Pastries*, die wir gegessen haben. Ich spüre die Berührung in Kaskaden durch meinen Körper fließen, fühle dieser Empfindung nach, die jede einzelne meiner Nervenfasern zum Singen bringt – ein Lied, das nur er hören kann. Er muss es hören, denn es ist, als antworte er darauf. Sein Kuss wird fester. Er zieht mich enger an sich, aber es reicht mir nicht. Ich schlinge meine Arme um seinen Nacken, fühle die Welle uns anheben und tragen, fühle unseren Kuss atemlos werden, als Ryans Zunge elektrisierend über meine Lippen streicht. Ich höre mich selbst leise aufstöhnen, weil sie auf meine trifft, sein Kuss fordernder wird, die Welle mich mit sich reißt – zu schnell, zu hoch hinaus. Wir stehen hier mitten im glitzernden Regen, der Wind zerrt böig an uns und es ist perfekt. Weil Ryan auf eine Weise zu meinem Körper spricht, die jede Empfindung in mir stärker macht als die Gedanken in meinem Kopf. Seine Hand streichelt über meine Wange, dann finden seine Fingerkuppen ihren Weg hinab über meinen Hals. Das Echo in den Nervenfasern unter meiner Haut ist so intensiv, dass mir der Atem stockt, dass ich bebend Luft hole. Sofort wird Ryans Kuss wieder intensiver und mir wird schwindelig. Ich verliere endgültig den Boden unter den Füßen. Das hier ist das unerträglich schönste Gefühl der Welt. Es braucht eine Weile, bis mein endorphintrunkener, Ryan-süchtiger Körper realisiert, dass dieses seltsam harte, rhythmische Vibrieren zwischen uns nicht dazugehört, dass es weder etwas mit Ryan noch mit mir zu tun hat. Nur, dass es das natürlich doch hat.

Ryans Stirn liegt noch an meiner, während uns wohl beiden klar wird, dass uns der Vibrationsalarm seines Telefons in seiner Jacke stört. Sein Atem trifft mich stoßweise. Seine Augen sind dunkel wie der Ozean um Mitternacht. Dann tritt er einen Schritt zurück, und ich spüre schlagartig die unter meine Kleidung kriechende Nässe des Regens, die unnachgiebige Kälte des Westwindes.

»Ja?« Ryan wendet mir den Rücken zu und ich schließe die Augen. »Nein, ich habe es nicht vergessen. Ich bin schon unterwegs.«

Die Welt lässt sich nicht aussperren. Ich mache die Augen wieder auf, spüre, dass der Regen in meinem Gesicht nachlässt. Ryan hält sich mit einer Hand am Zaun zum Themseufer fest. Seine Finger trommeln auf das Metall. Seine Stimme, die zuerst rau klang, wird fester. »Nadine, ich weiß das. Du lässt mich das keine Minute lang vergessen.«

Die Lücken zwischen den Wolken scheinen größer zu werden. Die Sonne trifft uns und in einer Windpause spüre ich ihre Wärme auf meinem Gesicht.

»Warum glaubst du mir nicht einfach mal?« Trotz seiner angespannten Schultern bemüht Ryan sich offenbar um einen sanfteren Ton. »Ich hole dich ab und ich bringe dich auch wieder nach Hause. In der Zwischenzeit passe ich auf Mia auf – wie wir es verabredet haben.«

Ich lasse mich mit dem Rücken gegen den Zaun fallen, blicke auf die unüberwindlichen Mauern des *Tower* und versuche, mich nicht so verdammt hoffnungslos zu fühlen. Das Pulsieren in mir hält noch an. Mein Körper will nicht aufgeben. Aber ich weiß, dass es ein gestohlener Kuss war. Ryan verspricht Nadine, sich zu beeilen. Dann legt er auf und sieht mich an.

»Jamie, ich muss los.«

»Ich weiß.«

»Glaub mir: Wenn es irgendetwas gäbe, um das hier besser zu machen, würde ich es tun.«

»Ich weiß, Ryan. Geh einfach, mach dir um mich keine Sorgen.«

Doch als er genau das tut, als er sich mit schnellen Schritten in die Richtung entfernt, aus der wir gekommen sind, überfällt mich tiefer Kummer – weil er ein Gefangener von Nadines Depression ist. Weil er ihr so wenig entkommt wie sie selbst. Und wenn ich das schon so empfinde … Wie muss es ihm dann erst gehen?

Kapitel 25

Tropfend bleibe ich in der Türöffnung unserer Wohnung stehen und versuche, mir einen Überblick zu verschaffen. Julian schiebt gerade eine Auflaufform mit mariniertem Hähnchen in den Ofen. Mae hantiert auf der Arbeitsplatte schimpfend mit dem Waffeleisen. Lynn deckt den Esstisch. Kyle ist halb im Kühlschrank verschwunden. Ich fühle mich zutiefst erleichtert. Ich habe ein buntes, warmes, lustiges Zuhause – einen Ort, an dem ich nach einem Tag wie heute ankommen und mich wohlfühlen kann, obwohl sich in meinem Brustkorb etwas zusammenballt, dass sich verdächtig nach Liebeskummer anfühlt. Jedenfalls handelt es sich um genau so einen harten schmerzhaften Knoten, wie ich ihn gerade erst losgeworden bin.

»Himmel, Jamie.« Lynn entdeckt mich als Erste und kommt sofort auf mich zu, um mich in die Wohnung zu ziehen. »Was ist denn mit dir passiert?«

Alarmiert sieht Julian sich um und schließt die Backofentür. »James?«

Ich werfe einen irritierten Blick in den Garderobenspiegel und muss fast lachen. Der Tag hat Spuren hinterlassen. Meine Haare hängen in wirren Strähnen um mein Gesicht. Meine Augen wirken dunkler als sonst und bilden einen solchen Kontrast zu meiner Haut, dass ich bleich aussehe. Aber auch ganz abgesehen von meiner regendurchweichten Kleidung und meinem jämmerlichen Gesamteindruck scheint noch etwas nicht mit meinem Gesicht zu stimmen. In meinen Augenwinkeln haben sich angespannte Fältchen gebildet. Ich wehre Julians und Lynns besorgte Hände ab und befreie mich von Tasche, Jacke und Schuhen.

»Warst du den ganzen Tag draußen?« Auch Mae kommt näher. »Konntet ihr euch nicht unterstellen?«

»Wir mussten noch die letzten Locations abklappern.«

Unter erhobenen Augenbrauen mustert Mae mich. »Ich kenne mich ja nicht aus mit eurer Arbeit, aber ich stelle mir so einen Journalistenjob flexibler vor. Hättet ihr nicht heute schreiben und auf besseres Wetter warten können?«

Ich schüttele den Kopf, sage aber nichts. Es ist einfach nur unvorstellbar, dass ich neben Ryan sitze und sinnvolle Worte zu Papier bringe. Seine bloße Anwesenheit ist zu aufwühlend, und solange er mich so prekär über seinem Abgrund hängen lässt, kann ich mich auf sowieso nichts anderes als das Loch vor meinen Füßen konzentrieren. Ich habe keine Ahnung, wie ich diesen Artikel schreiben soll.

»Es gibt eine verrückte Erfindung«, meldet sich Kyle, der von seiner Expedition in den Kühlschrank mit einem Apfel und einer zusammengerollten Scheibe Käse zurückkehrt. »Die nennt sich Regenschirm. Soll ich meine Kontakte spielen lassen und dir einen besorgen?« Grinsend beißt er in seinen Apfel, der genauer gesagt mein Apfel ist.

»Kye, es tut mir so leid, dass ich dir deinen Pub-Quiz-Sieg versaut habe«, bricht es ohne Vorwarnung aus mir heraus, und zu meiner grenzenlosen Überraschung fühle ich im nächsten Moment sogar Tränen über meine Wangen laufen. Himmel, was ist jetzt los? Der ganze Stress muss zu viel für mich gewesen sein. Noch entsetzter als ich ist allerdings Kyle.

»Oh Gott, Jamie, das war doch überhaupt nicht so schlimm. Ich habe mich neulich Abend total kindisch benommen. Das tut *mir* leid!« Er klammert sich mit beiden Händen an den Apfel und seine Augen wirken riesig hinter der Brille.

»Also deshalb musst du dir echt keine Gedanken machen«, bestätigt Mae. »Die einzige Frau in Kyes Labor war auch beim Pub-Quiz. Wahrscheinlich, weil Kye vorher rumerzählt hat, dass er hingehen würde. Sie war maximal beeindruckt.«

Kyle nickt zufrieden. »Sie hat mich gefragt, ob du meine Freundin bist. Lynn sagt, das ist ein gutes Zeichen.«

»Absolut«, stimmt Lynn zu. »Morgen ruft Kye sie an und lädt sie vom Preisgeld zum Essen ein.« Energisch schiebt sie mich in Richtung Badezimmer. »Du nimmst jetzt erst mal eine heiße Dusche. Dann essen wir, und du erzählst uns, was los ist.«

»Es ist gar nichts los.« Ich wische mir die Tränen weg und lasse mich durch die Badezimmertür drängen. »Ich bin nur gestresst.«

»Okay«, sagt Lynn. »Denk beim Duschen darüber nach.«

Aber das tue ich nicht. Ich lege den unsäglichen Herr-der-Ringe-Fanartikel auf die Ablage unterm Spiegel. Und während wenig später ein bisschen zu heißes Wasser über meinen Körper fließt, denke ich gar nichts. In mir kocht nur das Gefühl von Ryans Kuss wieder hoch.

Als ich schließlich in Jogginghosen und einem gemütlichen Sweater zurück in die Küche komme, geht es mir besser. Mein Gesicht hat Farbe bekommen und ich sehe nicht mehr aus wie ein traumatisiertes Rehkitz. Trotzdem gucken mich alle so erwartungsvoll an, als ich mich an den Esstisch setze, dass ich lachen muss.

»Im Ernst, Leute, mir geht es gut. Es war heute nur alles etwas viel. In einer guten Woche ist schon Deadline. Die Sache mit Phil hat mir offenbar mehr zugesetzt, als ich wahrhaben wollte. Dann war den ganzen Tag über mieses Wetter, mir tut alles weh, weil Julian mich im Irrsinnstempo durch den Regent's Park geprügelt hat. Und diese Liebesgeschichten sind alle traurig und enden zu früh.«

Julian, Mae, Kyle und Lynn starren mich stumm an. Zwischen uns auf dem Tisch steht die noch dampfende Auflaufschüssel, die einen köstlichen Duft nach gebackenem Huhn und Thymian verbreitet. Daneben türmt sich ein riesiger Stapel Waffeln, die verdächtig nach Julians unwiderstehlichem Kartoffel-Buttermilch-Rezept aussehen.

»Okay, ich habe dich das schon mal gefragt, aber ich glaube, wir brauchen ein Update.« Lynn lehnt sich mir über den Tisch entgegen. »Wie sehr stehst du auf Ryan Dexter?«

Ich halte die Luft an, und ich glaube, alle anderen am Tisch tun es mir gleich. Irgendwo zwischen dem Versuch, es abzustreiten, weil ich mir so albern vorkomme, nachdem alle mich gewarnt hatten, und dem Wunsch, mich meinen Freunden anzuvertrauen, weil ich nicht weiß, wohin mit meinen Gefühlen, bleibe ich stecken. Und so sitzen wir stumm am Tisch, und die Stille spricht so ziemlich alles aus, was ich nicht sagen kann.

»Leider habe ich keine sonderlich genauen Erinnerungen an neulich Abend im Pub«, sagt Lynn schließlich. »Angeblich habe ich ja zwischendurch geschlafen. Deswegen bin ich mir nicht sicher, ob ich das geträumt habe. Aber kann es sein, dass Ryan reingestürmt kam und ihr Sex an der Bar hattet?«

Maes Gekicher reißt mich aus meiner Starre. »Bestimmt wäre es noch dazu gekommen, wenn Jamie nicht stattdessen in eine Rauferei mit ihrem Ex geraten wäre.«

»Rauferei würde ich das nicht nennen.« Julian steht auf und verteilt grinsend das Essen auf die Teller. »Das war ein klassischer K.-o.-Schlag.«

»Es war nur ein Kuss«, sage ich fast gleichzeitig.

Irritiert kneift Lynn die Augen zusammen. »War es ein Schlag oder ein Kuss?«

»Ich habe Ryan geküsst und Phil geschlagen«, kläre ich sie auf. Ich kann nur hoffen, dass Mum niemals davon erfährt.

Sie würde mich nicht wiedererkennen. Lynn hingegen sieht ehrlich beeindruckt aus.

»Du lässt ja wohl gar nichts aus. Wie war es denn?«

»Der Schlag war ziemlich befriedigend«, gebe ich zu. »Und der Kuss war …«

»Der Himmel auf Erden?«, schlägt Lynn vor, als ich keine Worte finde.

»Eher so eine Art Sturmflut«, murmle ich und halte Julian meinen Teller hin. Das Hähnchen befindet sich in einer Cornflakeshülle und die Buttermilchwaffeln sind goldbraun, warm und fluffig. Ich bin einfach nur froh, dass Julian in der Lage ist, zu jeder Gelegenheit das perfekte *Soulfood* auf den Tisch zu bringen.

»Ich verstehe nicht mal, was mit mir passiert ist.« Jammernd stelle ich meinen Teller auf den Untersetzer. »Ich habe Ryan gesehen und seitdem spielt alles in mir verrückt. Wenn er mir nahe kommt, fängt mein Herz an zu klopfen, als wäre ich bei *Mile Marker* fünfundzwanzig eines Marathons. Und wenn er mir nur eine Sekunde in die Augen sieht, schnappe ich nach Luft, als müsse ich ertrinken. Das ist doch nicht normal.«

Lynn kichert vor sich hin. »Du bist süß. Das nennt man sexuelle Anziehung. Und ganz ehrlich: Wenn es um Ryan Dexter geht, wäre jede andere Reaktion unnormal. Allerdings …« Nachdenklich tippt sie mit der Gabel gegen ihre vollen Lippen. »So heftig reagiert man meistens nur, wenn der andere ähnlich empfindet. Die Signale schaukeln sich hoch, verstehst du? Du hast also wirklich Chancen, von ihm flachgelegt zu werden.«

»Also ehrlich gesagt bin ich mir nicht sicher, ob ich mehr darüber erfahren möchte«, bemerkt Julian, der sich selbst bedient hat und nun wieder Platz nimmt. Mit gerunzelter Stirn mustert er mich. »Und auch nicht, ob so was das Richtige für dich wäre.«

Sein kritischer Blick bringt mich trotz meiner Stimmung zum Lachen. »Was genau meinst du mit *so was*?«

»One-Night-Stands. Affären. Ich meine, als du Phil kennengelernt hast, hat dieser sexuelle Anziehungskram doch auch keine Rolle gespielt.«

Lynn wirft ihm einen verächtlichen Blick zu. »Wahrscheinlich hat sie nicht ausgerechnet mit dir darüber gesprochen, aber sie wird Phil ja wohl sexuell anziehend gefunden haben.«

»Na ja, langsam ist da schon was gewachsen«, sage ich nachdenklich. »Auf Ryan hat mein Körper reagiert, bevor ich auch nur ein Wort mit ihm gesprochen habe. Das ergibt doch keinen Sinn.«

»Da stimme ich dir zu«, schaltet Mae sich ein. »Und falls du genauso gut kochen kannst wie dein Bruder, empfehle ich dir, die Finger von diesem Ryan zu lassen und mich zu heiraten.«

Julian lacht auf. »Davon träumt James nachts.«

»Mich zu heiraten?«

»So gut zu kochen wie ich.«

»Ich kann kochen. Vielleicht bin ich nicht so kreativ wie du, aber die Basics habe ich voll drauf.«

»Wer gibt sich schon mit Basics zufrieden?«, zieht Julian mich auf. »Ryan bestimmt nicht.« Das sitzt. Denn wahrscheinlich hat er recht.

»Ist das mit dem Kochen so wichtig?« Besorgt mustert Kyle uns.

»Auf jeden Fall.« Mae nickt eifrig. »Da gehen dir Punkte verloren, wenn du das nicht kannst.«

Kyle seufzt unzufrieden. »Ich hasse Kochbücher. Da steht immer was von Prisen und Schlucken und Tassen ... Mit solchen Angaben kann man doch nicht arbeiten.« Hoffnungsvoll sieht er Julian an. »Kannst du mir was beibringen?«

»Aber nicht mit unseren Zutaten.« Lynn droht ihm mit dem Zeigefinger. »Du gehst selbst einkaufen.«

»Ja, schon gut.«

»Und vielleicht solltest du deine SpongeBob-Unterhosen aussortieren«, werfe ich ein. »Vor deinem Date, meine ich.«

Kyle hebt fragend die Augenbrauen. »Sind die wirklich so schlimm?«

Grinsend erwidere ich seinen Blick. »Als Verhütungsmittel sind die wahrscheinlich super.«

»Das ist doch praktisch.« Kichernd wendet sich Lynn an mich. »Was dich angeht, kann ich dir genau sagen, was dir in Bezug auf Ryan passiert ist: Nach so einer Trennung suchst du automatisch nach Bestätigung. Und da triffst du auf ihn: Ryan Dexter, heiß wie die Sonne. Vielleicht bist du sogar ein bisschen *star-struck* und von vorneherein für ihn eingenommen, weil er nun mal Ryan Dexter mit seiner sagenhaften Karriere ist und du nur die Praktikantin bist. Kein Wunder, dass bei dir sofort alle Lichter angehen.«

Gequält stöhne ich auf. Dabei könnte Lynn recht haben. So war es tatsächlich. Ich war schon von Ryan beeindruckt, als ich ihn zum ersten Mal gegoogelt habe. Doch Lynn ist noch nicht fertig. Sie grinst mich an, als hätte ich den Jackpot gewonnen. »Seit dem Umzug ist mir klar, dass du Chancen bei ihm hast, Jamie.«

»Das war doch nur Show.« Obwohl das Hähnchen zart ist und die knusprige Panade einen wunderbaren Kontrast dazu bildet, stochere ich nur in meinem Essen herum.

»Das ist nicht der Punkt«, erklärt mir Lynn, die es irgendwie schafft, gleichzeitig zu reden und zu essen, ohne dass es unappetitlich wird. »Du bist ihm nicht egal. Darum geht es. Sonst hätte er dich nicht so in den Arm genommen.«

Plötzlich muss ich an Febe denken. In Bezug auf ihre Gefühle für Liam hat sie etwas Ähnliches gesagt.

»Was soll ich nur machen?«

Erst als sich das Schweigen am Tisch hinzieht, wird mir

klar, dass ich meine Frage laut ausgesprochen habe und offenbar nicht mal Lynn eine Antwort weiß.

»Was hältst du davon, wenn du es ihm einfach sagst?« Kyle sieht mich quer über den Tisch an. »Also, dass du dich verliebt hast oder so. Woher soll er das sonst wissen?«

»Ach, Kye.« Lynn streicht ihm mit der Hand über den Rücken. »Du gehst doch nicht zu einem Mann wie Ryan und sagst, dass du dich in ihn verliebt hast. Erstens hält er dich dann für zwölf. Und zweitens wird er vor allem eins nicht tun: mit dir ins Bett gehen.«

»Vielleicht ist das auch besser so«, schaltet Julian sich ein und klingt jetzt fast ärgerlich. »Wenn nur auf einer Seite Gefühle im Spiel sind, ist so was selten eine gute Idee.« Er legt seine Gabel zur Seite und dreht sich zu mir. »Ganz im Ernst, James, pass auf dich auf. Ryan wirkt wie ein guter Kerl, aber nicht unbedingt wie jemand, der eine Freundin sucht. Und du wurdest gerade erst verletzt.«

»Sind denn überhaupt Gefühle im Spiel?« Lynn mustert mich. »Oder will dein Bruder nur nicht wahrhaben, dass seine kleine Schwester Lust auf Sex hat?«

»Es sind nur elf Minuten«, sage ich automatisch.

»Ryan hält mit Sicherheit länger durch – nach allem, was man hört.«

»Nein!«, rufe ich entsetzt. »Ich meine, den Altersunterschied.«

»Ich würde es einfach ausprobieren«, schaltet Mae sich an ihrer dritten Waffel knabbernd ein. »Manchmal nimmt das den Druck raus und die ganzen Hirngespinste verfliegen.«

»Das hast du vor ungefähr einem Jahr auch zu mir gesagt«, bemerkt Kyle mit zusammengezogenen Augenbrauen. »Dann bist du zu Lynn rüber und danach ist mein Leben deutlich komplizierter geworden.«

Mae zuckt mit den Schultern. »Ich sage ja nicht, dass es

immer funktioniert. Aber wenn du auf jemanden stehst, wird es nur schlimmer, je länger du dich zurückhältst. Oft genug ist man nach einem Mal zufrieden und weiß gar nicht, warum man vorher so eine große Sache daraus gemacht hat.«

Lynn stößt ein Schnauben aus. »Und manchmal passiert das genaue Gegenteil.« Ich habe das Gefühl, dass sie Julians Blick bei diesen Worten sorgfältig meidet.

»Aber auch dann hat man keinen Grund, auf zumindest einen guten Orgasmus zu verzichten«, stellt Mae pragmatisch fest. Sie lehnt sich an Julian vorbei, um mich anzusehen. »Wenn du mich fragst, lass es darauf ankommen.«

»Und wie?«

»Na.« Verständnislos runzelt sie die Stirn. »Wenn du ihn das nächste Mal siehst, achtest du darauf, keine unförmige Regenjacke zu tragen, sondern so ein Outfit wie im Pub neulich. Da hat es ja auch schon geklappt.« Grinsend blinzelt sie mir zu. »Sorg dafür, dass deine Klamotten eine klare Sprache sprechen. Den Rest erledigen eure Körper.«

Ich glaube, Mae hat recht.

»Was machst du?« Erst als Julian mich verblüfft ansieht, merke ich, dass ich aufgestanden bin.

»Ich muss noch mal los.«

»Jetzt sofort?« Julian klingt entsetzt, aber ich versuche bereits, meine noch nassen Schuhe an die Füße zu bekommen.

»Halt! Die Klamotten«, ruft Mae. »Willst du dich nicht umziehen?«

»Was hat sie denn vor?«, fragt Kyle überfordert, während ich meine Jacke anziehe und nach meiner Tasche greife.

»Das weiß der Himmel. James, du wirst das bereuen.«

Aber ich achte nicht auf meinen Bruder, sondern öffne die Wohnungstür.

»Jamie, hast du einen Plan?« Lynn kommt mir in den Flur nach. »Du hast doch hoffentlich einen Plan?«

Kurz drehe ich mich zu ihr um. »Ich hatte mein Leben lang einen Plan, Lynn. Aber weißt du … Das hat es irgendwie nicht gebracht.«

Lynn nickt zögernd. »Okay.«

»Bis sie bei ihm ankommt, wird sie schon wieder vernünftig«, höre ich Julian von drinnen sagen. Ich drehe mich um und laufe fast – trotz meiner schmerzenden Muskeln. Denn gerade hat mein Körper die volle Kontrolle – nicht mein Kopf, der sonst vielleicht die Notbremse ziehen würde. Und mein Körper hat keine Ahnung von vernünftig.

Kapitel 26

Ich schaffe es bis zu Ryans Tür, bevor es meinem Kopf gelingt, sich wieder an die Front zu drängen, und er fragt, was ich hier eigentlich mache. Ich habe die *Tube* genommen und mich während der Fahrt im Spiegel der dunklen Scheibe beobachtet, als wäre ich eine Fremde. Gesehen habe ich eine junge Frau in roter Regenjacke und blauer Jogginghose, die in Kombination mit den weißen Sneakern ziemlich sportlich aussieht – nicht ganz so Sofa-Style, wie ich befürchtet hatte. Die Frau im Spiegel der Scheibe wirkte ungeduldig, zählte offenbar mit Blick auf den Linienplan über der Tür die Stationen, die sie noch zu fahren hatte – immer wieder. Ich bin mit ihr ausgestiegen, aber mittlerweile fällt es mir schwer, wirklich sie zu sein. Ich habe mein Leben bisher hinter Büchern verbracht – eher in der Theorie als in der Praxis. Jetzt stehe ich hier, strecke die Hand aus und drücke die Klingel zu Ryans Wohnung.

»Hallo?«, meldet sich seine Stimme nach mindestens einer sehr langen halben Minute über die Gegensprechanlage.

»Ich bin es. Jamie.«

Mein ganzer Körper brennt, als er nicht antwortet. Es ist ein Gefühl, als zerreiße jede einzelne Zelle irgendwo zwischen Ungeduld und Panik. Ich habe keinen Grund, hier zu sein, nicht mal einen Plan. Ich habe nur mich und ein Chaos widerstreitender Gefühle in mir. Hinter mir fahren Autos über die Camden High Street, Passanten und Partygäste schieben sich am Eingang zu Ryans Wohnung vorbei – begleitet von Musik und Gelächter. Nur in der Gegensprechanlage bleibt es still.

»Lässt du mich rein?« Meine Stimme ist leise. Hört man mich überhaupt? Dann ertönt endlich der Summer und ich drücke die Tür auf. Im Treppenhaus ist es kühl und ein bisschen muffig. Das künstliche Licht erhellt die dunklen Fliesen kaum. Ich weiß, ich muss jetzt schnell sein. Mein Kopf darf keine Chance haben, endgültig wieder die Kontrolle an sich zu reißen.

Ich stürme die Treppen hoch, was bei dem schlechten Licht halsbrecherisch ist. Erst auf dem obersten Treppenabsatz pralle ich fast gegen Ryan, der in seiner offenen Wohnungstür auf mich wartet. Wortlos tritt er ein paar Schritte zurück, um mich hereinzulassen. Ich folge ihm in einen winzigen Flur. Ryan hat kein Licht eingeschaltet. Die Helligkeit fällt aus einem der angrenzenden Räume in die Diele. Davor mache ich ihn nur als Silhouette aus. Er sagt nichts, während ich die Tür hinter mir ins Schloss drücke. Noch atemlos von den vier Stockwerken bleibe ich stehen. In den Schatten zwischen uns ballt sich Hitze zusammen, und ich glaube, unsere Herzen klopfen zu hören. Aber wahrscheinlich ist es nur der gedämpfte Beat irgendeiner Musik aus dem Nachbarzimmer. Die Nervenenden unter meiner Haut verlieren die Fassung und lassen einen Schauer über meinen Körper jagen. Meine Tasche fällt zu Boden. Ich hole Luft, aber es kommen keine Worte.

»Jamie?« Ryan spricht meinen Namen fragend aus. Seine Stimme klingt ein wenig rau, stößt etwas in mir an.

»Mae hat gesagt, ich soll ein Outfit wählen, das eine klare Sprache spricht, aber hier im Dunkeln hättest du ja sowieso nichts gesehen.«

»Was? Wer ist Mae?«

»Meine Quasi-Mitbewohnerin.«

»Okay, und wie war das mit deinem Outfit? Soll ich das Licht anmachen?«

Ich sehe, wie sich seine Silhouette umdreht, und schüttele den Kopf. »Das lohnt sich nicht.«

»Wirklich? Aber du hast irgendwas von klarer Sprache gesagt.«

»Outfits sind nicht meine klare Sprache. Worte sind meine klare Sprache. Und die Wahrheit ist …« Meine Stimme verfängt sich irgendwo in einer mir fast fremden Tonart, weil ich gleichzeitig rede und nach Luft ringe. »Ich will dich, Ryan. Ich habe wirklich versucht, es zu ignorieren, weil ich nicht wie du bin. Aber du trägst nicht gerade dazu bei, es mir leichter zu machen. Und ich wünschte … Können wir vielleicht für einen Moment, für diesen Moment, alles andere vergessen?« Ich registriere, dass meine Stimme immer leiser und schneller wird, und hole erneut Luft. Ich komme jedoch nicht dazu weiterzureden.

Ryan geht auf mich zu. Sein Kuss trifft mich so heftig, dass ich einen überraschten Laut von mir gebe. Ich taumele rückwärts, pralle mit dem Rücken gegen die Wohnungstür, und in mir beginnt sich die Welle mit einer Geschwindigkeit aufzubauen, dass nichts anderes mehr aus ihr werden kann als ein Tsunami. Heiß spüre ich Ryans Küsse auf meiner Haut – das elektrisierende Wechselspiel seiner weichen Lippen und rauen Bartstoppeln, seinen Hunger, der meinen noch anfacht. Er drückt mich gegen die Tür. Ich spüre seine Hand an meinem Hals, schiebe meine in seinen Nacken, die andere unter sein Shirt, kann von Neuem nicht fassen, wie weich und glatt und heiß seine Haut sich anfühlt, seine Muskelstränge unnachgiebig hart. Ich fühle mich fast verzweifelt, weil es mir nicht schnell genug geht, weil mein Körper längst bereit ist und jeder Kuss, jede Berührung ihn in den Wahnsinn treibt. Ungeduldig zerrt Ryan mir die Jacke vom Körper, nur um mich im nächsten Moment erneut gegen die Tür zu pressen. Die Atemlosigkeit, die Entschlossenheit, mit der seine Hände an mir hinab auf Erkundungsreise gehen, seine Lippen, seine Zunge, die mir die Sinne verdrehen, während sie sich über meinen Hals abwärtsbewegen … Die Echos überlagern sich gegenseitig, bis sie ein Beben in mir verursachen. Es ist völlig jenseits meiner Kontrolle, verstärkt sich beängstigend schnell, bis ich keuchend nach Atem ringe, bis sich alles in mir unerträglich anfühlt. Unerträglich intensiv. Unerträglich grenzenlos. Unerträglich schön. Ich klammere mich an Ryan, als er innehält, seine Stirn an meiner Schläfe, sein Gesicht in meinen Haaren, seine Hand an meinem Hals. Nur sein Daumen streicht über meine Wange. Seine Stimme ist leise an meinem Ohr. »Ich will dich, Jamie, du hast keine Ahnung, wie sehr.«

Er hebt mich hoch, trägt mich irgendwohin. Wir durchqueren den Lichtschein, der aus dem angrenzenden Raum in den schmalen Flur fällt, und ich sehe ihm einen Moment lang in die Augen – ein ganzer dunkler Ozean breitet sich vor mir aus. Der Rhythmus von Shawn Mendes' ›Fallin' All in You‹ folgt uns. Aber diesmal … diesmal fühlt sich das Fallen gut an – nach Loslassen und Fliegen.

Dann setzt Ryan mich zwischen den kühlen Laken auf seinem Bett ab. Er kniet sich neben mich, und ich ziehe ihn an mich, sauge seine Unterlippe zwischen meine Zähne, lasse meine Zunge darübergleiten, fühle das Beben von mir auf ihn überspringen. Er zerrt mir meinen Sweater über den Kopf. Atemlos und wortlos sitzen wir in der Dunkelheit voreinander – einige rasende Herzschläge lang. Dann gleiten seine Hände über meine Schultern abwärts, öffnen mit Leichtigkeit den Verschluss von meinem BH, lassen ihn irgendwo verschwinden. Ich halte die Luft an, als Ryan seine Fingerkuppen von meinem Hals hinab zur Wölbung meiner Brüste gleiten lässt. Seine Berührung ist sanft, fast zaghaft, als fürchte er, ich würde zurückschrecken. Aber alles, was auf ihn wartet, ist meine erhitzte Haut, die nur eins will: ihn fühlen.

Ich halte mich am Bettzeug fest, als seine Hand meine Brust umfasst, als sein Daumen über die harte Spitze streicht, als er die Bewegung mit mehr Druck wiederholt. Die Empfindung lässt alles in mir anschwellen, als sei die Welle schon jetzt bereit zu brechen. Mein Keuchen wird von Ryans Kuss erstickt. Sein Gewicht auf mir, als wir rückwärtsfallen, lässt mich aufstöhnen. Ich ziehe sein T-Shirt hoch, halte mich an seinen breiten Schultern fest, liebe das Gefühl von seiner Haut auf meiner. Mit hastigen Bewegungen entledigen wir uns der restlichen Kleidung. Sein überwältigender Duft nach Frühlingsregen, seine Härte an mir, seine Lippen auf meinen Brüsten, auf meinem Bauch, sein stoßweiser Atem auf meinem Körper, seine Hand zwischen meinen Beinen bringen mich zum Stöhnen, zum Zittern, zum Ertrinken. Ryan richtet sich über mir auf. Ich höre seinen schweren Atem, spüre, wie seine Muskeln sich strecken, höre das Klappern einer Schublade und das Reißen von Folie. Ich helfe ihm, das Kondom überzuziehen. Dann lässt Ryan sich rückwärtssinken und zieht mich mit sich. Er vergräbt die Hände in meinen Haaren, hält mich fest, presst mich an sich. Wie kann etwas so nah und eng und fest und gierig sein und gleichzeitig so leicht? So schwerelos? Ich lasse meine Hände über seinen Körper wandern, erkunde jede einzelne Wölbung seiner Muskeln, spüre, wo sein Körper am intensivsten reagiert, folge mit meinen Lippen diesem Gefühl und liebe es, wenn seine Haut unter meinen Berührungen bebt. Als ich mich auf ihn sinken lasse, denke ich nicht mal darüber nach. Denn Ryan ist eine Überdosis für mein Nervensystem. Es ist kein Platz für Gedanken. Da ist zu viel Gefühl, zu viel Sehnsucht, zu viel Grenzenlosigkeit. Mein Körper weiß genau, was er will. Und er weiß es immer sicherer, je deutlicher er Ryan darauf antworten spürt.

Und hier sind wir: Ryan und ich – unsere Körper im Einklang von etwas, das uns auf eine stürmische, dunkle See hinausgetragen hat: beängstigend frei. Und dann endlich, als die Welle bricht, als sie mich endgültig mitreißt, lasse ich mich untergehen.

Kapitel 27

Noch immer liege ich halb auf Ryan. In den ersten atemlosen Minuten danach haben wir nur stumm dem Herzschlag des anderen gelauscht, die Hitze unserer Körper gefühlt, das Abklingen des gewaltigen Pulsierens zwischen uns erwartet. Dann hat Ryan eine Decke über uns gezogen und einen Arm um mich geschlungen. Ich spüre ihn einen Rhythmus auf meine Rippenbögen trommeln. Und jedes Auftreffen seiner Fingerkuppen auf meine Haut löst ein Nachschwingen in mir aus, ein leises Echo, auf das ich mich konzentriere, bis Ryans Finger zur Ruhe kommen, seine Atemzüge tiefer werden, ich mich von seinem sich hebenden und senkenden Brustkorb wiegen lasse.

Vorsichtig richte ich mich über ihm auf. Ihn so dicht bei mir schlafen zu spüren, fühlt sich absurderweise intimer an als alles, was wir eben miteinander getan haben. Vielleicht nur, weil mein Kopf sich wieder einschaltet. Noch nie in meinem Leben habe ich mich so warm und erfüllt gefühlt – jede einzelne Zelle im Einklang summend mit den anderen. Für einen Moment haben Ryan und ich alles vergessen. Aber dieser Moment ist vorbei. Ich muss in die richtige Welt zurückkehren, in der Ryan Dexter nur ein einziges Mal mit einer Frau schläft. Deshalb werde ich jetzt gehen.

Ich weiß, dass ich das kann. Ich muss mich glücklich schätzen, ihm begegnet zu sein, weil ich erst jetzt kapiert habe, wie das hier sein, wie viel ich empfinden kann. Die Erinnerung daran wird gerade für immer in jeder meiner summenden Zellen gespeichert. Aber am Montag, wenn Ryan und ich uns zur Arbeit treffen, dann wird es sein, als hätte das hier – unsere Körper und ihr ganz eigenes Spiel in der wortlosen Dunkelheit – nicht stattgefunden.

Vorsichtig winde ich mich aus Ryans Arm und rutsche Stück für Stück von ihm runter, schiebe mich unter der Decke hervor und versuche zu ignorieren, dass ich Ryans Nähe schon jetzt vermisse. Ich zwinge mich, vom Bett zurückzutreten. Durch die Vorhänge dringt gerade so viel orangegelbes Licht, dass ich die groben Konturen im Zimmer ausmachen kann. Aber wie soll ich meine verstreute Kleidung finden? Ich weiß nicht mal, wo mein Handy ist. Dann höre ich Ryans Stimme – ein bisschen rau vom Schlaf, in den er kurz geglitten ist:

»Jamie?« Ich sehe, wie sich seine Silhouette ruckartig aufsetzt. »Jamie?«

»Ich bin hier.«

Nur einen Augenblick später geht die Nachttischlampe an. Sie erzeugt eine weiche Lichtinsel um ein Futonbett, anthrazitfarbene Bettwäsche und Ryan. Ich glaube fast, verrückt zu sein, weil ich eben noch die Wärme und Härte seines muskulösen Oberkörpers gefühlt habe. Aber jetzt stehe ich hier, entblößt und fremd in diesem Zimmer.

»Wo willst du hin?« Er fährt sich mit der Hand durch seine zerwühlten Haare.

»Nach Hause.« Ich entdecke meine Jogginghose und bücke mich danach.

»Um die Uhrzeit? Das ist keine gute Idee.«

»Sagst du das den anderen Frauen auch?« Ich hoffe, meine Stimme klingt so neutral, wie die Frage gemeint ist, und sehe mich nach meiner Unterwäsche um.

»Ich bringe dich.« Er macht Anstalten aufzustehen, aber ich schüttele den Kopf.

»Das musst du nicht, Ryan.« Kurz lächle ich in seine Richtung und versuche, mich nicht beschämt zu fühlen, weil ich so verletzlich und nackt bin und meine verdammte Unterwäsche nicht finde.

Einen Moment lang sieht Ryan mir zu, statt mir suchen zu helfen. Dann streckt er die Hand nach mir aus. »Bitte, Jamie. Geh nicht.«

Seine Worte genügen, um das Summen in meinen Zellen anschwellen zu lassen. Meine Hand findet ganz von selbst den Weg in seine. Seine Finger schließen sich fest darum. Mehr braucht es gar nicht. Ich lasse meine Kleidung fallen und mich wieder in Ryans Arme. Mit Schwung rollt er sich herum, sodass er auf mir zu liegen kommt. Meine Nervenfasern erwachen sofort wieder zum Leben, lösen in mir ein Zittern aus wie von Myriaden glitzernder Regentropfen. Seine Lippen, seine Zunge, seine Hände finden jeden einzelnen Millimeter meiner Haut auf dem Weg von meinem Mund über mein Kinn zu meinem Ohr und abwärts über meinen Hals, bringen jede einzelne meiner Zellen zum Singen.

»Was ist mit deinen Regeln, Ryan?«, bringe ich atemlos hervor, während er jeden Winkel meines Körpers entdeckt, berührt, streichelt.

»Nur dieses eine Mal, Jamie«, höre ich seine Stimme auf meiner Haut, als bitte er mich um Erlaubnis – oder vielleicht sich selbst. »Nur dieses eine Mal.«

Und während er alles an mir und in mir zum Glühen bringt, mich langsam mit sich in die Weiten des Ozeans zieht, mich einatmet, meinen Körper liebt, als solle dieser Moment hier für immer sein, da ahne ich, dass er viel verzweifelter ist als ich.

Kapitel 28

Die Sonne durchdringt immer energischer die dunkelblauen Vorhänge, tastet sich an den Rändern vorbei ins Zimmer. Ich will nicht, dass die Nacht zu Ende geht. Noch immer still bleibe ich mit meinem Kopf auf Ryans Brustkorb liegen und lausche seinem Herzschlag. Ich weiß, dass er wach ist. Ich höre es seinem Atem an, der nicht mehr so tief reicht, spüre es am Tippen seine Finger auf meiner Haut. Offenbar will auch er nicht, dass es vorbeigeht, denn er hat beide Arme um mich geschlungen, hält mich still fest. Erst das Läuten der Türklingel lässt mich zusammenfahren und ihn seufzen. Ich richte mich über ihm auf, versuche zu ignorieren, wie sich Panik in meinem Brustkorb verdichtet. Das hier darf nicht zu Ende gehen. Meine Entschlossenheit, Ryan und mich als einmalig zu betrachten, hat sich im Rest der Nacht verflüchtigt. Wenn es noch irgendetwas gebraucht hat, damit ich falle, war es das hier: von Ryan einfach nur gehalten zu werden.

Er streicht meine Haare zurück, zieht mich an sich und küsst mich auf die Stirn. Dann richtet er sich auf, geht auf die Suche nach seiner Kleidung und streift Boxershorts und T-Shirt über, während die Türklingel ein weiteres Mal schrillt. Mit angezogenen Beinen bleibe ich im Bett sitzen, während sich Ryans Schritte durch den Flur entfernen und er sich über die Gegensprechanlage meldet.

Ich sehe mich im Zimmer um. Es wird fast vollkommen vom Bett ausgefüllt. Nach rechts ist es nur etwa ein Schritt bis zum Fenster, nach links einer zum Schiebetürenschrank. An den Wänden neben der Tür hängen eingerahmt ein Filmplakat von Benedict Cumberbatch als ›Sherlock‹ und eine Zeitungsseite. Ich frage mich, ob es sich um Ryans ersten im ›Guardian‹ erschienenen Artikel handelt. Doch ehe ich ihn mir richtig ansehen kann, wird mir die Frauenstimme aus Ryans Gegensprechanlage bewusst.

»Nadine, es ist Samstagmorgen«, höre ich Ryan antworten, als gäbe es ein Gesetz, dass es Leuten verbietet, samstagmorgens irgendwo zu klingeln. Aus der Gegensprechanlage antwortet nur ein Schluchzen. In mir erstarrt alles zu Eis.

»Schon gut, komm hoch.« Ryan drückt den Summer. Gleichzeitig flucht er laut. Statt die Wohnungstür zu öffnen, kommt er zurück ins Schlafzimmer gestürmt. Seine Haare stehen ihm wirr vom Kopf ab. Seine Augen haben dieses helle verletzliche Schimmern angenommen, von dem ich mittlerweile weiß, was es bedeutet: Er ist im Krisenmodus, fühlt sich angreifbar und ist dünnhäutig. Ich sollte versuchen, ihm das hier so leicht wie möglich zu machen, aber gleichzeitig regt sich Widerstand in mir.

»Das ist Nadine, verflucht.« Ryan taucht unterm Bett ab, um verstreute Kleidungsstücke aufzusammeln. »Du musst sofort verschwinden. Sie darf das hier auf keinen Fall wissen.«

»Klar, zeigst du mir den Notausgang?«

Er richtet sich auf und wirft meine Jogginghose nach mir – so plötzlich, dass sie mir einfach gegen den Kopf fliegt. Ärgerlich ziehe ich sie herunter.

»Es gibt keinen Notausgang«, erklärt Ryan, der mit einem Socken am Fuß in seine Hose steigt.

»Wo soll ich dann hin?« Ich pflüge durch die Laken, finde meinen Sweater, aber nicht die Teile, auf die es ankommt. »Ich brauche meine Unterwäsche.«

Mein BH trifft mich aus dem Nichts, als Ryan von einer weiteren Mission auf dem Fußboden auftaucht.

»Hör auf, Sachen nach mir zu werfen.«

»Jamie, das hier ist ernst. Du hast keine Ahnung, wozu sie fähig ist, wenn sie sich in ihre Hirngespinste reinsteigert.«

»Hirngespinste?« Ich ertaste weitere Teile meiner Unterwäsche und ziehe mir die Kleidung über.

»Sie hat sich auf dich eingeschossen. Ich habe das alles schon erlebt und es ist nicht gut ausgegangen. Bitte, Jamie, ich kann das nicht noch mal.«

»Ryan.« Ich werfe ihm seinen fehlenden Socken zu. Mittlerweile ist er so gut wie angezogen, aber die knittrige Kleidung und die verwuschelten Haare verraten sofort, dass er eben noch im Bett lag. Von mir will ich gar nicht anfangen. Immerhin trage ich selbst nur eine Jogginghose und einen gemütlichen Sweater und bin nicht gerade vorzeigbar. »Dann sag mir, was ich machen soll – mich irgendwo verstecken? Im Schrank?«

Er schüttelt den Kopf, als hielte er das für einen ernst gemeinten Vorschlag. »Da guckt sie doch als Erstes.«

»Sie guckt in deinen Schrank?« Fassungslos starre ich ihn an.

In diesem Moment beginnt das Klopfen an der Tür. Unsere Zeit ist abgelaufen. Fast panisch fliegt Ryans Blick durch den Raum. Er reißt den Vorhang zur Seite und öffnet das Fenster. Kühle Morgenluft und Verkehrslärm strömen herein. Eilig breitet er die Bettdecke über dem zerwühlten Laken aus.

»Ryan?« Das Klopfen an der Tür wird lauter. Ich will eigentlich dringend ins Bad. Ich fühle mich nach duschen und Zähne putzen und gemütlich frühstücken. Aber diese Option besteht nicht. Und wenn Ryan die Tür öffnet und Nadine mich in meinem Aufzug im Badezimmer entdeckt, wird das nicht gerade vertrauenerweckend wirken.

»Wo ist das Wohnzimmer? Ich tue so, als würde ich arbeiten.« Ryan wirft mir einen zweifelnden Blick zu, nickt aber. Überzeugt bin ich selbst nicht von meinem Plan, aber etwas

Besseres fällt mir angesichts des lauter werdenden Klopfens nicht ein. Ryan schiebt mich in das Zimmer, aus dem gestern Abend das Licht in den Flur fiel.

»Meine Unterlagen sind im Regal unter der Dachschräge«, sagt er noch, während er schon zur Tür geht.

Ich komme mir albern – und irgendwie gedemütigt – vor, flitze trotzdem quer durch den unter Dachschrägen geduckten Raum zum Fenster, vor dem ein Tisch mit zwei Stühlen steht. Ich ziehe einen Stapel Notizen sowie Ryans Tablet und einen Laptop aus dem Regal. Schon höre ich Nadines aufgebrachte Stimme im Flur, als ich noch mit den langen Blättern eines Elefantenfußbaumes kämpfe, der sich zwischen das Regal und den Tisch quetscht und sich in meinen Haaren verfängt. Immerhin erinnert mich das daran, meine Frisur in Ordnung zu bringen. Ich werfe alle Unterlagen auf den Tisch, finde in meiner Hosentasche ein Haargummi, binde mir über Kopf einen Pferdeschwanz und setze mich.

»Ryan, ich kann nicht mehr«, dringt Nadines Schniefen aus dem Flur. Ryan antwortet nicht sofort. Vielleicht hat er sie einfach in den Arm genommen. Ich verteile die beschriebenen Blätter auf dem Tisch, schiebe das Tablet auf die gegenüberliegende Seite und starte Ryans Laptop.

»Wo ist Mia?«, fragt er schließlich.

»Deine Mum hat sie abgeholt.«

»Warum hast du denn nicht angerufen, Nadine?«

»Habe ich. Du bist nicht rangegangen.« Obwohl ihre Stimme gedämpft ist, klingt sie vorwurfsvoll.

Ryan antwortet mit einem Seufzen. »Stimmt, mein Telefon lädt in der Küche auf.«

»Warum in der Küche? Du hast das doch sonst immer bei dir.« Nadines Stimme klingt klarer. Vielleicht sieht sie ihn misstrauisch an. Vielleicht ahnt sie bereits, dass an diesem Morgen alles anders ist.

»Du weißt doch, ich habe eine Deadline. Ich arbeite fast die ganze Zeit. Der Akku hat irgendwann schlappgemacht.«

Es fühlt sich seltsam an, in Ryans Wohnzimmer zu sitzen. Ich lasse meinen Blick über die Sofaecke mit Fernseher und Konsole wandern, die Marvel-Filmplakate an den Wänden und die Blumenampeln, die von der Decke hängen. Es ist intim zu sehen, welche Sofakissen ihm gefallen – hell- und dunkelblau gestreifte –, welche Bücher er gern gelesen hat – Terry Pratchett, Oscar Wilde und Bill Bryson fallen mir in den Regalen unter der Dachschräge ins Auge – und wie sein Geschirr aussieht – ein schieferfarbener Teller und ein türkisfarbenes Longdrinkglas stehen auf dem Couchtisch. Unwillkürlich stelle ich mir vor, wie Nadine auf seinem Sofa sitzt und Ryan ihr einen Tee kocht, weil wir Briten glauben, dass Tee noch jedes Problem gelöst hat. Nadine hat offensichtlich nicht genug davon getrunken.

»Ich weiß nicht mehr, was ich noch machen soll.« Ihre Stimme klingt wieder undeutlicher, als habe sie den Kopf erneut an Ryans Schulter vergraben – vielleicht genau dort, wo eben noch meiner lag.

»Gestern meintest du doch, die Coaching-Sitzung habe dir gutgetan.«

»Sobald ich allein bin, kann ich trotzdem an nichts denken als daran, dass er nicht da ist.« Das Schluchzen von nebenan klingt so verzweifelt, dass es mir die Luft abdrückt. Spätestens jetzt wünschte ich mir wirklich, es gäbe einen Notausgang – nicht nur aus dieser Wohnung, sondern auch aus diesem Unglück. Stattdessen gibt es nur mich und ich dürfte in Nadines Welt ungefähr das Gegenteil von einem Notausgang sein. Düster starre ich auf Ryans Laptop, der nach einem Passwort verlangt, das ich nicht kenne.

»Aber du bist nicht allein, Nadine. Mia ist da. Und Mia braucht dich.«

»Immer wenn ich sie ansehe, kann ich nur an Dale denken und daran, dass ich schuld bin, weil sie ohne ihn aufwachsen muss«, klingt Nadines gequälte Stimme zu mir. »Sie weiß ja nicht mal, wer er war. Und er … Er wird nie wissen, dass Mia seine Grübchen geerbt hat.«

»Nadine.« Ryan seufzt. »Hör auf, dich so zu quälen.«

»Ich vermisse ihn einfach so.«

»Bitte, Nadine.« Ryan klingt müde. »Das geht so nicht weiter. Wenn es dir so schlecht geht, machen wir jetzt, was wir besprochen haben: Ich bringe dich zum *Mental Health Crisis Service*.«

»Nein!« Nadines Ausruf wirkt panisch. »Ich will in keine Klinik.«

»Du hast es mir versprochen. Du hast versprochen, dass wir professionelle Hilfe holen, wenn das Coaching nichts bringt. Ich ziehe solange zu meiner Mum und wir kümmern uns um Mia.«

»Aber ich gehe in keine Klinik. Ich will da nicht alleine sein.«

»Dort wirst du nicht alleine sein. Dort ist immer jemand für dich da.«

»Ich will, dass du für mich da bist.«

»Nadine, ich will für dich da sein. Ich will dafür sorgen, dass es dir besser geht, aber nicht so. Du kannst nicht mehr, das verstehe ich, aber ich kann auch nicht mehr. Du erstickst mich. Bitte lass uns Hilfe suchen – dir und mir, okay?«

Einen Augenblick ist es still im Flur. Ich spüre meinen Herzschlag in meinen Schläfen und in meinen Fingerkuppen. Ich habe gemerkt, wie sehr Ryan unter der Situation leidet. Ich habe gesehen, wie verzweifelt Nadine ist. Aber das hier klingt noch ernster, als ich angenommen hatte.

»Was soll das heißen, ich ersticke dich? Er war dein Bruder. Ich dachte, du vermisst ihn genauso wie ich. Ich fühle mich ihm näher, wenn ich bei dir bin.«

»Das verstehe ich. Aber offenbar reicht das nicht. Es gibt nichts, was ich tun kann, um dir wirklich zu helfen. Ich bin nun mal nicht er. Bitte lass zu, dass sich Leute um dich kümmern, die wissen, was sie tun.«

Einen Moment lang ist es still draußen. Dann endlich antwortet Nadine: »Ich warte im Wohnzimmer, während du dich umziehst. Du siehst aus, als seist du gerade erst aufgestanden.«

»Lass uns einfach fahren. Jamie ist da. Ich sage ihr kurz Bescheid.«

»Jamie ist hier?« Sofort ist der volle Alarm in Nadines Stimme zurück. Im nächsten Augenblick stößt sie die Wohnzimmertür auf. Ihr Blick fliegt durch den Raum und heftet sich auf mich. Nadine sieht furchtbar aus. Unter ihrem fliederfarbenen Mantel trägt sie einen fleckigen grauen Pullover. Ihre langen rotblonden Haare sind strähnig, ihr Gesicht verquollen und ihre Augen rot vom Weinen. Ich frage mich, ob ich sie begrüßen, ihr Auftauchen irgendwie kommentieren soll. Angesichts der Verzweiflung in ihren Augen wirkt jedoch alles, was ich sagen könnte, unpassend, sodass ich stumm bleibe.

»Ich wusste es«, stößt Nadine mit zitternder Stimme hervor und wirbelt zu Ryan herum, der neben sie in den Türrahmen tritt. »Es ist ihretwegen, oder? Du willst ihretwegen nicht mehr für mich da sein.«

»Das ist Blödsinn.« Ryan schüttelt den Kopf. »Ich will dir helfen. Das wollte ich immer und daran hat sich nichts geändert.«

»Warum willst du mich dann plötzlich in die Klinik abschieben?«

»Das hat nichts mit Jamie zu tun. Ich weiß einfach nicht, was ich noch machen soll.«

Wortlos dreht Nadine sich um und öffnet schräg gegenüber die Tür zum Schlafzimmer. Ich beuge mich auf meinem Platz ein Stück vor und sehe, dass sie einen Moment lang in den

Raum starrt, sich aber anscheinend nicht sicher ist, wie sie den Anblick interpretieren soll. Sie knallt die Tür wieder zu, lehnt sich im nächsten Moment in den Rahmen zum Wohnzimmer, als brauche sie den Halt.

»Du hast es Dale versprochen, Ryan. Das hast du mir gesagt, nachdem er gestorben war. Dass du ihm versprochen hast, du würdest für uns da sein. Aber jetzt willst du mir Mia wegnehmen und mich abschieben.« Ihre Stimme ist tonlos und vielleicht verletzt sie Ryan deshalb noch mehr. Ich sehe, wie sich sein Brustkorb hebt, wie er die Luft bebend wieder ausstößt. Ich habe keine Ahnung, was genau passiert ist, aber ich weiß, dass Nadine grenzenlos ungerecht ist. Vielleicht ist sie zu verzweifelt, um das zu begreifen. Vielleicht will sie aber auch einfach, dass es ihm so schlecht geht wie ihr, um nicht ganz allein mit dem Gefühl zu sein.

»Das ist nicht wahr, Nadine, und das weißt du. Ich bin hier. Ich bin für dich da.« Ryan streckt die Hand nach ihr aus und umfasst ihren Arm. Es genügt, damit sie sich wieder gegen ihn wirft. »Aber wir kommen so nicht weiter.«

»Du hast gesagt, ich kann dich immer anrufen. Aber als ich dich angerufen habe, bist du nicht rangegangen«, dringt ihre Stimme gepresst zu mir. »Warum hast du dein Telefon wirklich nicht gehört?«

Ryan antwortet nicht. Ich wünschte, er würde mich wenigstens einmal kurz ansehen, aber er benimmt sich, als wäre ich gar nicht da. Im nächsten Moment macht Nadine sich mit einer heftigen Bewegung von ihm los.

»Du riechst nach ihr!« Ihre Stimme ist aus der Spur geraten – klingt schrill. »Ich habe die ganze Zeit gedacht, dass irgendetwas anders ist. Das ist ihr Geruch, habe ich recht? Du hast doch mit ihr geschlafen. Deshalb bist du nicht an dein verdammtes Telefon gegangen.« Noch während sie ihre Anschuldigungen in die Welt schreit, stürmt sie davon.

»Nadine!«, versucht Ryan sie aufzuhalten.

»Du hast mich ihretwegen ignoriert.« Nadines Worte hallen bereits aus dem Treppenhaus zu uns und mischen sich mit Ryans Flüchen.

Ich stehe von meinem Fake-Arbeitsplatz auf. Ryans Blick fällt auf mich, und er flucht erneut, fährt sich mit einer Hand in den Nacken, dreht sich halb im Kreis, als wisse er nicht, was er tun soll.

»Ich muss ihr nach.« Er bückt sich nach seinen Schuhen.

»Warum ist sie so eifersüchtig, Ryan?«, will ich wissen und lehne mich jetzt selbst in den Türrahmen. »Kannst du mir das erklären?«

»Nein, das kann ich nicht.« Da ist sie wieder: die Heftigkeit, mit der er herumwirbelt, die dunkle Wut in seinen Augen, mit der er mich anstarrt und die mich unwillkürlich einen Schritt zurückweichen lässt. »Ich habe dir von Anfang an gesagt, dass ich dir das nicht erklären kann, und daran hat sich nichts geändert.«

»Gar nichts? Hat sich wirklich gar nichts geändert – nicht mal jetzt?« Ich weiß, dass es in dieser Situation keine kluge Frage ist, aber ich habe sie längst ausgesprochen.

»Natürlich hat sich gar nichts geändert – nur, dass ich jetzt durch London rennen und Nadine finden muss.«

Stumm schüttele ich den Kopf, verschränke die Arme vor der Brust, während er sich seine Jacke überwirft.

»Ich wusste, dass ich mich nicht auf diesen verdammten Artikel hätte einlassen sollen. Man recherchiert diese Liebesgeschichten, liest von all den Dingen, die andere Menschen füreinander getan haben, hofft, dass sie glücklich dabei waren, als hätten sie irgendetwas mit einem selbst zu tun.« Er greift zum Schlüsselbrett neben der Garderobe, stellt fest, dass sein Schlüssel nicht da ist, und sucht in seinen Taschen danach. »Irgendwann wird man sentimental und glaubt, das habe etwas mit der Person zu tun, die ständig neben einem durch die Gegend läuft.« Er findet seinen Schlüssel in seinem Messenger-Bag, das auf der Erde neben seinen Laufschuhen liegt, und steckt ihn in die Hosentasche. »Du hättest nicht herkommen sollen, Jamie. Das war für uns beide nicht gut. Mach die Tür hinter dir zu, wenn du gehst.«

Ich höre seine Schritte im Treppenhaus leiser werden, ehe ich richtig realisiere, was passiert ist. Ich höre mein eigenes Keuchen, als die Haustür vier Stockwerke unter mir ins Schloss fällt. Mein Herz schlägt hart gegen meine Rippen. Ansonsten ist es still in der Wohnung. Ryans Laptop steht noch auf dem Wohnzimmertisch und wartet mit blinkendem Cursor darauf, dass ein Passwort eingetippt wird, das ich nicht kenne. Langsam wende ich mich ab.

Ich gehöre nicht hierher. Ich hätte nicht kommen sollen.

Kapitel 29

Ich habe Liebeskummer – die Sorte, aus der es keinen Ausweg gibt. Ich kann nicht laufen gehen, um meinen Dopaminspiegel nach oben zu treiben, weil ich von vorneherein nicht atmen kann. Ich kann nichts essen, weil mein Magen sich schmerzhaft zusammengezogen hat. Yoga funktioniert nicht, weil ich mitten in den Übungen liegen bleibe und in Endlosschleife erlebe, wie tief ich gefallen bin. Von *Bitte, Jamie, geh nicht* bis *Du hättest nicht herkommen sollen.* Ich kann nicht mal Julian und Lynn erklären, was passiert ist, weil ich zu verletzt bin, um es in Worte zu fassen. Also wissen sie nur, dass Nadine uns am Morgen eine Szene gemacht hat und Ryan mit ihr verschwunden ist.

Obwohl sich die Wolken draußen verzogen haben und durch die offenen Fenster milde Frühlingsluft hereinstreicht, setzt Julian mich mit einer Decke aufs Sofa, macht mir ›Der Adler der neunten Legion‹ im Fernsehen an, weil der absolut herzschmerzfrei ist, und kocht mir eine heiße Schokolade. Danach verabschiedet er sich zum Laufen. Ich realisiere kaum, wie die Zeit vergeht, aber als er ein paar Stunden später zurückkommt, haben Lynn und ich uns heulend unter den Kissen auf dem Sofa verkrochen und stecken mitten im dramatischen Ende von ›Titanic‹. Ich wünschte wirklich, Jack hätte überlebt.

»Wo warst du eigentlich so lange?«, will Lynn schniefend von Julian wissen, als er sich in einen der Flower-Power-Sessel fallen lässt, die wir gegen Lynns altersschwaches Exemplar getauscht haben.

»Ich musste eine halbe Ewigkeit warten, bis Ryan nach Hause kam.« Gelassen sieht Julian zu, wie die gealterte Rose das schimmernde *Herz des Ozeans* in den schwarzen Wellen versinken lässt. Ich hingegen fahre entsetzt auf.

»Du warst bei Ryan?«

»Ich habe ihm nur eine reingehauen und bin sofort wieder gegangen.«

»Du hast was?«

»Keine Sorge, er hat sich nicht mal gewehrt.«

»Juls«, jammere ich. »Wie konntest du das machen?«

»Bei Phil hat es doch auch geholfen.«

Statt einer Antwort lege ich nur meinen Kopf auf meinen Knien ab.

»Ach, James«, seufzt Julian, und ich weiß genau, was er denkt – nämlich, dass er mich gewarnt hat. Immerhin spricht er es nicht aus. »Er hat mir nachgerufen, ich solle dir sagen, dass es ihm leidtut.«

»Das sagt er immer«, murmle ich. »Aber das ändert nichts.«

Lynn legt den Arm um mich und ich den Kopf an ihre Schulter. Während der Abspann läuft und Julian sich zum Duschen verabschiedet, bleiben wir genauso sitzen.

»War die Nacht wenigstens gut?«, will Lynn wissen.

Ich antworte nur mit einem Seufzen, das alles sagt.

»Mae hat recht, weißt du? Ich würde dir von Herzen mehr davon gönnen, aber diese eine Nacht kann dir niemand nehmen.«

Das Problem ist jedoch nicht die Nacht, sondern dass sie sich nach viel mehr angefühlt hat. Obwohl ich es wusste, obwohl Ryan *Nur dieses eine Mal* gesagt hat, hat es sich märchenhaft angefühlt – nicht nach flachgelegt, sondern nach geliebt werden.

Nur scheint Ryan das anders zu sehen. Denn er meldet sich

das ganze Wochenende nicht, und ich habe keine Ahnung, wie es am Montag mit unserem Artikel weitergehen soll.

Lynn und Mae schleppen mich am Sonntagvormittag mit sich über den *Columbia Road Flower Market*, der nur etwa fünf Minuten Fußweg von unserer Wohnung entfernt beginnt. Angesichts des warmen Wetters, des Gedränges fröhlich entspannter Leute und der Fülle duftender Blüten sollte sich meine Laune heben. Aber während Lynn und Mae sich eindecken, um den Frühling in unser Haus zu holen, stehe ich nur verloren herum und versuche, nicht an Ryan im Rosengarten zu denken. Als Julian, der beim Sport war, uns irgendwann im Durcheinander findet, hat er einen riesigen Berg Cupcakes für mich gekauft.

»Morgen kommst du dafür wieder mit zum Laufen.« Neckend zwickt er mich in die Taille.

Ich schiebe nur müde seine Hand weg. Es ist bereits Abend, als ich meinen Widerstand aufgebe und Ryan eine Nachricht schicke – kurz und sachlich. Vielleicht hat er Angst vor noch mehr Drama und lässt deshalb nicht von sich hören. Und auch wenn ich um meinetwillen finde, dass er Drama verdient hätte, weiß ich um seinetwillen, dass er bereits genug davon in seinem Leben hat. Außerdem hatte ich selbst gesagt, dass wir für einen Moment alles vergessen sollten. Es stand also vorher fest, dass es vorbeigehen würde.

Nach ungefähr einer Stunde Grübeln tippe ich: Hi Ryan, sollen wir uns morgen in der Redaktion treffen, um zu besprechen, wie wir weiter vorgehen? Anschließend starre ich ununterbrochen auf mein Handy, aber er antwortet nicht. Je öfter ich meinen eigenen Text lese, desto klarer wird mir, dass er missverständlich sein könnte, und ich schicke deutlich weniger professionell hinterher: In Bezug auf den Artikel, meine ich.

Kurz vorm Schlafengehen stelle ich zwar fest, dass Ryan beide Nachrichten gelesen hat, offenbar jedoch nicht gewillt ist, sich zu einer Antwort herabzulassen. Auch am nächsten Morgen, als Julian mich weckt und auf eine äußerst quälende Runde ums *Weavers Field* treibt, habe ich immer noch nichts von ihm gehört.

Ich weiß nicht, was ich ohne Ryan tun soll. Und das in mehrerlei Hinsicht. Unsere Recherchen sind abgeschlossen, wir haben uns anhand seines Texthauses für eine Strukturskizze entschieden, sodass wir im Prinzip nur noch das Schreiben erledigen müssen. Allerdings hat Ryan mit Einleitung und Schlussteil bereits begonnen. Und wir haben noch nicht entschieden, wer jeweils die anderen Teile übernimmt. Dass ich mich so verlassen fühle ohne ihn, dass sich alles in mir zerbrechlich anfühlt wie filigrane Glaskunst, dass sich meine Erinnerungen an unsere Nacht konstant mit dem Schock vom Morgen vermischen und eine Art Wildwasserkanal in mir bilden, macht es mir so schwer, ihn einfach anzurufen und zu verlangen, dass wir uns abstimmen müssen. Ich schreibe ihm eine weitere Nachricht, tippe eine Weile unschlüssig auf meinem Laptop herum und rufe ihn gegen elf Uhr endlich doch an. Ich lausche dem Klingeln mit einer schwer entwirrbaren Mischung aus Panik und Hoffnung, aber es klingelt ins Leere.

Es ist bereits Mittag, als ich mich mit größerer Entschlossenheit und meinem Wust an Notizen an den Tisch setze, um den Abschnitt über Victoria und Albert auszuformulieren, weil ich vermute, dass sie eins der Paare sind, um das Ryan sich am wenigsten reißt. Es fällt mir jedoch schwer, den richtigen Ton zu treffen. Mitch hat ein Stück aus einem Guss verlangt. Die *London HiStories* sind meist in einem erzählenden, teilweise humorvollen Ton gehalten. Ryan hingegen schreibt seine politischen Stücke mit entsprechender Sachlichkeit und präziser Wortwahl. Ich habe keine Ahnung, wie er die *Love Stories* angehen möchte. Erneut versuche ich, Ryan zu erreichen, aber er nimmt meinen Anruf weder entgegen noch ruft er zurück.

»Immer noch nichts?«, fragt Julian, der mir gegenübersitzt und in seinen Lehrbüchern blättert, als ich mein Telefon nach dem nächsten Check zurück auf den Tisch werfe.

»Ich verstehe das nicht. Ihm war das alles doch egal. Was ist denn jetzt sein Problem?«

Mit einem beklommenen Gesichtsausdruck zieht Julian die Schultern hoch. »Vielleicht ist es meine Schuld. So wie meine Hand wehgetan hat, kann ich ihm die Nase gebrochen haben.«

»Du hast ihm die Nase gebrochen?«

Julian verdreht die Augen. »Ich weiß nicht, wo genau ich ihn getroffen habe. Ich mache das ja nun auch nicht täglich. Aber er wird schon nicht daran gestorben sein.«

»Wer weiß.« Düster starre ich auf meinen Bildschirm. »Vielleicht hat er ein Schädel-Hirn-Trauma. Nach deinem ganzen Training will ich deine Faust bestimmt nicht ins Gesicht kriegen.«

Schuldbewusst nickt Julian. »Das war möglicherweise etwas daneben von mir.«

Ich gehe um den Tisch und lege von hinten meine Arme um Julian. »Du bist trotzdem der Beste.«

»Dann ist das hier wahrscheinlich der geeignete Moment, um dir zu sagen, dass ich seit dieser Woche mein Wohnheimzimmer in Bath beziehen kann.« Julian hält meine Arme fest. »Ist das für dich in Ordnung? Ich kann schon mal ein paar Leute kennenlernen und Sportkurse besuchen. Vielleicht kann ich mir sogar was anrechnen lassen.«

»Klar.« Ich setze mich auf den Stuhl neben ihn. »Wie eilig hast du es denn? Wenn du wartest, bis der Artikel fertig ist, kann ich dir am Wochenende beim Umzug helfen.«

»Guter Plan.«

Seufzend stütze ich meinen Ellenbogen auf den Tisch und mein Kinn in die Hand. »Weiß Lynn es schon?«

Er schüttelt den Kopf.

»Sie wird dich vermissen.«

»Du zum Glück überhaupt nicht, oder?«

»Nein«, sage ich, »überhaupt nicht.«

Es ist bereits gegen drei, als ich endgültig entscheide, dass Ryan selbst schuld ist, wenn er meint, mich ghosten zu müssen. Wenn ich nicht ernsthaft schreibe, werden wir unsere Deadline nicht schaffen. Dann müssen wir den Artikel eben später so überarbeiten, dass alles zusammenpasst. Das bedeutet im Endeffekt zwar mehr Arbeit, aber die kann Ryan ja dann übernehmen. Gegen fünf Uhr ist mein Abschnitt über Victoria und Albert fertig, und ich überlege gerade, mit welchem Paar ich weitermachen soll, als Lynn nach Hause kommt und grinsend verkündet, dass sie Kyle vor dem Haus in Hemd und gebügelten Jeans getroffen hat. Offenbar hat er bereits sein zweites Date mit seiner Laborkollegin.

»Siehst du«, sagt sie zu mir. »Bars wirken Wunder. Wir sollten am Wochenende wieder ausgehen.« Sie stößt Julian an. »Bist du dabei?«

»Mal sehen.« Er wirft mir einen warnenden Blick zu. »Vielleicht geht ihr lieber allein. Dann habt ihr mehr Chancen, jemanden abzuschleppen.«

Lynn sieht ihn irritiert an und ich beuge mich mit gerunzelter Stirn über meine Notizen zu Beatrix und William. Da ich mein eigenes Liebesleben so was von nicht im Griff habe, sollte ich mich nicht einmischen, aber es wäre sicher besser, wenn Julian Lynn gegenüber früher als später mit der Wahrheit rausrückt.

Mit den Gedanken wieder bei unserem Artikel, tippe ich verärgert eine weitere Nachricht an Ryan: Tut mir leid, wenn du dich von mir gestalkt fühlst, und ich erinnere dich nur ungern an unseren Artikel. Aber der muss nun mal geschrieben werden. Ruf mich einfach an, damit wir das hier zu Ende bringen können, okay? Das war kein bisschen professionell mehr, aber das ist mir egal.

Frustriert gehe ich duschen und stürze hinterher zu meinem klingelnden Telefon auf dem Esstisch. Es ist jedoch nicht Ryan, sondern Phil. Aufstöhnend will ich mein Handy gegen die nächste Wand schleudern, halte mich jedoch zurück. Erstens würde es die Kommunikation mit Ryan nicht gerade erleichtern, und zweitens kann ich Phil unmöglich erneut antun, was Ryan mir gerade antut, indem ich ihn weiter ignoriere.

»Hallo?«, melde ich mich wachsam.

Einen Augenblick lang herrscht Schweigen. »Jamie?« Phils Stimme klingt verblüfft. Ganz offensichtlich hat er nicht damit gerechnet, dass ich rangehe.

»Ja«, antworte ich. »Hi.«

»Können wir kurz reden? Ich will mich entschuldigen.«

»Okay.« Da Julian in meinem Zimmer Computer spielt und Lynn an mir vorbei ins Badezimmer düst, setze ich mich mit untergeschlagenen Beinen in die Sofaecke.

»Jamie, es tut mir leid«, bricht es aus Phil heraus. »Ich hätte es dir nicht so schwer machen dürfen. Ich wollte einfach nicht einsehen, dass es zwischen uns vorbei ist. Ich wollte immer, dass du diejenige bist, mit der ich Kinder bekomme und mein Leben verbringe. Ich wusste, ich würde dich verlieren, wenn meine Affären rauskämen, und wollte damit aufhören, aber irgendwie ist es dann trotzdem immer wieder passiert.« Er holt tief Luft. »Ich dachte, wenn wir heiraten, würde sich alles verbindlicher anfühlen, aber ich glaube, du warst nie richtig glücklich über den Gedanken zu heiraten, oder?«

»Nein.« Ich schnappe mir eins der vielen Kissen und presse es auf meinen Bauch – erleichtert, dass mich die weiche Stimme aus dem Lautsprecher an den Phil erinnert, den ich von früher kenne. Und obwohl er so traurige Sachen sagt, ist das gerade verdammt tröstlich. »Mir tut es auch leid, Phil. Ich hatte meinen Kopf einfach voller anderer Dinge.«

»Du meinst, bei deiner Arbeit.«

»Ja«, gebe ich nach einer kurzen Pause zu.

»Hör zu, Jamie, es tut mir leid – alles, was ich uns angetan habe und der ganze Mist, den ich danach gebaut habe. Ich wollte dich verletzen. Dabei hätte ich mir selbst niemals zugetraut, an diesen Punkt zu kommen. Wenn ausgerechnet dieser Ryan dich glücklich macht, muss ich damit leben.«

Sofort tropft eine Träne aus meinem Auge, aber die zweite wische ich entschlossen weg.

»Ich bin nicht mit ihm zusammen, Phil. Das war nur … Das war nur ein Ausrutscher. Es tut mir leid, dass ich dich geschlagen habe. Das war nicht in Ordnung.«

»Ich habe ihn ja angegriffen.« Wieder höre ich ihn tief Luft holen. »Ich war verletzt und wütend. Dieser ganze Tag neulich war einfach zu viel für mich. Ich hatte gehofft, du würdest es dir noch mal überlegen, wenn ich dir das Ultimatum stelle und du merkst, dass es ernst wird. Ich war völlig entsetzt, dass du stattdessen einfach mit all diesen Leuten gekommen bist, um deine Sachen zu holen. Deshalb habe ich diese wahnsinnig geschmacklosen Dinge von mir gegeben.«

Die nächste Träne halte ich nicht auf, weil mir klar ist, dass sie nichts mit Ryan zu tun hat. Ich vergieße sie um Phil, um uns.

»Dann ist Tinka gar nicht bei dir eingezogen?«

Er antwortet nicht sofort, und als er endlich spricht, klingt auch seine Stimme nicht ganz fest. »Nein. Aber ich habe die Wohnung gekündigt. Ich gehe zurück nach Oxford. Fast alle meine Freunde wohnen eh da.«

»Ich weiß.«

»Ich wollte eigentlich nur sagen, dass ich hoffe, es geht dir gut«, meint er nach einem Moment der Stille.

»Danke, ich habe ja meine Arbeit. Dieser Artikel ist die Chance, die ich mir immer erträumt habe.«

»Ich weiß, wie wichtig dir das ist«, sagt er leise. »Aber wir bestehen nicht nur aus einem Gehirn, Jamie. Wir haben auch ein Herz und eine Handvoll Sinne, die etwas erleben wollen. Manchmal hatte ich das Gefühl, du vergisst das.«

Geschockt sitze ich da und weiß nicht, was ich erwidern soll.

»Entschuldige«, sagt er irgendwann. »Das war vielleicht zu hart.«

»Nein.« Ich hole tief Luft. »Wahrscheinlich hast du recht. Danke, dass du angerufen hast, Phil. Bis irgendwann.«

»Bis irgendwann.«

»Und ich will auch, dass es dir gut geht«, füge ich leise hinzu. Dann lege ich auf.

So hat Phil mich gesehen: nur an Erfolg interessiert, alle Sinne verkümmert, weil sie gar nicht zum Einsatz kommen. Zitternd hole ich Luft. In den letzten Wochen dachte ich, dass ich nicht mehr die Perfektionismus-Jamie sein möchte, die ich war. Fakt ist aber, dass mein Gehirn noch nie so wehgetan hat wie mein verfluchtes Herz gerade.

Daran muss ich mit zunehmender Bitterkeit noch am nächsten Tag denken, als Ryan mir noch immer nicht geantwortet hat. Ratlos und wütend steige ich am Dienstagmorgen in die *Tube*, um nach Camden Town zu fahren, bei Ryan zu klingeln und ihn zur Rede zu stellen. Seine Wohnung ist ehrlich gesagt der letzte Ort, an dem ich sein will, aber habe ich eine Wahl? Mir ist längst klar, dass ich mehr vom Leben will als Erfolg. Aber das bedeutet nicht, dass ich alles aus der Hand fallen lasse, wofür ich so hart gearbeitet habe. Dieser Artikel muss gut werden. Statt Ryan meldet sich allerdings Nadine über die Gegensprechanlage.

»Hau ab, er ist nicht da.« Ihre Stimme wird sofort schrill, als ich mich melde.

»Ich muss dringend mit ihm reden.«

»Er redet aber nicht mehr mit dir. Verschwinde einfach und lass uns in Ruhe.«

Fassungslos starre ich die verrauschte Gegensprechanlage an, als könne sie mir die Situation erklären.

»Wir müssen unseren Artikel fertig schreiben. Bitte sag ihm, dass ich da war. Okay?« Sie antwortet nicht, sodass ich hinzufüge: »Ich warte hier, bis er kommt, wenn er mich nicht zurückruft.«

»Ja«, gibt sie nach. »Ich sage es ihm.«

Ich wette, dass sie es nicht tun wird. Was ist los, Ryan?, schreibe ich ihm auf dem Weg zur Redaktion am Victoria Embankment und fühle mich wie eine verdammte Stalkerin. Ich schwöre dir, ich komme dir nicht wieder zu nah, aber irgendwie müssen wir diesen Artikel fertig kriegen.

Ich frage in der Redaktion herum, ob irgendjemand etwas von Ryan gehört hat, aber niemand weiß etwas. Um Finleys neugierigen Fragen zu entkommen, fahre ich nach Hause, um am Text zu arbeiten. Es ist bereits Nachmittag, als der Posteingang meines ›Past & Present‹-E-Mail-Accounts ein Binggeräusch von sich gibt. Ich brauche einen Moment, ehe ich realisiere, dass eine Nachricht von Ryan eingegangen ist. Mein Nervensystem reagiert heillos über. Mit klopfendem Herzen, Kribbeln im Bauch und zittrigen Fingern öffne ich die Nachricht. Obwohl sie nur aus wenigen Zeilen besteht, muss ich sie mehrmals lesen, um sie zu verstehen:

Jamie, im Anhang findest du alle meine Notizen und die Entwürfe, die ich schon geschrieben habe. Ich kann nicht weiter mit dir am Artikel arbeiten – nicht deinetwegen, sondern aus privaten Gründen. Es tut mir leid.

Ich habe keine Ahnung, wie lange ich auf Ryans Worte starre, aber selbst als ich die Anhänge mit seinen verworrenen Mindmaps, Grafiken und Textschnipseln öffne, kann ich nicht fassen, dass er das hier wirklich tut. Wie soll ich bitte seine Gedankenschlösser durchdringen?

Ich bin noch dabei, alles auszudrucken, was er mir geschickt hat, und kopfschüttelnd auf Stapel zu sortieren, als Julian und Lynn nach ihrem Badminton-Date hereinkommen. Mit einem entsetzten Blick auf die Uhr stelle ich fest, dass es schon nach sechs Uhr abends ist und mir die Zeit davonrennt.

»Warum guckst du uns so panisch an?«, will Julian wissen. »Ist dein Laptop abgestürzt?«

»Ich wünschte, mein Laptop wäre abgestürzt.« Ich drehe ihnen den Bildschirm mit Ryans Nachricht zu.

»Aus privaten Gründen?« Entgeistert starrt Lynn mich an. »Was soll das denn heißen?«

»Es ist völlig egal, was das heißt.« Ehrlich gesagt, ist *aus privaten Gründen* eine Frechheit. Nicht, weil wir Sex hatten, sondern weil wir auch ganz ohne das längst über *aus privaten Gründen* hinaus waren – nach all unseren Geschichten, geteilten Gefühlen und geöffneten Herzen. »Fakt ist, dass er mich sitzen lässt und ich keine Ahnung habe, wie ich diesen Artikel ohne ihn schreiben soll.«

»Du musst es Mitch sagen«, meint Lynn mit großen Augen.

»Und dann?« Ich hebe die Schultern. »Was, wenn er mich mit dafür verantwortlich macht und mich den Artikel nicht zu Ende schreiben lässt?«

Lynn packt ihre Hafenarbeiterflüche aus, was mir den Ernst der Lage erst so richtig bewusst macht.

»Das schaffst du«, sagt Julian entschlossen. »Pass auf, ich räume mein Zeug von deinem Schreibtisch. Du setzt dich in dein Zimmer, schreibst und kümmerst dich um nichts anderes. Lynn und ich versorgen dich mit allem, was du brauchst.«

»Ich weiß trotzdem nicht, ob ich das schaffe«, jammere ich, packe aber bereits mein Zettelchaos und meinen Laptop zusammen, um Julians Anweisungen zu folgen.

»Guck mal in den Spiegel«, sagt Julian nur.

Im Vorbeigehen werfe ich einen hektischen Blick in Richtung Garderobe. Meine Wangen sind gerötet, meine Pupillen geweitet, sodass die Iris nicht mehr als ein heller grüner Kranz ist. Meine Augenbrauen haben sich leicht gesenkt, ich sehe aus wie eine Kriegerin, die ihr Pferd in die Schlacht treibt – Boudicca-Style eben.

»Wenn du so guckst«, erklärt Julian, »schaffst du alles, James.«

Kapitel 30

Es ist Freitagnachmittag und ich sitze mit brennenden Augen und Rotstift über meinem ausgedruckten Text. Mein Rücken schmerzt, meine Schultern sind verkrampft, meine Beine schaffen es kaum noch, eine ausgestreckte Form anzunehmen. Während meines Schreibmarathons habe ich kaum geschlafen, wenig gegessen und nur getrunken, wenn Julian am Rand meiner Wahrnehmung verharrte, bis mein Glas leer war. Jetzt sitze ich an meinem zweiten Überarbeitungsdurchgang – ergriffen von der Panik, dass der Text nicht gut genug ist, und mit nur wenigen Stunden, bis sich das Dokument in Mitchs Postfach einfinden muss.

Mir graut es jetzt schon davor, was er sagen wird, wenn er feststellt, dass Ryan kaum eigenen Anteil am Text hat. Aus Angst, dass er den Artikel allein deshalb streicht, habe ich überlegt, ihm zu verheimlichen, dass Ryan am Ende abgetaucht ist. Aber Lynn, die den Text gelesen hat und gut findet, hat mich gefragt, ob ich übergeschnappt sei, diesem epischen Vollidioten einen Gefallen tun zu wollen. Erst jetzt, als mein Gehirn langsam zur Ruhe kommt, frage ich mich, ob ich Ryan ebenfalls für einen epischen Vollidioten halte. Mich beschleicht die unbestimmte Sorge, dass er gute Gründe für sein Verhalten haben könnte. Der Ryan, den ich kennengelernt habe, überlässt niemanden einfach so sich selbst. Allerdings steht der Ryan, den ich kennengelernt habe, auch unter dem Einfluss einer Frau, die nicht erträgt, wenn er sich gut fühlt. Aber kann ich Ryan dafür hassen? Kann ich jemanden hassen, der mich so viel fühlen lässt, dass ich manchmal einfach vergesse zu denken? Für *aus privaten Gründen* vielleicht, ja. Und für *Mach die Tür zu, wenn du gehst.* Ansonsten bewirkt, dass er so plötzlich aus meinem Leben verschwunden ist, nur, dass es umso mehr wehtut. Aber nicht, dass ich ihn hasse. Wie hat Joss das genannt? Frustrationsattraktion?

Das Vibrieren meines Telefons lässt mich aufschrecken. Ich habe es auf lautlos gestellt, aber als ich die Nummer meiner Mum im Display aufleuchten sehe, greife ich automatisch danach.

»Hallo, Mum.«

»Jamie, wo bist du?«

»Zu Hause. Gleich muss ich meinen Artikel abgeben.«

»Soll ich ihn mir ansehen?«

»Nein, danke. Eine Kollegin hat ihn schon gelesen.«

»Na gut, ich wollte mich nicht aufdrängen.«

»Das hast du ja auch nicht.«

»Eigentlich wollte ich etwas ganz anderes.«

»Ja?«

Es vergehen mehrere Sekunden, ehe sie sagt: »Ich habe lange über unser letztes Gespräch nachgedacht. Wahrscheinlich hast du recht, dass ich mit meinen Erwartungen dein Leben vorbestimmen wollte. Ich stehe zu meiner Haltung. Ich glaube, dass du beruflich eine bessere Wahl hättest treffen können. Aber ich sehe ein, dass es deine Entscheidung ist. Und wahrscheinlich hätte ich dir …« Wieder schweigt sie einen Moment und ich klammere mich an meinem Rotstift fest. »Wenn Julian und du meint, euer Glück liege in einer Redaktion und im Fitnessstudio, muss ich damit leben. Ich habe mein Möglichstes gegeben, damit ihr lernt, kluge Entscheidungen zu treffen.«

»Ach Mum.« Sie hat nichts von dem gesagt, was ich gehofft hatte. Dass es ihr leidtut, so viel Druck auf mich ausgeübt zu haben. Dass es Wichtigeres im Leben gibt als ein hohes Einkommen und den Chefinnenposten. Dass sie mich trotz allem liebt. Dennoch weiß ich, dass ihre Worte versöhnlich gemeint sind, und das zählt auch etwas.

»Geht es dir gut?« Plötzlich klingt sie besorgt. »Du klingst so müde. Du bist doch nicht krank, oder?«

»Das ist nur der Liebeskummer«, platzt es aus mir heraus.

»Vermisst du ihn sehr?«, fragt Mum etwas unbeholfen und denkt vermutlich, ich rede von Phil.

»Ja«, sage ich, ohne ihren Irrtum aufzuklären. »Irgendetwas in mir hat noch nicht verstanden, dass es keinen Sinn hat, ihn zu lieben.«

»Ach, Jamie, dabei geht es doch nicht um Sinn. Ich fürchte, ich habe dir vorgelebt, es lohne sich nur, jemanden zu lieben, wenn man eine Gegenleistung dafür bekommt. Das ist es doch, was du mir eigentlich vorwirfst, oder? Dass ich dir nicht genug gezeigt habe, wie sehr ich dich liebe, egal, was du machst.«

Innerlich zucke ich zusammen. »Ehrlich gesagt schon.«

»Ich habe immer alles für euch getan. Ich dachte, das sei offensichtlich. Aber es tut mir unendlich leid, dass ich nicht besser darin war, dir zu zeigen, wie sehr ich dich liebe, auch wenn du meine Erwartungen enttäuschst.«

Ich muss schlucken. Irgendwie schafft meine Mum es, mich mit einem Arm an sich zu ziehen und mit dem anderen wegzustoßen.

»Ich werde dich immer lieben, Jamie, selbst wenn du mich hasst.«

»Mum!«, rufe ich entsetzt, als ihre Stimme dünner wird. »Wie kommst du denn darauf?«

»Nach unserem letzten Gespräch hatte ich das Gefühl, du meinst, ich hätte alles falsch gemacht.« Sie hat sich sofort wieder im Griff.

»Nein, Mum, das hast du nicht. Es war nur ein bisschen zu viel.«

»Alles, was ich sagen will, ist, dass Liebe eine unabhängige Variable ist. Ich hätte dich auch geliebt, wenn du schlecht in der Schule gewesen wärst, ich liebe dich, obwohl du eine in meinen Augen suboptimale Studienwahl getroffen hast, und ich würde nie aufhören, dich zu lieben, selbst wenn du nichts mehr mit mir zu tun haben wolltest. Verstehst du? Es ist in Ordnung, wenn du Phil nach wie vor liebst. Es bedeutet nicht, dass dein Leben nicht weitergehen kann.«

»Danke, Mum. Du hast keine Ahnung, aber du hast trotzdem recht.«

»Bitte? Ich verstehe nicht.«

»Das macht nichts. Vielleicht erkläre ich es dir später, aber jetzt muss ich meinen Text fertig kriegen.«

Ich verabschiede mich von ihr und blättere zum Beginn des Artikels zurück. Mehrmals überfliege ich Ryans Worte.

Wir lieben es, wenn der Frühling kommt. Wir lieben unsere Kinder, unsere Haustiere und Pommes mit Ketchup. Wir lieben es, auf Reisen zu gehen und nach Hause zu kommen. Wir verlieben uns in ein Lachen, in die richtigen Worte zur richtigen Zeit. All das ist Liebe. Blicken wir in der Geschichte zurück, stellen wir vor allem fest, wie wandelbar Liebe ist. In der Antike wurde sie als Kult gefeiert, um in der Ekstase dem Göttlichen nahezukommen. Das christlich-jüdische Menschenbild erhob die Gottes- und Nächstenliebe zur höchsten Tugend, erklärte sie in ihrer sinnlichen Ausprägung aber zur Sünde. Dementsprechend waren Ehen im frühen Mittelalter religiöse Institution, in denen Sexualität nur in eng gesteckten Bahnen stattfand. Bedeutet das jedoch, dass die Menschen, die diese Ehen lebten, keine Gefühle füreinander hatten? Immerhin entstand im Hochmittelalter eine neue Ausdrucksform der Liebe: die Minne – die Verehrung einer unerreichbaren Frau durch einen ihr standesmäßig untergeordneten Mann. Mit Luthers Reformation wurde die Liebe dann zu einem Teil des Schöpfungsglaubens, zu etwas Absolutem und Unüberwindbaren. Und schließlich war es die Dichtung der Romantik, die in breiten Teilen der Bevölkerung den Glauben an eine vollkommene Liebe entfachte. Leidenschaft und Hingabe fanden zu dieser Zeit vor allem außerhalb der Ehe statt, die in der Regel ein wirtschaftliches Zweckbündnis war. Aber die bürgerliche Literatur des 19. Jahrhunderts ließ die Sehnsucht nach der Liebesehe entstehen.

Erstmals ist uns heute die Verbindung zu anderen jenseits von finanziellen und religiösen Zwängen möglich. Und nun stehen wir hier: London im Jahr 2023. Die Scheidungsraten sind hoch, die Beziehungsmöglichkeiten unübersichtlich, der Glaube an die wahre Liebe ungebrochen. Gibt es das? Etwas, das die Menschen in den Tausenden Jahren von der Antike bis heute in ihrem Erleben von Liebe verbindet? Wir blicken in der Geschichte zurück. Ein Ort. Und eine Zeitspanne von fast tausend Jahren: die größten Liebesgeschichten Londons.

Ich blättere durch den Artikel und gelange zu Ryans letzten Sätzen:

Wir nennen vieles Liebe und einiges davon ist vielleicht nur ein Geschmack, ein Bedürfnis, eine Verirrung oder eine Illusion. Liebe ist flüchtig und wandelbar, nichts für die Ewigkeit – und doch hören wir nicht auf, sie zu suchen. Im Kern ist sie ein Kaleidoskop – eine Mischung aus dem, wofür die größten Liebesgeschichten Londons stehen: Treue, Verbundenheit, Sehnsucht, Leidenschaft, Faszination, Zuneigung, Verlässlichkeit, Freundschaft und Vertrauen. Die Liebe ist eine Überschrift und für sich genommen leer. Doch die Menschen aller Epochen dürften sie empfunden haben – wenn auch unter verschiedenen Voraussetzungen und unter verschiedenen Namen. Wir müssen unter die Oberfläche sehen, um zu erkennen, was sich hinter der Überschrift verbirgt. In unserer grenzenlosen, individualistischen Welt ist das vielleicht der Wunsch nach Halt. Stellt sich nur die Frage, ob wir noch selbstlos genug sind, andere zu lieben. Oder ob wir einfach hoffen, selbst geliebt zu werden.

Ich lese die Sätze erneut und lese sie wieder. Dann schreibe ich sie um, ersetze sie durch etwas, das ich mehrfach in Ryans Mindmaps gefunden habe – etwas, das ein alter grimmiger Mann im Pub zu uns gesagt hat.

Kapitel 31

Es ist einsam in unserer Wohnung geworden, seit Julian abgereist ist. Am Wochenende haben wir unser Geld zusammengeworfen, uns einen kleinen Transporter gemietet und meinen *Storage Space* aufgelöst. Ich bin mit Julian die zweieinhalb Stunden nach Bath gefahren, habe die Nacht auf meiner Luftmatratze verbracht und versucht, nicht an Ryan zu denken.

Seit ich am Freitagabend den Artikel per E-Mail an Mitch geschickt habe, fühlt Ryan sich noch unerreichbarer für mich an. Ich glaube, dass Mum recht hat. Irgendetwas in mir hat sich in Ryan verliebt und hört nicht damit auf, nur weil er mich nicht will. Früher oder später wird das vorbeigehen. Aber im Moment befindet sich der Schmerz in meiner Brust in der Blüte seines Lebens und lässt sich weder durch Dopaminyoga noch Brain- oder Soulfood in den Griff kriegen. Mein Körper rebelliert gegen den Entzug mit endlosen Gedankenketten, Träumen, Albträumen und Sehnsüchten.

Seit Julians Abreise stimmt Lynn in meine Trauerarbeit ein. Während ich mich in meinen Uniunterlagen vergrabe, um meine letzten Kurse und meine Masterarbeit zu planen, meldet sie sich auf allen möglichen Datingprofilen an. Am Ende starren wir beide trübe aus dem Fenster ins Nichts. Als später am Abend die ersten schlüpfrigen Nachrichten bei Lynn eintreffen, löscht sie ihre Profile wieder, und ich überrede sie, sich stattdessen bei einem Badmintonkurs anzumelden.

Als ich am Montagmorgen in die Redaktion komme, erwartet Finley mich mit Rechercheaufträgen und seinem spitzbübischen Grinsen.

»Na, wie hast du die Zusammenarbeit mit Ryan Dexter überstanden?«

»Was?« Ich habe mich gerade auf den unbequemen Stuhl an seinem Tisch gesetzt und nach dem Memo gegriffen, das er für mich angefertigt hat.

»Ryan. Hat er sich benommen und die Finger von dir gelassen?«

Ich verdrehe die Augen. »Du hättest sicher davon gehört, wenn nicht.«

»Das stimmt.« Finley beugt sich über den Tisch. »Obwohl ich euch in den letzten drei Wochen kaum gesehen habe. Wo habt ihr euch denn rumgetrieben?«

Mein Herz zieht sich zusammen, als ich an Ryans und meine Reise durch London denke, hebe aber nur die Schultern. »Wir haben recherchiert und geschrieben. Zu Hause hatte ich einfach mehr Ruhe.«

Finley nickt. Ich bin mir nicht sicher, ob er sich damit schon zufriedengibt, aber er kommt ohnehin nicht dazu, noch etwas zu sagen.

»Jamie!« Der Donnerhall von Mitchs Stimme dröhnt durchs Großraumbüro und katapultiert mich auf die Füße. »Ryan!«

»Ich glaube, ich muss los«, entschuldige ich mich bei Finley.

»Sieht ganz so aus. Viel Glück. Und bis später.«

»Wo ist Ryan?«, blafft Mitch mich an, als ich ihn an seiner offenen Bürotür treffe, und schockfrostet mein Herz mit einem einzigen Blick aus seinen Eisaugen.

»Keine Ahnung.« Ich ziehe an dem Zopf über meiner Schulter und werfe einen wachsamen Blick durchs Büro. Fast erwarte ich, Ryans athletische Gestalt zwischen den Schreibtischen auf mich zukommen zu sehen. Aber er ist nicht da.

»Na gut, dann hörst du dir das eben alleine an.« Mitch deutet durch die offene Glastür auf den Stuhl vor seinem Schreibtisch und lässt sich in seinen Chefsessel fallen.

Die Nerven in meinem Bauch haben sich zu einem festen Knäuel zusammengeballt, während ich mit leichter Panik erwarte, was Mitch zu sagen hat.

»Euer Artikel …« Er setzt sich auf seinem Stuhl zurecht, rückt ein paar Tassen auf seinem Schreibtisch herum und bietet mir aus einer beschlagenen Glasflasche ein Wasser an. Dankend lehne ich ab. Endlich ziehen sich Mitchs Mundwinkel leicht nach unten, was in seiner Welt ein gutes Zeichen ist und wohl so etwas wie Anerkennung ausdrückt. »Der Artikel ist brauchbar.« Ich gebe mir Mühe, die angehaltene Luft nicht zu laut auszustoßen, aber Mitch sieht mich belustigt an. »Hast du etwas anderes erwartet?«

»Nein, also ich meine …« Ich schüttele den Kopf. »Man kann ja nie wissen.«

»Er lässt sich flüssig lesen, ist sinnvoll strukturiert und nimmt die Leute emotional mit – alles fein«, zählt Mitch auf. »Am besten gefällt mir, dass ich keinen Unterschied zwischen den Teilen erkenne, die ihr als deine oder Ryans markiert habt. Dabei bin ich ein Spürhund beim Entdecken von sprachlichen Besonderheiten. Sich so abzustimmen, ist eine Kunst. Ihr müsst sehr gut zusammengearbeitet haben.«

Er sieht mich erwartungsvoll an, und ich widerstehe dem Impuls, mir Mitchs gekühlte Wasserflasche zu schnappen und gegen meine brennenden Wangen zu drücken. »Danke.«

»Das hätte ich unserem Freigeist Ryan Dexter gar nicht zugetraut. Ich wusste, du würdest einen guten Einfluss auf ihn haben.« Mitch mustert mich noch einen Moment lang abwartend, aber ich kann ihm kaum beichten, dass mein Einfluss auf Ryan ungefähr das Gegenteil von gut gewesen ist. Schließlich hat er dazu geführt, dass Ryan den Artikel aufgegeben hat und abgetaucht ist. Ich presse die Lippen zusammen und Mitch wirft hoffnungsvolle Blicke in seine mal wieder leeren Kaffeetassen. »Ein paar Anmerkungen habe ich gemacht. Da sprecht ihr am besten noch mal drüber. Ich habe sie euch per E-Mail geschickt.«

»Per E-Mail?«, frage ich entgeistert. »Du hast doch sonst alles ausgedruckt und mit dem Stift kommentiert.«

»Und wer hat immer gejammert, meine Schrift sei unleserlich? Weißt du, wie viele Stunden mich das in den letzten Monaten gekostet hat, während du hier gesessen hast und wir rätseln mussten, was die Striche am Textrand bedeuten? Ich habe heute noch was anderes zu tun.«

»Entschuldigung«, sage ich besorgt angesichts seiner zusammengezogenen Brauen. »Niemand sonst konnte mir damit helfen.«

»Ich weiß.« Mitchs Tyrannosaurusgrinsen hätte mich fast zum Lachen gebracht, aber vorsichtshalber reiße ich mich zusammen. »Die sind nur zu feige, um das zuzugeben.« Er streckt mir seine Hand über den Tisch hinweg zu. »Mach deinen Abschluss und dann freue ich mich auf deine Bewerbung.«

Einen Augenblick lang bin ich richtig erstarrt, weil ich nicht fassen kann, dass seine halbwegs freundlichen Worte keine Falle sein sollen. Doch als er mich nur weiter ansieht, stehe ich auf, lege meine Hand in seine Pranke und halte verzweifelt dagegen, während der Schraubstock sich schließt. »Danke, Mitch, wirklich! Ich weiß es zu schätzen, dass du mir eine Chance gegeben und dir so viel Zeit für mich genommen hast. Ich habe viel gelernt. Und danke, dass ich den Artikel schreiben durfte – mit Ryan.«

Mitch nickt kurz und gibt meine Hand frei. »Gern geschehen. Am Ende der Woche kannst du dir dein Arbeitszeugnis im Personalbüro abholen. Du hast …« Er heftet seinen Blick bereits wieder auf seinen Computerbildschirm. »… gute Arbeit geleistet.«

Ich weiß, ich müsste fliegen, weil diese Sorte Lob von Mitch garantiert selten ist. Ich laufe auch auf direktem Weg zu Lynns Schreibtisch, um ihr zu berichten, was er gesagt hat, und rufe Julian an, um ihm für seine Unterstützung in den letzten Tagen zu danken. Da Julian gerade mit einer Gruppe aus seinem Studentenwohnheim auf dem Weg zum Mittagessen ist, wird es ein kurzes Gespräch, aber ich muss lächeln, als ich auflege. Es ist typisch für ihn, schon nach wenigen Stunden mittendrin in seiner neuen Umgebung angekommen zu sein. Ich nehme mir fest vor, in Zukunft häufiger auszugehen und beim Unisport aufzutauchen – einfach ein bisschen von dem mitzukriegen, was in der Welt außerhalb der Bibliothek passiert.

Ich nutze den Nachmittag dazu, Mitchs Anmerkungen einzuarbeiten, und verbringe den Abend mit Lynn vor dem Fernseher hängend. Es ist schon kurz vor elf Uhr nachts, als ich ins Bett gehe, mich auf den Bauch drehe und hinab auf die erleuchtete Bethnal Green Road blicke. Das Vibrieren meines Handys auf dem Rahmen meines Bettes lässt mich überrascht aufblicken. Ryans Name erscheint im Display.

Sekundenlang starre ich darauf. Er ruft mich an? Ernsthaft? Vorsichtig greife ich nach meinem Telefon, als liefe ich allein durch eine Berührung Gefahr, es verstummen zu lassen. Ich wage nicht mal zu atmen, als ich den Anruf annehme.

»Jamie?«

Ich schließe die Augen. Seine Stimme ist nicht hell und nicht ganz dunkel – eher wie der Moment kurz vor Sonnenaufgang. Und ich wünschte, das wäre mir nie aufgefallen.

»Ja.«

»Hier ist Ryan.«

»Ich weiß.«

»Klar, ich … Jamie, ich habe eben die Mail von Mitch gelesen.«

»Welche Mail?« Alarmiert richte ich mich im Bett auf.

»Bist du … Bist du allein? Hast du einen Moment Zeit?«

»Welche Mail?«

»Er hat dir heute den Artikel zur Überarbeitung geschickt und mich ins CC gesetzt.«

Erstarrt bleibe ich sitzen. Natürlich hat er das. Heute Nachmittag habe ich überhaupt nicht darauf geachtet.

»Warum hast du das gemacht, Jamie? Warum hast du ihm nicht gesagt, dass du den Artikel allein geschrieben hast?«

Ich antworte nicht. Denn die Antwort wird Ryan kaum hören wollen. »Wir können das Thema wechseln oder ich kann dich anlügen«, sage ich endlich.

»Ich will aber die Wahrheit hören. Und ich habe dir auch einiges zu sagen. Ich würde das gerne persönlich tun. Nadine ist gerade erst eingeschlafen, aber ich kann nicht zu lange weg.«

Einen Moment lang sage ich nichts.

»Bist du noch dran?«

»Das klingt verrückt, Ryan. Ist sie ohne dich nicht lebensfähig?«

Diesmal muss ich auf die Antwort warten. »Nein, ist sie nicht. Sie hat gedroht, sich das Leben zu nehmen, und sie hat es in den letzten Jahren schon zweimal versucht, also …« Er stockt und mein Herz rast. »Also muss ich davon ausgehen, dass sie es ernst meint.«

»Sie bringt sich um, wenn du dich mit mir triffst?« Entgeistert schüttele ich den Kopf.

»So hat sie es nicht ausgedrückt, aber es geht ihr auch darum, ja. Ich weiß, ich muss dafür sorgen, dass es aufhört, und das will ich auch. Aber es ist nicht leicht, sie in eine Klinik zu bekommen. Und solange ist sie bei mir.« Ich höre ihn schwer atmen. »Ich weiß, was ich dir mit diesem Artikel angetan habe.«

»Vor allem *aus privaten Gründen*«, werfe ich scharf ein.

»Es tut mir leid. Ich weiß, das war unmöglich, aber ich konnte mir nicht anders helfen. Nur … So was wie du hat noch niemand für mich gemacht. Deshalb möchte ich es dir erklären, wenn du mich lässt.«

Ich zögere, obwohl ich sofort weiß, dass ich mir anhören muss, was er zu sagen hat. Es gehört zu diesen Dingen, bei denen man keine Wahl hat, weil schon klar ist, dass man sich sonst für den Rest seines Lebens fragt, was gewesen wäre, wenn … Das Problem ist, dass ich Angst habe. Vor dem, was er mir sagen wird, vor seiner Geschichte. »Wo treffen wir uns?«, frage ich endlich.

»Primrose Hill?«

»Ich bin unterwegs.«

Kapitel 32

Ryan wartet am Eingang zum Primrose Hill Park auf mich. Die Laternen verbreiten ein weiches gelbes Licht, doch unter den alten Bäumen ist alles voller Schatten. Irgendwo weiter entfernt sitzt eine Gruppe junger Leute auf der Wiese. Ab und zu hören wir ihr Gelächter. Da die Straße außerhalb des Parks abseits der größeren Verkehrswege liegt, ist es verhältnismäßig still. Nur gelegentlich fährt ein Auto vorbei. Das plötzlich durchdringende Heulen eines Polizeiwagens zerreißt nachhaltig die Stille, entfernt sich aber irgendwann. Über unseren Köpfen rascheln die dunklen Kronen der alten Bäume im Nachtwind, als Ryan und ich uns nach einigen Schritten in den Park auf eine Bank setzen.

Ich bin erleichtert, ihn zu sehen. Meine Nervenbahnen feiern stillen Alarm – einfach nur, weil ich ihm wieder so nahe bin, dass sich sein leichter Duft nach Regen in meine Wahrnehmung schleicht. Dabei sollte ich nicht erleichtert sein. Ich sollte mich auf die Anteilnahme und die Sorge besinnen, die ich irgendwo unter dem spontanen Herzausraster für Nadine und ihn empfinde. Und auf meine Wut, weil er mich *aus privaten Gründen* alleingelassen hat. Die drückt sich an den Rändern meiner Wahrnehmung wie eine Schlechtwetterfront herum, von der noch nicht klar ist, in welche Richtung sie weiterziehen wird.

»Danke, dass du gekommen bist.« Ryan stützt sich mit den Unterarmen auf den Knien ab und sieht mich an. Im Straßenlaternenlicht ist sein Gesichtsausdruck kaum zu entschlüsseln.

»Wie geht es ihr?«, will ich wissen.

»Sie lebt, und darauf kommt es im Augenblick an.« Seine Stimme klingt leicht rau, müde. Ich frage mich, wie die letzten Tage für ihn gewesen sein müssen.

»Was ist denn passiert?«

Er holt tief Luft und sieht einem Radfahrer nach, der pfeilschnell an uns vorbeizieht. Obwohl uns eine Woche Funkstille und eine Lineallänge Abstand trennen, surrt die Distanz zwischen uns in sich zusammen, bis ich das Gefühl habe, in der Dunkelheit sein Herz schlagen zu hören.

»Ich will dir die ganze Geschichte erzählen, weil ich schon der zweite Vollidiot bin, der dich schlecht behandelt hat, und das hast du nicht verdient. Aber gleichzeitig habe ich ein schlechtes Gewissen, dich damit zu belasten.«

Ich atme langsam ein, genauso langsam wieder aus, sehe Ryan in die Augen. »Weißt du noch, was du mal zu mir gesagt hast? Dass du mich nicht mit in den Abgrund reißen willst? Ich bin längst gesprungen, Ryan.«

Einen Moment lang starrt er mich an. Dann nickt er und holt ebenfalls Luft. »Seit Dales Tod ist es Nadine schlecht gegangen. Sie war schwanger, als er den Unfall hatte, und musste sich viel schonen. Ich hatte schon vor der Geburt das Gefühl, dass sie das alles nicht packt, aber meine Mum meinte, wenn das Baby erst mal da ist, würde es ihr schon besser gehen. Es war der gleiche Gedanke, den sie damals bei mir hatte, aber wenn überhaupt macht ein Baby alles noch schwieriger. Nach der Geburt ist Nadine in einen totalen Abgrund gestürzt. Meine Mum und ich haben so gut es ging für Mia gesorgt, aber an Nadine sind wir kaum rangekommen. Und außer uns hatte sie ja niemanden. Anfangs dachte ich noch, sie müsse doch Freundinnen haben, die wir anrufen könnten, aber meine Mum meinte, Nadine sei vollkommen auf Dale fixiert gewesen, seit sie mit ihm zusammen war. Für mich klang es, als habe er in ihr jemanden gefunden, der – anders als ich – dankbar dafür war, dass er sich um alles kümmerte.«

Ryan stockt. Einen Moment lang höre ich nur seinen schweren Atem.

»Ich war Anfang zwanzig, habe versucht, beruflich Fuß zu fassen, hatte meinen Bruder verloren und von nichts eine Ahnung – schon gar nicht von Babys. Aber auf einmal hatte ich eins im Arm, das dauernd schrie, und ich wusste nicht wieso. Ich war einfach komplett überfordert und habe nicht genug auf Nadine geachtet. Wenige Wochen nach der Geburt – das ist jetzt knapp zwei Jahre her – hat sie zum ersten Mal versucht, sich umzubringen. Sie kam eine Weile in eine Klinik, aber sie wollte nicht bleiben. Und als ich sie abholen durfte, wirkte sie stabil.«

Ich sehe ihn die Schultern heben – wie ein Schutzschild vor den Erinnerungen.

»Mia war oft bei meiner Mum oder meine Mum half bei Nadine zu Hause. Ich habe mich in die Arbeit gestürzt, um sie finanziell zu unterstützen. Nachmittags habe ich versucht, ihr und meiner Mum Mia abzunehmen. Irgendwie überrascht es mich fast selbst, aber es funktionierte. Also, immerhin wurde Mia größer und weinte weniger und entwickelte sich normal. Nur hatte Nadine immer wieder Phasen, in denen sie mitten in der Nacht bei mir auftauchte, weil sie nicht allein mit Mia sein wollte, oder mich anrief, um sich auszuheulen – auch während ich bei der Arbeit war.«

»Warum dich?«, will ich wissen. »Ich meine, ich verstehe, dass sie offensichtlich wenig eigene Bezugspersonen hatte, aber warum hat sie dich angerufen und nicht deine Mum?«

Ryan seufzt. »Ich glaube, das hat mehrere Gründe. Zum einen war Mia gerade am Anfang fast immer bei meiner Mum. Nadine ist zu mir gekommen, weil sie es oft nicht aushielt, Mia anzusehen, ohne einen Zusammenbruch wegen Dale zu bekommen. Zum anderen hatte ich ihr erzählt, dass ich Dale vor seinem Tod versprochen habe, immer für sie und Mia da zu sein. Das war, als ich sie aus dem Krankenhaus abholte.« Ich sehe ihn im Dunkeln den Kopf schütteln. »Ich war so geschockt, dass sie sich fast umgebracht und ich mein Versprechen an Dale beinah schon gebrochen hätte. Ich dachte, es würde ihr Sicherheit geben, wenn sie weiß, dass sie sich auf mich verlassen kann.«

»Aber von da an verließ sie sich zu sehr auf dich?«, frage ich vorsichtig.

Er nickt zustimmend. »Es wurde schnell zu viel. In der Beratung sagten sie mir, ich solle für sie da sein, aber klare Grenzen setzen – um mich zu schützen und sie nicht abhängig zu machen. Also verabredete ich mit ihr, dass sie nicht mehr bei mir übernachten und mich nur außerhalb meiner Arbeitszeiten anrufen durfte. Das hat geklappt. Nadine ging in eine Betroffenengruppe, und ich dachte, wir seien auf einem guten Weg.« Er fährt sich mit einer Hand in den Nacken, und ich sehe an seinen gespannten Schultern, wie schwer es ihm fällt, darüber zu sprechen.

»Aber dann hat sie es wieder versucht?«, hake ich nach.

»So ähnlich.« Er atmet tief ein. »Vor einem guten Jahr war ich mit einer Arbeitskollegin zusammen: June. Je öfter ich sie sah, desto mehr klammerte Nadine. June wurde misstrauisch, weil Nadine so eifersüchtig wirkte. Irgendwann hatte ich mit beiden nur noch Streit. Nadine fing mich bei der Arbeit ab, suchte sich immer neue Esoteriktanten, zu denen ich sie begleiten sollte, um unseren gemeinsamen Verlust aufzuarbeiten. Und sie glaubte, es liege an June, wenn ich ablehnte. Bald redete sie davon, sich das Leben zu nehmen. Sie bezog es gar nicht auf June, sondern auf ihre Trauer um Dale, aber ich hatte das Gefühl, dass sie mich unter Druck setzen wollte, mich zu trennen.« Er holt tief Luft. »Ich sagte ihr, sie solle an

Mia denken, aber sie war völlig durchgedreht. Also wollte ich, dass sie zurück in die Klinik geht, aber sie weigerte sich und verschwand mitten in der Nacht. Ich habe ganz Bromley nach ihr abgesucht und sie irgendwann an Dales Grab gefunden. Sie hat gedroht, sich die Pulsadern aufzuschneiden.« Seine Worte klingen abgehackter, als presse er die Lippen zusammen. »Mir war klar, dass ich Dales Vertrauen wie immer enttäuscht habe, dass ich auf ganzer Linie versagte. Ich war einfach nicht in der Lage, dafür zu sorgen, dass es Nadine gut ging. Also bin ich ihr entgegengekommen. Sie sagte, es sei ihr egal, mit wem ich ins Bett gehe, aber sie habe Angst, dass ich Mia vergesse, wenn ich eine Beziehung führe.«

Fröstelnd ziehe ich die Schultern hoch – nicht gegen den milden Frühlingswind, sondern gegen die Traurigkeit und Enge dieser Geschichte.

»Das Problem war, dass ich in dem Moment dachte, es sei keine große Sache. Es lief ohnehin nicht so gut mit June. Sie wollte ständig Zukunftspläne machen und ich konnte das nicht. Also trennte ich mich von ihr.« Er wendet mir den Kopf zu und einen Moment lang wird die Welt ganz still – abgesehen von den Geräuschen der nächtlichen Stadt, dem gedämpften Verkehr, der lauten Musik aus einem vorbeifahrenden Auto.

»Vor ein paar Wochen ging es Nadine wieder schlecht«, sagt Ryan. »Dales zweiter Todestag stand bevor. Irgendwie hatte ich gehofft, wir würden ihn besser überstehen als den ersten, aber es wurde eher schlimmer. Nadine sagte, sie entferne sich immer weiter von ihm und das Gefühl bringe sie um. Ich wurde wachsam, wollte, dass sie zurück in Therapie geht. Aber sie vertraute lieber ihren Coachings. Und dann bist du aufgetaucht.«

»Sie hat mich als Bedrohung gesehen?«, frage ich leise.

Ryan nickt zögernd. »Sie hat es gemerkt, bevor ich es selbst gemerkt habe: dass du mir guttust, dass ich mehr von dir will.« In einer fast hilflosen Geste hebt er die Schultern. »Es war, als hätte Nadine eine Antenne dafür. Und ich konnte nichts gegen das Gefühl machen. Ich hab einfach gehofft, es gehe vorbei.«

»Du hast ja auch alle Register gezogen, um dich daran zu erinnern, wie sinnlos Beziehungen sind.«

»Trotzdem war ich in den letzten Wochen durch dich abgelenkt. Vielleicht habe ich mich zu wenig um Nadine gekümmert. Normalerweise habe ich es immer ausgehalten, wenn sie ihre schweren Phasen hatte. Aber diesmal habe ich gemerkt, dass sie mich immer stärker gegen sich aufbrachte und ich ungeduldig mit ihr wurde.« Er seufzt schwer und spricht leise weiter: »Als Nadine uns neulich morgens zusammen gesehen hat, war mir klar, dass sie wieder durchdrehen würde. Deshalb musste ich ihr sofort nach. Ich wusste, ich konnte dir das nicht schnell genug erklären.«

»Du hättest es mir später erklären können.«

»Ich weiß. Ich reagiere über, wenn ich mich in die Ecke gedrängt fühle. Es war unfair, dass du das abbekommen hast. Eigentlich war ich wütend auf Nadine, weil sie mir keine Luft zum Atmen lässt. Und wütend auf mich selbst, weil ich nicht weiß, was ich tun soll.«

»Wahrscheinlich hätte ich wirklich nicht kommen dürfen.« Ich spüre, dass er mich ansieht, und weiche seinem Blick aus. »Ich wusste ja, dass du das nicht wolltest.«

»Jamie.« Er dreht sich auf der Bank zu mir herum. Aus dem Augenwinkel registriere ich, dass er eine Hand hebt, und meine Zellen hüpfen bereits in Erwartung seiner Berührung. Er lässt seine Hand jedoch wieder sinken. »Was ich gesagt habe, war falsch. Ich wollte dich von Anfang an und jeden Tag mehr. Und ich bin froh, dass du bei mir aufgetaucht bist.«

Tief atme ich ein. »Das war auch mein Gefühl. Eigentlich dachte ich zu wissen, worauf ich mich einlasse, dass es nur das eine Mal zwischen uns geben würde. Aber in der Nacht hat sich das ganz anders angefühlt, und am Morgen war ich fassungslos, wie schnell du mich wieder aus deinem Leben ausgesperrt hast. Ich dachte, ich habe vielleicht etwas falsch interpretiert.«

Mit schief gelegtem Kopf sieht er mich an. »Ich habe dir das schon mal gesagt: Du hast alle meine Erwartungen übertroffen, Jamie, alle. Und es tut mir so leid, in was für eine Situation ich dich gebracht habe. Aber ich musste ganz London nach Nadine absuchen. Am Ende habe ich sie bei einer Polizeidienststelle abgeholt. Sie haben sie festgenommen, weil sie in dem Krankenhaus randalierte, in dem sie Dale nicht retten konnten.« Er atmet schwer. »Erst habe ich sie nach Hause gebracht, aber in ihrem Nachttisch Unmengen Schlaftabletten gefunden, die sie wohl schon länger hortet. Ich wollte sie in die Klinik bringen, aber sie hat sich mit Händen und Füßen gewehrt. Also habe ich sie mit zu mir genommen. Ich wusste nicht, wie ich dir das alles erklären sollte.«

»Warum jetzt?« Ich wende mich ihm nun ebenfalls zu, sodass wir nur noch etwa eine Handbreit voneinander entfernt auf der Bank sitzen.

»Ich dachte, du würdest mich hassen. Aber dann habe ich gesehen, dass du mich Mitch gegenüber gedeckt hast, und ich musste daran denken, was Mr Bale sagte: dass ich nicht die Augen davor verschließen solle, wenn mir etwas wirklich Echtes begegnet. Ich weiß immer noch nicht, was ich mit Nadine machen soll. Aber ich wollte es dir wenigstens erklären.«

»Willst du denn wirklich dein komplettes Leben für sie aufgeben?«

Ich sehe, dass Ryan die Augen schließt. »Ich tue das nicht für sie.«

»Für Dale?«, frage ich. »Weil du ihm versprochen hast, auf sie aufzupassen?«

Er nickt. »Ich hätte seinen Tod verhindern können, wenn ich schneller reagiert hätte. Jetzt bin ich verantwortlich für Mia und für Nadine.«

Mit beiden Händen greife ich nach seiner, halte sie fest. »Was ist genau mit Dale passiert? Wie ist er gestorben?«

Mit seiner freien Hand fährt Ryan sich übers Gesicht. »Dale ist ziemlich schnell nach seinem Unfall aus dem Krankenhaus entlassen worden. Nadine meinte, er könne sich auch zu Hause erholen. Ihre Schwangerschaft verlief problematisch. Sie sollte viel liegen und sie wollte ihn bei sich zu Hause haben.« Ryan legt den Kopf zurück und starrt über uns in die dunkeln Baumwipfel. Mit den Fingerkuppen seiner freien Hand trommelt er auf sein angewinkeltes Knie. Der lautlose Rhythmus scheint ihn zu beruhigen, denn er vertreibt die in seiner Stimme aufgestiegene Bitterkeit wieder. »Ich war dagegen, aber ich hatte einen wichtigen Auftrag an Land gezogen und war mit mir selber beschäftigt. Mein Gespräch mit Dale im Krankenhaus ist mir aber nicht aus dem Kopf gegangen. Also habe ich ihn ein paarmal angerufen, als er wieder zu Hause war. Sonst hatte ich immer darauf gewartet, dass er sich bei mir meldet.«

»Was ist dann passiert?«, frage ich sanft, als er verstummt.

»Etwa eine Woche, nachdem er entlassen wurde, sagte er mir, er fühle sich nicht gut. Er hatte Kopfschmerzen und war schlapp. Ich hatte Angst, es könnte mit dem Unfall zusammenhängen, aber er wollte nicht zum Arzt gehen. Er meinte, er könne Nadine nicht schon wieder allein lassen, weil sie sich so viele Sorgen ums Baby machte. Später rief Dale mich noch mal an. Er meinte, die Kopfschmerzen wären kaum erträglich, aber da er sich übergeben hatte, glaubte er, sich einen Magen-Darm-Infekt eingefangen zu haben. Er hat gefragt, ob ich später für ihn einkaufen gehen könne.« Wieder hält Ryan inne, spricht schließlich jedoch weiter – seine Stimme gepresst: »Ich musste diesen verdammten Auftrag abschließen, also ist es spät geworden. Als ich mit den Einkäufen bei Dale und Nadine geklingelt habe, hat niemand aufgemacht. Ich habe Dale angerufen, aber er ging nicht ran. Nadine habe ich irgendwann erreicht. Sie hatte schon geschlafen. Ich habe Dale auf dem Sofa gefunden. Er war völlig weggetreten, hat sich irre heiß angefühlt und nicht mehr auf mich reagiert.« Ryan senkt den Kopf. »Er hat so schwer geatmet, dass ich sein Hemd aufgemacht habe. Da habe ich gesehen, dass er merkwürdige Flecken auf der Haut hatte. Nadine wurde total hysterisch.« Seine Hand krampft sich so fest um meine, dass es wehtut, aber ich halte es aus. »Ich habe den Rettungswagen gerufen, aber es war zu spät. Dale ist nicht mal eine Stunde später gestorben. Es war eine Blutvergiftung – ausgelöst durch eine Meningokokken-Infektion. Seine Organe haben einfach versagt.«

Ich spüre die Träne auf meiner Wange und weiß nicht mal, warum ich weine: um Ryans Bruder, den ich gar nicht kannte, oder um Ryan, weil aus jedem seiner Worte die Schuld spricht, die er glaubt, auf sich geladen zu haben, oder sogar um Nadine, weil sie den Verlust einfach nicht überwindet – vielleicht um alle drei.

»Es tut mir so leid, Ryan.«

Er hält den Kopf gesenkt. »Mir tut es leid. Mir tut es leid, dass ich nicht früher da war. Mir tut es leid, dass ich ein schlechtes Gefühl hatte und trotzdem nur an meinen Artikel gedacht habe. Es tut mir leid, dass ich zu spät war. Es tut mir so leid, dass ich nichts tun kann, damit es Nadine besser geht, und dass Mia ohne ihren Dad aufwächst.«

»Du warst zu spät, Ryan, aber das heißt nicht, dass du an allem schuld bist. Ich weiß, du wirst das immer bereuen, aber dadurch kommt Dale nicht zurück. Und es wird nicht besser, wenn du dein Leben von Nadine bestimmen lässt.«

»Ich weiß. Aber ich …« Er verstummt mitten im Wort, als

bliebe ihm einfach die Luft weg, und ich schlinge meine Arme um ihn, halte ihn fest, atme seinen Duft nach Regen ein, spüre sein raues Kinn an meiner Wange. Ich presse mich an ihn, fühle sein Herz gegen meine Brust schlagen. Als er seine Arme um mich legt, wird sein Griff nur zögerlich fester – wahrscheinlich, weil er es nicht gewohnt ist, gehalten zu werden. Aber irgendwann sinkt sein Kopf schwer auf meine Schulter. Irgendwann klammert er sich so an mich, dass ich kaum noch atmen kann.

»Ich fühle mich schuldig«, höre ich seine Stimme aus meiner Halsbeuge, wo er sein Gesicht in meinen Haaren vergräbt. »Ich hätte ihn retten können, wenn ich ihn früher ins Krankenhaus gebracht hätte. Und ich habe Angst, dass ich Nadine nicht retten kann.«

»Es gibt Dinge, die kann man nicht wiedergutmachen«, sage ich leise, halte dem Druck seiner Umarmung stand. »Man muss damit leben. Aber man muss leben, Ryan. Es hilft niemandem, wenn du dir verbietest, glücklich zu sein.«

»Aber wenn ich glücklich bin und der Preis dafür ist, dass Nadine sich umbringt, dann ist er zu hoch.«

Ich spüre das Vibrieren seiner Atemzüge an meinem Hals.

»Du wirst sie nicht für immer bewachen können«, sage ich leise. »Vielleicht ist es gar nicht gut, dass du so viel Verständnis für sie hast. Vielleicht reißt ihr euch gegenseitig nur tiefer in den Abgrund.« Sacht streicht meine Hand über seinen Rücken und hinauf in seinen Nacken. »Du kannst niemanden retten, der nicht gerettet werden will. Vielleicht fühlt Nadine sich nur weniger einsam, wenn du genauso unglücklich und allein bist wie sie, aber am Ende geht es ihr dadurch nicht besser.«

»Ich kann Dale nicht wieder enttäuschen.«

Ich streiche ihm mit der Hand durch die Haare, fühle ihn unter der Berührung erzittern. »Ich weiß so gut wie nichts über Dale.« Meine Stimme ist kaum mehr als ein Flüstern. »Aber ich bin mir sicher, er würde nicht wollen, dass du so leidest.«

»Dale würde mich umbringen, wenn er sehen könnte, wie es Nadine geht.« Ryan löst sich von mir, sieht mich aus abgrundtief schwarzen Augen an. »Und weißt du, warum?«

Noch immer bin ich ihm so nah, dass ich seinen Atem auf meinem Gesicht spüre, die Hitze seiner Haut auf meiner. Eine Träne tropft auf meine Wange, und ich habe keine Ahnung, ob es meine ist oder seine. Stumm schüttele ich den Kopf. Sein Brustkorb hebt sich schwer unter seinen Atemzügen.

»Weil er sie geliebt hat.« Der Schmerz in seiner Stimme dringt in jede Zelle meines Körpers. »Er hat sie geliebt, und ich habe ihm gesagt, er könne mir vertrauen.«

»Ryan.« Ich ziehe ihn erneut an mich, küsse seine Schläfe, lasse mich von ihm mit in den Abgrund reißen. »Er hat dich auch geliebt«, flüstere ich. »Hast du das vergessen? Er hat dich auch geliebt.«

Kapitel 33

Eigentlich hätte ich längst aufstehen und in die Redaktion fahren müssen. Finley erwartet mich und meine Rechercheergebnisse, aber ich schaffe es nicht. Ich liege im Bett. Sonnenlicht, kühle Luft und die Geräusche vorbeifahrender Autos dringen durchs geöffnete Fenster. Ich weiß nicht, wie es weitergehen soll. Ich weiß es noch weniger als vor Ryans Anruf gestern Abend. Da wusste ich zwar nicht, wie ich es meistern sollte, aber es sah ganz danach aus, als würde ich Ryan in Zukunft maximal aus der Ferne sehen, meinen Uniabschluss durchziehen, mein WG-Leben mit Lynn genießen, und wer weiß … Vielleicht hätte ich irgendwann beim Joggen oder im Bus zur Uni oder draußen an den Fahrradständern einen Typen kennengelernt, der mich mit einem Lächeln aus meiner Umlaufbahn geworfen und mit ein paar klugen Worten in eine neue geschossen hätte. Allerdings, solange ich auch nur die geringste Chance sehe, dass ich Ryan haben kann, interessiert mich nichts anderes. Aber kann ich ihn haben?

Ehrlich gesagt habe ich keine Ahnung, ob Ryan die Kraft hat, sich von Nadine abzugrenzen. Und wenn er sie hat, würde er mich dann in seinem Leben wollen? Und könnte ich das? Bestimmt müsste ich immer damit rechnen, Ryans Wut und seinen Frust abzubekommen, wenn ich im falschen Moment seinen Mauern zu nahe komme. Ich müsste das an mir abprallen lassen können.

Mit einem unzufriedenen Seufzen greife ich nach meinem Telefon, als es klingelt. Ryan!

»Hi Jamie, ich bin auf dem Weg in die Redaktion. Mitch will mich sprechen. Bist du schon da?«

»Nein, noch nicht.« Ich setze mich im Bett auf. Meine Motivation loszufahren, befindet sich gerade im exponentiellen Wachstum.

»Bist du etwa noch im Bett? Du klingst so verschlafen.« Ryan hingegen scheint mitten im Verkehr unterwegs zu sein. Durch die Lautsprecher höre ich eine Sirene.

»Meinst du, Mitch will mit dir über deine Stelle als *Editor* reden?«, wechsle ich offensichtlich das Thema und höre Ryan lachen.

»Ich fürchte schon.«

»Du kriegst sie bestimmt. Sein Feedback war ja positiv.«

»Das ist das Problem.« Ryan stockt kurz. »Ich weiß das zu schätzen – mehr als dir wahrscheinlich klar ist. Aber ich werde bei Mitch aufklären, dass nur ein Bruchteil des Textes von mir ist.«

»Was? Auf keinen Fall! Mitch hat nicht mal mein Arbeitszeugnis geschrieben. Du bringst mich in riesige Schwierigkeiten, wenn er herausfindet, dass ich ihn angelogen habe.«

»Mitch hält mehr von Teamfähigkeit, als er sich anmerken lässt. Er wird das verstehen«, meint Ryan, aber seinem zögerlichen Tonfall ist anzumerken, dass er sich nicht sicher ist.

»Bitte tu mir das nicht an, Ryan.« Ich klammere mich an meine aufgestellten Knie. »Und bitte hab nicht das Gefühl, du würdest dir den *Editor*-Posten erschleichen. Du hast wahnsinnig viel Arbeit in diesen Artikel gesteckt – genau wie ich. Es war für uns beide schwer. Das zählt auch etwas. Außerdem sind Textteile von dir dabei – sehr feinfühlige sogar. Und das solltest du doch beweisen, oder? Dass du feinfühlig schreiben kannst.«

»Schon, aber …«

»Nichts aber! Ich meine das ernst, Ryan. Du wirst nicht

wegen dieses einen Textes *Editor*, sondern wegen all deiner anderen scharfsinnigen Beiträge, die du davor geschrieben hast. Wenn es nur an diesem Artikel läge, könnte Mitch mich ja gleich mit zur Mitarbeiterin des Monats machen.«

Einen Moment lang sagt Ryan nichts. Dann lacht er ergeben. »Weißt du was, Jamie? Das sollte er. Man kann dir nicht viel entgegensetzen.«

Ich atme auf. »Dann verrätst du mich nicht?«

»Nein. Soll ich dich dafür heute Abend zum Essen einladen? Das ist das Mindeste, was ich tun kann. Ich habe Nadine versprochen, nach meinem Termin nach Hause zu kommen, aber ich werde sehen, dass ich sie bis heute Abend zurück in ihre eigene Wohnung kriege.«

Ich vergrabe mein Gesicht in der Hand, versuche, mich davon abzuhalten, sofort Ja zu schreien.

»Jamie? Du kannst es dir überlegen. Schreib mir einfach. Ich muss zur *Tube* runter.«

Wir legen auf, und ich wickle mich seufzend aus meiner Decke, rutsche aus dem Bett und tappe Richtung Tür, als mein Telefon erneut klingelt. Diesmal wird eine unbekannte Nummer angezeigt.

»Hallo?«

Stille.

»Hallo?«, wiederhole ich.

»Hi.«

Irgendwie überkommt mich eine Ahnung. Trotzdem frage ich: »Wer ist da?«

»Nadine.«

Ich fasse mein Telefon fester. Was will sie von mir? »Woher hast du meine Nummer?«

Sie räuspert sich. Ihre Stimme klingt dünn, aber fest, als sie antwortet: »Ryan hat mir sein Tablet hiergelassen. Ich habe sie da drin gefunden.«

Halb will ich mich gegen ihre Übergriffigkeit zur Wehr setzen, aber genauso will ich wissen, warum sie mich anruft. »Wie geht es dir?«, frage ich also nur.

»Nicht so gut. Darf ich dich um etwas bitten? Kannst du herkommen? Ich bin bei Ryan zu Hause und würde gerne mit dir reden.«

Mit einer Hand an der Klinke meiner Tür zögere ich. »Eigentlich muss ich zur Arbeit.«

»Ich würde dich nicht bitten, wenn es nicht wichtig wäre. Ryan ist nur für ein paar Stunden weg.«

»Also gut. Ich beeile mich.«

Ich begnüge mich mit Zähneputzen und Katzenwäsche und binde meine Haare zu einem unordentlichen Knoten zusammen. Ohne Frühstück laufe ich wenig später zur *Bethnal Green Station* und erreiche eine gute halbe Stunde später Ryans Wohnung in Camden Town. Befangenheit überkommt mich, als Nadine mich an der Wohnungstür empfängt. Hinter ihrem Bein lugt Mias kleines Gesicht hervor. Unwillkürlich muss ich schmunzeln, als ich an Ryans Spitznamen für sie denke: Carrot. Die rotblonden Haare stehen ihr wuschelig vom Kopf ab. Sie starrt mich unverwandt aus großen blauen Augen an und reagiert ansonsten nicht, als ich sie begrüße. Ich habe das ungute Gefühl, dass ich nicht hier sein sollte – diesmal erst recht nicht.

Nadine geht durch den Flur voran und setzt sich im Wohnzimmer aufs Sofa. In ihrem weißen Schlafanzug, mit den dicken Wollsocken an den Füßen und ihrer grauen Strickjacke wirkt sie fast schmerzlich zierlich und verletzlich. Sie ist so bleich im Gesicht, dass ihre Haut bläulich erscheint. Ich muss an meine Mum denken, die morgens immer schon fertig angezogen und zurechtgemacht war, bevor sie Julian und mich zur Schule geweckt hat, die immer energisch auftrat und wirkte, als könne nichts in der Welt an ihr vorbeikommen, um uns zu schaden. Plötzlich bin ich ihr im Nachhinein dankbar für die Unerschütterlichkeit, die sie immer ausgestrahlt hat.

»Danke, dass du gekommen bist.« Nadine ringt sich ein Lächeln ab, aber es ist nur ein kurzes Aufwärtswandern ihrer Mundwinkel.

Zögernd schiebe ich ein paar Kinderbücher beiseite und suche mir einen Platz auf der äußersten Sofakante, während Mia in der Tür stehen bleibt. Eine leere Tasse mit einem Teebeutel darin steht noch auf dem Tisch. Nadine deutet darauf. »Möchtest du auch einen?«

Als ich nicke, steht sie wieder auf und verlässt den Raum in Richtung Küche. Weil Mias Anblick in der Tür irgendwie verstörend wirkt, hebe ich eins der Kinderbücher auf: ›Shakespeare for Children – Stories and Illustrations by Miriam Baines‹.

»Hey, das war früher eins meiner Lieblingsbücher.«

Mias Lächeln ist klein, aber es ist da. Sie legt den Kopf schief.

»Soll ich dir mal zeigen, welches Bild ich am liebsten mochte?«, frage ich. Neugierig kommt Mia näher, während ich im Buch blättere. »Hier, das sind Viola und Sebastian.« Ich halte Mia das liebevoll gezeichnete Bild von zwei identisch aussehenden jungen Männern hin, die sich in den Armen liegen – einer von beiden ist die als Junge verkleidete Viola, die ihren Zwillingsbruder für tot gehalten hat. Als Kind habe ich oft genug versucht, mich als Junge zu verkleiden – so wie Viola.

»Welches Bild magst du gerne?«, frage ich Mia.

Sie kommt den letzten Meter zu mir und blättert nun ihrerseits im Buch – ihre kleinen Hände ungeschickt beim Wenden der Seiten. »Julia«, sagt sie schließlich, tippt auf ein Bild und schiebt fast gleichzeitig ihren Daumen in den Mund.

Lächelnd betrachte ich das strahlende Gesicht von Julia, die sich von ihrem Balkon zu Romeo hinunterbeugt, und erinnere mich, dass die Geschichte in der Version von Miriam Baines gut ausgeht.

Noch einmal tippt Mia auf Julia. »Du«, sagt sie an ihrem Daumen vorbei nuschelnd.

»Ich?« Ich muss lachen und sehe sie mir genauer an. Auf der Zeichnung sind Julias dunkle Haare in einen Zopf geflochten, der ihr über der Schulter liegt. »Ich sehe ihr nur ein bisschen ähnlich. Ich heiße aber Jamie, nicht Julia.«

Sie nickt und lächelt mich schüchtern an.

»Mia.« In diesem Moment taucht Nadine wieder im Wohnzimmer auf. »Geh kurz in der Küche spielen, okay? Ich muss mit Jamie reden.«

Mia greift nach dem Buch und läuft sofort auf die Tür zu. Nadine stellt zwei Tassen auf den Tisch und nimmt wieder Platz.

»Danke.« Ich greife nach dem Tee und puste hinein.

»Du magst ihn sehr, habe ich recht?« Nadine kommt ohne weitere Umschweife zum Thema. Ihr Blick fällt auf Ryans Tablet, das neben ihr auf einem Sofakissen liegt, und das Unbehagen, das Mia kurz in den Hintergrund hat treten lassen, kehrt umso stärker zurück. »Und ihr habt miteinander geschlafen, oder?«

Angesichts der realen Gefahr eines erneuten hysterischen Ausbruchs antworte ich nicht sofort.

»Ich weiß es sowieso.« Nadine dreht das Tablet zu mir herum und schiebt es mir zu. Sie hat den Artikel gelesen. Der letzte Absatz ist im Bildschirmausschnitt zu sehen – eine Mischung aus Ryans Worten und meinen:

Die Liebe ist eine Überschrift. Unter ihr versammeln sich die unzähligen großen und kleinen Gefühle, die unseren Alltag ausmachen. Sie ist so individuell, wie wir selbst es sind. Und deshalb sollten wir nicht von ihr erwarten, perfekt zu sein. Am Ende zählt das Gefühl – nicht, wie wir es nennen. Denn es gibt Dinge, die sagt man nicht, die tut man einfach. Jemanden zu lieben, ist eins davon.

Ich starre auf die Worte. Eigentlich ist es so einfach. Ich habe es selbst geschrieben. Eigentlich darf man nur nicht zu lange darüber nachdenken.

Ich sehe Nadine an. »Ja«, sage ich entschlossen. »Ryan ist mir wichtig, und dir?«

»Ohne Ryan wäre ich nicht mehr am Leben.«

Gut, damit kann ich nicht mithalten. »Ich weiß.«

»Hat er dir von ... Hat er dir von Dale ... und mir erzählt?«

»Ja.«

Sie nickt mit zusammengepressten Lippen. »Er hatte mir versprochen, es nicht zu tun.«

»Du nimmst ihm ziemlich viele Versprechen ab. Kann das sein?« Ich beiße mir auf die Unterlippe. Wie redet man mit jemandem, der in Gefahr ist, sich das Leben zu nehmen?

»Ich zwinge ihn ja nicht dazu«, sagt sie mit Nachdruck.

Aber das tut sie – mit ihrer Verzweiflung und ihrer Art, ihn an seine Schuldgefühle gegenüber seinem Bruder zu erinnern.

»Du weißt, dass das nicht stimmt, oder?«, sage ich leise, als sie den Blick senkt und auf die Tischplatte heftet. »Er gibt dir diese Versprechen nicht freiwillig.«

Tief holt sie Luft. »Hör zu, Ryan mag dich. Er sieht dich länger an als andere, er lächelt öfter, und schon als er dich zum ersten Mal erwähnte, habe ich es in seiner Stimme gehört. Er klang auf einmal ...« Sie richtet ihren Blick quer durch den Raum aus dem Fenster. »Er klang wie Mia vor dem Weihnachtsbaum – fast andächtig.«

»Nadine«, unterbreche ich sie. »Warum bin ich hier? Was willst du mir sagen?«

»Nimm ihn mir nicht weg.« Sie sieht mich wieder an. Das helle, fast zarte Blau ihrer Iris wird kräftiger, als sich ihre Augen mit Tränen füllen. Ihre Lippen zittern. »Ich brauche Ryan. Wir brauchen ihn. Nimm ihn uns nicht weg.«

Verblüfft schüttele ich den Kopf. »Ich habe nicht vor, ihn irgendjemandem wegzunehmen.«

»Aber wir wissen doch beide, wie es läuft. Erst hat er keine Zeit mehr für uns, weil er lieber mit dir ins Kino geht oder weil du willst, dass er dir eine neue Lampe anbringt.«

Ich runzele die Stirn. »Meine Lampen habe ich noch immer selbst angebracht.«

»Darum geht es nicht.«

»Nein?«

»Wie passen Mia und ich noch in Ryans Leben, wenn er es mit dir teilt?«

Ich schüttele nur den Kopf. »Glaubst du wirklich, Ryan würde euch plötzlich im Stich lassen?«

»Oh, er tut alles für Mia. Das hat er von Anfang an getan. Und er hält mir Vorträge, dass sie ein stabiles Umfeld braucht. Ich kann mir schon vorstellen, wie er mir irgendwann erklärt, dass ihr Mia das viel eher bieten könnt als ich.«

Entgeistert reiße ich die Augen auf. »Was?«

»Was wird aus mir, wenn Mia lieber mit dir in den Zoo geht, weil du immer so verdammt gute Laune hast? Was soll aus mir werden, wenn ihr mit ihr ins Schwimmbad geht und ich alleine zu Hause sitze? Und was ist, wenn du mal eigene Kinder willst, schiebt ihr sie dann einfach wieder ab?«

»Moment mal.« Ich hebe eine Hand, um sie zu unterbrechen. Ihre Worte lösen eine ungute Mischung aus Wut über ihren Egoismus und Mitgefühl für ihre Hilflosigkeit in mir aus. Aber sie hat sich verrannt. Und sie geht zu weit mit ihren Anschuldigungen. »Von all dem ist doch überhaupt keine Rede, Nadine. Ich kenne Ryan gerade mal seit drei Wochen.«

»Eben. Du brauchst ihn nicht so wie ich.«

Einen Moment lang erwidere ich stumm ihren flehenden Blick. »Und was ist mit Ryan? Hast du mal darüber nachgedacht, was gut für ihn ist?«

»Schon oft.« Sie verschränkt die Arme vor der Brust. »Für Ryan wäre es gut, wenn ich nicht mehr da wäre.«

»Nein, das wäre nicht gut für ihn«, fahre ich heftiger auf als beabsichtigt. »Er tut alles, um dir zu helfen. Weißt du überhaupt, wie viel das wert ist? Und hast du dir mal überlegt, dass Ryan dir vielleicht viel besser helfen kann, wenn es ihm selbst gut geht? So, wie es jetzt ist, geht ihr nur beide kaputt.«

Eine Träne rinnt schnell an ihrer Nase entlang und versickert in ihrem Mundwinkel. »Wir sind doch beide längst kaputt. Ohne ihn kann ich nicht leben.« Sie flüstert nur noch. »Bitte nimm ihn mir nicht weg, Jamie, bitte.«

Nein, dagegen komme ich nicht an – mit gar nichts.

Kapitel 34

Ich sage Ryan, dass ich nicht mit ihm essen gehen kann. »Es liegt nicht an deinem Abnd, Ryan.« Er hat mich angerufen, als ich die Redaktion betreten wollte. Da war er schon wieder auf dem Weg nach Hause – zurück zu Nadine. Und Mia. Jetzt stehe ich am Victoria Embankment in der Sonne, blicke über das glitzernde Themsewasser, und es kommt mir eine Ewigkeit her vor, seit Ryan und ich auf dem Weg zur *Boudiccan Rebellion* hier entlanggegangen sind. »Abgesehen von deinen Wutausbrüchen finde ich alles an dir perfekt. Du denkst wahrscheinlich, dass ein Hormonrausch schuld daran ist, aber es fühlt sich an, als hättest du mich aus dem Winterschlaf geweckt. Also ehrlich gesagt hat mich wahrscheinlich Phil daraus geweckt, als er mich betrogen hat. Aber du hast mir gezeigt, dass es sich lohnt, wach zu sein. Dass es sich lohnt, Abstecher in den Rosengarten zu machen. Und Typen in Bars aufzureißen.«

»Das klingt nach einer Abschiedsrede«, bemerkt er nüchtern, aber ich spreche einfach weiter. Himmel, die Worte sind nicht zu stoppen.

»Es ist mir egal, Ryan, was in deiner Vergangenheit passiert ist. Also, natürlich ist es mir nicht egal, aber es wirft keinen Schatten auf mein Bild von dir – höchstens manchmal. Wenn du gerade sehr düster oder sehr wütend bist. Aber sonst hast du ein offenes Herz. Du bist humorvoll und hilfsbereit und wortgewandt. Und schwindelerregend gut aussehend.«

»Gut, dass du das noch erwähnst. Ich dachte schon, du hättest es nicht bemerkt.«

»Ich wünschte, ich hätte es nicht bemerkt. Aber du lässt in mir die Sonne aufgehen. Du machst mein Leben heller und bunter.«

»Obwohl ich so düster bin?«

»Ich sagte manchmal. Außerdem sieht man dann das Feuerwerk besser.«

Ich höre ihn lachen, und es bringt mich dazu, dass ich gleichzeitig mitlachen und heulen will.

»Das ist definitiv der Hormonrausch, der aus dir spricht. Warum genau kannst du trotzdem nicht mit mir essen gehen?«

»Du willst immer noch mit mir essen gehen?«, frage ich verblüfft. »Ich dachte, das würde dich abschrecken.«

»Ich bin auch erstaunt, aber vielleicht liegt es daran, dass du zu viel redest. Ich kann das gar nicht so schnell verarbeiten.«

»Okay.« Ich verstumme, beobachte eine üppige weiße Jacht, die auf der Themse Richtung *Tower Bridge* vorbeigleitet. »Ich habe mit Nadine gesprochen. Sie hat mich angerufen.«

Ich höre ihn scharf einatmen. »Was hat sie gesagt?«

»Dass sie dich braucht.«

»Ich weiß. Aber ein sehr kluger Mensch hat mir erklärt, dass ich auch ein eigenes Leben verdient habe.«

»Ich weiß nur nicht, wie du Nadine davon überzeugen willst. Und ich weiß nicht, wie wir essen gehen wollen, wenn sie dich eh anruft, damit du nach Hause kommst. Und dann würdest du doch gehen, oder? Du würdest doch jedes einzelne Mal gehen, weil du befürchtest, dass sie sich etwas antut.«

Er schweigt, und ich weiß, was es bedeutet. Das sinkende Gefühl in mir macht mich schwindelig. Ich stütze mich an der Begrenzungsmauer ab.

»Ja, so wäre das wahrscheinlich.«

»Das kann ich nicht«, sage ich leise.

»Das verstehe ich.« Durchs Telefon höre ich ihn Luft holen und es bricht mir das Herz. »Es tut mir leid. Ich ... Ich weiß nicht, was ich sagen soll, außer: Ich verstehe das. Und … Mach es gut, Jamie.«

Seine Worte klingen fast wie eine Frage. Als wolle er es so wenig wahrhaben wie ich. Ich will dieses Gespräch nicht beenden – vor allem nicht so. Aber ich sehe keine andere Möglichkeit. Meine Kehle ist wie zugeschnürt, aber ich schaffe es irgendwie, seine Worte zu wiederholen: »Mach es gut, Ryan.«

Wahrscheinlich hat es noch nie einen lahmeren Abschied in der Geschichte von zwei Menschen gegeben, denke ich, während ich mein Telefon wegstecke und die Redaktion betrete. Mit einem müden Lächeln überreiche ich Bert meinen Ausweis, den er studiert, als habe er ihn noch nie gesehen.

Kein Ryan mehr von jetzt an, rufe ich mich zur Ordnung, während ich schließlich vor meinem Laptop im Büro sitze und versuche, mich auf meine Recherchen für Finley zu konzentrieren – zumindest muss ich mich so gut zusammenreißen, dass Finley nichts von meinem gebrochenen Herzen bemerkt. Seine Habe-ich-dich-nicht-gewarnt-Sprüche könnte ich jetzt auf keinen Fall ertragen.

Und so bringe ich meine letzte Praktikumswoche damit rum, mich in der Redaktion zusammenzureißen und mir abends mit Lynn auf dem Sofa ›Herr der Ringe‹-Filme und fettiges Essen reinzuziehen. Anfangs frage ich mich noch, ob es sich besser oder schlimmer anfühlt, dass ich jetzt Ryans ganze Geschichte kenne. Am Ende der Woche weiß ich, dass es schlimmer wird. Dass Ryan mir noch mal so nah war und jetzt endgültig unerreichbar ist, hat meinen Körper verwirrt. Jetzt gaukelt meine Wahrnehmung mir ständig vor, es wäre Ryan, wenn irgendjemand an meinem Schreibtisch vorbeigeht, mir fast vors Fahrrad läuft oder mich im Supermarkt darauf hinweist, dass ich im Weg stehe.

Am Freitag bin ich vollkommen erschöpft vom ständigen Stromschnellen-Gefühl in meinen Nervenbahnen, wenn ich denke, der Typ am anderen Ende des *Tube*-Wagens sei Ryan, und dann ist er es doch nicht. Fast vergesse ich, mein Arbeitszeugnis und meine Praktikumsbescheinigung aus dem Personalbüro zu holen, und muss noch mal zurück. Egal, ich habe es ohnehin nicht eilig, nach Hause zu kommen, und fahre in gemächlichem Tempo über die Radwege nach Bethnal Green.

Der Frühling zeigt sich von seiner mildesten Seite – kaum Wind, kaum Wolken, nur seidiges Licht und ein Hauch Violett am Himmel. Lynn ist heute Abend nicht da – zumindest, wenn sie sich an unsere Vereinbarung hält und zu ihrem Badmintonkurs geht. Im letzten Moment weiche ich einem Motorrad aus, das aus irgendeinem Grund direkt auf mich zuhält, und fahre mit einem ungelenken Schlenker in die Zufahrt zu unserer Eingangstür. Jemand lehnt an der Hauswand. Ein Gefühl wie Stromschnellen in meinen Adern durchfließt mich, weil ich glaube, es sei Ryan. Ich steige von meinem Rad. »Hallo«, sage ich, während ich gleichzeitig meinen Helm abnehme und in meiner Tasche nach meinem Schlüssel suche.

»Hi, Jamie.« Er stößt sich von der Hauswand ab und … Oh mein Gott, es ist wirklich Ryan! Ich starre ihn so entgeistert an, dass er die Augenbrauen hebt. »Alles in Ordnung? Ich wollte dich nicht erschrecken.«

»Hast du nicht«, sage ich, obwohl es nicht stimmt.

Fragend mustert er mich. »Soll ich wieder gehen?«

»Nein, ich meine …« Ich taste nach meinen Haaren, aber ich weiß, dass sie sowieso platt gedrückt vom Helm sind und mein Zopf aus chaotischen Haarsträhnen besteht, die der Fahrtwind daraus gelöst hat. »Nein, ich habe nur nicht damit gerechnet, dich hier zu sehen.«

»Tut mir leid, wahrscheinlich hätte ich doch anrufen sollen.«

Die Stromschnellen hören einfach nicht auf, bringen mein Herz zum Klopfen und meine Sinne durcheinander. »Schon gut, komm rein.«

Ich schließe die Haustür auf und rieche den süchtig machenden Duft von Regen, als Ryan mir die Tür aufhält, damit ich mein Rad in den Flur schieben kann. Was will er hier?

»Wie geht es Nadine?«, frage ich – vor allem, um mich daran zu erinnern, dass sie zwischen uns steht.

»Sie ist in einer Klinik.«

»Was?« Erschrocken drehe ich mich zu ihm um.

»Ihr ist nichts passiert«, sagt er rasch. »Ich habe mich endlich durchgesetzt. Alle Regeln, auf die wir uns geeignet hatten, galten seit letzter Woche nicht mehr. Sie wollte nicht in ihre Wohnung zurück. Sie wollte nicht alleine mit Mia in meiner bleiben. Ich konnte kaum meine Arbeit machen. Es hat noch gefehlt, dass sie in meinem Bett schlafen wollte.« Er fährt sich mit einer Hand in den Nacken. »Ich habe ihr gesagt, dass ich das nicht mehr kann. Und zwar so, dass sie es begriffen hat.«

Ich hänge meinen Helm an den Lenker. »Wie hat sie reagiert?«

Er hebt die Schultern. »Sie ist hysterisch geworden. Aber du hattest recht. Ich kann ihr nicht helfen. Und dieser ganze Mist zwischen ihr und mir ist der beste Beweis dafür.« In seinen dunklen Augen schimmert eine Ahnung von Ozeanblau. Sie hebt mich von den Füßen wie eine Welle. »Ich weiß, dass sie sich schuldig fühlt, weil Dale ihretwegen so früh aus dem Krankenhaus gekommen ist und weil sie es nicht gemerkt hat, als es ihm immer schlechter ging. Aber ihr muss klar werden, dass sie trotz allem verdient hat zu leben. Und ich auch. Ich habe dafür gesorgt, dass sie notfallmäßig in eine *Mental-Health-Crisis*-Einheit aufgenommen wurde. Mia ist bei meiner Mum. Und ich habe Jaden gesagt, dass ich ihn liebe – als Freund.«

Überrascht lache ich auf. »Echt? Wie hat er reagiert?«

»Er hat mich gefragt, ob ich den Verstand verloren habe. Und dann hat er gesagt, dass er mich auch liebt.«

»Schade, dass wir den Artikel schon abgeben mussten.«

Ryan erwidert mein Lächeln. Wir stehen immer noch im Hausflur, mein Fahrrad habe ich an seinen üblichen Platz an die Wand gestellt. Uns trennen etwa drei Schritte und er verkürzt die Entfernung.

»Ich hoffe, Nadine denkt nicht, es sei meinetwegen«, sage ich vorsichtig.

»Natürlich denkt sie, es sei deinetwegen. Aber es ist meinetwegen und völlig unabhängig davon, wie du auf das reagierst, was ich dir sagen will.« Er stockt, und mein Herz stockt mit ihm, als er noch einen Schritt auf mich zukommt. »Irgendwann wird Nadine aus der Klinik kommen, und dann werde ich dafür sorgen, dass sie zu ihren Therapien geht und sich zurechtfindet, aber ich will es nicht wieder so weit kommen lassen. Ich habe keine Ahnung, ob es funktionieren wird, und ich weiß, dass es im Grunde unzumutbar ist, irgendjemanden da mit reinzuziehen. Zumal es auch Mia in meinem Leben gibt und immer geben wird. Ich habe mich Dale gegenüber schuldig gemacht. Egal, was alle sagen, so fühlt es sich an. Nur hast du mir klargemacht, dass ich nicht nur damit leben muss, sondern dass ich damit leben will. Und du hast mir gezeigt, dass ich das kann, weil du …«

Uns trennt kaum mehr als eine Handbreit und ich spüre das Blau seiner Augen wie Stromschnellen in meinen Adern.

»Weil ich was …?«

»Weil du die unerträglichste Besserwisserin und chaotischste Straßenverkehrsteilnehmerin bist, der ich je begegnet bin.«

»Was?« Ich blinzle verwirrt.

Er grinst mich leicht verlegen an. »Das ist falsch rübergekommen.«

Ich mustere ihn. »Willst du es noch mal versuchen?«

Mit beiden Händen umfasst er meine Taille, und alle meine Nervenzellen richten sich nach der Berührung aus wie die Arme einer Seeanemone, die im Gleichklang auf einen unsichtbaren Impuls reagieren.

»Ich will dich, Jamie, nicht nur für eine Nacht, sondern …« Er hebt die Schultern. »Öfter? Zur Hölle, wie sagt man das?«

Ich lächle ihn an, stelle mich auf die Zehenspitzen, spüre alles in mir lächeln – jede einzelne Zelle. Ich wette, ich leuchte hell wie die Sonne – oder wie einer dieser Stadionstrahler, die Julian erwähnt hat.

»Gar nicht«, flüstere ich mit meinen Lippen an seinen. »Sag es gar nicht.« Ich lächle immer noch, als er mich küsst, als mir mein Schlüssel aus der Hand fällt und klirrend auf die Fliesen prallt, als seine Hand in meinen Nacken fährt, sein Daumen über meine Wange streicht und damit ein elektrisierendes Gefühl durch meinen ganzen Körper jagt. Sofort finden meine Hände wieder ihren Weg unter Ryans Jacke und sein T-Shirt, süchtig nach dem Gefühl seiner Haut – weil Küssen für mich anscheinend nie genug ist, wenn es um Ryan Dexter geht. Atemlos und hungrig und gierig nach mehr hebt Ryan mich hoch. Ich spüre das kalte Metall der Fahrstuhltür im Rücken, weiß aber kaum, wo ich bin. Mein Körper ist irgendwo weit draußen auf hoher See. Mein Kopf registriert erst, dass wir nicht länger allein sind, als Ryan mich plötzlich loslässt. Mr Evers – der Nachbar von oben – starrt uns mit zusammengepressten Lippen und schlenkernder Aktentasche an.

»Du schon wieder. Müsst ihr das jetzt auch noch im Hausflur machen? Der Durchgang muss frei bleiben.«

»Entschuldigung.« Ich spüre das Lachen in mir aufsteigen und bücke mich nach meinem Schlüssel.

»Sind Sie von der Hausverwaltung?« Aus misstrauisch verengten Augen sieht Mr Evers Ryan an.

»Was?« Irritiert schüttelt Ryan den Kopf. »Nein, bin ich nicht.«

»Ich dachte schon. Weil sie ihr Fahrrad hier abstellen darf.«

»Entschuldigung?« Empört sehe ich ihn an.

»Schon gut.« Mr Evers winkt ab und öffnet per Knopfdruck

die Aufzugtüren. »War nicht so gemeint. Was ist jetzt?« Er dreht sich zu uns um, nachdem er die Kabine betreten hat. »Wollt ihr nach oben?«

Wir folgen ihm in den Lift. Noch immer atemlos spüre ich den Druck von Ryans Hand um meine, und etwas beginnt in mir zu vibrieren. Sobald sich die Türen öffnen, zieht Ryan mich nach draußen und drückt mich sofort wieder gegen die Wand. Ich erhasche noch einen Blick auf Mr Evers' verständnislosen Gesichtsausdruck, ehe sich die Lifttüren wieder schließen. Aber er hat ja auch keine Ahnung. Keine Ahnung von der Hitze in mir. Und auf meiner Haut. Von den Stromschnellen. Von der alle Sinne verdrehenden Empfindung von Ryans Lippen auf meinen, seiner Zunge an meinem Hals, seinen Fingern auf meiner Haut, als er die ersten Knöpfe meiner Bluse öffnet. Keine Ahnung von der ozeantiefen Erleichterung in jedem Winkel meines Körpers, von der horizontweiten Lust auf Ryan oder vom himmelhohen Glücksgefühl. Weil Ryan hier ist, nicht nur für das eine Mal. Er hat den Ansatz meiner Brüste freigelegt. Seine Lippen berühren die weiche Haut, lassen mich keuchen.

»Was ist das?« Ryan hält inne, zieht an der goldfarbenen Kette, die in meinem Ausschnitt verschwindet, und den Ring hervor, den ich vor Virginia Woolfs Büste gefunden habe. Fragend sieht er mich an. »Bist du unter die ›Herr der Ringe‹-Fans gegangen?«

Grinsend nehme ich ihm den Ring ab und lasse ihn zurück unter meine Bluse fallen. »Der erinnert mich daran, nicht jeder Illusion zu glauben.«

Ryan lacht, seine Augen mitternachtsblau. »Gute Idee. Wer braucht schon Illusionen, wenn man etwas wirklich Echtes haben kann?«

Ich ziehe ihn mit mir, irgendwo in die Nähe der richtigen Wohnungstür, drücke ihn gegen das Holz, kann nicht genug kriegen von seinem Duft nach Regen und diesem Gefühl von

Grenzenlosigkeit. Irgendwie schaffe ich es, den Chip an meinem Schlüssel vor den Sensor zu halten. Die Tür in Ryans Rücken schwingt auf. Er zieht mich mit sich, bringt mich zum Stolpern. Wir taumeln gegen die Wand neben der Garderobe. Ich zerre an Ryans Jacke und höre irgendwo über dem Wellenrauschen in meinen Ohren einen erschreckten Laut. Ich stocke, blinzle Ryan fragend an, der nicht weniger verwirrt aussieht.

»Äh, hallo.«

Wir fahren auseinander, realisieren erst jetzt, dass wir nicht allein sind. Kyle sitzt am Tisch, ihm gegenüber eine junge Frau mit aschblonden Haaren, einem spitzen Kinn und ein klein wenig abstehenden Ohren.

»Was …« Mein Blick wandert über die Teller voller Pasta, die nach Julians Scampi in scharfer Tomatensoße duften, und die hohen Kerzen in Haltern, die ich noch nie in dieser Wohnung gesehen habe. »Kye! Was machst du hier?«

»Na ja.« Unsicher rückt Kyle seine Brille zurecht. »Das ist Luna, aus meinem Labor.«

»Hi, Luna«, sagen Ryan und ich fast gleichzeitig.

»Aber warum seid ihr hier?« Mir fällt auf, dass ich die Knöpfe meiner Bluse wieder schließen sollte. »Warum seid ihr nicht im Restaurant oder eurem Labor oder – verrückter Gedanke – in deiner Wohnung, Kye?«

Kyle wird kleiner hinter seinem Teller und seinen Kerzen. »Bei uns ist es doch so unordentlich.«

»Das hier ist gar nicht deine Wohnung?« Entgeistert sieht Luna ihn an, und ich bin mir nicht sicher, ob Entsetzen oder Belustigung dahintersteckt.

»So gut wie«, sagt er rasch.

Ich fange Lunas fragenden Blick auf und nicke. »Das stimmt. So gut wie. Dann …« Unschlüssig sehe ich Ryan an. »Lassen wir die beiden lieber allein, oder?«

»Ihr könnt auch mitessen«, schlägt Kyle vor.

»Mich stört Unordnung gar nicht so«, verkündet Luna.

Ryan winkt ab. »Schon gut. Jamie und ich haben sowieso noch eine Wette laufen. Lass uns was essen gehen.« Er nimmt mich an die Hand und zieht mich mit sich, sodass ich Kyle und Luna nur noch schnell zuwinken kann.

»Was für eine Wette?«, will ich im Fahrstuhl wissen.

»Das unschlagbarste Zehn-Punkte-Sandwich«, erinnert Ryan mich. »Hast du das vergessen?«

Vielleicht habe ich das vergessen. Weil Ryan mich alles vergessen lässt. Weil ich gerade viel mehr Gefühle als Gedanken bin. Und das immer noch, als wir etwa eine Stunde später mit Sandwiches, Cookies und Getränken vom *Camden Market* auf der weiten Rasenfläche von Primrose Hill sitzen.

Die Sonne ist fast untergegangen. Ein paar Leute spielen in der Nähe Volleyball, einige andere sitzen beim Picknick. Irgendwo spielt ›Cover Me In Sunshine‹ von P!nk. Ich liebe jeden einzelnen Herzschlag, jeden einzelnen Atemzug hier mit Ryan. Wie im Song fühlt es sich nach einer Gute-Laune-Dusche an.

»Und?« Ryans Lächeln trifft mich mit der vollen Wucht der aufgehenden Sonne – irgendwo tief in meinem Bauch. »Wie viele Punkte?«

Er deutet auf das Sandwich in meiner Hand, aber als ich antworte, meine ich viel mehr: »Zehn.« Herausfordernd sehe ich ihn an. »Was sagst du?«

Doch Ryan schüttelt den Kopf, packt mich am Arm und zieht mich auf seinen Schoß. »Manche Dinge …« Er streicht mir eine Haarsträhne zurück. »… die sagt man nicht.« Er lässt sich rückwärts ins Gras sinken und zieht mich mit sich. Mit seinen Lippen an meinen flüstert er: »Die tut man einfach.«

Ich atme ein – den Geruch von Regen und Sonne. Und vielleicht bleibt dieser Moment für immer.

»Kameras aus.«

Danke

Liebe Jamie und lieber Ryan! Manchmal sehe ich Figuren zum ersten Mal vor mir und weiß sofort, wie sie ticken: was sie bewegt, was sie antreibt, was sie zur Ruhe kommen lässt. Genau so war es mit euch nicht. Ihr habt eure eigene Geschichte aus dieser Geschichte gemacht. Es ist mir nicht immer leichtgefallen, euch zu vertrauen, aber am Ende seid ihr mir wirklich unter die Haut gegangen.

Ich hoffe so so so sehr, dass es euch Leserinnen und Lesern genauso geht. Denn ihr macht mich überglücklich, wenn ihr euch entscheidet, meinem Buch eine Chance zu geben. Umso mehr, wenn ihr euch genauso in die Figuren verliebt wie ich. Danke für eure überwältigende Unterstützung!

Dass ihr diese Geschichte lesen könnt, verdanke ich ganz vielen engagierten, begeisterungsfähigen und kreativen Menschen. Vielen lieben Dank an alle bei dtv, die im Vorder- und Hintergrund an meinem Buch mitarbeiten. Danke für all die Ideen, fürs Organisieren und die offenen Ohren. Danke Luzie Bischoff für deinen Input und deine Sorge dafür, dass am Ende der bestmögliche Output steht.

Dazu hat auch meine Lektorin Katja Hildebrandt einen großen Beitrag geleistet. Ich bin ein riesiger Fan deiner Arbeit, Katja. Du warst der Leuchtturm für Jamie und Ryan und ganz besonders für mich. Danke!

Ein Danke gehört natürlich auch meiner Agentin Kathrin Nehm. Danke, dass du dir immer Zeit für meine Fragen und Ideen nimmst, danke fürs Mich-Begleiten.

Das tun in meinem Leben viele wunderbare Menschen: meine Familie und meine Freundinnen und Freunde. Ihr tut mir einfach gut! Danke, dass wir füreinander da sind. Ein besonderer Dank geht an dich, Mama, fürs unermüdliche Unterstützen und Immer-ein-offenes-Ohr-für-meine-Ideen-Haben! Und an dich, liebe Svenja, denn bei diesem Buch haben mich unsere Gespräche besonders inspiriert. Danke, dass du bist, wie du bist, dass du schon an Tag eins unseres Zusammentreffens eine Freundin in mir gesehen hast, dass wir uns kennen und trotzdem immer wieder neu entdecken und ich durch dich immer wieder über mein Leben nachdenke.

Beim Schreiben habe ich oft sehr spezielle Fragen, und ich bin froh, dass es Menschen in meinem Umfeld gibt, die Antworten für mich haben. Manchmal glaubt ihr vielleicht, es sei keine große Sache, aber für meine Geschichten ist es eine enorme Unterstützung und mir bedeutet es wahnsinnig viel. In diesem Fall habe ich vor allem meine Schwägerin Lina wegen ein paar medizinischer Details gelöchert. Danke dir fürs Überprüfen und deine Geduld. Vielen Dank außerdem an meinen Schwager Dennis. Hast du die nautische Metapher entdeckt, bei der du mir geholfen hast?

Die verrücktesten Fragen stelle ich dir, Yassin. Danke, dass du mir trotz deiner entsetzten Blicke immer antwortest. Danke, dass dich – abgesehen von meinen Fragen – nichts wirklich schocken kann. Manchmal – das kannst du mir glauben – finde ich deine Antworten übrigens genauso schräg wie du meine Fragen. Aber: Ich liebe einfach, dass wir über alles reden können. Du auch? Ich hätte da jedenfalls noch ein paar Fragen …

Jamies Playlist

Here Comes the Sun (The Beatles)

Arcade (Duncan Laurence)

Someone You Loved (Lewis Capaldi)

Survivor (Destiny's Child)

Castles (Freya Ridings)

Wicked Game (Grace Carter)

Spring Vacation (The Beach Boys)

Galway Girl (Ed Sheeran)

Let Me Down Slowly (Alec Benjamin)

I Want to Know What Love Is (Mariah Carey)

Fallin' All In You (Shawn Mendes)

Cover Me In Sunshine (P!nk & Willow Sage Hart)

Spring to Me (Matts Song)

All I see and all I do
Waiting for sunshine on the
debris …
All I see and all I do
Is keeping memories
Of me and you.

You are spring to me.
Melt the ice away.
You paint life in more
Than colours of grey.
You are spring to me,
More than colours of grey.
My heart beats, beats, beats
In rhythm with yours.

You caught me on my way
down.
Didn't know where I belonged.
You caught me on my way down
Feeling lost and broken
Without you.

'cause you are spring to me.
Melt the ice away.
You paint life in more
Than colours of grey.
You are spring to me,
More than colours of grey,
Spring to me,
Melt the ice away,
Spring to me,
More than colours of grey.
My heart beats, beats, beats,
beats, beats, beats, beats
In rhythm with yours.

Put your life vest on.
We're sinking and fast.
How could we fall so deep
When we kept ourselves apart?
How could we fall so deep?
We never wanted this to start.

So put your life vest on.
We're sinking and fast.
How could we fall so deep?
We never wanted this to start.
How could we fall so deep?
We never wanted this to last.

But you are spring to me.
Melt the ice away.
You paint life in more
Than colours of grey.
You are spring to me,
Spring to me,
You are spring to me,
More than colours of grey,
Spring to me,
Melt the ice away,
Spring to me,
More than colours of grey.
My heart beats, beats, beats,
beats, beats
In rhythm with yours.